HEYNE ‹

LADINA BORDOLI

Das Haus des Schicksals

Roman

Band 3 der Mandelli-Saga

WILHELM HEYNE VERLAG
MÜNCHEN

Penguin Random House Verlagsgruppe FSC® N001967

Originalausgabe 11/2021
Copyright © 2021 by Ladina Bordoli
Copyright © 2021 dieser Ausgabe
by Wilhelm Heyne Verlag, München,
in der Penguin Random House Verlagsgruppe GmbH,
Neumarkter Str. 28, 81673 München
Redaktion: Katja Bendels
Printed in Germany
Umschlaggestaltung: bürosüd, München,
unter Verwendung von © Trevillion Images / Ildiko Neer
Satz: Satzwerk Huber, Germering
Druck und Bindung: GGP Media GmbH, Pößneck
ISBN: 978-3-453-42506-4

www.heyne.de

Prolog

Pany, Ostschweiz
Dezember 2014, Silvester

Eleonora stand an der spitz zulaufenden Balkonbrüstung ihres Elternhauses. Schnee türmte sich auf dem Metallgeländer. Mit einem leichten Frösteln schob sie die Hände in die Taschen ihres dicken blauen Winterparkas. Schneeflocken tanzten durch den dämmrigen Spätnachmittag. Während die kalte Winterluft auf ihrem Gesicht pikste, ließ sie den Blick auf die andere Seite des Tals gleiten. Doch dunkle Wolken bauten sich schon nach zehn Metern Entfernung zu einer undurchsichtigen Wand auf und verschluckten die sonst spektakuläre Sicht auf die wuchtigen Berge, die das Prättigau umgaben.

Sie hörte, wie hinter ihr die Balkontür zugezogen wurde und sich Schritte knirschend über den Schnee näherten.

»An Tagen wie diesen fühlt es sich hier oben tatsächlich an, als stünden wir an der Reling der gestrandeten Arche Noah, mitten auf dem Berg Ararat.« Ihr Zwillingsbruder Andrea kam mit einem breiten Grinsen neben ihr zum Stehen und schaute ebenfalls in die Wolken. Mit seinen scherzhaften Worten sprach er die Tatsache an, dass sich ihr Vater

Remo Albrecht beim Umbau seines ehemaligen Elternhauses architektonisch von dem biblischen Schiff hatte inspirieren lassen. Zum Leidwesen von Eleonoras Großeltern, die keinen Zugang zu den futuristischen Ideen ihres Sohnes fanden und es dem schlechten Einfluss seiner Ehefrau Rosalba zuschrieben.

»Mamma schickt mich. Oma und Opa sind da, wir nehmen jetzt den Aperitif.« Andrea wandte sich ihr zu und schob die Hände in die Hosentaschen.

Eleonora sah ihn an. Schneeflocken verhedderten sich in seinen strubbeligen blonden Haaren. Optisch würde niemand erkennen, dass sie Zwillinge waren. Mit einem einfühlsamen Ausdruck in den blauen Augen musterte er sie. Sie seufzte, und ihr Blick verlor sich betrübt im milchigen Zwielicht. Das alte Jahr neigte sich dem Ende zu, und mit ihm verging auch eine Ära. Was das neue Zeitalter wohl für sie bereithielt? Vieles würde sich ändern. Bei dem Gedanken daran vermischten sich Vorfreude und Angst miteinander. Eleonoras Herzschlag beschleunigte sich, und gleichzeitig zog sich ihr Magen zusammen. Abgesehen davon ... wie würde man auf ihren Entscheid reagieren? Sie schaute zurück zum Wohnzimmer und biss sich auf die Unterlippe. Bisher hatte sie sich bloß Andrea anvertraut.

Ihr Bruder, der ihren besorgten Gesichtsausdruck richtig gedeutet hatte, legte ihr die Hand auf die Schulter. »Bring es doch gleich jetzt hinter dich. Bestimmt wird es nicht so schlimm, wie du denkst. Ich helfe dir.«

Sie nickte stumm und starrte auf ihre Winterstiefel. Dann gingen sie gemeinsam zurück ins Haus.

Eleonora verstaute Stiefel und Jacke in der Garderobe am Eingang und trat dann in das großzügige Wohnzimmer, das die gesamte Breite des Hauses einnahm und nach oben hin bis zum Dachstuhl offen war. Ein wuchtiger, aus Natursteinen gemauerter Kamin nahm den Großteil der einen Seite des Raums ein. Er war das Einzige, das noch an das Zuhause ihrer Großeltern im rustikalen Landhausstil erinnerte. Die kleinen doppelflügeligen Fenster hatte ihr Vater durch moderne Glasfronten mit Schiebetüren ersetzt, die hinaus auf den Balkon führten. Jagdtrophäen wie Geweihe auf Knochenköpfen, Felle oder gar ausgestopfte Tiere gab es bereits seit Eleonoras Kindheit keine mehr. Ebenso war das vorherrschende Weinrot, die Lieblingsfarbe ihrer Oma Dora, modischen Naturtönen wie Terrakotta, Beige oder Anthrazit gewichen. Erst kürzlich hatten sich ihre Eltern eine zeitgemäßere Einrichtung geleistet und die von Andreas und Eleonoras Kinderjahren gezeichneten Möbel online verkauft. Eine schwarze Eck-Ledercouch mit integrierter Chaiselongue sowie dazu passende Sessel waren um zwei runde weiß lackierte Salontische gruppiert. Gleich daneben prasselte hinter Sicherheitsglas ein Feuer in dem großen Steinkamin. Im hinteren Teil des Wohnraums hing ein kleiner Fernseher. Ein separates Ledersofa für zwei Personen bildete zusammen mit diesem eine zweckmäßige und schmucklose Fernsehecke.

Eleonoras Großeltern hatten mit einem Glas Prosecco auf der Couch Platz genommen und bedienten sich mit Salznüssen und Kartoffelchips. Opa Benjamin strich sich wiederholt imaginäre Haare aus der Stirn und über seinen kahlen Kopf nach hinten. Oma Dora zupfte an ihren weißen Locken oder rückte die Brille zurecht. Ihre Eltern saßen einander gegenüber in den bequemen Ledersesseln nahe dem Feuer und nippten schweigend an ihren Gläsern.

Papa zitterte so stark, dass er das Sektglas mit beiden Händen zum Mund führen musste. Als er bemerkte, dass ihn Eleonora dabei beobachtete, schenkte er ihr ein beruhigendes Lächeln. Trotzdem entgingen ihr die Müdigkeit und der Schmerz, die seine Gesichtszüge zeichneten, nicht. Mit einem Kloß im Hals zwang sie sich, ihm ebenfalls zuzulächeln. Ein Blick zu ihren Großeltern bestätigte ihr, dass Mamma und Papa es ihnen bereits gesagt hatten.

Wie immer, wenn Oma und Opa zu Besuch kamen, war die Stimmung leicht angespannt. Alle bemühten sich, niemand wollte die falschen Themen anschneiden. Eleonora wusste, dass Mamma die beiden nur aus Pflichtgefühl und Anstand gegenüber Papa regelmäßig zu ihnen nach Hause einlud.

»Man weiß ja nie, wie lange die beiden noch leben«, sagte sie immer. »Oma mag mir vieles in die Schuhe schieben, aber immerhin kann sie mir nicht vorwerfen, ich hätte ihr den Sohn oder die Enkelkinder vorenthalten.«

Heute, an Silvester, hätte sie sicher lieber ihre eigenen Eltern aus Italien bei sich gehabt. Diese mieden auf ihre alten Tage jedoch den schneereichen Winter und bevorzugten den Frühling für ihre Besuche in der Schweiz.

Andrea und Eleonora setzten sich nebeneinander auf die Chaiselongue und griffen nach zwei vollen Gläsern Sprudelwein. Eleonora nahm einen kräftigen Schluck aus ihrem Glas und hoffte, dass der Alkohol auf nüchternen Magen ihren Puls innerhalb der nächsten Minuten etwas beruhigen würde.

»Geht ihr jungen Leute heute noch aus, um den Jahreswechsel zu feiern?«, startete Opa einen Versuch, die bleierne Stille zu durchbrechen.

Andrea tauschte einen belustigten Blick mit Eleonora. »Na, so jung sind wir mit unseren zweiunddreißig Jahren nun auch nicht mehr. Abgesehen davon ist mir gerade nicht nach Gesellschaft«, deutete er den Umstand an, dass er sich kürzlich von seiner langjährigen Partnerin getrennt hatte, weil sie ihn mit einem Arbeitskollegen betrogen hatte.

Was Eleonora selbst anging ... »Ich möchte früh aus den Federn und den freien Tag morgen dazu nutzen, in Ruhe einige Offerten zu rechnen und Papierkram im Büro zu erledigen.« Es gab schließlich niemanden, der auf sie gewartet hätte, und das war auch gut so. Dennoch konnte sie sich bei diesem Gedanken nicht davon abhalten, verstohlen ihre Eltern zu betrachten. Deren liebevolle Blicke füreinander zeugten selbst nach all den Jahren noch immer von ihrer engen Bindung, die sie zu Schicksalsgenossen gemacht hatte. Eine Form echter Romantik, die längst ausgestorben war.

Auch heute noch war die jugendliche Schönheit der beiden zu erkennen. Papas Augen leuchteten auch mit sechzig nach wie vor in einem betörenden Blau, und das Aschblond seiner noch vollen Haarpracht war durch die grauen Strähnen lediglich etwas heller geworden. Mamma war ein paar Jahre jünger als Papa und mit den zarten Falten im Gesicht und den langen, von Silber durchzogenen braunen Haaren noch immer eine eindrucksvolle Erscheinung. Stolz und zerbrechlich gleichermaßen.

»Du arbeitest zu viel, Kind«, gab Oma zu bedenken. »Ehe du dich versiehst, bist du eine alte Jungfer und musst deinen Lebensabend einsam und ohne Familie verbringen.«

»Ich könnte mir einen Hund anschaffen.« Eleonora versuchte es mit einem Scherz und einem halbherzigen Lächeln. Sie wollte nicht streiten. Nicht am letzten Tag des

Jahres. Oma schwieg, ihre Meinung war ihr jedoch an den missbilligend zusammengepressten Lippen deutlich anzusehen.

»Eleonora trägt viel Verantwortung auf ihren Schultern, Dora«, sagte Mamma. »Wie du weißt, habe ich ihr die Bauunternehmung zum Jahreswechsel übergeben.«

Es stimmte, vom morgigen Tag an würde Eleonora als Hauptgeschäftsführerin die Geschicke der Mandelli AG leiten, der Baufirma, die ihre Mutter in den vergangenen fast fünfunddreißig Jahren von einem kleinen Zwei-Mann-bzw.-Frau-Betrieb zu einem mittelständischen Unternehmen mit rund dreißig Mitarbeitern aufgebaut hatte. Dieses große Geschenk und das Vertrauen in sie ehrten Eleonora sehr. Schon als kleines Mädchen hatte sie mit absoluter Sicherheit gewusst, dass sie eines Tages in die Fußstapfen ihrer Mutter und Großmutter treten wollte. Nonna Aurora hatte 1956, vor fast sechzig Jahren also, die Tradition der Mandelli-Frauen begründet, als sie nach dem Unfalltod ihres Bruders Tommaso an seiner Stelle das Bauunternehmen der Familie im ländlichen Cerano d'Intelvi weitergeführt hatte.

»In unserer Branche weht ein harscher Wind«, fuhr Eleonoras Mutter fort. »Meine Tochter hat sich trotzdem dafür entschieden, die Geschicke der Mandelli AG in die Hand zu nehmen und das Erbe unserer Familie in die Zukunft zu führen. Wohlwissend, dass es einfachere Wege gäbe.« Mamma reckte stolz das Kinn und bedachte Oma mit einem glühenden Blick aus ihren dunklen Augen.

Andrea schaute Eleonora an. »Jetzt ist der richtige Moment«, schien sein Blick zu sagen.

Sie räusperte sich und griff mit zitternden und feuchten Händen nach ihrem Prosecco, um einen letzten Schluck zu trinken. Hitze stieg ihren Hals hinauf und pulsierte in ihren Wangen, als sie Luft holte. Das Blut rauschte in ihrem Kopf, sodass sie kaum einen klaren Gedanken fassen konnte. Doch es musste jetzt sein.

»Es gibt noch etwas, das im neuen Jahr anders sein wird«, erklärte sie.

Mamma legte die Stirn in Falten und musterte sie verwirrt. Es kam nicht oft vor, dass Eleonora Geheimnisse vor ihr hatte.

»Ich ... habe meinen ... Familiennamen geändert.«

Sie schluckte leer und suchte Papas Blick.

»Ab jetzt heiße ich Eleonora Mandelli. Nicht mehr Albrecht.«

Kapitel 1

Schiers, Ostschweiz
Ende Februar 2015

Eleonora beendete die Mail, die sie gerade geschrieben hatte, und drückte auf »Senden«, während ihr Blick durch das spärlich eingerichtete Büro streifte und an der runden Werbewanduhr haften blieb. Kurz vor neun Uhr. Es lohnte sich nicht mehr, sich für diese wenigen Minuten noch in eine Arbeit zu vertiefen, also wartete sie einfach und betrachtete die Ordnerregale, die die fensterlosen Seiten des Raums einnahmen. Ob es für das Raumklima vielleicht von Vorteil wäre, eine Pflanze zu kaufen? Doch wo sollte sie die hinstellen? Es gab keine freien Ablageflächen in ihrem Büro, nicht zuletzt weil sich überall Papierstapel mit unerledigten Arbeiten auftürmten. Eleonoras Blick blieb an der Auftragsliste neben ihrem Computerbildschirm an der Wand hängen. Sie war noch beinahe leer, niemand verlangte nach den Diensten der Mandellis. Das anhaltend tiefe Preisniveau sowie die Konkurrenz durch zahlreiche Branchenkollegen sorgten für ein bedrohliches Missverhältnis auf dem Markt.

Als sie einen tannengrünen Jeep vorfahren sah, erhob sie sich von ihrem Stuhl.

Obwohl Eleonoras Mutter nach wie vor im Betrieb mitarbeitete, hatte sie sich durch die Firmenübergabe Ende des Jahres etwas aus dem Alltagsgeschäft zurückgezogen. Papas Parkinsondiagnose sorgte dafür, dass er zunehmend ihre Hilfe benötigte. Er würde sich noch in diesem Jahr frühpensionieren lassen. Bis es jedoch so weit war und er alles geregelt hatte, brauchte er Mamma öfters an seiner Seite. So kam es denn auch, dass diese Eleonora das Vorstellungsgespräch mit dem potenziellen neuen Mitarbeiter der Administration und Buchhaltung alleine bestreiten ließ.»Schlussendlich musst du ab jetzt die Leute einstellen, die zu dir und deiner Generation passen«, hatte sie gesagt und damit ein aktuelles Thema angesprochen: den Lauf der Zeit.

Denn der Wechsel in der Administration und Mammas schrittweiser Rückzug waren nicht die einzigen Veränderungen, die Eleonora bevorstanden. Auch ihr Patenonkel Federico wurde im Herbst sechzig Jahre alt und trat somit gemäß den gesetzlichen Vorgaben für das schweizerische Bauhauptgewerbe in den »flexiblen Altersrücktritt« über. Seit jenem schicksalhaften Tag im Juni 1980, an dem ihn Mamma im Lebensmittelgeschäft in Klosters aufgegabelt hatte, war er ein fester Bestandteil der Mandelli AG – zuerst als einziger Mitarbeiter, später als erster und zwischenzeitlich als erfahrenster Vorarbeiter der Firma. Federico Minniti war die rechte Hand der Geschäftsleitung und ihre offizielle Vertretung im Dschungel der Baustellen.

Mit einem freundlichen Lächeln auf den Lippen öffnete Eleonora die Glastür zum Bürogebäude und bat den Bewerber herein. Er war der vierte Kandidat, der zu einem persönlichen Vorsprechen erschien. Aufgrund seiner langjährigen Erfahrung und Fachkompetenz war er Eleonoras heimlicher Hoffnungsträger. Eigentlich konnte sie sich aufgrund der schwachen Auftragslage gar keine weitere Person auf ihrer Lohnliste leisten. Doch die Buchhaltung und Administration war eine Schlüsselposition in ihrer Firma, und dafür brauchte sie einfach eine Fachperson.

»Wir sind nicht besonders modern eingerichtet«, entschuldigte sie sich bei Urs Huber. »Wir sind vor ein paar Jahren mit dem Werkhof von Grüsch hierher nach Schiers umgezogen. Dabei lag das Augenmerk vornehmlich auf der Modernisierung und Erweiterung des Baubetriebs und nicht auf der Ausstattung der Verwaltungsräumlichkeiten. Deshalb ist hier leider alles ein bisschen zusammengewürfelt, aber es ist zweckmäßig.« Sie unterstrich ihre Worte mit einem Lächeln, das Herr Huber mit einem Schulterzucken aufgriff.

Was sie ihm bewusst verschwieg, war die Tatsache, dass die meisten Einrichtungsstücke aus einem Büro-Outlet stammten, weil derzeit jeder hart verdiente Franken zur Deckung der Lohnkosten gebraucht wurde. Auch erwähnte sie nicht, dass die Umsiedlung des Baubetriebs von Grüsch nach Schiers für viel Unruhe und Feindseligkeit in der Branche gesorgt hatte. Die Familie Caviezel, die hier schon seit den Fünfzigern ein Bauunternehmen führte, hatte alles versucht, um die Vermietung der Industrieimmobilie neben den Bahngeleisen an die Mandelli AG zu verhindern. Den Besitzer derselben, einen Engländer, kümmerten die Wechselbeziehungen der Einheimischen untereinander jedoch herzlich wenig. Er war einfach froh, das Gebäude nach jahrelangem Leerstand wieder vermietet zu bekommen.

»Ich komme aus einer Handwerkerfamilie, Frau Mandelli«, erklärte Urs Huber. »Ich brauche kein Designerbüro, im

Gegenteil: In einer bodenständigen Umgebung fühle ich mich weitaus wohler.«

Eleonora war erleichtert und erfreut, einen Verwandten im Geiste anzutreffen. Sie teilte seine Vorliebe für praktische und schlichte Arbeitsräume und wertete das als gutes Zeichen. Urs Huber war ein Mann von fünfundfünfzig Jahren, mit Glatze und ein wenig müde wirkenden dunklen Augen. Er trug einen braunen, ausgewaschenen Anzug, dessen Jackett seine Gestalt beinahe zu verschlucken schien. Ein cremefarbenes Hemd steckte in der mit einem Ledergurt viel zu weit hochgezogenen Stoffhose. Man sah ihm an, dass er das unmodische Stoffzelt nur zu speziellen Anlässen trug. Aufgrund seiner Größe ging Urs Huber leicht geduckt. Auf seiner Knollennase trug er eine runde Brille mit feinem Goldrand. Ein leichtes Lächeln auf den vollen Lippen, ließ er den Blick durch den spärlich beleuchteten Flur schweifen.

»Dieses Büro erinnert mich an die kleine Firma meiner Eltern. Sie betrieben eine Waschanlage mit integrierter Reparaturwerkstatt. Auch da mussten die Räumlichkeiten in erster Linie zweckmäßig sein.« Während er dies sagte, kramte er in seiner weiten Anzughose und zog ein kariertes Stofftaschentuch hervor. Dezent tupfte er sich damit seine Nase ab.

»Bitte folgen Sie mir doch in unser Sitzungszimmer am Ende des Flurs, da können wir ungestört reden. Danach zeige ich Ihnen den Betrieb, wenn Sie Lust haben.«

Urs Huber nickte und folgte ihr durch den kurzen fensterlosen Gang, von dem mehrere Türen in angrenzende Büroräume abzweigten. Gelbliches Licht erhellte die schmutzig weißen Wände.

Die Einrichtung des Sitzungszimmers bestand aus einem Kunststofftisch und Metallstühlen, die mit blauen Stoffpolstern bezogen waren. Ein Fenster ließ etwas Tageslicht herein. Abgesehen von einer kleinen Kommode mit einem Telefon und einem Baustellenbild, gab es keine Möbel in dem Raum.

»Möchten Sie gerne einen Kaffee, Tee oder etwas Wasser? Wir hätten auch Apfelsaft oder Cola«, fragte Eleonora und bedeutete ihrem Gast, sich zu setzen.

Herr Huber entschied sich für eine Cola, Eleonora selbst nahm ein Glas Wasser.

Nachdem sie sich ebenfalls gesetzt und ihre Unterlagen vor sich auf dem Tisch ausgebreitet hatte, begann sie zu erzählen: »Die Ursprünge unseres Betriebs liegen bei meinen Vorfahren in der Region des nördlichen Comer Sees. Was als Kleinbetrieb für Kundenmaurerarbeiten und Natursteinmauerwerk begann, hat sich zwischenzeitlich zu einem Unternehmen mit rund dreißig Mitarbeitern und Tätigkeiten in den klassischen Sektoren Hoch-, Tief- und Umbau weiterentwickelt. Wir besitzen eine kleine betriebseigene Werkstatt, einen Lastwagen und zwei Krane«, stellte Eleonora die Firma mit knappen Worten vor.

»Unsere langjährige Administrationsmitarbeiterin wurde Ende Januar pensioniert, und wir suchen schon seit einer ganzen Weile nach jemandem, der sich nun um die Lohnbuchhaltung, administrative Aufgaben sowie die allgemeine Buchhaltung kümmert. Bisher ließ sich niemand Passendes finden.«

Sie hielt einen kurzen Moment inne und dachte über ihre eigenen Worte nach. Viele gut ausgebildete junge Leute zog es in die großen Schweizer Städte, die nebst einem deutlich attraktiveren Lohn auch mehr Unterhaltung und Freizeitmöglichkeiten boten als das Leben in den Bergen.

»Elvira hat sich aber gottlob bereit erklärt, noch so lange im Teilzeitpensum in der Firma zu arbeiten, bis die Jahresendarbeiten erledigt sind und jemand Geeignetes die Stelle antritt. Leider ist heute ihr freier Tag.« Eleonora holte kurz Luft und nahm einen Schluck Wasser. »Wie ich Ihrem Lebenslauf entnehmen konnte, haben Sie eine kaufmännische Ausbildung bei der Sauter Maschinenbau AG gemacht und dort auch die folgenden sieben Jahre gearbeitet. Danach haben Sie viel Erfahrung gesammelt, jedoch noch nie in einem Baubetrieb gearbeitet, richtig?« Eleonora kannte besagte Handwerksfirma gut. Der Umstand, dass Herr Huber dort ausgebildet worden war und offenbar auch längere Zeit dort gearbeitet hatte, galt als solide Referenz. Auf die Lücke in seiner Biografie, die sein Lebenslauf offenbarte, würde sie später eingehen.

Herr Huber nahm einen Schluck seiner Cola, verschränkte die Hände ineinander und lächelte. »Das ist korrekt. Gute Leute, die Sauters. Wir haben uns schweren Herzens getrennt, weil ich noch was anderes kennenlernen wollte. Danach habe ich bloß in Detailhandelsbetrieben sowie in der öffentlichen Verwaltung gearbeitet. Ich weiß, dass die administrativen Aufgaben in der Baubranche komplexer sind und ich sicherlich noch viel lernen muss, aber gerade das reizt mich an der neuen Herausforderung. Ich möchte die Monotonie hinter mir lassen und noch mal etwas Neues kennenlernen. Außerdem ...« Er zögerte und senkte den Blick auf seine Hände. Als er ihn wieder hob, wirkte er betrübt. »Abgesehen davon war auch sonst eine Veränderung nötig.« Er machte erneut eine Pause. »Die ganze Wahrheit ist, und ich möchte ehrlich zu Ihnen sein, dass ich aufgrund meines letzten Anstellungsverhältnisses einen

Burnout erlitt und daraufhin ein Jahr in eine Klinik musste. Danach war ich knapp zwei Jahre arbeitslos.« Er seufzte. »Der Burnout galt als Klecks in meinem Reinheft. Viele Arbeitgeber lehnten mich deshalb ab. Rückblickend muss ich sagen, dass ich wohl auch noch nicht für eine neue Anstellung bereit gewesen bin.« Herr Huber strich sich über die Glatze und lächelte gequält. »Dieser Umstand gab mir allerdings den nötigen Freiraum, wieder in meine Mitte zu kommen. Mit der Auszeit kamen auch der Tatendrang und die Freude an der Arbeit zurück.« Er unterstich seine Worte mit einem leichten Lächeln. Verunsicherung spiegelte sich in seinem Blick.

Eleonora sah ihn einen Moment nachdenklich an. »Es tut mir leid, das zu hören. Ich danke Ihnen für Ihre Offenheit. Solche Geschichten sind in der heutigen Zeit keine Seltenheit, weshalb ich das Ganze auch nicht überbewerten möchte. In der Baubranche haben wir durch den allgemeinverbindlichen Gesamtarbeitsvertrag außerdem strenge Auflagen, was Normalarbeitszeit, Überstunden und Ferien betrifft. Wir unterliegen der strengen Kontrolle der Gewerkschaften.« Eleonora sortierte die Unterlagen vor sich auf dem Tisch, ehe sie weitersprach. »Ich nehme diese Angelegenheiten sehr ernst. Meine Mitarbeiter stehen in meiner Obhut, und es liegt in meiner Verantwortung, dass es ihnen gut geht. In meiner Firma wird nach Möglichkeit keine Mehrarbeit angeordnet, und wenn, wird sie exakt aufgeschrieben und auch bezahlt.« Mit Verachtung dachte sie an jene geldgierigen Branchenkollegen, für die ihre Angestellten bloß anonyme Nummern im Computersystem waren. Eine solche Einstellung hatte bereits ihre Mutter vehement abgelehnt. »Jeder verdient Menschlichkeit«, hatte sie stets gesagt.

Herr Huber seufzte und sah Eleonora an. »Das klingt, als wäre ich endlich, nach jahrelangem Suchen, am richtigen Ort gelandet.«

Nachdem sie sich noch eine Weile über die Tätigkeiten, die Herr Hubers Stelle beinhalten würde, unterhalten hatten, holte Eleonora tief Luft, schob den Stuhl zurück und erhob sich mit einem Lächeln. »Wollen Sie nun das Büro und den Werkhof sehen? Bestimmt sind Sie neugierig.«

»Sehr gerne.« Herr Huber erhob sich ebenfalls, trank noch den letzten Schluck Cola und folgte Eleonora auf den Flur hinaus. Während sie dem Bewerber alles erklärte, führte sie ihn zuerst durch das Administrationsbüro mit Blick auf den Werkhof. Obwohl die Möbel wild zusammengewürfelt waren und deutliche Gebrauchsspuren aufwiesen, kommentierte Urs Huber alles mit großer Begeisterung. Es erweckte den Eindruck, als fühlte er sich in den bescheidenen Räumlichkeiten der Mandelli AG bereits ebenso heimisch wie Eleonora.

Draußen schlug ihnen die typische Frühlingsluft, milde Wärme gepaart mit den letzten frostigen Ausläufern des Winters, entgegen. Bleich stand die Sonne an einem milchig blauen, mit Schleierwolken gesprenkelten Himmel. Auf den Bergspitzen lag teilweise noch Schnee. Ein tristes Braun beherrschte die Wiesen und steil abfallenden Talabhänge zu beiden Seiten. Noch hatte sich das Grün des Frühlings nicht durchgesetzt.

Gemeinsam überquerten sie den Werkhof, der sich an einer schmalen Industriestraße am Dorfrand von Schiers befand. Der Vorplatz bestand immer noch aus Schotter. Sie umrundeten das Hauptgebäude, um einen Blick auf den Lagerplatz des Materials werfen zu können. Direkt neben dem Eingang zum Büro reihten sich vier Tore mit Glasfenstern aneinander. Hinter einem davon befand sich die Werkstatt, die nun offen stand, die übrigen verbargen Garagen für Fahrzeuge, Kleinmaterial oder elektrische Maschinen. Eine Metalltreppe führte auf das Dach des fleckigen Sichtbetongebäudes. Auch dort wurden Material und Kleinmaschinen gelagert.

Urs Huber schloss die Augen und legte den Kopf in den Nacken. Genießerisch sog er die Luft ein. »Ich liebe den Duft nach Staub, Stein und Schmierfetten, der hier vorherrscht. Das alles erinnert mich tatsächlich an den Betrieb meiner Eltern. Ich habe viel Zeit dort verbracht. Für mich ist das der Inbegriff von Schlichtheit und Handwerkertum. Nach den Jahren im Dienstleistungssektor und in der öffentlichen Verwaltung wäre das hier genau das Richtige für mich.«

Eleonora konnte sich von einem Lächeln nicht abhalten. Im Gegensatz zu den anderen Bewerbern, die entweder keine passende Ausbildung oder einen unreifen Eindruck bei ihr hinterlassen hatten, war Eleonora von Herrn Hubers schlichter Art angenehm überrascht. Es war bereits nach zehn Uhr, und sie hatte das Gefühl, dass nun fürs Erste alles gesagt war. »Wenn es für Sie in Ordnung ist, würde ich vorschlagen, dass wir uns nun beide einige Tage Gedanken machen, und uns dann ein Feedback geben.«

Herr Huber lachte trocken, aber herzlich. Zwinkernd meinte er: »Darüber muss ich nicht nachdenken, Frau Mandelli. Natürlich weiß ich nicht, ob es noch weitere Bewerber gibt, aber ich für meinen Teil fühle mich hier sehr wohl und kann mir die Arbeit in Ihrer Firma gut vorstellen.« Er deutete eine altmodische Verbeugung an. »Der Entscheid liegt natürlich bei Ihnen, selbstverständlich.«

»Bisher hat sich noch niemand gemeldet, der Ihre Qualifikationen vorweisen kann. Trotzdem, Herr Huber, möchte ich Sie nicht überfordern. Denken Sie in Ruhe darüber nach, ob Sie sich die Verantwortung der gesamten Administration in dieser rauen Branche zutrauen. Außerdem müssten Sie mit einer deutlich jüngeren weiblichen Chefin klarkommen, das ist nicht jedermanns Sache«, fügte Eleonora noch scherzhaft an. Wie zu erwarten war, lachte Urs Huber herzhaft und legte den Kopf schief.

»Glauben Sie mir, das ist mein kleinstes Problem. Ich war bereits mehrfach Frauen unterstellt, manchmal auch jüngeren, und empfand die Zusammenarbeit stets als sehr bereichernd. Außerdem habe ich eine zwanzigjährige Tochter. Meine Wertvorstellungen mögen vielleicht aus dem letzten Jahrhundert sein, ich selbst bin es allerdings nicht, Frau Mandelli.«

»Wunderbar«, antwortete Eleonora mit einem zufriedenen Lächeln und schob die Hände in die Hosentaschen. Sie war erleichtert, dass sich für das Problem mit der freien Stelle in ihrem Betrieb endlich eine Lösung abzeichnete. Ihre Mutter hatte sie nämlich auf ein zähes und mühsames Unterfangen vorbereitet, und anfänglich hatte es auch diesen Anschein erweckt. Gerade weil die Buchhaltung eine Schlüsselposition in ihrer Firma bildete und sie der entsprechenden Person großes Vertrauen schenken und viel Verantwortung übertragen musste, würde sie enger als jeder andere mit ihr zusammenarbeiten. Es war daher wichtig, dass diese Person verschiedene Eigenschaften in sich vereinte.

Urs Huber, so dachte Eleonora, war eine bodenständige und ehrliche Person mit viel Erfahrung und Fachkenntnis. Er hatte eine Chance verdient. Sie freute sich auf sein baldiges Feedback, ahnte jedoch schon, wie die Antwort ausfallen würde.

Kurz bevor er sich endgültig verabschiedete und in seinen Wagen stieg, holte er nochmals Luft. »Wie ich auf Ihrer Homepage gelesen habe, ist Ihr Hobby das Nähen? Was nähen Sie denn, wenn ich fragen darf?«

Perplex starrte Eleonora ihn an. Diese Frage hatte sie nicht erwartet. Er hatte sich offenbar sehr solide und interessiert auf das heutige Gespräch vorbereitet. Ein weiterer Pluspunkt.

»Das Nähen hat in meiner Familie seit Generationen Tradition. Was im ländlichen Italien als Notwendigkeit aufgrund der knappen Finanzen und der Abgeschiedenheit begann, ist mittlerweile eine Passion geworden. Leider reicht meine Zeit, seit ich in der Firma arbeite, nicht mehr aus, um mir alle Kleider selbst zu nähen. Aber ich stöbere gerne online und schneidere mir dann gelegentlich etwas Modisches für besondere Anlässe. Meistens sind es also Kleider; die faszinieren mich mit ihren glänzenden, fließenden Stoffen und anschmiegsamen oder luftigen Schnitten, den Mustern und Farben ...« Erschrocken brach sie ab. Sie hatte sich komplett vergessen und war ins Schwärmen geraten. Sie kannte Urs Huber doch kaum, warum erzählte sie ihm all das? Vermutlich, weil er gefragt hatte, und in der heutigen Welt voller Oberflächlichkeit kaum mehr jemand fragte.

»Ich bin übrigens Eleonora, machen wir es unkompliziert.« Von ihrer eigenen Spontanhandlung überrascht, reichte sie Urs Huber die Hand und verabschiedete sich von ihm.

»Urs, freut mich«, sagte er mit einem Schmunzeln. »Ich melde mich morgen bei dir. Und ich halte meine Versprechen.«

Scherzhaft hob er den Zeigefinger, um seine Ernsthaftigkeit zu unterstreichen.

Nachdem der tannengrüne Jeep den Werkhof verlassen hatte, ging Eleonora zurück in ihr Büro. Nun hatte sie gut anderthalb Stunden mit Urs Huber verbracht, bestimmt explodierte ihr Mailpostfach bereits. Immerhin hatte sie das Telefon auf ihre Mutter umgeleitet, die alle Anrufe von zu Hause aus entgegennahm, während sie sich Papa widmete.

Mit schwirrendem Kopf und ein wenig erschöpft ließ sich Eleonora auf den Bürosessel sinken und beschloss, zuerst den Stapel mit der aktuellen Post zu bearbeiten.

Gleich nach dem dritten geöffneten Kuvert sank ihre Laune unter null. Die Zuversicht, die die Begegnung mit Urs Huber ausgelöst hatte, verpuffte innerhalb weniger Sekunden.

Leider wurde die Arbeit an jemand anderen vergeben, stand da. Sie konnte den Satz, der sie bereits bis in den Schlaf verfolgte, nicht mehr hören. Nach einem Blick auf Seite zwei zog sich ihr Herz schmerzhaft zusammen. Dreißig Prozent zu teuer! Dreißig Prozent! Wie war das möglich? Sie hatte die Offerte sorgfältig und fair berechnet, ohne überzogene Margen, wie immer.

Wie so oft in solch entmutigenden Momenten schrieb sie ihrem Bruder Andrea und klagte ihm ihr Leid. Sie wusste, dass sie stets dasselbe schrieb, aber es half ihr, ihrem Ärger Luft zu machen und sich über die Ungerechtigkeiten aufzuregen.

Schon wieder eine Absage, langsam wird es eng. Es ist bald März, und wir haben noch immer kaum Aufträge. Gerade hat wieder die Filiale der Zukunftsbau AG in St. Moritz den

Zuschlag bekommen. Offenbar kaufen sie unseren Markt auf. Warum?

Es war weithin bekannt, dass diese Firma sich über Jahre hinweg durch überteuerte Bauten von Zweitwohnungen und Preisabsprachen an vermögenden nationalen und internationalen Touristen bereichert hatte. Bei der Menge, die sie regelmäßig umsetzten, bekamen sie außerdem sämtliche Rohstoffe zu Spottpreisen.

Ihr Zwillingsbruder antwortete ihr postwendend:

Weil sie es können.

Kapitel 2

Wenn schon die Post, ob in Papierform oder via Mail, täglich neue Hiobsbotschaften brachte, so kamen wenigstens auf einem anderen Kanal erfreuliche Nachrichten. Urs Huber hatte sein Wort gehalten und sich bereits am Tag nach dem Vorstellungsgespräch mit einer Zusage seinerseits gemeldet. Eleonora war erleichtert, die Stelle in der Administration endlich besetzt zu haben. Die Flut an unbrauchbaren Bewerbungen sowie die ersten Vorstellungsgespräche hatten sie resigniert zurückgelassen.

Gerade wollte sie ihrer Mutter die Neuigkeit mitteilen, als die Betreffzeile einer Mail ihre Aufmerksamkeit auf sich zog. *Frage betreffend Auftrag*, stand da geschrieben. Vielleicht war heute ja ausnahmsweise Eleonoras Glückstag? Mit zitternden Fingern klickte sie die elektronische Nachricht an und begann zu lesen. Als sie damit fertig war, sprang sie auf und eilte aufgeregt ins angrenzende Büro, wo ihre Mutter gerade mit einigen Kalkulationen und Abrechnungen beschäftigt war. Die Stirn in angestrengte Falten gelegt, starrte sie auf den Bildschirm des Computers und rückte die Lesebrille auf der Nase zurecht.

»Stell dir vor, ich habe vielleicht einen lukrativen Kunden am Haken!«, platzte es aus Eleonora heraus. Mamma wandte sich ihr mit neugierig erhobenen Augenbrauen zu.

»Tatsächlich? Das wäre in der Tat sehr erfreulich. Worum geht es denn?«

»Also, bevor ich es vergesse: Der Neue, Urs Huber, hat zugesagt. Er fängt bereits nächste Woche mit der Arbeit an. Ich habe wirklich ein gutes Gefühl bei ihm. Er ist fachlich sehr kompetent und hat gute Referenzen.« Sie räusperte sich und rang die Hände, so aufgeregt war sie. »Dann hat mir ein unbekannter Herr soeben eine Mail geschrieben. Offenbar ist er online auf unsere Firma gestoßen. Wie er schreibt, ist er ursprünglich hier im Tal geboren, dann aber in die Westschweiz gezogen. Jetzt hat er sich dazu entschlossen, wieder in seine Heimat zurückzukehren. Er ist Immobilienverwalter und hat sich in der Tourismusregion Klosters-Davos selbstständig gemacht. Nun ist er auf der Suche nach einem lokalen Partner, mit dem er und seine Kunden Instandhaltungsarbeiten, Umbauten oder auch Kundenmaurerarbeiten realisieren können. Aus Erfahrung möchte er längerfristig mit einem bestimmten Partnerunternehmen zusammenarbeiten, damit er sich auf die Arbeit verlassen kann und nicht mit ständigen Unsicherheitsfaktoren rechnen muss. Wie es scheint, hat ihn unsere Homepage sehr angesprochen, weshalb er mich nun kennenlernen möchte. Er hat mich für morgen zu einer Besprechung mit anschließendem Mittagessen eingeladen, um zu prüfen, ob eine Zusammenarbeit infrage käme und wie diese aussehen würde. Na, was sagst du dazu?« Eleonora konnte ihre Euphorie kaum bremsen und strich sich die feuchten Handflächen an der Jeans ab.

»Das klingt sehr vielversprechend«, begann Mamma, wirkte jedoch nachdenklich. »Du solltest es auf jeden Fall prüfen.«

»Du ... wirkst so misstrauisch. Findest du es keine gute Idee? Für mich klingt das nach einer tollen Chance! Vielleicht ist es ein sanfter Einstieg in das Einzugsgebiet der Tourismuszentren. Selbst wenn der Bau von Ferienwohnungen nun per Gesetz eingeschränkt wurde, so gibt es im kleinen Rahmen doch immer noch sehr viel zu tun. Und das Preisniveau ist dort deutlich höher.« Eleonoras Begeisterung war ungebremst.

Ihre Mutter konnte sich jedoch nicht zu einem Lächeln durchringen. »Doch, ich finde, du solltest der Sache unbedingt nachgehen«, sagte sie ernst. »Ich bin bloß etwas vorsichtig und freue mich lieber nicht zu früh. Die Zeiten haben sich geändert, der Erfolg kommt nicht mehr so leicht. In meinen Anfängen damals habe ich auch gelegentlich für die vermögende Klientel in Klosters und Davos gearbeitet, wie du weißt.« Kurz blitzten ihre Augen bei der Erinnerung an diese lieb gewonnene Zeit auf. Dann starrte sie erneut nachdenklich auf das graue Festnetztelefon und die Rechenmaschine auf ihrem Pult. »Aber mein Markt ist zwischenzeitlich ausgetrocknet. Es tut mir leid, dass ich dir die Firma in dieser schwierigen Zeit übergeben muss. So hatte ich das nicht geplant. Aber ich schätze, du musst, wie wir Mandelli-Frauen alle, deinen eigenen Weg finden.« Sie bemühte sich um ein mildes Lächeln. Mamma tat sich schwer mit der Tatsache, dass sich die Dinge verändert hatten und all das, was sie mit viel Mut und Durchhaltewillen erarbeitet hatte, nun auf so wackligen Füßen stand.

»Aber Mamma, das habe ich doch immer schon. So hast du es mir beigebracht.« Eleonora dachte daran, wie sie damals als einziges Mädchen im ganzen Tal eine Maurerlehre absolviert und sich zur Bauführerin hatte ausbilden lassen. Ihre Großmutter Dora schämte sich noch heute für ihre Enkelin, die darauf bestanden hatte, einen Männerberuf zu wählen. Doch Mamma hatte Eleonora immer darin bestärkt, ihrem Herzen zu folgen und sich nicht durch die Meinung anderer davon abbringen zu lassen. Und genau das würde Eleonora auch diesmal tun.

»Mach dir keine Sorgen«, sagte sie. »Es wird alles gut, vertrau mir. Ich denke, der Immobilienverwalter ist ein Geschenk des Himmels.«

Eleonora hatte sich für das Geschäftsmeeting extra aus ihrer Baustellen-Alltagskluft geschält. Anstelle der Jeans und des schnörkellosen Pullovers trug sie nun einen dunkelblauen, knielangen Faltenrock und dazu eine klassische weiße Bluse. Schlichte schwarze Lederschuhe mit einem leichten Absatz rundeten das Ensemble ab. Ihre dunkelbraunen, feinen Locken hatte sie zu einem Pferdeschwanz zusammengebunden.

Eine Steintreppe führte zum Haupteingang des Restaurants *Wartegg*, in dem der Termin stattfand. Warme Heizungsluft schlug Eleonora entgegen, als sie den Schankraum betrat. Wände und Möbel aus hellem sandfarbenem Holz sorgten für eine freundliche und gemütliche Atmosphäre. Sitzpolster und Vorhänge waren in einem frischen Grün gehalten, das von den überall im Raum verteilten Natur-Gemälden aus groben Pinselstrichen wiederum aufgegriffen wurde.

Das Restaurant war um diese Uhrzeit, eine Stunde vor dem Mittag, beinahe leer, weshalb es nicht schwer zu erraten war, bei welchem der Anwesenden es sich um den Immobilienverwalter handelte. Sein schwarzer Anzug, die dunklen, halblangen, nach hinten gekämmten, schon etwas schütteren Haare und die braune Hornbrille verrieten den ungefähr Vierzigjährigen. Jedenfalls stellte sich Eleonora einen Vertreter seiner Zunft klischeehaft in etwa so vor.

Sie lag richtig.

Als sie sich mit einem scheuen Lächeln auf ihn zubewegte, erhob er sich und strich seine Hose glatt. »Frau Mandelli?«

Sie nickte und hielt ihm die Hand hin. »Guten Tag Herr Weber, schön, dass Sie sich Zeit für mich nehmen.«

»Aber gerne doch, die Freude ist ganz meinerseits. Machen wir es nicht kompliziert: Ich bin Markus.« Er bedeutete Eleonora mit einem Lächeln, sich doch zu setzen. Dabei glitt sein Blick kurz über ihre Erscheinung.

»Ähm ... Eleonora ... danke.« Sie setzte sich und holte einen Notizblock, Schreibzeug und eine Mappe mit Fotos aus ihrer Handtasche. Dann wartete sie gespannt darauf, dass ihr Gegenüber das Gespräch startete.

»Sehr schön, dass du heute gekommen bist, Eleonora. Nach so vielen Jahren in der Westschweiz fehlt mir derzeit noch ein bisschen der Anschluss zu den Einheimischen hier in der Gegend. Bei dir hatte ich direkt ein sehr gutes Gefühl. Als ich dein Foto auf der Homepage der Firma gesehen und die Informationen zu dir und der Firmengeschichte gelesen habe, wusste ich gleich: Diese Frau muss ich kennenlernen, mit der möchte ich Geschäfte machen! Du kennst das bestimmt, wenn man plötzlich so ein Bauchgefühl hat.« Er hielt sich die Hand auf den Magen und entblößte eine Reihe weißer, leicht krumm angeordneter Zähne.

Eleonora nickte höflich. Zwischenzeitlich hatte die Bedienung ihnen einen Kaffee gebracht. Markus' inquisitivem Blick ausweichend, griff Eleonora nach dem Löffel und rührte Zucker in ihren Cappuccino.

»Was haben Sie ... pardon ... was hast du dir denn vorgestellt, welche Arbeiten wir für dich verrichten sollen?«,
fragte sie schließlich, um das Gespräch auf das eigentliche
Thema zurückzubringen.

»Ich muss vielleicht etwas ausholen, damit man versteht,
worum es mir geht.« Markus Weber holte tief Luft. »Nachdem ich zehn Jahre in Genf in einer großen Immobilienfirma gearbeitet habe, wurde es Zeit für eine Veränderung.
Mir ging es nicht besonders gut, musst du wissen. Die Stadt
hat mich auf Dauer krank gemacht, und irgendwann wurde mir klar, was ich wirklich brauchte: Eine Rückkehr zu
meinen Wurzeln, zur Natur, zu Klosters.« Er warf lachend
die Hände in die Luft. »Und da bin ich nun und habe den
Schritt in die Selbständigkeit gewagt.«

»Verständlich und beeindruckend.« Eleonora schenkte
ihm ein undifferenziertes Lächeln und wartete darauf, dass
er auf den Punkt kam.

»Wie du dir bestimmt vorstellen kannst, war das nicht so
einfach. Mein gesamtes soziales Umfeld befand sich in Genf.
Einzig die Trennung von meiner Lebenspartnerin begüns-
tigte mein Vorhaben. Die Distanz tut mir gut. Ich fange hier
also wieder bei null an, versuche, einige alte Bekanntschaf-
ten zu reaktivieren und neue Menschen kennenzulernen.«
Er nahm einen Schluck seines mittlerweile vermutlich kalten Kaffees.

»Mhm.« Verstohlen erhaschte Eleonora dabei einen Blick
auf seine Armbanduhr. Es war bereits halb zwölf. »Und
dann haben Sie ... also du ... eine Immobilienfirma gegründet und Kunden akquiriert?«

Er lehnte sich in seinem Stuhl zurück und strich sich
über die zurückgegelten Haare. »Nicht direkt. Zuerst habe

ich das Haus meiner verstorbenen Tante übernommen und es, soweit es ging, mit den eigenen Händen umgebaut. Die körperliche Tätigkeit hat meinen Geist geklärt und mich endlich wieder zu mir selbst geführt.« Ein stolzes Grinsen verzog seinen Mund.

»Umbauten gehören ebenfalls zu unseren Kernkompetenzen. Darf ich dir einige Referenzfotos unserer Arbeiten zeigen, damit du eine Vorstellung davon hast? Danach können wir gerne auch noch über konkrete Wünsche in Bezug auf deine Klienten sprechen. Du kannst ihre Bedürfnisse besser einschätzen als ich.« Eleonora griff nach ihren Unterlagen und breitete einige Fotos aus.

»Es ist hart, alles alleine machen zu müssen.« Markus lehnte sich nach vorne und verschränkte die Hände ineinander. Sein Blick strich über Eleonoras Gesicht.

»Das verstehe ich. Die Selbstständigkeit ist kein Zuckerschlecken. Besonders zu Beginn«, sagte sie verständnisvoll.

»So ist das. Insbesondere wenn sich dieser Zustand auch noch im privaten Bereich wiederholt. Man hat dann irgendwann das Gefühl, als trage man die Welt auf seinen Schultern. Verstehst du?«

Sie nickte, obwohl sie seine Empfindungen nicht bestätigen konnte. Das Alleinsein war für sie keine Last.

»Du bist auch alleine?« Markus lehnte sich noch ein Stück weiter nach vorne.

»Ja, und das ist auch gut so«, antwortete Eleonora knapp und hatte zunehmend Mühe, ihren Unmut zu verbergen.

»Geschieden? Oder ... noch nicht fündig geworden?«, hakte er nach.

In diesem Moment erschien zum Glück die Bedienung, eine ältere Dame mit roten, kurzen Dauerwellen.

»Möchten Sie gerne etwas essen? Es ist gleich Mittag.« Sie hielt zwei in Leder eingeschlagene Speisekarten in der Hand.

Erst jetzt fiel Eleonora auf, dass sich der Raum um sie herum stetig füllte und das Summen der Gespräche anderer Gäste anschwoll.

»Nein danke, ich bin noch nicht hungrig. Wir reden gerade. Kommen Sie doch etwas später noch mal. Das eilt ja nicht, wir haben Zeit.« Markus sah die Serviererin genervt an und wandte sich dann wieder Eleonora zu. Diese war so perplex, dass ihr die eigenen Worte im Hals stecken blieben und sie ihr Gegenüber einfach nur anstarrte. Das schien den Immobilienverwalter allerdings nicht weiter zu stören.

»Beziehungen sind kompliziert, finde ich. Auf der einen Seite möchte ich ja wirklich gerne eine feste Partnerin, andererseits bringt das auch häufig Konflikte mit sich, und meistens endet es in einem Desaster. So habe ich es leider bisher erlebt.«

»Ich habe um dreizehn Uhr einen dringenden Termin, also ...« Eleonora lenkte den Blick bewusst auf die Referenzfotos, die es noch zu besprechen galt.

»Ich meine, es fängt ja schon bei der Definition von Sexualität an. Wenn der eine Partner nur Blümchensex will und der andere nicht, dann ...« Er machte einen bedauernden Gesichtsausdruck.

»Das ist in der Tat außerordentlich tragisch. Wollen wir dann vor dem Essen vielleicht noch kurz über die Gattung der Arbeit sprechen? Wie gesagt, habe ich bald schon wieder einen Termin, bedaure.«

»Aber natürlich.« Markus beugte sich interessiert über die Fotos, und Eleonora seufzte innerlich erleichtert. Gleichzeitig winkte sie der Serviererin und ließ sich die Speisekarten geben.

Nach einer Weile hob er den Blick und schaute ihr tief in die Augen. Ein leichtes Frösteln kroch über Eleonoras Wirbelsäule, und sie spürte, wie sich die Härchen in ihrem Nacken aufstellten.

»Weißt du, ich finde, wenn man sich auf dem Markt von der Konkurrenz abgrenzen will, muss man sich etwas Spezielles einfallen lassen«, begann er.

»Dieser Meinung bin ich auch.« Eleonora nickte zustimmend und lächelte. Endlich entwickelte sich das Gespräch in eine wünschenswerte Richtung.

»Ich finde, Leute wie wir beide, wir sollten unbedingt gemeinsame Sache machen und zusammenhalten. Ich spüre ganz deutlich, dass die Chemie zwischen uns stimmt. Du bist eine gebildete und fähige Frau, Eleonora, genau so jemanden brauche ich. Überdies hast du Temperament und Biss, was mir derzeit etwas fehlt. Wie ich sagte, fällt es mir schwer, mich zu motivieren, wenn ich immer alleine bin. Ich stelle mir ...« Er hielt den Blick verträumt in eine namenlose Ferne gerichtet, hob die Hände wie ein Priester und sprach feierlich: »Ich stelle mir eine ungewöhnliche Zusammenarbeit vor, eine, die sich von jener der anderen unterscheidet. Wenn einer von uns beiden einen Durchhänger hat, sollte der andere ihn aufmuntern und weitertreiben. Wir sollten uns regelmäßig zu Brainstormings und Kreativsitzungen treffen, die guten Schwingungen nutzen und Neues erschaffen! Das darf ruhig auch abends oder an Wochenenden sein, wir haben ja beide genug Zeit. Bist du dabei?«

Eleonora fehlten die Worte, vermutlich stand ihr Mund sogar einen Spalt breit offen. Nach geschlagenen drei

Sekunden fand sie ihre Stimme wieder und antwortete zögerlich: »Ich ... ähm ... bin wirklich sehr beschäftigt. Ich führe eine Firma und habe zahlreiche Verpflichtungen, auch außerhalb der normalen Bürozeiten. Obwohl ich nicht genau weiß, was dir vorschwebt, müsste das schon etwas sein, das in meine Arbeitszeit integrierbar ist, *tagsüber,* und das ... mit meinem Tagesgeschäft zu tun hat. Aber, natürlich mache ich mir im konkreten Fall einer Anfrage deinerseits sehr gerne Gedanken dazu, inwiefern ich dir behilflich sein kann.«

»Sehr gut!« Markus' Euphorie war nicht mehr zu bremsen.

Endlich wurde das Mittagessen serviert. Eleonora aß ihren Teller tapfer leer, obwohl ihr der Hunger längst vergangen war, während der Immobilienverwalter sie weiterhin in seine persönliche Tragödie einweihte.

Als die Serviererin kurz vor dreizehn Uhr die Rechnung an den Tisch brachte, holte Eleonora den Geldbeutel aus der Handtasche. Sofort legte ihr Markus die Hand auf den Unterarm.

»Bitte ... überlass das mir. Personen mit einem so hinreißenden Lächeln wie deinem sollten eingeladen werden. Zumal ich das ja von Anfang an so kommuniziert habe. Du darfst gerne beim nächsten Mal bezahlen.« Er zwinkerte ihr mehrdeutig zu und beglich die Rechnung.

Auf dem Parkplatz vor dem Restaurant reichte Eleonora Markus die Hand zum Abschied. Doch der ignorierte sie und schloss Eleonora stattdessen kurz in die Arme.

Brodelnd vor Wut fuhr Eleonora eine Viertelstunde später auf den Werkhof. Sie stieß die Tür zu den Büros auf, marschierte geräuschvoll zu ihrem Schreibtisch und knallte die Handtasche darauf. Fotos und Schreibblock flogen hinterher, und zwar mit so viel Schwung, dass sie über die Tischplatte schlitterten und auf der anderen Seite zu Boden fielen. Klirrend landete der Kugelschreiber, den sie als nächstes aus der Tasche fischte, auf dem Pult. Sie war dermaßen mit sich selbst und ihren kreisenden Gedanken beschäftigt, dass sie ihre Mutter im Türrahmen erst bemerkte, als diese sie ansprach.

»Da bist du ja.« Prüfend glitt Mammas Blick über Eleonoras Gesichtszüge und folgte ihren wütenden Bewegungen, während ihre Augenbraue langsam nach oben wanderte.

Eleonora machte eine abwertende Handbewegung. »Frag nicht. Und ... lass es, ich weiß, was du sagen willst.«

»Keine neuen Aufträge?«

»Keine neuen Aufträge.«

Kapitel 3

»Herzlich willkommen.« Eleonora hielt Urs Huber die Tür zum Büro auf. Anders als bei ihrer ersten Begegnung trug der neue Mitarbeiter nun dunkle Jeans und einen Feinstrickpullover. In seiner Rechten hielt er eine abgewetzte Ledermappe.

Mit einem Seufzer und einem breiten Lächeln blieb er im Flur stehen. »Ein neues Abenteuer beginnt!«

Eleonora wies auf das aufgeräumte Administrationsbüro. »Dein Königreich. Du darfst es so einrichten, wie du möchtest, das überlasse ich dir. Hier kannst du dich entfalten«, erklärte sie mit einem Lächeln.

»Danke, darauf freue ich mich sehr.« Er legte seine Mappe auf den Schreibpult und fuhr mit den Fingerspritzen über die Computertastatur.

»Elvira kommt heute Nachmittag vorbei, um dir zu erklären, wo du alles findest. Außerdem hat sie dir einige Merkblätter mit den wichtigsten Arbeiten zusammengestellt, und du kannst sie jederzeit anrufen, wenn du Hilfe brauchst. Mit deinen Qualifikationen dürftest du allerdings keine allzu große Mühe haben, dich zurechtzufinden.« Mit einem Lächeln zog sie die Tür zu Urs' Büro ein wenig zu, damit er sich ungestört einen Überblick verschaffen konnte, und nahm ihr eigenes Tagesgeschäft wieder auf.

Gegen neun Uhr kam ihre Mutter, die noch etwas auf der Baustelle zu erledigen hatte. Noch immer betreute sie schwerpunktmäßig die Natursteinarbeiten. Sofort eilte Eleonora zu ihr. »Mamma, komm, ich stelle dir Urs vor. Du wirst ihn mögen.«

Sie streckte den Kopf in Urs' Büro. Dieser blätterte gerade mit gerunzelter Stirn in den Unterlagen von Elvira, seiner Vorgängerin. Als sich Eleonora räusperte, hob er erstaunt den Blick. »Boss?« Ein amüsiertes Glitzern unterstrich sein feines Grinsen.

»Hast du Lust auf einen Kaffee? Es ist neun Uhr, die Mitarbeiter auf dem Werkhof und die, die in der Nähe ihre Baustelle haben, machen jetzt eine Pause. Bei dieser Gelegenheit könnte ich dir schon mal einige Leute vorstellen. Das hier ist übrigens Rosalba Mandelli, meine Mutter. Sie hat dieses Unternehmen von ihrem verstorbenen Verwandten übernommen, aufgebaut und bis Ende des letzten Jahres geführt.«

Beflissen erhob sich Urs von seinem Stuhl, richtete seine Goldbrille und kam zur Tür.

»Urs Huber ... was für eine Ehre, Sie kennenzulernen, Frau Mandelli! Herzlichen Dank auch Ihnen, dass Sie mich nicht mehr ganz jungen Schreibtischtäter hier aufgenommen haben und mir eine Chance geben. Das weiß ich wirklich sehr zu schätzen.« Er reichte ihr die Hand.

Mamma nahm seine Hand, lächelte fein und antwortete: »Rosalba genügt, wir sind hier schließlich unkomplizierte Bauleute. Es freut mich, dass du meine Tochter unterstützt.«

»Und ob ich das tun werde! Schließlich hatte ich genug Zeit, die Beine hochzulegen. Jetzt wird gearbeitet«, erwiderte Urs lachend, aber mit einem entschlossenen Ausdruck in den Augen.

Mamma schwieg kurz, dann sagte sie: »Na, dann viel Spaß euch drüben beim Kaffee mit den Mitarbeitern. Ich trinke meinen Espresso hier, ich muss noch dringend ein paar Dinge erledigen.«

»Gut ... wie du möchtest.« Eleonora musterte ihre Mutter eingehend. Fühlte sie sich nicht wohl? Normalerweise trank sie ihren Kaffee stets zusammen mit der Belegschaft.

Urs ging neben Eleonora her zu einem Container gegenüber der Fahrzeugunterstände und der Werkstatt. Von außen sah er mit seiner schlichten grauen Farbe wenig einladend aus. »Auch das ein vorläufiges Provisorium, bis wir uns einen eigenen Pausenraum bauen können«, erklärte sie Urs und bat ihn hinein.

Urs lernte während der kurzen Kaffeepause den griesgrämigen, vollbärtigen Chauffeur Christian Erhard, einige Bauleute sowie den jungen, langhaarigen Werkstattmitarbeiter Patrick Benz kennen.

Auf dem Rückweg ins Büro wandte er sich Eleonora mit einem scheuen Lächeln zu. »Mir gefällt es hier bei euch. Alle sind wie eine große Familie.«

»Das freut mich. Ich bemühe mich sehr, dass es den Menschen hinter der bloßen Arbeitskraft auch gut geht und sie mit Respekt behandelt werden. Von meinen Verwandten weiß ich, wie es sich anfühlt, wenn man allein auf seine Leistung reduziert wird.«

Eleonora wollte ihm gerade die Tür zu den Büroräumlichkeiten öffnen, als er ihr zuvorkam und sie mit einer galanten Bewegung dazu aufforderte, als Erste hineinzugehen. Mamma, die im Flur am Kopiergerät stand, hob den Blick und sah sie beide an, bevor sie sich, ohne ein Wort zu sagen, wieder ihrer Arbeit zuwandte.

Als Eleonora gegen sechs Uhr abends den Computer herunterfuhr, brannte nur in Urs' Büro noch Licht. Ihre Mutter war bereits nach Hause gegangen.

Sie streckte den Kopf durch die Tür. »Immer noch fleißig? Mach doch jetzt bitte auch Feierabend, Urs. Ich mag es nicht, wenn meine Leute Überstunden leisten. Elvira ist mit ihren Stunden immer sehr gut hingekommen. Du hast also genug Zeit, alles zu erledigen.«

Er schaute von der Arbeit auf und winkte lachend ab. »Keine Sorge, Chefin. Meine Frau keift mich ohnehin jeden Abend an, ob ich nun früher oder später komme. Da kann ich genauso gut hier noch etwas weitermachen, dann ist dem Betrieb wenigstens geholfen. Außerdem fürchte ich, dass ich nicht mehr so schnell bin wie in jungen Jahren. Das soll nicht zu deinen Lasten sein. Selbstverständlich schreibe ich die zusätzliche Zeit nicht auf. Ist ja klar.«

»Wirklich, Urs, das möchte ich nicht. Geh nach Hause zu deiner Familie und ruh dich aus«, beharrte Eleonora.

»Ich beende hier noch kurz etwas, dann mache ich mich auf den Weg.«

Eleonora nickte. Sie verabschiedete sich von Urs und stieg in ihren dunkelblauen Toyota Yaris.

Als sie losfuhr, fiel ihr ein, dass sie in der Zeitung von der Neueröffnung eines Buchladens im Dorf gelesen hatte. Spontan lenkte sie den Wagen Richtung Dorfzentrum und parkte auf dem rot geteerten Platz gegenüber der Buchhandlung. Soeben verschwand die Sonne hinter den Bergen, und ein kühler Wind fegte durch die fast menschenleeren Gassen.

Eleonora stieg aus ihrem Wagen und wäre beinahe mit einer älteren Dame zusammengestoßen, die soeben eilig das Auto neben ihr ansteuerte.

»Guten Abend, Frau Caviezel«, begrüßte Eleonora die Frau höflich, die sie als die Mutter des Inhabers des alteingesessenen Baubetriebs in Schiers erkannte. Die Frau hob den Kopf, Erkennen flackerte in ihren Gesichtszügen auf, und sofort presste sie die Lippen zusammen. Mit energischen Bewegungen stieg sie in ihr Auto, knallte die Tür zu und fuhr ruckartig aus der Parklücke heraus und davon.

Eigentlich sollte Eleonora über einem derartigen Verhalten stehen, dennoch tat es weh. Sie hatte den Caviezels nie etwas zuleide getan. Im Gegenteil, der Großvater des jetzigen Geschäftsführers hatte Eleonoras Mutter damals ziemlich barsch abgewiesen, als sie als junge italienische Saisonarbeiterin auf der Suche nach einer Stelle bei ihm vorgesprochen hatte. Offenbar hatte er es nicht verwunden, dass sie sich daraufhin erfolgreich selbstständig gemacht hatte. Ja, sie waren Konkurrenten, ein natürlicher Umstand in der freien Marktwirtschaft. Als reifer erwachsener Mensch sollte man damit professionell umgehen. Bisher hatte es zudem stets für sie beide gereicht. Die aktuell angespannte Wirtschaftslage war nicht Eleonoras Verbrechen oder das ihrer Mutter.

Sie seufzte und lief auf den Buchladen auf der anderen Straßenseite zu.

Das kleine Geschäft war in den Räumlichkeiten eines in die Jahre gekommenen Gebäudes direkt an der Kreuzung zweier Straßen untergebracht. Der Verputz bröckelte stellenweise von der Fassade, das Holz an den Fensterrahmen war faserig und ausgebleicht. Wenn sich Eleonora richtig erinnerte, war hier bis vor Kurzem noch ein Blumenladen gewesen, der einer älteren Frau gehört hatte. Goldenes Licht erhellte die Fenster, der Laden hatte also noch nicht geschlossen. Vorsichtig schob sie die Holztür auf und vernahm das Klingeln einer Türglocke.

Da niemand zu sehen war, lief sie einige Schritte weiter und sah sich um. Vor ihr standen vier Bücherregale, die bis zur Decke reichten. Klares, aber dennoch warmes Licht erhellte den gesamten Verkaufsraum. Das Holzparkett aus Eiche sorgte für eine gewisse intellektuelle Behaglichkeit. Rechts des Eingangs befanden sich zwei Glasvitrinen, in denen nebst einigen Holzstatuen und kunstvoll verschnörkelten Bienenwachskerzen weitere Bücher standen. Auf einem Tresen aus Altholz in der Mitte zwischen den Vitrinen und Regalreihen befanden sich mehrere Holzkisten mit Taschenbüchern und Hardcovern, die stellenweise etwas abgewetzt, aber liebevoll gepflegt aussahen.

»Das sind meine Schatzkisten.«

Eleonora fuhr erschrocken zusammen und drehte sich zu dem Mann um, der soeben aus dem Schatten einer der langen Regalreihen herausgetreten war. Er war kaum größer als sie selbst, feingliedrig, mit dunkelblonden, verstrubbelten Haaren, einem Mehrtagebart und hellbraunen Augen. Schmale Lippen verzogen sich zu einem nachdenklichen Lächeln. Der Mann in Eleonoras Alter, bei dem es sich offensichtlich um den Besitzer des Buchladens handelte, vergrub die Hände in seiner dunkelgrünen Stoffhose, dann wechselte er die Position. Mit seinem cremeweißen, an den Ärmeln hochgekrempelten Hemd erinnerte er Eleonora seltsamerweise an Dr. Henry Walton »Indiana« Jones Junior.

Er wies mit dem Kinn auf die Holzkisten mit den gebrauchten Büchern, die auf dem Tresen standen. »Sie sind zwar gebraucht, aber von besonderer Herkunft. Viele davon stammen aus privaten Büchersammlungen oder dienten als

Nachschlagewerke oder Lehrstoff an angesehenen Schulen.« Der Buchhändler griff nach einem der Bücher, hielt es Eleonora hin und schlug eine Seite auf, die mit Notizen am Rand versehen war. »Eine etwas in die Jahre gekommene Ausgabe über das Leben von Maria Stuart. Ich mag es, wenn man als Leser sieht, was dem ehemaligen Besitzer wichtig war, was er sich beim Lesen gedacht hat. Diese Seiten haben eine eigenwillige Lese-Ästhetik, wie ich es nenne.« Der Buchladenbesitzer kratzte sich am Kopf. »Suchen Sie etwas Bestimmtes, oder wollen Sie bloß stöbern? Das Konzept meines Ladens ist ein bisschen befremdlich, wenn man das erste Mal hier ist ...« Er wippte auf der Fußsohle vor und zurück und kniff die Augen zusammen.

»Inwiefern?« Nun war Eleonoras Neugierde geweckt, und sie ließ den Blick erneut durch den Raum schweifen.

»Es gibt eine spezielle Ordnung. Nebst den Schatzkisten habe ich noch limitierte Hardcoverwerke für Sammler. Die sind in der Vitrine eingeschlossen.« Er wies auf das Möbelstück, das nebst den Büchern noch Ziergegenstände enthielt. »Ansonsten mag ich das System, Bücher nach ihrem Alter, also nach der Zeit, aus der sie stammen, zu ordnen. Viele meiner Kunden genießen es, sich auf das Abenteuer zu begeben, ein Buch zum Beispiel einmal im Mittelalter zu suchen. Themen finden sich daher erst als Unterrubrik innerhalb der Regale. Ist aber alles angeschrieben.«

Eleonora konnte sich ein Grinsen nicht mehr verkneifen. Der Ladenbesitzer schmunzelte ebenfalls und versuchte, seine abstehenden Haare zu glätten. »Wenn Sie also auf der Suche nach einem bestimmten Thema oder Werk sind, helfe ich Ihnen gerne, bis Sie sich hier ein wenig besser auskennen. Sie werden sehen, dass jede Epoche ihre eigenen

Schwerpunktthemen hat, und oft greift man am Ende zu einem ganz anderen Buch als dem, weswegen man hergekommen ist.« Seine hellbraunen Augen musterten sie neugierig, während er mit den Händen in den Hosentaschen auf ihre Antwort wartete.

»Ich suche Bücher zu der Geschichte der Geometrie und Baukunde, zu Kunstbauten, Sakralbauten oder auch mystischen Bauwerken. Das ... hat schon meine Vorfahren fasziniert und inspiriert. Wie es scheint, liegt es in unseren Genen«, erklärte Eleonora und ließ den Blick über die lang gezogenen Regalreihen schweifen.

Der Besitzer des Buchladens setzte sich in Bewegung. »Augenblick, ich schätze, ich habe da etwas für Sie.« Geschäftig verschwand er zwischen den Bücherregalen. Nach nur wenigen Augenblicken kam er mit einem triumphierenden Lächeln zurück. »Ein bereits etwas in die Jahre gekommener, sehr detaillierter, journalistischer Reisebericht über das Tempelgebiet Angkor in Kambodscha.« Er hielt ihr das schwere gebundene Buch hin. *Angkor – im Angesicht der Götter* stand in goldenen Lettern auf dem schlichten braunen Buchdeckel.

»Haben Sie das Buch gelesen?«, fragte Eleonora und strich mit den Fingern ehrfürchtig über den Buchtitel.

»Nein.« Er schüttelte den Kopf. »Es war Teil einer Buchsammlung, die ich aufgekauft habe. Da es noch wie neu aussieht, keine Notizen drin enthalten sind und man spürt, dass kaum jemand die Seiten je umgeblättert hat, habe ich es nicht in die Schatzkisten da vorne gelegt, sondern ins Regal gestellt. Jedes Buch muss separat bewertet werden. Trotzdem gebe ich es Ihnen selbstverständlich zu einem reduzierten Preis.«

»Ich nehme es.« Eleonora kramte in ihrer Handtasche nach dem Geldbeutel.

»Die Kasse ist da hinten, bitte folgen Sie mir.« Der Buchhändler führte sie zum letzten Regal, durch den Zwischengang hindurch und zu einem Schreibtisch mit Computer und einer Tischlampe. Darauf stand auch eine geschnitzte und bemalte Holzschatulle. »Das ist mein bescheidenes Büro und zugleich der Verkaufstresen. Ich musste etwas improvisieren«, entschuldigte er sich für die chaotischen Zustände. »Möchten Sie ein Kundenkonto bei mir?«

»Ich … ja warum auch nicht.« Eleonora zuckte mit den Schultern. Irgendwie hatte sie diese Frage nicht erwartet, nicht in diesem besonderen Buchladen, der auf so charmante Weise anderen Gesetzmäßigkeiten gehorchte.

»Gut, das freut mich! Da ich nun weiß, welche Literatur Sie bevorzugen, halte ich bei meinen Streifzügen durch die Literaturwelt natürlich die Augen offen. Dürfte ich Ihren Namen, die Adresse sowie eine Telefonnummer erfahren?« Er wühlte in einer Schreibtischschublade und förderte ein Karteikärtchen und einen Kugelschreiber zutage.

»Eleonora Mandelli.« Die restlichen Angaben schrieb sie gleich für ihn auf die Karteikarte.

»Von der Baufirma? Die … Geschäftsführerin der Bauunternehmung?«, fragte er und riss ungläubig die Augen auf. Mit in Falten gelegter Stirn begutachtete er sie von oben bis unten. Seinen entgleisten Gesichtszügen nach zu urteilen, hatte er sie sich anders vorgestellt. »Entschuldigen Sie die blöde Frage, ich bin erst kürzlich hierhergezogen. Natürlich habe ich von Ihrer Firma und der Tatsache, dass sie von Frauen geführt wird, gehört, aber ich kenne noch kaum ein Gesicht, das hier durch die Straßen spaziert.«

Eleonora lachte herzlich. »Macht nichts, das bin ich gewohnt. Und ja, genau die bin ich.«

»Matthias Berger ... vom Buchladen.« Er hielt ihr die Hand zur Begrüßung hin, dann schlug er sich damit vor die Stirn, schüttelte den Kopf und murmelte: »Offensichtlich.«

Mit geröteten Wangen packte er das Buch in eine Tasche, nahm das Geld entgegen und übergab Eleonora ihren Einkauf.

»Es hat mich sehr gefreut, Sie kennenzulernen, Eleonora Mandelli.«

»Ganz meinerseits. Eleonora reicht vollkommen«, lächelte sie, verabschiedete sich mit einem freundschaftlichen Händeschütteln und ging nach draußen.

Zwischenzeitlich hatte sich die Nacht über Schiers gesenkt, und die ersten Sterne blinkten am Himmel. Im gelblichen Schein der Straßenlaternen lief Eleonora zu ihrem Auto. Sie stieg ein, legte ihre Handtasche und die Tüte mit dem neu erstandenen Buch auf den Beifahrersitz und zog ihr Handy hervor, um einen kurzen Blick auf etwaige neu angekommene E-Mails zu werfen. Während sie sich durch ihr Postfach scrollte, gingen auf der anderen Straßenseite im Buchladen die Lichter aus, und Matthias trat auf die Straße und schloss die Tür hinter sich ab. In einer dunklen Lederjacke und mit einem Helm in der Hand ging er zu einem antik aussehenden Mofa, das neben dem Schaufenster zu seinem Geschäft stand. Er brachte das Moped mit einer kräftigen Bewegung zum Laufen, knatterte mit ohrenbetäubendem Lärm die Straße entlang und verschwand hinter der nächsten Häuserecke.

Eleonora folgte ihm mit den Blicken, und ein leichtes Lächeln verzog ihre Mundwinkel.

Kapitel 4

Eleonora lenkte ihren Toyota aus dem Dorfzentrum hinaus auf die Quartierstraße, die zum Dorfrand führte. Dort, gleich unterhalb des Waldes, wohnte sie in einer schnuckeligen Zweizimmerwohnung mit einer kleinen, von grünen Schlingpflanzen und wilden Blumen überwucherten Gartenterrasse.

Sie stieg aus dem Auto und winkte ihrer Vermieterin, die zusammen mit ihrer Familie den gesamten oberen Teil des Wohnhauses mit Terrasse und Garten auf der Rückseite des Anwesens bewohnte. Eleonoras Miete war ein gern gesehener Nebenverdienst für Melanie und Sandro Boner. Dennoch konnte die nur wenig ältere Zweifachmutter nicht verstehen, warum es keinen Mann an Eleonoras Seite gab, wie sie ihr bei einem ihrer seltenen gemeinsamen Kaffees zum wiederholten Mal gestanden hatte.

»Ich habe keine Zeit für eine Beziehung«, antwortete Eleonora der Vermieterin stets wahrheitsgetreu. Die Firma hielt sie oft genug auch an Wochenenden und Feiertagen auf Trab. Der Bau war eine hart umkämpfte Branche, die keine Verschnaufpausen duldete. Dazu kam, dass Eleonora bisher wenig Glück mit ihren Beziehungen gehabt hatte. Vermutlich war sie beziehungsunfähig, so die wenig erfreuliche Zwischenbilanz. Jedenfalls vermittelten ihr die Leute mit ihrer ständigen Fragerei, dem mitfühlenden Stirnrunzeln oder – in Oma Doras Fall – den nörgelnden Kommentaren ein Gefühl der Unzulänglichkeit.

Mit einem tiefen Seufzer schloss Eleonora die Wohnungstür hinter sich und zog Schuhe und Jacke aus.

Ihr Zuhause hatte eine eigenwillige Geometrie, weshalb sie sich sofort in das bizarre Schmuckstück verliebt hatte. Manche Türrahmen, wie beispielsweise jene ins Bad oder ins Schlafzimmer, waren eckig. Andere Durchgänge hingegen, wie der zwischen Garderobe und Flur im Eingangsbereich oder der in die Küche, waren rund. Das Küchengewölbe erinnerte an ein Grotto, das jedoch mit modernen Gerätschaften, weißen Fronten und hellen Holzregalen ausgestattet war. Ein alter Tisch aus dunklem Holz mit dazu passenden wackeligen Stühlen stand an der rechten Wand des gedrungenen Raums und diente als Essecke. Eleonora hatte ihn bei einer Onlineauktion erstanden.

Nachdem sie etwas Käse, kaltes Fleisch und Salat aus dem Kühlschrank geräumt hatte, schaute sie sehnsüchtig durch die aus zehn kleinen Fenstern bestehende Balkontür auf die Gartenterrasse. Im Sommer ließ sie die warmen Abende gerne draußen ausklingen und lauschte dem Zirpen der Grillen und dem aufgeregten Trillern einiger Vögel. Jetzt im März war es um diese Uhrzeit jedoch bereits dunkel und auch kühl. Mit einem Seufzen zog Eleonora die hellblauen Stoffvorhänge zu und setzte sich an den Tisch. Während sie aß, blätterte sie in dem neuen Buch über Angkor, das ihr Matthias empfohlen hatte. Fasziniert fuhr sie mit den Fingerspitzen über die Fotos der Tempelanlagen. Spitz zulaufende Türme, in Stein gemeißelte Gesichter und Tiere, schattige Arkaden und mit Moos und Schlingpflanzen überwucherte Steintreppen, die aussahen, als führten sie direkt in den Himmel. Die Magie dieser Orte war selbst auf den Abbildungen und zwischen den Zeilen des Reisejournalisten zu spüren. Ein Frösteln kroch Eleonoras Rücken hinab. Wie würde es sich wohl anfühlen, in einem Haus zu wohnen, das solch magischen Bauten nachempfunden war? Einen altehrwürdigen und verwunschen Garten zu besitzen? Doch wer wollte in der heutigen, schnelllebigen Zeit noch Bauten realisieren, die durch archaische Besonnenheit und majestätische Ruhe bestachen?

Ja, damals, als Eleonoras Großmutter Nonna Aurora als erste Frau der Familie den Baubetrieb ihres Vaters Bisnonno Daniele in Italien übernommen hatte, herrschte ein anderer Zeitgeist. Eleonoras Nonna hatte sich noch einen Namen mit aufwendigen Natursteinarbeiten wie kleinen Tempeln, verschlungenen Labyrinthen und Amphitheatern machen können. Ihre Kunden wünschten gerade das Besondere, Märchenhafte, das Nonna Aurora ihnen mit ihrer kleinen Firma bot. Doch mittlerweile waren Großmutters Visionen schon lange zu Staub zerfallen. Als Eleonoras Mamma damals im Alter von ungefähr zwanzig Jahren in die Schweiz auswanderte, statt den Betrieb von Nonna Aurora zu übernehmen, war dieser bereits das Relikt einer glanzvollen Zeit, und Nonna Aurora musste ihn, nach einigen Jahren vergeblichen Kämpfens, endgültig schließen. Bis heute klaffte die Trauer über den Wandel der Dinge wie eine offene Wunde in ihrem Herzen.

Die Vergänglichkeit machte jedoch auch vor Mamma und ihrer beeindruckenden Entwicklung von der einfachen italienischen Maurerin und Saisonhilfskraft zur erfolgreichen Firmeninhaberin in der Schweiz nicht halt. Das Erbe der

Mandellis hatte sich in der neuen Heimat zwar weiterentwickelt, war größer geworden, aber auch durchschnittlicher. Mittlerweile war es kaum mehr möglich, sich von den Mitbewerbern abzugrenzen. Die Naturstein-Maurerarbeiten, die Eleonora anbot, und die einst genial und progressiv gewesen waren, boten heute auch andere Betriebe an, indem sie fähige Spezialisten aus Italien und Portugal einstellten. Hinzu kam, dass diese Arbeiten für die Masse einfach zu teuer waren. Die vermögende Klientel in ihrem Einzugsgebiet war bereits weitgehend mit Werken aus dem Hause Mandelli bestückt, und so war die Nachfrage nach individuellen Objekten und Unikaten in den vergangenen Jahren markant gesunken. Dafür setzte sich der Trend zu möglichst viel Konsum für wenig Geld durch. Die Menschen wollten alles besitzen, aber nichts mehr dafür bezahlen. So kam es, dass auch Mammas Traum langsam zu Asche zerfiel. Jeden Tag ein Stück mehr. Dies mitansehen zu müssen, brach ihrer Mutter das Herz.

Mit einem resignierten Seufzer beschloss Eleonora, noch einige Yogaübungen zu machen. Sie liebte es, ihren Körper bewusst zu bewegen und zu spüren, ihre Gedanken darauf zu konzentrieren und sich dabei zu entspannen. Die Techniken halfen ihr, abzuschalten und bei ihrer schwerpunktmäßig sitzenden Tätigkeit in Form zu bleiben.

Heute wollte es ihr jedoch nicht so ganz gelingen, den Sturm in ihrem Kopf zu beruhigen.

Als sie sich endlich in ihr weiß lackiertes Holzbett mit den blütenweißen Laken legte und das Licht löschte, starrte sie trotzdem noch mehr als eine Stunde lang mit weit aufgesperrten Augen an die Zimmerdecke.

Wo sollte sie ihre Mitarbeiter in absehbarer Zeit hinsenden, wenn nicht bald neue Aufträge ins Haus flatterten? Wer bezahlte all die Rechnungen? War es tatsächlich ihr beschämendes Schicksal, das Erbe der Mandellis in den Sand zu setzen? Sollte sie zur Schande für eine ganze Familiendynastie werden? Voller Stolz hatte Mamma ihr Ende des Jahres, nach Beendigung der Weiterbildung zur Bauführerin, die Geschicke ihres Lebenswerks übergeben, wohlwissend, dass die Lage angespannt war. So schlimm wie jetzt gerade war es allerdings noch nie gewesen. Wenn Eleonora versagte, war sie nicht nur für sich selbst eine große Enttäuschung, sondern auch für ihre Nonna Aurora und ihre Mutter Rosalba, die dem Erbe der Mandellis ihr gesamtes Leben gewidmet hatten. Sie musste sich etwas einfallen lassen, hatte jedoch keine Ahnung, was. Vielleicht konnte ihr ihr kreativer Zwillingsbruder helfen. Immerhin war er Grafikdesigner mit eigener Firma. Zusammen mit ihm hatte Eleonora voller Tatendrang ein neues Logo für die Mandelli AG ausgearbeitet, das sowohl ihre Vergangenheit als auch ihre Zukunft vereinte. Das Senkblei, das seit Nonna Aurora in Form eines Schmuckstücks das Symbol für die Bautätigkeit der Mandellis war, bildete das zentrale Motiv des modernen Firmenlogos.

Doch würden sie es überhaupt noch brauchen?

Von Papa konnte Eleonora auch keine Hilfe mehr erwarten. Tränen rannen ihr bei dem Gedanken daran über die Wangen. Früher waren er und Mamma zusammen mit Padrino Federico ein unschlagbares Team gewesen. Wunderschön anzusehen, kreativ, provokativ und dem Rest der Welt stets einen Schritt voraus. Gemeinsam hatten sie die verrücktesten Dinge erschaffen, bis weit in die Nacht über ihre Visionen diskutiert und so mancher von ihnen eine physische Gestalt verliehen. Doch all das war vorbei. Federico würde bald in den Ruhestand gehen. Papa schlief nicht mehr gut, und Mamma litt mit ihm. Es gab gute Tage, da vergaß Eleonora fast, dass ihn Parkinson fest im Griff hatte, doch es folgten immer auch schwere Momente, manchmal Wochen, in denen er sich kaum richtig bewegen, geschweige denn konzentrieren konnte.

Eleonoras Herz blutete. In der kindlichen Wahrnehmung waren alle Eltern perfekt, stolz und unbesiegbar. Doch irgendwann erkannte man, dass sie auch nur Menschen waren, dass sie älter wurden, an Gebrechen litten, mit der Welt nicht mehr zurechtkamen. Das war der Moment, in dem man selbst nach Stärke im eigenen Inneren suchen musste, denn die Götter der Kindheit hatten ausgedient.

Irgendwann fiel Eleonora endlich in einen unruhigen Schlaf voll stürmischer Träume.

Als sie am nächsten Morgen um fünf Uhr vom Schrillen des Weckers aus dem Tiefschlaf gerissen wurde, fühlte sie sich, als wäre sie verkatert. Der Kopf schmerzte vom vielen Nachdenken, die Glieder waren schwer. Ihr Gesicht spannte aufgrund der getrockneten Tränen. Mit einem Stöhnen erhob sie sich und schlurfte ins Bad, das gleich neben ihrem Zimmer lag.

Eleonora betrachtete sich im Spiegel. Ihre gewellten braunen Haare hingen spröde über die Schultern. Ihre Augen, die an freudigen Tagen karamellfarben leuchteten, schimmerten nun im matten Dunkelbraun eines welken Blatts. Mit schwerem Herzen ließ sie den Blick über ihre Gesichtszüge streifen. Hatte sie mehr von Papa oder von Mamma? Sie konnte es nicht sagen. Die schmale Nase könnte von beiden Elternteilen herrühren. Die vollen Lippen und die feinen Sommersprossen verdankte sie wohl eher ihrer Mutter.

Wie man ihr immer wieder sagte, besaß sie das gleiche betörende, charmante Lächeln wie Papa.

Sie schluckte, bevor sie entschlossen nach der Haarbürste griff.

Nach einem hastig geschlürften Espresso und einem eilig hinuntergeschlungenen Müsli mit Früchten fuhr Eleonora zur Arbeit. Wie jeden Morgen begrüßte sie als erstes die Mitarbeiter auf dem Werkhof und beantwortete organisatorische Fragen, während die Männer die Fahrzeuge mit Material beluden und zur Baustelle aufbrachen. Unterdessen trank sie bereits ihren zweiten Espresso. Gegen sieben Uhr betrat sie ihr Büro.

Kurze Zeit später erschien auch Urs. Mit einem breiten Grinsen streckte er den Kopf in ihr Büro. »Guten Morgen Chefin, gut in den Tag gestartet?«

»Danke, bei mir ist alles in Ordnung. Bei dir?« Sie hob flüchtig den Blick und starrte dann wieder auf den Bildschirm. Gerade war eine wichtige Mail gekommen, die sie unbedingt lesen wollte. Es ging um die Vergabe einer großen Tiefbauarbeit in der Gemeinde Seewis.

»Bei mir ist alles in Ordnung«, antwortete Urs fröhlich. »Ist gestern doch noch etwas später geworden, bis ich alles erledigt hatte. Aber keine Sorge, die Arbeit tut mir richtig gut! Gestern war meine Frau außerdem mit ihren Freundinnen beim Pferderennen. Kein Grund also, früh nach Hause zu gehen.« Er gab ein amüsiertes Glucksen von sich. »So nenne ich das, wenn die Truppe zum Spinning geht.«

Eleonora starrte ihn erst entgeistert an, dann gab sie höflichkeitshalber ein Lachen von sich.

»Jedenfalls habe ich dann mal wieder meine alten Metallica-CDs hervorgeholt, ein Bierchen getrunken und ein fettes

Steak gegessen. Seit meine Frau Vegetarierin ist, darf ich nur noch Tofu essen, wenn sie zu Hause ist«, erzählte er.

Langsam brach Eleonora der Schweiß aus allen Poren, und ein Kribbeln jagte durch ihre Venen. »Das klingt nach einem gemütlichen Abend. Es freut mich, dass du dich gut erholen konntest.« Sie untermalte ihre Worte mit einem freundlichen Lächeln und stellte bewusst keine weiteren Fragen mehr.

»So, ich muss. Ich habe heute erneut viel vor!« Endlich ging Urs in sein Büro.

Eleonora atmete erleichtert aus und klickte mit zitternden Fingern auf die Mail in ihrem Postfach.

»Auftrag!«, rief sie, stand auf und sorgte durch die ruckartige Bewegung dafür, dass ihr Bürostuhl an die Wand hinter ihr knallte. Eilig schritt sie durch den Flur und platzte ohne Vorwarnung ins Büro ihrer Mutter. »Endlich! Wir haben die Erneuerung der Quartierstraße samt Kanalisation in Seewis ergattert! Ich rufe sofort unsere Saisonniers aus Italien an, es kann losgehen! Federico kann die Leitung der Baustelle übernehmen, das muss jemand mit Erfahrung machen.«

»Du solltest sie vielleicht nicht gleich alle herbeordern. Immerhin ist das bloß ein einziger Auftrag«, gab Mamma zu bedenken.

»Natürlich nicht, aber das ist doch ein gutes Zeichen! Diese Arbeit beschäftigt eine gesamte Gruppe bis in den Herbst hinein, das ist genial!« Erleichterung durchflutete Eleonora. Sie fühlte sich voller Energie. Am liebsten hätte sie sogleich alles organisiert, die Maschinen aufgeladen und angefangen, Mammas seltsames Schweigen verlieh ihr jedoch einen Dämpfer.

»Federico wird nicht mehr lange genug hier sein, um die Leitung der Bauarbeiten zu übernehmen, das weißt du doch«, sagte diese schließlich leise.

Eleonora seufzte. »So, wie ich ihn kenne, bleibt er sicher gerne, bis die Bauarbeiten zu Ende sind. Das Gesetz erlaubt einen kleinen Verdienst ja weiterhin.« Sie betrachtete ihre Mutter nachdenklich. »Aber darum geht es nicht, oder?«

Mamma schüttelte den Kopf und starrte auf die Tischplatte. »Er ist mein ältester und bester Freund. Mein Einziger noch dazu. Ich kann mir unsere Firma ohne ihn gar nicht vorstellen«, murmelte sie, sah auf und bemühte sich um ein Lächeln. Bevor Eleonora etwas antworten konnte, sprach sie weiter. »Nonna Aurora und Nonno Lorenzo kommen in drei Wochen zu eurem Geburtstag.«

»Das ist doch schön, oder nicht? Sie kommen doch jedes Jahr, und solange sie noch so gesund sind, spricht ja überhaupt nichts dagegen, oder?« Eleonora verstand nicht, was ihr Mamma sagen wollte und was ihr Geburtstag mit dem neuen Bauauftrag und Federico zu tun hatte.

»Vielleicht sollten wir ihnen nicht alles erzählen.« Mamma wandte sich ab und schien sich wieder auf ihren Computerbildschirm zu konzentrieren.

»Wie meinst du das?« Eleonora versuchte, erneut Blickkontakt zu ihrer Mutter herzustellen, doch es gelang ihr nicht.

»Ich denke, es ist besser, wenn wir die aktuell schwierige Wirtschaftslage nicht erwähnen und auch nicht im Detail darauf eingehen, dass wir kaum noch Aufträge im Haus haben. Nonna Aurora ist nicht mehr die Jüngste, ich will sie nicht unnötig mit Sorgen belasten.«

Daher wehte der Wind also, nun verstand Eleonora. »Du möchtest nicht, dass sie mich für eine Versagerin hält, oder?

Dass sie denkt, dass ich an meiner Aufgabe scheitere und das Mandelli-Erbe den Bach runtergeht. Ist es das?« Genau diese Ängste verfolgten Eleonora bereits Tag und Nacht.

Mamma schüttelte den Kopf. »Es geht nicht um dich, Liebes, sondern um mich. Nonna Aurora hat es nie ganz verkraftet, dass ich Italien verlassen habe. Wenn wir beide scheitern, mein Kind, war der ganze Schmerz umsonst. Und ... deine Nonna hätte mit allem, was sie mir damals sagte, recht behalten.«

Kapitel 5

Die Sonne kroch im Osten über die gezackten Bergkämme des Prättigaus und färbte den Himmel und die Wolken orange-rot. Nebel stieg in dichten Schwaden aus dem Talboden auf. Die typische Feuchtigkeit des Frühlingsmorgens hing in der Luft und kühlte Eleonoras Wangen.

»Benvenuto!« Freudig schüttelte sie Carlo, einem langjährigen saisonalen Mitarbeiter aus Kalabrien die Hand. Padrino Federico klopfte ihm freundschaftlich auf die Schultern und unterhielt sich mit ihm auf Italienisch. Eleonora schmunzelte, wenn sie den beiden dabei zusah. Genau diese Szene wiederholte sich Jahr für Jahr. Zwischenzeitlich war Federicos einst dunkles Haar mehrheitlich ergraut, und aufgrund der zunehmend lichten Stellen auf dem Kopf hatte er sich seine einstmals volle Haarpracht abrasiert. Doch noch immer prasselten seine Worte in einem irrwitzigen Staccato auf das Gegenüber ein.

Drei Saisonniers aus Italien hatte Eleonora, der Warnung ihrer Mutter folgend, herbestellt. Nachdem sich alle begrüßt hatten, begleitete sie die drei zu Urs Hubers Büro, damit er die Eintrittsformalitäten für diese Saison vornehmen konnte.

Als sie das Administrationsbüro betraten, sah Urs kurz auf und klickte dann hektisch mit der Maus auf den

Bildschirm. Röte schoss ihm aus dem Kragen seines abgewetzten Pullovers bis in die Wangen hinauf.

»Stören wir dich gerade?«, fragte Eleonora.

Urs sah von seinem Arbeitsplatz auf und lächelte. »Aber nein doch, Boss. Was gibt es?«

Sie wies auf die Italiener an ihrer Seite. »Bestimmt hat dir Elvira in ihren Notizen auch den Ablauf der Eintrittsformalitäten für die ausländischen Kollegen hinterlassen, oder?«

»Natürlich! Abgesehen davon hatte ich bei den Sauters und im Detailhandel auch schon mit ausländischen Mitarbeitern zu tun.« Er nickte beflissen, stand auf, blieb aber hinter seinem Schreibpult stehen. Eine seltsame Stille entstand. Die Italiener sahen sich unsicher an.

»Urs Huber ist Elvira Adanks Nachfolger. Er wird sich um die Formalitäten kümmern«, erklärte Eleonora den drei Italienern und verabschiedete sich. Sie musste dringend nach Seewis, um mit Padrino Federico den Start der Baustelle zu planen.

»Tschüss, Häuptling, bis später! Zeig ihnen, wer der Meister ist!«, rief Urs und winkte ihr, während die drei Italiener ihn konsterniert ansahen.

Ja, Urs war vollkommen anders als Elvira, dachte Eleonora. Aber er war arbeitsam und gut ausgebildet.

Federico lenkte den Pick-up in die Quartierstraße, die sie demnächst aufgraben würden. Sie hatten gerade einen Fuß aus dem Wagen gesetzt, als eine Stimme zu ihnen herüberwehte.

»Hallo? Hallo? Ah gut, da sind Sie ja endlich!« Eine Frau, die Eleonora auf etwa siebzig schätzte, erschien am Zaun, der ihr gigantisches Grundstück von der Straße trennte. Sie wirkte etwas unsicher auf den Beinen, was vermutlich auch an ihrer Leibesfülle lag. Schütteres, kinnlanges Haar, das nur noch vereinzelte braune Strähnen aufwies, hing ihr wie ein nasser Vorhang über die Wangen. Im Hintergrund erhob sich ein wuchtiges Gebäude mit rußgeschwärzten Balken und dicken Wänden aus Natursteinmauerwerk. Die der Straße zugewandte Fassade war zweistöckig, wobei im Erdgeschoss eine die gesamte Länge des Hauses einnehmende Garage lag. Darüber befand sich eine Terrasse mit riesigen Glasfronten. Nach hinten hin fiel das Gelände leicht ab, sodass der Prachtbau sogar dreistöckig war. Hohe Nadelbäume umgaben das weitläufige Grundstück.

»Wie ich Ihrem Fahrzeug entnehmen kann, sind Sie beide von der Firma Mandelli, ja? Hendriks ist mein Name, ich wohne hier.« Die Frau wies mit einem gichtgekrümmten Finger nach hinten auf die Villa.

»Eleonora Mandelli«, stellte sich ihr Eleonora höflich vor. »Das ist mein Vorarbeiter Federico Minniti. Er ist der Beste, den wir haben. Seien Sie also unbesorgt, was die Baustelle anbelangt, er wird es für die Anwohner so angenehm wie möglich gestalten.«

Die Frau schüttelte den Kopf, sodass ihre Spaghettihaare nur so hin- und herflogen. »Darum geht es mir gar nicht. Ich habe einen Auftrag für Sie, wenn Sie schon hier sind. Sie können sich vermutlich nicht mehr an meinen Vater, Georg Hendriks, erinnern, Fräulein Mandelli, dazu sind Sie zu jung. Aber er kannte Ihren Verwandten, diesen Antonio Mandelli, der die Firma in Grüsch aufgebaut hat.« Sie holte rasselnd Atem und hustete. »Jedenfalls ... Ihr Vorfahre hat bereits einmal einen Auftrag für meinen Vater hier an der Villa ausgeführt. Bis zu seinem letzten Tag hat er von der

Arbeit Ihres Verwandten geschwärmt. Georg Hendriks war ein Mann, der Qualität zu schätzen wusste, und die haben Sie ihm geboten. Er sagte immer zu uns Kindern: Wenn ihr jemals etwas bauen müsst, versprecht mir, dass ihr es die Mandellis machen lasst. Und ich will euer Wort, dass niemals jemand Hand an die Villa legt, außer ... den Mandellis!« Sie gluckste amüsiert und warf die Arme in die Luft.

Eleonora konnte nicht anders, als in ihr Lachen einzustimmen. »Wenn das so ist, haben Sie ja Glück, dass wir ohnehin gleich hier sind. Dann kommt es auf jeden Fall kostengünstiger, weil die Baustelleneinrichtung bereits besteht. Worum geht es denn?«

Frau Hendriks winkte ab, schürzte die Lippen und gab ein abfälliges Prusten von sich. »Aber bitte, es geht mir doch nicht um die Kosten! Ich musste kürzlich noch andere Umbauarbeiten machen und Handwerker herbeordern. Sie glauben ja nicht, wie sehr ich mich ärgern musste! Niemand hört mir richtig zu, und alle arbeiten schlampig. Bei Ihnen bin ich mir jedoch sicher, dass dem nicht so ist. Das Wort meines Vaters bedeutet mir sehr viel. Er war ein strenger Mann, der nicht leicht zu beeindrucken war. Wenn er Ihren Namen bis zuletzt kannte, dann haben Sie sich diese Ehre ganz bestimmt verdient. Wenn er Ihnen vertraute, tue ich es auch.«

Eleonoras Herz schlug schneller. Sollten sich die Dinge tatsächlich endlich wandeln? War das nicht ein Zufall zu viel? Möglicherweise hatte man ihre Gebete erhört und ihr Hilfe gesandt. Unterstützung in Form von Menschen, die noch Wertvorstellungen besaßen. Frau Hendriks ging es offenbar nicht wie den meisten Kunden darum, den Preis zu drücken und ein Schnäppchen zu ergattern, sie wollte lieber solide Arbeit. Da war sie bei Eleonora Mandelli genau richtig. Vielleicht war doch nicht alles verloren, und man brauchte bloß genug Geduld und Vertrauen ins Leben.

»Wie können wir Ihnen helfen, Frau Hendriks?«, fragte sie daher nochmals.

Diese öffnete das Holztor zu ihrem Vorplatz. »Kommen Sie rein, ich zeige es Ihnen. Es geht um die Grünanlage im hinteren Teil des Anwesens.« Keuchend und mit unsicheren Schritten führte sie Federico und Eleonora über einen mit Gartenplatten gepflasterten Weg und dann eine Betontreppe entlang der Hausfassade hinunter in den Garten.

Nach Atem ringend blieb sie stehen und machte eine ausladende Handbewegung. »Sehen Sie, wie langweilig das ist? Ich möchte, dass Sie aus dieser öden Rasenfläche einen Heidegarten machen. Wie ich hörte, haben Sie dies früher oft gemacht.«

Eleonora nickte. »Ganz genau. Das ist eine unserer Spezialitäten. Meine Mutter sowie auch meine Großmutter haben sich intensiv mit solchen Bauten beschäftigt. Ich bringe Ihnen in den kommenden Tagen einige Muster für Steine vorbei, damit Sie welche für eine Natursteinmauer, eine Treppe oder auch einen kleinen Brunnen auswählen können. Zusätzlich werde ich Ihnen Vorschläge zur Aufteilung und Gestaltung machen. Vielleicht ist es sinnvoll, auch einen Gärtner hinzuzuziehen, der die Mauern oder Rabatten bepflanzt.«

Frau Hendriks hielt sich die Hand aufs Herz und lächelte mit einem erleichterten Seufzer. »Sehen Sie, da haben wir es ja schon. Es ist einfach anders mit Ihnen. Das merke ich gleich. Ich bin sehr auf Ihre Ideen gespannt! Bisher hat keiner der anderen Handwerker auch nur brauchbare

Vorschläge gemacht. Ich hatte beinahe den Eindruck, dass ich ihnen egal bin und sie gar kein Interesse daran haben, mir eine fachlich kompetente Beratung zukommen zu lassen.«

Eleonora nickte verständnisvoll. »Das kommt in der heutigen Zeit leider oft vor. Schnell und billig soll es sein. Fast-Food-Handwerk. Dabei fehlen dann auch meist die notwendige Qualität und Zeit.«

Frau Hendriks warf ihr ein fasziniertes Lächeln zu. »Ich freue mich, wenn Sie mit den Mustern vorbeikommen. Nehmen Sie sich genug Zeit, ich lade Sie auf einen Tee ein und will alles ganz genau besprechen.«

»Selbstverständlich, sehr gerne.« Eleonora und Padrino Federico verabschiedeten sich von der Villabesitzerin.

Den Rest des Vormittags verbrachte Eleonora damit, die Baustelle mit Federico zu planen und ihre Lieferanten anzurufen, um Steinplatten für Frau Hendriks zu bestellen. Am Nachmittag zog sie sich in ihr Büro zurück und fertigte erste Skizzen zu der gewünschten Gartenanlage. Diese wollte sie gleich am kommenden Tag mit ihrer Mutter besprechen. Schließlich hatte die mehr Erfahrung in diesem Bereich als Eleonora.

Als sie gegen sieben Uhr den Computer ausschaltete, war Urs immer noch bei der Arbeit.

»Noch nicht fertig?«, fragte Eleonora und streckte den Kopf durch die Tür in sein Büro.

Er strich sich über die Glatze und seufzte. »Die Eintrittsformalitäten sind sehr kompliziert und aufwendig, wenn man sie genau macht.«

»Das verstehe ich. Aber mach doch bitte für heute Schluss, das eilt nicht so sehr«, bat Eleonora, die ihm die Müdigkeit an den matten Gesichtszügen und den geröteten Augen ansah.

»Dafür, dass sie mich so herablassend behandelt haben, müsste ich mir eigentlich überhaupt keine Mühe geben. Mir kann es ja egal sein, ob sie Steuerreduktionen und Kinderzulagen erhalten, nicht wahr?« Er lächelte verstimmt.

Eleonora legte die Stirn in Falten. »Sie haben sich dir gegenüber respektlos benommen? Was ist denn geschehen? Ich kenne die drei sehr gut, und das entspricht überhaupt nicht ihrer sonstigen Art.«

Urs winkte ab. »Schon gut, ich wollte nicht lästern. Bestimmt war ich etwas empfindlich.« Er seufzte.

Eleonora wusste nicht, was sie dazu sagen sollte. Die Italiener fragen, was vorgefallen war, wollte sie nicht. Das würde die drei nur gegen Urs aufwiegeln oder schlafende Hunde wecken. Wenn er es dabei belassen wollte, würde sie es vorläufig auch tun.

»Bitte mach für heute Schluss, Urs«, wiederholte sie noch einmal. »Ich wünsche dir einen schönen Feierabend. Bis morgen.« Sie hob die Hand zum Gruß und wandte sich ab.

»Mein Beruf ist auch mein Hobby, Boss. Ich brauche keine Auszeit von dem, was ich hier tue. Es ist das erste Mal in meinem Leben, dass ich bei der Arbeit glücklich bin.«

Eleonora blieb nochmals stehen und drehte sich zu ihm um. »Das weiß ich sehr zu schätzen, Urs. Ich danke dir für deinen enormen Einsatz.« Dann ging sie endlich.

Auf dem Nachhauseweg machte sie noch einen Abstecher in den Lebensmittelladen, um einige Einkäufe zu tätigen. Ihr Kühlschrank war komplett leer. Vollkommen in Gedanken versunken versuchte sie, sich an ihre zu Hause vergessene

Einkaufsliste zu erinnern, als eine Stimme sie aus ihrem Dämmerzustand riss.

»Eleonora? Eleonora! Hallo!«

Ein Gesicht tauchte vor ihrem auf. Es dauerte einige Sekunden, bis sie es zuordnen konnte.

»Matthias! Hallo!«, erwiderte sie den Gruß des Buchhändlers.

Auch heute blieb er seinem Kleidungsstil, bestehend aus Stoffhosen, Hemd und Lederjacke, treu. Das Hemd hing allerdings stellenweise aus der Hose heraus, und die dunkelblonden Haare standen ihm bloß an einer Seite vom Kopf ab. Mit einem scheuen Lächeln trat er einen Schritt näher und senkte die Stimme. »Es ist sonst nicht meine Art, Kunden in ihrer Freizeit zu bedrängen. Bloß in deinem Fall dachte ich, macht es Sinn. Ich muss für meine Erklärung etwas ausholen ... hast du Zeit?« Er kratzte sich an der bereits verwuschelten Seite seiner Frisur, was deren Zustand nun erklärte.

»Ähm, also ... nicht ewig, aber ... ein bisschen?« Eigentlich wollte Eleonora jetzt dringend nach Hause und die Beine hochlegen, aber das wäre wohl unhöflich gewesen.

»Also, so entsetzlich lange geht es ja auch nicht«, versicherte er ihr. »Es geht um ein Buch. Ich habe es kürzlich bei einem Antiquitätenhändler gesehen, als ich auf der Suche nach einer Leselampe für mich privat war. Es trägt den Titel: *Wie die Götter die Pyramiden erbauten.* Ich konnte nicht anders, ich musste augenblicklich an dich denken. Soll ich das Buch für dich erstehen? Der Vorteil ist, dass es kaum etwas kostet und der ehemalige Besitzer des Werks bereits zahlreiche wichtige Notizen darin hinterlassen hat. In der vorliegenden Form ist es ein Unikat, Eleonora. Es würde definitiv in einer meiner Schatzkisten landen.«

Er sah sie erwartungsvoll an, während er vor Aufregung errötete. Als sie ihn sprachlos anstarrte, beeilte er sich zu ergänzen: »Du kannst es zu einem anständigen Preis haben, selbst wenn ich nochmals nach Zürich fahren muss, um es zu holen. Ich bin sicher, du wirst es lieben!«

»Warum lässt du es dir nicht einfach schicken?«, fragte Eleonora.

»Auf gar keinen Fall! Das wäre viel zu gefährlich. Die Post beschäftigt mehrheitlich Barbaren. Ein Buch, in dem bereits so viele Finger geblättert haben, muss sorgfältig und persönlich transportiert werden. Aber wie gesagt, wenn du es gerne hättest, besorge ich es dir bei nächster Gelegenheit. Allerdings kann es einige Wochen dauern.«

Eleonora konnte sich ein Schmunzeln nicht mehr verkneifen. Sie fragte Matthias noch nach dem Preis und entschied sich dann, das Angebot anzunehmen.

»Liebend gern, wenn es dir keine großen Umstände bereitet. Herzlichen Dank.« Sie verabschiedete sich mit einem Lächeln von ihm.

Die Pyramiden von Gizeh … vielleicht ließe sich das noch in das neue Gartenprojekt von Frau Hendriks einbauen?

Kapitel 6

Eleonora stand gemeinsam mit ihrer Mutter in der Küche und half ihr dabei, *ossobuco con polenta*, Kalbshachse mit Polenta, zuzubereiten. Nonna Aurora und Nonno Lorenzo verbrachten Ende März meistens eine Woche Urlaub bei Eleonoras Eltern, um den Geburtstag mit ihr und ihrem Bruder Andrea zu feiern. Dafür blieben sie über Weihnachten und Neujahr zu Hause. Wenn ihre betagten Großeltern den Weg von Argegno am Comer See in die Schweiz auf sich nahmen, wurde traditionellerweise ein norditalienisches Gericht zubereitet. Außerdem war *ossobuco* seit Kindertagen Eleonoras und Andreas Lieblingsessen. Sie teilten nicht überall dasselbe Temperament und dieselben Vorlieben, aber was das Essen anbelangte, waren sie sich stets einig gewesen.

Während Eleonora Gemüse in kleine Würfel schnitt und Mamma das Fleisch würzte, ließ Motorengeräusch beide den Blick heben und aus dem Küchenfenster auf die Zufahrtsstraße des Hauses schauen. Eine dunkelgrüne Alfa Romeo Giulietta fuhr im goldenen Licht des späten Nachmittags vor den Hauseingang.

Ihre Mutter schüttelte den Kopf. »Seit ich ein kleines Mädchen bin, wechselt Papa immer wieder sein Fahrzeug, aber es war stets eine Giulietta. Mal blau, mal rot, mal silbern.

Und jetzt olivgrün. Dabei sollte er mit seinen sechsundachtzig Jahren eigentlich gar nicht mehr fahren. Aber er ist und bleibt ein unbelehrbarer sturer, alter Autonarr.« Sie wusch sich die Hände in der Spüle und trocknete sie an einem Küchentuch. »Los, Eleonora, helfen wir den beiden mit dem Gepäck. Wir können hier nachher weitermachen, denn sie machen bestimmt noch ein Nickerchen vor dem Abendessen.«

Eleonora gehorchte und wusch sich ebenfalls die Hände. Andrea und Papa saßen im hinteren Teil des großzügigen Wohnraums und sahen sich ein Tennismatch im Fernsehen an. Sie hatten ihren Teil der Arbeit, das Einkaufen der Speisen und Getränke, bereits absolviert und gönnten sich nun eine Pause.

»Sie kommen!«, rief ihnen Mamma zu, woraufhin die beiden sich erhoben und herbeieilten. Bevor sie den Großeltern entgegengehen konnten, klingelte es auch schon an der Tür. Ihre Mutter riss sie mit einem Ruck auf und fiel den beiden in die Arme.

»Rosalba, Liebes!« Nonna Aurora umarmte sie als Erste, ein seliges Lächeln auf den Lippen. Als sie sich voneinander lösten, wischte sie sich eine Träne aus den Augenwinkeln. Während Mamma Nonno Lorenzo mit Küssen und einer innigen Umarmung willkommen hieß, ließ sich Eleonora von ihrer Großmutter in die Arme schließen. So ging es weiter, bis sich alle wort- und gestenreich begrüßt hatten. Andrea lud das Gepäck der Großeltern aus und kehrte damit ins Haus zurück.

»Ich habe euch wie immer das blaue Zimmer oben im ersten Stock vorbereitet. Lasst euch Zeit, macht euch frisch und ruht euch etwas aus. Es gibt *ossobuco*, das muss noch eine

Weile im Ofen schmoren. Andreas und Eleonoras Freunde sowie Padrino Federico und Annette kommen gegen achtzehn Uhr, dann starten wir mit einem Aperitif.«

Nonno Lorenzo, dessen einst schwarze Locken zwischenzeitlich schneeweiß, aber ungemindert dicht unter seiner grauen Baskenmütze hervorquollen, reichte Nonna Aurora mit einem charmanten Lächeln seinen Arm. »Komm, Auri *bellezza*, ich führe dich in dein Gemach.« Er zwinkerte ihr scherzhaft zu. »Unsere Dienerschaft bringt das Gepäck gleich nach.« Mit seinem dunklen Nadelstreifenanzug, der dazu passenden Weste, dem cremefarbenen Hemd, der schwarzen Fliege und dem Gehstock sah er tatsächlich aus wie ein nobler Herr. Die »Krücke«, wie er den Stock selbst abwertend nannte, benutzte er erst seit einem Jahr und nur, wenn er außer Haus war. Erst als er eines Tages beim Gehen gestolpert war und sich eine seiner teuren Anzughosen ruiniert hatte, hatte er endlich eingesehen, dass es nun an der Zeit war, diese Hilfe zu akzeptieren.

Nonna Aurora verzog den Mund zu einem amüsierten Schmunzeln, das sie um Jahre jünger erscheinen ließ, und hakte sich bei ihm ein. Sie hatte ihre zwischenzeitlich ebenfalls blütenweißen, krausen Mandelli-Locken zu einem kunstvollen Knoten hochgesteckt. Eine quergestreifte schwarz-weiße Langarmbluse mit weitem Kragen sowie ein dunkler Faltenrock verliehen auch ihr das Aussehen einer edlen Dame aus einer anderen Zeit.

Eleonora seufzte leise, während sie den beiden dabei zusah, wie sie die Holztreppe in den oberen Stock erklommen. Heute wurde sie dreiunddreißig. In ihrem Alter hatte ihre Nonna Aurora bereits seit vielen Jahren die Liebe ihres Lebens gefunden, zog ein elfjähriges Kind groß und feierte beruflich beachtliche Erfolge. Dasselbe in ähnlicher Form galt auch für ihre Mamma, die überdies noch in die Fremde ausgewandert war. Und was war mit ihr? Sie lebte seit fünf Jahren alleine und hatte sich noch nicht entschieden, ob sie der Liebe je wieder eine Chance geben wollte oder nicht. Zu sehr saßen ihr die Schrecken der letzten Beziehung noch in den Knochen. Johannes war ein verbitterter Mann voller Hass auf die Welt und die Menschen gewesen, der bald angefangen hatte, auch Eleonora für all ihre menschlichen Schwächen zu verachten und ihr all ihre Stärken zu neiden. Das siebenjährige Martyrium hatte erst geendet, als Eleonora eines Tages endlich völlig erschöpft einsah, dass sie Johannes nie würde helfen können, seine Wunden, die den Zorn und die Feindseligkeit ausgelöst hatten, zu heilen. Sie kapitulierte und fühlte sich dabei gleichzeitig wie eine Versagerin. Seither tat sie sich schwer, sich dem Thema Beziehung überhaupt zu öffnen. Wozu auch? Ihr fehlte nichts. Im Gegenteil, sie hatte endlich ihren Frieden und konnte ungestört ihre Passion, das Bauen, verfolgen. Damit wäre sie gleich bei der nächsten Problematik, die ihr Kopfzerbrechen bereitete: Frau Hendriks' Stimme dröhnte ihr immer noch wie das Heulen einer Sirene im Kopf, und ihre Wange brannte von der imaginären Ohrfeige, die sie dabei eingefangen hatte …

»Eleonora?« Mammas Worte rissen sie jäh aus ihren Grübeleien.

»Hm?« Hoffentlich hatte ihre Mutter nicht schon fünfmal dieselbe Frage gestellt, ohne dass Eleonora darauf reagiert hatte.

»Hilfst du mir mit dem Essen und dem Aperitif? Es dauert nicht mehr lange.«

»Aber natürlich«, beeilte sich Eleonora zu antworten und begleitete sie in die Küche.

»Geht es dir gut, Liebes?« Mamma musterte sie von der Seite her.

»Aber ja doch, alles bestens«, log Eleonora und zwang sich zu einem halbherzigen Lächeln.

Gegen achtzehn Uhr klingelte es. Zuerst kam Padrino Federico mit seiner zierlichen Frau Annette, die ihre grau-weißen Haare zu einem geschmackvollen Knoten hochgesteckt hatte und wie so oft ein Kleid mit Punkten trug. Heute in Schwarz-Weiß. Federico war der einzige ihrer beiden Paten, der immer noch zuverlässig an jedem Geburtstag vorbeischaute, obwohl seine Schützlinge längst erwachsen waren. Gleich darauf erschienen auch Andreas bester Freund Peter und Eleonoras Freundin Bernadette.

Peter war ein groß gewachsener, hagerer Musiklehrer, mit treuen braunen Augen, schütterem blondem Haar und einer etwas zu groß geratenen Nase. Sein trockener Humor war bei jedem Fest eine Bereicherung.

Bernadette war optisch das genaue Gegenteil von Andreas langjährigem Freund. Sie war eher klein, besaß rassige Kurven und ein Mondgesicht mit Grübchenlächeln. Die dicken, stufig geschnittenen dunklen Haare hingen ihr bis weit hinunter auf den Rücken. Sie bildeten einen attraktiven Kontrast zu ihren grünen Augen. Bernadette war gelernte Pflegefachfrau und arbeitete seit Jahren in einem Altersheim. Vermutlich war das mit ein Grund, warum auch sie, wie Eleonora, noch alleinstehend und kinderlos war.

Papa machte mit Andreas Hilfe den Kamin an. Holzscheite aufeinanderzulegen, gelang ihm mühelos, das Anzünden der Streichhölzer übernahm jedoch Andrea, damit sein

Vater nicht vor dem Besuch bloßgestellt wurde. Eleonora beobachtete, wie Papa ihm einen dankbaren Blick zuwarf und ihm kurz liebevoll über den Unterarm strich.

In diesem Moment klingelte es erneut, und Oma Dora und Opa Benjamin betraten gleich darauf das Wohnzimmer. Zusammen mit ihrer Mutter bewirtete Eleonora die anwesenden Gäste, verteilte Gläser mit Wein oder Sekt und wies auf die Häppchen hin, die sie auf die beiden Salontische gestellt hatten. Bald erfüllte das fröhliche Summen angeregter Unterhaltungen den Raum. Als Nonna Aurora und Nonno Lorenzo schließlich als Letzte ebenfalls zu ihnen stießen, wurden sie freudig begrüßt. Mit der üblichen Ausnahme. Die Schweizer Großeltern hatten sich nie besonders gut mit ihrem italienischen Pendant verstanden. Die erzwungene Höflichkeit, die ihren steifen Bewegungen und ihrem künstlichen Lächeln innewohnte, war allzu offensichtlich. Während die Albrechts lieber eine etwas konventionellere Schwiegertochter gehabt hätten und sich noch immer ein wenig für Rosalba schämten, unterstellte ihnen Nonna Aurora kurzweg den Raub ihrer Tochter. Hätte ihr der junge Schweizer Architekt nämlich damals bei ihrem Auslandspraktikum nicht den Kopf verdreht, wäre sie wohl nie in diesem Tal in der Nähe von Davos gelandet.

Nach einer Weile hatten sich alle Gäste gesetzt und bedienten sich mit den mundgerechten Kanapees, die gereicht wurden. Kurzzeitig herrschte Stille, weil alle mit Kauen und Trinken beschäftigt waren. Einzig das wohlige Knacken des Feuers im Kamin war zu hören.

»Lorenzo, wollen wir unseren Enkeln dann mal noch das Geburtstagsgeschenk geben? Wir werden nach dem Essen bald ins Bett gehen, daher wäre es wohl besser, es ihnen jetzt zu überreichen, oder?« Nonna Aurora warf einen fragenden Blick in die Runde.

»Hatten wir nicht ausgemacht, dass niemand Geschenke mitbringt? Ihr alle seid uns doch mit eurer Anwesenheit Freude genug!« Andrea hob zur Bekräftigung seiner Worte das Weinglas.

Nonno Lorenzo hatte sich jedoch bereits erhoben und ging zum Eingangsbereich des Hauses, wo sie das Präsent offenbar deponiert hatten. Er kam mit zwei würfelförmigen Paketen in der Größe einer Glühbirnenschachtel zurück. Andrea bekam ein grünes, Eleonora ein gelbes. Neugierig wie sie war, schüttelte sie es, woraufhin ein metallenes Klirren erklang.

»Nicht schummeln!« Nonno Lorenzo hob gespielt drohend den Zeigefinger und setzte sich wieder. Selbstverständlich legte er den Arm um Nonna Auroras Schulter und schaute ihnen beiden mit einem zufriedenen Lächeln beim Öffnen der Päckchen zu, was ihnen zeitgleich gelang.

Andrea und Eleonora starrten die zwei Schlüssel an, die liebevoll mit Seidenpapier und einer separaten Schleife ins Innere der kleinen Kartonschachtel gebettet waren. Fragend tauschten sie einen Blick und zuckten dann synchron mit den Schultern.

»Sagt bloß, ihr ahnt nicht, was das ist?« Nonna Aurora beugte sich ungläubig nach vorne.

Eleonora hatte eine leise Vermutung, doch war diese dermaßen vermessen, dass sie sich niemals getraut hätte, sie laut auszusprechen. Daher schüttelte sie den Kopf, und Andrea tat es ihr gleich. Sie kannte ihren Bruder jedoch gut genug, um zu wissen, dass er gerade ähnliche Überlegungen anstellte.

»Der große, geschwungene Schlüssel passt zur Haustür des Landhauses in Cerano d'Intelvi, in dem ich aufgewachsen bin und das ursprünglich eurer Mamma gehören sollte. Da sich die Dinge aber anders entwickelt haben als geplant, blieb es bis zum Tod eurer Urgroßeltern in deren Besitz, und seither verfüge ich darüber.« Nonna Aurora senkte kurz den Blick und holte tief Luft. Als sie wieder aufsah, schimmerte leise Trauer in ihrem Blick, doch sie lächelte. Nonno Lorenzo strich ihr liebevoll mit der Hand über den Rücken.

»Der modernere, kleinere Schlüssel gehört zur Villa Domenica in Argegno«, übernahm Nonno Lorenzo nun, und sein Blick streifte dabei kurz Mamma. Diese starrte schweigsam auf ihr Weinglas. »Normalerweise werden solche Besitztümer an die nächste Generation vererbt. Wir wollten unsere Tochter nicht etwa übergehen, doch waren wir nie sicher, ob wir sie mit einem solchen Geschenk nicht emotional unter Druck gesetzt hätten. Wir respektieren und unterstützen den Entscheid, den du für dein Leben getroffen hast, Rosalba, Schatz. Was deinen Kindern gehört, ist natürlich auch dein.« Er seufzte und holte kurz Luft. »Auri und ich sind alt, und die Tage, die uns auf dieser Welt noch bleiben, gezählt. Wir sind dankbar für alles, was wir erleben und gemeinsam erschaffen durften. Fast all eure Ferien habt ihr bei uns verbracht. Die Lombardei ist also nicht bloß euer Erbe, sie ist eure zweite Heimat. Sie ist eure Herkunft, eure Kindheit und vielleicht eines Tages sogar Teil eurer Zukunft. Ich habe alles Nötige in die Wege geleitet, sodass ihr nach unser beider ... Tod ... die rechtmäßigen Besitzer dieser Güter sein werdet. Die Türen stehen euch jedoch heute schon jederzeit offen. Daher die Schlüssel.«

Endlich hob Mamma den Blick und musterte ihre Eltern eingehend. Furcht spiegelte sich in ihren Gesichtszügen. »Warum jetzt?«, fragte sie leise und sah die beiden erwartungsvoll an.

In der Tat hatte sich Eleonora diese Frage noch gar nicht gestellt. Was war an ihrem dreiunddreißigsten Geburtstag denn so besonders? Sie hatte kürzlich die Geschickte der Firma übernommen, aber ihr Bruder Andrea arbeitete nicht einmal im Familienbetrieb. Damit konnte es also nichts zu tun haben.

»Es gibt keinen Grund. Die Zeit war jetzt einfach reif und richtig. Vielleicht war es auch der Umstand, dass unsere Katze Fiocchina vor einem Monat gestorben ist und wir uns nun definitiv zu alt fühlen, um nochmals ein Katzenbaby zu uns zu nehmen. Das … hat uns wohl die Vergänglichkeit sehr deutlich vor Augen geführt. Die Dinge um uns herum verschwinden. Freunde sterben, tierische Gefährten gehen von uns, ja selbst einige Pflanzen in unserem wunderschönen Garten haben vergangenes Jahr ihren Zyklus beendet.« Nonno Lorenzo zuckte mit den Schultern.

Stumm und mit gesenktem Blick trank Mamma einen Schluck Wein. Ein Muskel zuckte in ihrem Gesicht. Bernadette, die berufsbedingt oft solche Sachen hörte, setzte einen mitfühlenden Gesichtsausdruck auf, und auch Peter wirkte betroffen.

Eleonora suchte Andreas Blick. Als das Schweigen im Raum immer schwerer wurde, stand Mamma auf, lächelte und ging in Richtung Küche. »Ich muss kurz nach dem *ossobuco* sehen, bin gleich wieder da.«

Als hätte sie damit einen Bann gebrochen, sprangen Eleonora und Andrea auf und bedankten sich innig bei ihren *nonni.* Nonna Aurora tätschelte ihnen mit einem warmen Lächeln die Hand und beschloss offenbar, ein unverfänglicheres Thema anzusprechen.

»Wie läuft es mit euren Firmen?«, wollte sie wissen und setzte ein aufmunterndes und neugieriges Lächeln auf.

»Es geht so«, begann Andrea zögerlich. »Die goldenen Jahre sind vorbei. Viele Unternehmen sind sparsamer geworden und halten sich mit Investitionen in Werbung und Grafikdesign zurück. Hierzulande, wo es zahlreiche Klein- und Mittelunternehmen gibt, ist das Geld, das man für nicht betriebsrelevante Sachen einsetzt, ohnehin beschränkt. Die meisten Handwerker verdienen gerade mal genug, um sich über Wasser zu halten. Die ›Geiz-ist-geil‹-Mentalität des Endverbrauchers hat sich auch in der Schweiz durchgesetzt, und darunter leiden nun mal alle Branchen, auch meine.« Andrea machte ein betrübtes Gesicht und setzte sich wieder hin. Gedankenverloren drehte er das Weinglas in den Händen.

»Und bei dir? Läuft es dieses Jahr etwas besser?« Nonna Aurora wandte sich Eleonora zu, wohl in der Hoffnung, dass wenigstens sie etwas Erfreuliches zu berichten wusste.

Die schluckte und nahm etwas Wein. In diesem Moment kam Mamma aus der Küche zurück. Offenbar hatte sie die Konversation mit einem Ohr belauscht.

»Eleonora hat einen äußerst lukrativen Auftrag in Seewis erhalten«, erklärte sie. »Eine schwerreiche Erbin einer wahren Unternehmerdynastie hat sie mit der Gestaltung ihres Umschwungs beauftragt. Wir haben das Projekt gemeinsam geplant und auch einige deiner Ideen aus dem Garten der Villa Domenica als Inspiration genommen.« Ihre Melancholie schien wie weggeblasen. Mit leicht geröteten Wangen setzte sie sich wieder auf die Couch und schaute aufgeregt zwischen Nonna Aurora und Eleonora hin und her.

Diese spürte, wie ihr die Hitze unangenehm den Hals hinaufkroch.

»Was ist los, Eleonora?«, fragte Mamma. »Habe ich etwas Falsches erzählt? Du hast doch gerade am Donnerstag noch erwähnt, dass wir diese Woche bereits eine Natursteinmauer erstellt haben und Frau Hendriks außerordentlich begeistert ist.«

Eleonora nickte und nahm noch einen Schluck Wein. »Dieser Meinung war ich auch«, krächzte sie schließlich heiser und fühlte alle Blicke auf sich ruhen. »In den vergangenen zwei Wochen haben unsere besten Leute auf Hochtouren an dem Projekt gearbeitet. Es sind bereits Kosten im Wert von zwanzigtausend Franken aufgelaufen.« Eleonoras Mund fühlte sich trocken an, und ihre Wangen pulsierten unangenehm heiß.

Niemand sagte etwas. Alle schienen auf die Fortsetzung der Geschichte zu warten. Vorsichtig wagte sie, ihrer Mutter in die Augen zu sehen, als sie weiterberichtete.

»Am Freitagmorgen hat Frau Hendriks im Büro angerufen und völlig außer sich in den Hörer gebrüllt. Sie hat meine Rechnung erhalten. Das war aber nicht mal das eigentliche Problem. Sie meinte, dass sie das Geld auf gar keinen Fall bezahlen würde, weil …« Eleonora schüttelte immer noch ungläubig den Kopf, »… weil wir angeblich nicht das gebaut hätten, was sie bestellt habe, sondern gerade das, was sie eben nicht wollte. Sie habe von Anfang an gesagt, dass ihr diese Steine nicht gefallen, weil sie eine extreme Disharmonie zu der Farbe der Grünfläche rund um das Haus bilden. Ferner behauptete sie, gar nie eine solche Natursteinmauer in Auftrag gegeben zu haben, weil sie die umliegenden Pflanzen aufgrund des Schattenwurfs in ihrem Wachstum stören würde. Außerdem wolle sie nicht, dass sich nachher irgendwelches Getier in den Ritzen einniste, so ihre Worte.« Eleonora zitterte am gesamten Leib. Der Schock saß viel tiefer, als sie angenommen hatte.

Erneut schwiegen alle. Vermutlich, weil sie nicht minder schockiert waren als sie selbst.

»Gegen Ende des Telefonats, nachdem ich versucht habe, vernünftig mit ihr zu reden, hat sie mir sogar damit gedroht, mir ihre Nichte, die wohl in Zürich als Juristin tätig ist, auf den Hals zu hetzen.«

»Ja und jetzt?«, fragte Bernadette und musterte sie besorgt.

Eleonora nahm erneut einen kräftigen Schluck Wein und zuckte mit den Schultern. »Ich weiß es ehrlich gesagt nicht, so etwas habe ich noch nie erlebt. Frau Hendriks verlangt von mir, die Mauer umgehend abzureißen und für den Schaden, den wir angerichtet hätten, aufzukommen, was natürlich mit weiteren horrenden Kosten verbunden ist. Und das in der jetzigen, wirtschaftlich ohnehin sehr angespannten Lage.«

Nun räusperte sich Padrino Federico, der die Baustelle zusammen mit der neuen Erstellung der Quartierstraße beaufsichtigte. »Wenn ich dazu noch etwas sagen dürfte?«

Eleonora nickte ihm zu und machte eine auffordernde Handbewegung. Sie kannte die Geschichte bereits.

»Ich hatte am Freitag kurz vor Feierabend die Gelegenheit, mit Herrn Bruder, dem Nachbarn von Frau Hendriks, zu sprechen. Er ist Postbote und nebenberuflich dafür zuständig, sich um Frau Hendriks' Villa zu kümmern, wenn sie in ihrem Zuhause in Zürich weilt. Was für uns wie ein

Palast aussieht, ist für sie bloß eine Zweitwohnung, ein Ferienhaus in den Bergen.« Federico angelte sich ein Toast-Häppchen und sprach kauend weiter. »Herr Bruder kümmert sich darum, dass die Pflanzen nicht eingehen und alle Zimmer ordentlich geheizt sind, und koordiniert die Arbeiten der Putzfrau und des Gärtners. Er meinte, dass Frau Hendriks ... sehr speziell sei.«

»Inwiefern?«, wollte Mamma wissen und beugte sich neugierig nach vorne. »Was ist mit ihr?«

»Nun, was genau mit ihr nicht stimmt, weiß Herr Bruder auch nicht. Vielleicht ist sie bloß das Produkt ihrer Herkunft: Ein verwöhntes, arrogantes Vaterkind, das die Welt außerhalb seines Palastes nie kennengelernt hat. Möglicherweise ist sie aber zwischenzeitlich zusätzlich auch noch dement. Wie Herr Bruder mir berichtete, hat sie die Handwerker ihres Umbaus schon mindestens dreimal ausgewechselt. Beim Gärtner und der Putzfrau ist es noch schlimmer. Halbjährlich taucht ein neues Gesicht auf. Die Leute aus dem Dorf kennen den Ruf der Alten und arbeiten gar nicht mehr für sie. Sie ist in Insiderkreisen bekannt dafür, dass sie ihre Ausstände nicht bezahlt, obwohl sie im Geld erstickt. Die Nöte der gewöhnlichen Menschen interessieren sie nicht.«

Eleonora schluckte. Warum war sie bloß so naiv gewesen und hatte nicht vorher Erkundigungen eingeholt? Das Geschwätz der reichen Dame war so betörend gewesen, und die eigene Notlage hatte sie offenbar blind und unvorsichtig gemacht. Sie hatte nie vorgehabt, Frau Hendriks über den Tisch zu ziehen, sondern ihr einen fairen Preis und hochwertige Arbeit geboten. Viel enttäuschender noch als der Umstand, dass das Konto der Firma nun ein noch größeres

Loch aufwies, war allerdings die Tatsache, dass Eleonora sehr viel Herzblut in die Gestaltung des Gartens gesteckt hatte.

»So etwas wäre dir bei meinen Kunden in Italien niemals passiert«, durchschnitten Nonna Auroras Worte die bleierne Stille, die sich über die Geburtstagsgesellschaft gelegt hatte. »Ich habe mit vielen vermögenden Bauherren zusammengearbeitet. Keiner hat sich je dermaßen dekadent benommen. Für die Schweizer bist du eben nichts weiter als eine Seconda, ein Migrantenkind. Da hilft dir auch der rote Passport nichts. Es klebt nun einmal fremdes Blut an dir.«

»Mamma, Federico hat doch gerade gesagt, dass Frau Hendriks mit *allen* Handwerkern so verfährt«, mischte sich nun Eleonoras Mutter besänftigend ein und schaute kurz zu ihren Schwiegereltern hinüber, deren Mienen bereits Verärgerung zeigten. »Außerdem ist Eleonora zur Hälfte Schweizerin, und Seconda ist kein Schimpfwort, sondern bloß eine Bezeichnung.«

»Meiner Meinung nach ist es trotzdem ein Stigma.« Nonna Aurora zuckte mit den Schultern und warf Oma Dora und Opa Benjamin einen bösen Blick zu. »Egal, woran es liegt, Rosalba. Wozu der über dreißigjährige Kampf in der Fremde, wenn unser beider Lebenswerk zu verwelken droht? Die Schweiz wird unsere Namen vergessen, wenn wir verschwunden sind. Wir Mandellis haben nie hierhergehört und waren den Schweizern immer ein Dorn im Auge.« Verstimmt griff sie nach ihrem Weinglas und nahm einen Schluck. Oma Dora holte gerade Luft, um etwas zu sagen, doch Nonna Aurora überging sie einfach und wandte sich an Andrea und Eleonora: »Denkt an die Schlüssel, Kinder, ihr werdet sie vielleicht noch brauchen. Italien hat immer ein warmes Zuhause für euch. Ob das in der Schweiz auch so ist, weiß ich nicht ...«

»Ich bitte dich, Aurora, das ist doch lächerlich!«, rief Dora wütend. »Als ob die Schweiz ein Land voller Barbaren wäre. Remos Kinder wurden als Eidgenossen geboren. Die Schweiz ist ihre primäre Heimat, alles andere bloß eine Feriendestination. Natürlich wäre es angesichts der Tatsache, dass unser Sohn als Architekt eine beachtliche Reputation hat, sinnvoller gewesen, den Namen Albrecht zu behalten und dieses Geschenk nicht einfach aus einer rebellischen Laune heraus abzulehnen.« Oma Dora starrte zuerst Nonna Aurora und dann Eleonora mit zusammengepresstem Mund an.

Der Timer des Backofens piepste. Gottlob.

»Das *ossobuco* ist fertig. Ich koche kurz die Polenta, dann essen wir«, verkündete Mamma mit monotoner Stimme. Sie stand auf und durchquerte das Wohnzimmer.

»Ich helfe dir.« Papa erhob sich ebenfalls mit steifen Bewegungen und folgte ihr in die Küche. Eleonora war aufgefallen, dass er sein volles Weinglas schon eine Weile nicht mehr angerührt hatte. Die emotionalen Diskussionen hatten dazu geführt, dass er das Zittern seiner Hände kaum mehr unter Kontrolle hatte. Also hatte er sich immer schweigsamer in seine Ecke zurückgezogen. Nonno Lorenzo hatte ihn, während sich Nonna echauffierte und den Unmut der anderen Großeltern auf sich zog, wiederholt mit einem flüchtigen Blick bedacht.

Nach einer halben Stunde, in der sich die anwesenden Paare mehrheitlich unter sich über belanglose Themen unterhielten, schallte es aus der Küche: »Essen!«

Erleichtert eilte auch Eleonora in die Küche, um beim Auftragen der Gerichte zu helfen.

Es dauerte eine ganze Weile, bis sich die Gespräche bei Tisch zaghaft in eine fröhlichere und unverfänglichere Richtung entwickelten, und allmählich wieder ein geselliges Miteinander entstand. Diesen Umstand hatten sie vor allem Peter zu verdanken, der nie um einen Scherz verlegen war.

Doch als Eleonora am Abend alleine in ihrem Bett lag, verdunkelte Schwermut beim Gedanken an Nonna Auroras Worte ihr Gemüt. War sie eine Versagerin? Anders als ihre Vorfahrinnen hatte sie bisher nie ums nackte Überleben kämpfen müssen, sondern war in ein bereits bestehendes Konstrukt hineingewachsen. Als sie sich dazu entschlossen hatte, das Erbe ihrer Familie anzutreten, hatte sie nie daran gedacht, dass etwas schieflaufen könnte. Die düsteren Vorboten einer ungewissen Zukunft häuften sich jedoch täglich.

Kapitel 7

»Einen wunderschönen guten Morgen, Boss! Ein Vögelchen hat mir gezwitschert, dass du am Wochenende Geburtstag hattest?« Urs schob den Bürostuhl zurück und hob in gespielter Entrüstung den Zeigefinger.

»Guten Tag, das ist korrekt, ja«, antwortete Eleonora mit einem Lächeln.

Er kam auf sie zu und blieb in gebührendem Abstand vor ihr stehen. Mit einer fließenden Bewegung griff er nach einem blau verpackten Geschenk, das neben dem Computer stand. »Bitte sehr, eine kleine Aufmerksamkeit von mir.«

»Danke, das wäre doch nicht nötig gewesen.« Eleonora nahm das Paket erstaunt entgegen. Unter der kunstvoll darum geschlungenen roten Schleife steckte noch ein Umschlag.

Für meine beste Chefin, stand in krakeliger Schrift darauf geschrieben.

»Du hast dir aber wirklich große Mühe gemacht«, lobte sie und zog die Karte aus dem Kuvert.

»Das hast du, bei allem, was du für mich tust, mehr als verdient.« Er verschränkte die Arme vor der Brust und wartete mit einem Lächeln auf den Lippen. Eleonora griff nach dem Kuvert und fischte die Karte aus dem Umschlag. Instinktiv trat sie einen Schritt zurück und gab vor, den

Kartenumschlag auf dem nebenan stehenden Druckertisch deponieren zu müssen.

Liebe Eleonora,
danke, dass du mir eine Chance gegeben und so viel
Geduld mit mir hast. Du bist der beste Boss, den man
sich vorstellen kann. Es ist für mich eine große Ehre,
für eine Familie mit so langer Tradition arbeiten zu
dürfen. Ich wünsche dir alles Gute zu deinem
Geburtstag.
Urs

Mit pulsierenden Wangen schob Eleonora die handgeschriebene Karte, die ein großes Kleeblatt zeigte, zurück ins Kuvert. »Danke ... du bringst mich mit deinen netten Worten etwas in Verlegenheit«, gab sie zu.

Dann öffnete sie das Paket und holte eine kleine Flasche heraus.

Für entspannte Stunden und Badespaß, stand in geschwungenen Lettern darauf.

»Nichts Besonderes«, entschuldigte sich Urs mit einem Schulterzucken. »Meine Tochter hat es ausgesucht. Als Chefin brauchst du hin und wieder eine Auszeit vom Alltag, dachte ich.«

Eleonora schluckte. »Herzlichen Dank, Urs. Sehr aufmerksam von dir.« Sie reichte ihm förmlich die Hand, unterstrich die Geste mit einem Lächeln und ging dann in ihr Büro.

Auch wenn Eleonora Urs' Wahl des Geschenks etwas unangebracht fand, so war es trotzdem eine nette Geste, dass er an ihren Geburtstag gedacht hatte. Eleonora pflegte mit allen Mitarbeitern einen kollegialen Umgang, das war schon Mammas Führungsphilosophie gewesen. Dennoch überreichten sie sich für gewöhnlich keine Geburtstagsgeschenke.

Am frühen Nachmittag sah Eleonora durch das Fenster ihres Büros, wie die grüne Giulietta ihres Großvaters auf den Werkhof des Baubetriebs fuhr.

»Nonno!« Eleonora lief aus dem Büro und eilte ihm auf dem Werkhof entgegen. Eine Gruppe von Mitarbeitern, die neben der Werkstatt standen und redeten, schrak bei ihrem unerwarteten Erscheinen zusammen. Sofort stießen sie sich von der Wand ab, an der sie sich bis eben noch gemütlich angelehnt hatten, senkten die Blicke und eilten davon.

Eleonora beachtete die Männer nicht weiter. »Wo ist Nonna Aurora?«, fragte sie, nachdem sie Nonno Lorenzo begrüßt hatte. Heute trug er einen hellgrauen Anzug mit Jackett, einen passenden Filzhut mit einem Band in demselben Rot wie die feine Krawatte über dem weißen Hemd. Dazu braune Lederschuhe und seinen Gehstock.

»Sie hilft deiner Mamma ... mit deinem Papa«, sagte er und sah sie mit einem mitfühlenden Lächeln an.

»Ja.« Eleonora senkte den Blick. »Papas Krankheit trifft Mamma schwer.«

Nonno Lorenzo nickte knapp. »Verständlicherweise. Er ist ihr Anker im Ozean der Fremde. Immer noch«, sinnierte Nonno Lorenzo. »Hast du ein wenig Zeit für einen alten Mann?«

»Aber natürlich, möchtest du ein Stück gehen?«

Er schüttelte den Kopf und zeigte auf die Spazierhilfe. »Nimm mich doch mit und zeig mir einige deiner Baustellen. Mich interessiert, wie dein Alltag aussieht.«

Eleonora senkte beschämt den Blick. »Da gibt es nicht besonders viel zu sehen. Wie du mittlerweile weißt, fehlen mir die Aufträge. Wir leben von der Hand in den Mund und halten uns gerade so knapp über Wasser. Die Anzahl unserer Baustellen ist dementsprechend übersichtlich, aber ich zeige sie dir sehr gerne.« Sie liefen gemeinsam zu ihrem Toyota Yaris, stiegen ein und fuhren los.

»Woran liegt das?«, griff Nonno ihre resignierten Ausführungen auf und beobachtete dabei, ein verträumtes Lächeln auf den Lippen, die vorbeiziehende Landschaft.

»Wir haben uns entwickelt, um für die Zukunft gerüstet zu sein, aber ich bin mir nicht sicher, ob es reichen wird.«

»Wohin habt ihr euch entwickelt? Was war denn das Ziel?«

»Na ja, du weißt schon, wir haben unser Angebot immer mehr erweitert und bieten nun auch eine breite Palette an gewöhnlichen Bautätigkeiten an, nicht nur Natursteinarbeiten«, erklärte Eleonora das permanente Bestreben der Firma, mit der Konkurrenz mitzuhalten.

»So wie alle anderen«, fasste Nonno Lorenzo die Situation zusammen.

»Was sollen wir denn sonst tun, wir sind nun mal ein Bauunternehmen, oder nicht? Wir bauen, und das beherrschen unsere Mitbewerber leider auch.« Eleonora schaute ihn von der Seite her an. Er wandte sich ihr zu, und ein Schmunzeln zuckte um seine Mundwinkel.

»Etwas anderes. Macht halt etwas anderes.«

»Das verstehe ich nicht, Nonno. Willst du mir sagen, dass ich mir einen neuen Beruf suchen soll?« Langsam fiel es Eleonora schwer, sich auf die sich in engen Windungen den Berg hinaufschlängelnde Straße zu konzentrieren.

»Auf gar keinen Fall. Ich denke bloß, dass du deinen Weg noch nicht gefunden hast.«

Eleonora lenkte den Wagen zur ersten Baustelle, dem Bau eines kleinen Einfamilienhauses mit traumhafter Aussicht auf den Talkessel unter ihnen. Die grünbraunen Berge mit ihren bewaldeten Abhängen und teils schneebedeckten Mützen ragten in den wolkenlosen Himmel. Sie stieg aus und half ihrem Großvater, ebenfalls auszusteigen.

»Ich habe mich doch längst für einen Weg entschieden, Nonno. Bauen ist meine Bestimmung. Die Mandelli AG ist mein Leben. Wenn das nicht mein Pfad sein soll und ich nicht genau die bin, die ich sein möchte, weiß ich nicht, was man von mir erwartet.« Eine leichte Welle der Wut stieg in ihr auf. Seine Worte verunsicherten sie. War sie, abgesehen von den finanziellen Problemen und den Sorgen um genügend Arbeit, nicht glücklich? Das alles war doch von Anfang an der Plan gewesen, oder? Was also bitte sollte daran falsch sein?

»Findest du das Haus, das hier gebaut wird, schön?« Nonno Lorenzo legte den Kopf schief und runzelte die Stirn. Er ließ den Blick kritisch über das bereits zweistöckige, kubische Haus aus Sichtbeton gleiten. Eleonora tat es ihm gleich. Sie kannte die Skizzen und Visualisierungen des Architekten. Dem Haus würden am Schluss noch ein Flachdach und zahlreiche Fensterfronten verpasst werden. Ein wenig Holz sorgte für eine milde Anpassung an die ländliche Umgebung.

»Ehrlich gesagt, nein, mir ist es zu modern«, gab sie zu und verstand nicht, was die Frage zu bedeuten hatte. Sie war schließlich kein Architekt, sondern nur die ausführende Handwerkskraft.

»Dann solltest du es auch auf keinen Fall bauen, meine Liebe.« Mit diesen Worten drehte sich Nonno Lorenzo um und ging langsam, auf seinen Stock gestützt, zurück zum Wagen. »Sehen wir uns noch etwas anderes an?«

»Gleich, steig doch schon mal ein. Ich will noch kurz mit dem Vorarbeiter der Baustelle sprechen. Bin gleich zurück.«

Eilig nahm Eleonora einen roten Bauhelm vom Rücksitz ihres Autos und kletterte über das Fassadengerüst nach oben, um mit Riccardo, ihrem Vorarbeiter, zu sprechen. Der korpulente Mittfünfziger hatte sie zwar nicht erwartet, nahm sich jedoch einige Minuten Zeit für eine Lagebesprechung. Nachdem er sich noch ausgiebig über den Lehrling beklagt hatte, stieg Eleonora die Metalltreppe wieder hinunter und ging zurück zum Auto.

»Weißt du, Kind«, begrüßte Lorenzo sie nachdenklich, »das Leben kann so schnell zu Ende sein. Manche Herzen hören plötzlich auf zu schlagen. Du solltest deine Zeit wirklich nicht damit verschwenden, Dinge zu bauen, die dir selbst nicht gefallen.«

»Ich habe keine andere Wahl!« Die Worte klangen harscher, als sie beabsichtigt hatte.

»Das Schicksal bietet immer Alternativen und Chancen, Eleonora.« Nonno Lorenzo sah sie liebevoll an. »Dazu müsstest du ihm allerdings gelegentlich die Tür öffnen ... oder hinaus in den wunderschönen Garten des Lebens gehen. Er mag etwas verwildert sein, aber durchaus interessant.«

Mit zusammengepressten Lippen fuhr Eleonora los. Sie wollte sich mit ihrem Nonno nicht streiten. Er war über achtzig, hatte sein ganzes Leben als Anwalt gearbeitet und von der heutigen Welt keine Ahnung. Offenbar war er außerdem ein wenig verwirrt, bei all den seltsamen Fragen und unrealistischen Antworten, die er heute von sich gab.

Und er war noch nicht fertig: »Was ist eigentlich mit der Liebe?«, fragte er jetzt. »Wie kann eine Firma dein Leben sein? Eher sollte es umgekehrt sein: Das Dasein mit all seinen Facetten sollte dich beruflich inspirieren.«

»Nonno ... glaub mir, das habe ich alles schon durchgespielt. Bei der momentan angespannten Lage fehlt mir wirklich der Sinn für solche Oberflächlichkeiten. Ich arbeite hart, um mich als würdige Nachfolgerin zu erweisen. Wenn ich mich ablenken lasse, endet das hier in einer Tragödie!« Bei den letzten Worten hatte sie immer lauter gesprochen und sogar mit der flachen Hand aufs Lenkrad geschlagen. Solch seltsame Diskussionen hatte sie mit Nonno Lorenzo noch nie geführt. Es machte geradezu den Anschein, als sei er bewusst hergekommen, um sie aus der Reserve zu locken und zu beleidigen.

»Wunderbar. Ich mag Tragödien. Sie sind die Vorstufe der Veränderung«, erklärte er mit einem zufriedenen Lächeln auf den Lippen.

Eleonora beschloss, seine Worte nicht weiter zu kommentieren. Von ihrer Freundin Bernadette wusste sie, dass deren Großeltern auch der Meinung waren, mit ihrer Enkelin stimme etwas nicht, weil sie in ihrem Alter immer noch alleine lebte. Auch für sie waren die Liebe und die Gründung einer Familie die Antwort auf alle Gebrechen und Probleme dieser Welt.

So einfach war es aber definitiv nicht. Schon gar nicht, wenn man die Verantwortung für dreißig Mitarbeiter, darunter auch Familienväter, trug!

Als sie auf den Werkhof einbogen, sah Eleonora Matthias' Mofa ordentlich eingeparkt neben Nonno Lorenzos Giulietta stehen. Er selbst wartete vor der Werkstatt neben dem Büro. Das dunkelrote Hemd hing ihm wie meistens zur Hälfte aus der Stoffhose. Darüber trug er heute einen anthrazitfarbenen Feinstrickpullover mit V-Ausschnitt. Abgerundet wurde sein Outfit von dunkelbraunen, ausgetretenen Lederschuhen und der üblichen Lederjacke. Die blonden Haare standen ihm auf allen Seiten vom Kopf ab. Er hielt ein Bündel in der Hand und wippte auf den Füßen vor und zurück, während er ganz offensichtlich auf etwas wartete. Hatte ihn Urs nicht in Empfang genommen?

Nonno Lorenzo, der ein untrügliches Gespür für Menschen besaß, betrachtete Eleonora interessiert von der Seite her und sah dann, ihrem Blick folgend, aus dem Autofenster.

»Wer ist das? Ein Bauarbeiter jedenfalls nicht.«

»Das ist mein Buchhändler«, antwortete Eleonora knapp und machte sich daran auszusteigen.

»Tatsächlich?«, war alles, was ihr Großvater dazu sagte und das war ihr auch ganz recht. Für heute hatte sie genug von seinen metaphorischen Weisheiten.

»Matthias!«, begrüßte sie den Besitzer des kleinen lokalen Buchladens freudig und reichte ihm die Hand. »Wartest du auf mich? Hoffentlich nicht schon allzu lange?«

»Seit etwa einer halben Stunde«, gab er zu, nachdem er ihr die Hand geschüttelt hatte.

»Warst du drinnen? Hat dir Urs von der Administration keinen Kaffee angeboten?«

»Doch, doch, aber ich hatte heute schon vier davon ... das waren dann bereits drei zu viel.« Matthias grinste und reichte ihr das Bündel, das er bei sich trug. »Ich hatte endlich

Zeit, dein Buch zu besorgen. Da ich ohnehin kurz einkaufen musste, dachte ich, ich mache noch einen Abstecher zu deinem Werkhof. Nett hast du es hier.« Er drehte sich einmal um die eigene Achse.

»Ja, nicht wahr? Mir gefällt es auch. Die Büros könnten noch etwas aufgefrischt werden, aber alles der Reihe nach.« Matthias seufzte. »Wem sagst du das. Mein Buchladen sieht auch noch nicht so aus, wie ich ihn mir vorstelle.«

Eleonora lachte bei dem Gedanken an das eigenwillige Ordnungssystem, das in dem kleinen Laden neben dem roten Platz herrschte.

»Was habt ihr da für ein Buch?«, wollte Nonno Lorenzo wissen und kam neugierig näher.

»Guten Tag«, grüßte Matthias höflich. »Eleonora interessiert sich für mystische und historische Bauten. Nachdem sie bereits ein Buch über die Tempelruinen von Angkor gekauft hat, habe ich dieses Kleinod für sie entdeckt: ein Werk über die Erbauung der Pyramiden in Gizeh.«

»Wirklich? Das ist ja interessant.« Nonno Lorenzo nickte bestätigend. Dann drehte er sich um und steuerte, schwer auf seinen Gehstock gestützt, auf seine Giulietta zu. »Ich mache mich dann mal auf den Heimweg. Es hat mich sehr gefreut, Sie kennenzulernen, Herr Buchhändler!« Er hob die Hand zum Gruß. »Und übrigens: Ich mag Ihre kleine Rennmaschine. Solider Geschmack.« Er maß Matthias' zweifellos frisiertes Mofa anerkennend, dann stieg er ein.

»Ein sehr netter Herr, dein ...?« Matthias hob fragend eine Augenbraue.

»Großvater, und ja, er kann sehr charmant sein. Allerdings nicht immer.« Eleonora spürte bereits eine weitere Welle der Verärgerung in sich aufsteigen, wenn sie an seine Worte von eben dachte, und schüttelte sie entschlossen ab. »Ich würde dich für die nette Geste mit dem Buch sehr gerne zu einem Tee einladen. Leider muss ich aber noch die Einteilung der Mitarbeiter und die Transporte für den morgigen Tag planen und die Materialbestellungen vornehmen. Wenn du kurz reinkommst, bezahle ich dir das Buch gleich.«

Kaum war Matthias gegangen, erschien Urs im Türrahmen zu Eleonoras Büro.

»Was war das denn für ein komischer Kauz?«, lachte er und gab ein amüsiertes Schnauben von sich.

»Matthias?«, fragte Eleonora knapp, und hob den Kopf. »Er ist neu im Dorf und hat einen kleinen Buchladen eröffnet. Er hat ein Buch für mich besorgt und es netterweise direkt ausgeliefert.«

»Ich habe euch draußen auf dem Werkhof beobachtet«, erklärte Urs. »Der raspelt doch Süßholz, Häuptling. Sieh dich vor.« Er hob einen gespielt strengen Zeigefinger. »Glaub mir, ich kenne den Blick, den solche Männer draufhaben, wenn sie schönen jungen Frauen hinterhergucken.«

»Mhm. Danke«, murmelte Eleonora, in Gedanken bereits bei den Telefonaten, die sie noch zu erledigen hatte. Sie wandte sich ihrem Computerbildschirm zu und griff nach dem Telefonhörer. »Entschuldige mich, aber ich muss nun wirklich weitermachen.«

»Aber sicher! Ich habe auch total viel zu tun. Am Wochenende war ich auch kurz hier. Aber wie ich oft zu sagen pflege: Meine Arbeit ist mein Hobby.« Er schenkte ihr ein schiefes Lächeln und wandte sich zum Gehen.

Sofort legte sie den Hörer zurück auf die Gabel. »Urs, ich möchte wirklich nicht, dass du an den Abenden und jetzt auch noch am Wochenende so viele Überstunden leistest.

Das ist in diesem Betrieb nicht üblich, und es ist auch nicht gesund. Okay?«

»Zu Befehl, Häuptling.« Er salutierte scherzhaft und ging dann. Hörte er ihr überhaupt zu? Eleonora meinte das wirklich ernst. Es machte keinen Sinn, dass er sich ständig über das normale Maß hinaus abrackerte und dann in einem halben Jahr erneut an einem Burnout litt. Damit war niemandem geholfen. Klar erforderte die Einarbeitung in einen neuen Betrieb und eine unbekannte Branche mehr Zeit. Der zusätzliche Arbeitsaufwand rechtfertigte Urs' übermäßige Überstunden jedoch nicht. Er übertrieb es eindeutig.

Als Nonna Aurora und Nonno Lorenzo Anfang April wieder nach Italien zurückkehrten, war Eleonora, auch wenn sie der Gedanke beschämte, ein wenig erleichtert. Ihrer Mutter schien es ähnlich zu gehen.

Schweigend standen die beiden nebeneinander vor der Haustür und sahen der dunkelgrünen Giulietta nach.

»Möchtest du noch zum Abendessen bleiben?«, fragte Mamma.

Eleonora schüttelte den Kopf. »Nein danke, ich muss morgen früh raus. Ich habe mich ausnahmsweise beim Schweizerischen Tag der Bauwirtschaft angemeldet«, erklärte sie und fügte noch nachdenklich hinzu: »Was ich dort zu finden hoffe, weiß ich allerdings auch nicht.«

Kapitel 8

Der launische April hatte die Zentralschweizer Stadt Luzern fest im Griff. Ein garstiger Wind zerrte an Eleonoras rosafarbenem selbst genähtem Strickkleid und dem beigen Regenmantel. Über ihr spannte sich ein betongrauer Himmel, und die Wolken hingen teilweise so tief, dass sie die Dächer mancher Häuser berührten. Feiner Nieselregen lag in der Luft und sorgte trotz des Schirms dafür, dass sich Eleonoras dunkle Locken zu engen Kringeln zusammenzogen. Eigentlich hätte sie das KKL, das Kultur- und Kongresszentrum von Luzern, auch direkt vom Bahnhof über den unterirdischen Weg erreichen können. Da sie jedoch etwas zu früh war, beschloss sie, noch ein wenig frische Luft zu schnappen. Wer wusste schon, wann ihr das an diesem Tag noch mal gelingen würde.

Das Programm des Tages der Bauwirtschaft lockte mit zahlreichen Vorträgen, Motivationsreden und Podiumsdiskussionen zu aktuellen Themen und Branchenproblemen. Dabei trafen sich rund fünfhundert Gäste aus Unternehmen, Politik und Gesellschaft, um sich gegenseitig zu inspirieren, untereinander auszutauschen und zu vernetzen. Eleonora war sich nicht sicher, ob sie an diesen Ort gehörte. Ihr behagte die Schlichtheit und Bodenständigkeit ihres Alltags in einem ländlichen Bauunternehmen. Sie war ein schmuckloses Büro, unkomplizierte Gespräche und einen engen Bezug zur Baustelle und den Bauarbeitern gewohnt. Ob der heutige Tag sie hinsichtlich ihrer Zukunftssorgen wirklich weiterbringen würde, wusste sie nicht.

Unruhig lief sie über die Holzplanken des überdachten Vorplatzes des KKL, das wie ein Monument vor ihr in den Himmel ragte, und schaute auf den dunklen, windgepeitschten Vierwaldstättersee. Er widerspiegelte exakt ihr derzeitiges Innenleben – stürmisch und undurchsichtig. Dazu gesellte sich, je näher der Start des bevorstehenden Events rückte, noch eine Prise Nervosität. Sie kannte keine Menschenseele. Möglicherweise nahmen noch andere Firmeninhaber aus ihrer Region teil, doch hätten die selbst bei einer netten Anfrage keinerlei Interesse gehabt, den Tag mit ihr zusammen zu verbringen. In einem beengenden Tal wie dem zwischen Landquart und Davos gelegenen Prättigau dachte man als Unternehmer gar nicht an ein Miteinander. Viel eher versuchte man, unliebsame Kontrahenten mit einer List aus dem Rennen zu werfen. Und wenn es sich dabei außerdem noch um eine Frau mit Migrationshintergrund handelte, nahmen Misstrauen und Vorurteile gleich die Ausmaße des Matterhorns an.

Nein, sie musste alleine eine Lösung für ihre Probleme finden. Wenn es denn überhaupt eine gab.

Um Viertel vor neun steuerte sie auf den Haupteingang des gigantischen Gebäudes zu und trat durch eine doppelflügelige Glastür, die zwischen zwei Treppentürmen hindurch ins Hauptfoyer führte. Das Innere des Kultur- und Kongresszentrums wirkte seltsam entrückt, wie das Setting eines Science-Fiction-Films. Künstliche Seen und Kanäle, graue Steinböden und Metallkonstruktionen wechselten sich nach nur wenigen Schritten mit rotbraunem Holz, Holzstegen und roten Läufern ab.

»Die Rundung, die aussieht wie ein Schiffsbauch und zum Konzertsaal gehört, ist aus demselben Holz gebaut wie ein Kontrabass. Das Fleckenmuster des Teppichs symbolisiert die Wellen des Meeres. Die verschiedenen Gebäudeteile sollen angeblich Schiffe in einer Werft darstellen. So wollte es Jean Nouvel, der französische Architekt, der das alles erschaffen hat.«

»Ich weiß, wer Jean Nouvel ist und was er erschaffen hat«, antwortete Eleonora trocken. Sie wandte sich dem groß gewachsenen dunkelhaarigen Mann mit Dreitagebart zu, der sie angesprochen hatte. Die Hände lässig in die Hosentaschen seiner dunkelgrauen Jeans gesteckt, lächelte er sie an. Am runden Ausschnitt seines braunroten Feinstrickpullovers schaute der Kragen eines weißen Poloshirts hervor. Dazu trug er weiße Sneakers mit schwarzen Schnürsenkeln.

»Gehen Sie auch zum Tag der Bauwirtschaft?« Er ignorierte ihre unhöfliche Erwiderung und winkte beiläufig jemandem zum Gruß, ohne den Blick jedoch von ihr abzuwenden. Grüne Augen musterten neugierig ihre Gesichtszüge.

»Wohl oder übel. Vermutlich war das aber eine dumme Idee«, erklärte Eleonora ehrlich und unverblümt. Sie hatte keine Lust auf Small Talk.

»Wieso das?« Der Dunkelhaarige legte den Kopf schief und musterte sie mit einem belustigten Schmunzeln. Offenbar amüsierte ihn ihr skeptischer Gesichtsausdruck.

Eleonora machte eine alles einschließende Handbewegung. »Das hier ist nicht meine Welt. Ich komme aus einem kleinen Baubetrieb im Prättigau. So schick, wie es hier aussieht, nehmen doch bestimmt nur die Geschäftsführer großer Firmen an dieser Tagung teil. Aber die haben ganz andere Sorgen als wir kleinen Unternehmen vom Lande. Viele von denen haben nicht mal eine handwerkliche Ausbildung, sondern irgendetwas studiert. Vermutlich belächeln die uns bloß.« Sie seufzte resigniert und sah sich erneut staunend um. Sie hätte der Einladung des Branchenverbandes niemals Folge leisten sollen. Tief in ihrem Inneren war sie eine Handwerkerseele, keine Managerin. Warum sie überhaupt hergekommen war? Weil die Einladungsmail mit neuen Impulsen in Zeiten der Veränderung geworben hatte und sie verzweifelt war.

»Hat Ihr Chef Sie genötigt herzukommen?«, fragte der Unbekannte und strich sich mit der Hand beiläufig durch die zerzausten Haare.

»Ich bin der Chef«, antwortete Eleonora und beobachtete die Reaktion, die ihre Aussage auslöste. Der Fremde riss kurz die Augen auf und brach dann in ein herzliches Lachen aus.

»Das ist wirklich interessant! Auch ich dachte, ich würde mich hier zu Tode langweilen ... Die Bekanntschaft mit Ihnen hat aber gerade dafür gesorgt, dass das bestimmt nicht der Fall sein wird. Flurin Spalinger. Ich ... gehöre zur Inhaberfamilie der Neukom Bau AG und bin dort Mitglied der Geschäftsleitung.« Er hielt ihr die Hand hin und grinste. »Eine dieser Großfirmen ... und trotzdem lache ich nicht über Sie. Im Gegenteil.«

Sprachlos sah Eleonora ihn an und starrte auf seine dargebotene Hand. »Neukom ... habe ich auch schon gehört«, antwortete sie, um ihre Überraschung zu überspielen.

In Eleonoras Einzugsgebiet war die Firma zwar nicht tätig, aber in der Zentralschweiz war sie das größte Unternehmen, das auch noch Nebenbetriebe wie ein Kieswerk und ein Transportunternehmen führte.

Schließlich gab sie sich einen Ruck. »Eleonora Mandelli, ich bin die Inhaberin eines bescheidenen Bauunternehmens in der Ostschweiz, das ich vor ein paar Monaten von meiner Mutter übernommen habe.« Sie erwiderte seinen festen Händedruck mit einem Lächeln.

»Das klingt interessant. Meine Eltern sind große Bewunderer der Ostschweiz, weshalb sie mir auch einen rätoromanischen Namen gegeben haben.« Er zwinkerte amüsiert. »Wollen wir dann?«

Flurin wies auf die Tür vor ihnen. Den Pfeilen mit dem Hinweis *Tag der Bauwirtschaft* nach zu urteilen, musste das ihr Konferenzsaal sein. Sie waren nicht die Einzigen, die nun, kurz vor neun, eilig auf den Saaleingang zustrebten.

»Wie viele Mitarbeiter beschäftigt ihr?«, wollte Flurin von Eleonora wissen, als sie sich gesetzt hatten, um auf die Begrüßungsrede zu warten. Sie beantwortete ihm die Frage und war natürlich neugierig, wie es bei ihm aussah.

»Ungefähr fünfhundert Leute.« Er zuckte mit den Schultern, als wäre ihm dieser Umstand etwas peinlich. »Tja, wie schon erwähnt, sind wir alles andere als klein. Manchmal bedaure ich das.« Er schaute Eleonora mit einem leichten Lächeln an, fuhr sich mit der Hand durch die Haare und schwieg.

»Wieso? Euch liegt die Bauwelt doch bestimmt zu Füßen, oder nicht?« Eleonora musterte Flurin neugierig.

»Ja, wir sind ziemlich gut aufgestellt.« Er lächelte. »Aber mit der Größe steigt auch die Anonymität und die Seelenlosigkeit eines Betriebs. Ein Punkt, den viele unserer Mitarbeiter bemängelt haben, als ich selbst noch auf der Baustelle gearbeitet habe. Und sie haben absolut recht.« Er verschränkte die Finger ineinander.

Erstaunt hob Eleonora die Augenbrauen. »Du bist gelernter Maurer? Ich dachte immer, bei Großfirmen arbeiten mehrheitlich Akademiker, die vom Handwerk keine Ahnung haben.«

Flurin lachte. Dabei strich er sich mit der Hand über seine Bartstoppeln. »Das sind Klischees. Auch ich habe mir meine Sporen als Maurer verdient, später dann als Vorarbeiter und Polier, und jetzt sitze ich als ausgebildeter Bauführer und Mitglied der Geschäftsleitung vor dem Computer.«

»Tatsächlich?« Erneut war es Flurin gelungen, Eleonora zu überraschen.

Seine Augen blitzten amüsiert auf, und er legte den Kopf schief. »Was ist? Du dachtest wohl, ich hätte noch nie eine Baustelle aus der Nähe gesehen, was?« Erneut dieses dunkle Lachen. »Irrtum. Ich bin selbst heute noch hin und wieder draußen. Ich finde die Nähe zu den Mitarbeitern und die Gespräche mit ihnen sehr wichtig. Eines der wichtigsten Führungsinstrumente, wenn du mich fragst.«

Unabsichtlich zuckte Eleonoras Blick über Flurins Gestalt. Der Pullover spannte sich über seinen breiten Schultern, und die Jeans saß an der Hüfte viel zu locker. Wie ein Aktenwälzer sah er tatsächlich nicht aus …

»Nun aber genug über mich. Erzähl mir mehr über deinen Alltag.« Er ließ den Blick gemächlich über Eleonoras Erscheinung gleiten. »Bestimmt bist du auch mehrheitlich in der Administration tätig, oder?«

Mit einem schiefen Grinsen schüttelte sie den Kopf. »Das ist nicht meine Arbeitskleidung. Ich bin ebenfalls Bauführerin und etwa zur Hälfte auf der Baustelle und zur Hälfte im Büro. Während meiner Ausbildung zur Maurerin und zur Vorarbeiterin habe ich noch aktiv an den Bauarbeiten teilgenommen, heute koordiniere ich sie mehrheitlich. In einem

Kleinbetrieb sind die Übergänge zwischen Handwerk und Schreibtischarbeit fließend«, erzählte sie.

»Du sagtest, dass du den Betrieb von deiner Mutter übernommen hättest ... wie darf ich das verstehen, war sie auch Bauführerin?«

Das Licht im Saal wurde abgedunkelt, und die Gespräche um sie herum erstarben langsam. Der Präsident des Schweizerischen Baumeisterverbandes wandte sich mit den Begrüßungsworten an das Publikum.

»Wir sind aus einem Dreipersonenbetrieb entstanden«, flüsterte Eleonora, und Flurin beugte sich zu ihr herüber, um ihre Worte besser verstehen zu können. »Frauen auf dem Bau haben in meiner Familie Tradition. Meine Großmutter war Bauunternehmerin in Italien, und meine Mutter hat die heutige Firma vom Cousin meiner Nonna übernommen.«

»Faszinierend. Eine eigenwillige Mischung, würde ich sagen«, flüsterte ihr Flurin ins Ohr. Sein warmer Atem strich über ihre Wange und ließ sie erschauern.

Eine Stunde und ein Referat später gingen die Lichter im Saal wieder an.

»Ich brauche jetzt dringend einen Kaffee, und du?« Flurin erhob sich und streckte sich, dass seine Gelenke knackten. Dabei rutschten sein Pullover und das Shirt leicht nach oben. Dunkler Flaum bedeckte seine helle Haut. Hastig schaute Eleonora weg und gab vor, etwas oder jemanden in der Menge zu beobachten. Ihr Herz schlug schneller, und ihre Wangen fühlten sich wärmer an als sonst. Am liebsten hätte sie sich für diesen emotionalen Ausrutscher geohrfeigt und hoffte, dass Flurin nichts aufgefallen war.

»Absolut«, antwortete sie und unterdrückte nur mit Mühe ein Gähnen. »Ich glaube, ich habe von dem letzten Vortrag kein Wort mitbekommen.«

»Du meinst den von Stefanie Bleiker? Sie ist eine bekannte Politikerin und hat die Probleme in der Landwirtschaft mit denen der Baubranche verglichen. Kurz gesagt.« Flurin grinste, und seine Augen funkelten. Wollte er sie nach seinem Jean-Nouvel-Vortrag etwa schon wieder belehren?

»Und zu diesem Zweck musste sie unbedingt in jedem zweiten Schachtelsatz ein Fremdwort verwenden? Ich hatte eindeutig recht, diese ganze Tagung richtet sich an ein weit komplizierteres Publikum als meine Wenigkeit.«

Eleonora bahnte sich einen Weg nach draußen und steuerte das Büfett mit Gebäck und Kaffee an, das man zwischenzeitlich aufgebaut hatte. Flurin wurde noch von einigen Leuten, die er kannte und denen er die Hand schüttelte, aufgehalten. Nach einem kurzen Austausch verabschiedete er sich jedoch, holte sich ebenfalls einen Kaffee und trat zu Eleonora.

»Immerhin das ist sehr lecker«, lobte sie kauend und biss in eine Hefeschnecke. Flurin beobachtete sie lächelnd.

»Was hältst du davon, wenn wir die Podiumsdiskussion sausen lassen und uns hier im Gebäude etwas umsehen?« Er hob fragend die Augenbrauen.

»Ernsthaft?« Eleonora lachte überrascht und zuckte dann mit den Schultern. »Von mir aus gerne, hier motiviert mich jedenfalls nichts.«

»Wenn du inspiriert werden möchtest, schlage ich vor, dass wir uns in die vierte Etage dieses Gebäudes begeben, zwischen Himmel und Erde gewissermaßen.« Flurin trank seinen Kaffee aus und stellte die leere Tasse zurück aufs

Büfett. Schweigend musterte er Eleonora, die den letzten Bissen ihres Gebäcks hinunterschluckte.

»Zwischen Himmel und Erde klingt gut, auch wenn ich keine Ahnung habe, was sich da im Zwischenland befindet.« Sie beeilte sich, ihre Kaffeetasse ebenfalls zurückzugeben, und folgte Flurin, der bereits vor dem Aufzug stand.

Ein Glaslift hob sie beide in die Höhe und gewährte ihnen einen atemberaubenden Blick auf das Foyer mit seinen künstlichen Wassereinschlüssen. Im vierten Stock angekommen überquerten sie einen Flur aus beleuchtetem Milchglas und erreichten schließlich die Eingangstür zum Kunstmuseum Luzern.

»Du bist Kunstliebhaber?«, fragte Eleonora und ließ den Blick nachdenklich über Flurin wandern. Sie hätte ihn nicht so eingeschätzt.

»Ich mag schöne Dinge, Kunst eingeschlossen.« Ein geheimnisvolles Lächeln umspielte seine Mundwinkel, als er ihr bedeutete einzutreten. »Ich lade dich ein.« Er steuerte den Empfangstresen an und löste Eintrittskarten für sie beide.

Von metallenen Schädeln über Bilder von nackten Frauen, abstrakte Objekte, Wachsfiguren bis hin zu Masken gab es in diesem Museum alles. Schlichte, rechteckige Holzbänke luden in den luftigen Räumen zum Ausruhen und Nachdenken ein. In der Mitte der Ausstellung wurde der Rundgang durch den sogenannten *Raum der Vermittlung* unterbrochen.

»Dieser Ort bietet Ihnen als Besucher die Möglichkeit, selbst aktiv zu werden, ohne Druck Ihren Gedanken nachzuhängen und etwas zu erschaffen. Dazu stehen Ihnen die vorhandenen Hilfsmittel zur Verfügung«, klärte eine Museumsmitarbeiterin Eleonora und Flurin auf. »Das Thema des heutigen Tages lautet ›Ballast abwerfen‹. Bitte.«

Sie machte eine einladende Handbewegung und trat zur Seite.

Eleonora ging voran und spürte Flurins unmittelbare Nähe. Sein herber Duft, der sich zart mit jenem von Seife vermischte, erfüllte ihre Nase. Vor einer weißen Wand blieb sie stehen, verschränkte die Arme vor der Brust und beobachtete andere Besucher, die mithilfe von Malerklebestreifen Bilder erstellten.

Nachdem sie ihnen eine Weile zugesehen hatte, bückte sich Eleonora ebenfalls nach einer Rolle. Sie begann damit, eine Blume zu kleben, die an allen Blättern von Seilen zu Boden gezogen und am Wachsen gehindert wurde. Zum Schluss zeichnete sie mit den Klebstreifen eine Schere, die sämtliche Stricke durchtrennte. Sie war so in ihr eigenes Werk vertieft, dass sie gar nicht mehr darauf achtete, was Flurin erschuf. Erst als sie fertig war, trat sie zurück und betrachtete auch sein Bild. Ihr lief ein Schauer über den Rücken.

»Ich möchte manchmal einfach davonfliegen aus meinem bisherigen Leben, den Strukturen, der Gesellschaft«, erklärte er sein Strichmännchen mit Flügeln. »Und du?« Er musterte ihr Werk.

»Wahrscheinlich dasselbe ...«, murmelte Eleonora. »Ich möchte alle Fesseln sprengen und himmelwärts wachsen.«

Ihre Blicke trafen sich. Sie schwiegen, ein schiefes Grinsen im Gesicht.

»Los, komm, da vorne ist noch eine andere Wand.« Flurin fasste sie sanft am Arm, drehte sie in die angezeigte Richtung und lief los. Sofort war eine Museumsangestellte zur Stelle. »Hier dürfen Sie sich selbst zeichnen, wie sie aussehen, wenn sie den Ballast losgeworden sind«, erklärte sie. »Vielleicht haben Sie auch eine veränderte Frisur, was auch immer.«

»Ich habe eine Idee!« Flurin reichte Eleonora einen Stift. »Ich skizziere dich, wie ich mir dich befreit vorstelle, und du malst mich, einverstanden?«

Eleonora nickte und ließ den Blick eingehend über seine Gesichtszüge streichen. Er hatte faszinierende Augen, die eine beinahe hypnotische Wirkung besaßen. Das charmante Lächeln, das ihm stets auf den Lippen lag, ließ sie heller erscheinen und vergrößerte den Kontrast zu seinen dichten dunkelbraunen Haaren. Der dunkle Schatten des Dreitagebarts verlieh ihm einen verwegenen Anstrich.

Befreit, dachte Eleonora, würde er noch wilder aussehen. Mit zerzausten, längeren Haaren, dichterem Bart und glühenden Augen. Das Schmunzeln würde zu einem herzhaften Lachen werden. Genauso porträtierte sie ihn.

»Ist das ein Indianer?«, lachte Flurin und legte die Stirn in Falten.

»Das bist du, entfesselt.« Eleonora wandte sich ihm zu und hielt seinem forschenden Blick stand. »Jetzt bist du dran. Wie sehe ich aus?« Sie trat zur Seite und wartete gespannt. »Meine Güte, was ist das denn? Das sieht überhaupt nicht aus wie ich, sondern wie ein Wischmopp!«, protestierte sie nach wenigen Minuten.

»Ich sehe darin eher eine Nymphe. Die haben meist langes, lockiges Haar mit Blumenkränzen auf dem Kopf. Oft sind sie außerdem nur spärlich bekleidet, aber ich habe ja nur deinen Kopf gemalt, das sieht man hier also nicht.« Er zwinkerte ihr zu, während ein heiseres Lachen seine Kehle verließ, rau wie Sandpapier, das über Holz raspelte. Ein Schauer rieselte über Eleonoras Wirbelsäule.

»Gut, ich glaube, wir lassen das mit dem Künstlerdasein. Möchtest du etwas essen? Unten im Foyer gibt es jetzt ein *Flying Lunch*. Den zweiten Teil des Museums können wir uns ja ansehen, wenn der nächste Politiker die Bühne erklimmt. Was meinst du?«, schlug Flurin vor.

»Einverstanden.« Eleonora ging über den Flur mit dem Milchglasboden voran zum Glaslift.

Der Tag, der so anders verlief, als er ursprünglich geplant gewesen war, verging wie im Flug. Gegen siebzehn Uhr schlenderte Eleonora zusammen mit Flurin zum Bahnhof gleich neben dem Kultur- und Kongresszentrum. Vor ihrem Gleis blieb sie unschlüssig stehen. Sich von Flurin nach diesem rasanten und bunten Tag einfach zu trennen, fiel ihr auf unerklärliche Weise schwer. Was war er? Ein netter Bekannter? Ein Besserwisser? Sonst etwas? Sie kannte ihn doch überhaupt nicht. Bevor sie ihr wirres Innenleben sortieren und in sinnvolle Worte fassen konnte, kam ihr Flurin zuvor.

»Gibt es eine Möglichkeit, dass ...«, er zögerte, verzog den Mund zu einem scheuen Grinsen, sah kurz zu Boden und betrachtete sie dann mit seinen leuchtend grünen Augen. »Besteht die Chance, dass wir uns irgendwann wiedersehen? Auf einen Kaffee vielleicht? Oder auch gerne zu einem Essen?«

Eleonora nagte an ihrer Unterlippe. Ein Teil von ihr wollte ihn unbedingt näher kennenlernen, der andere jedoch blieb skeptisch und fürchtete sich sogar ein wenig davor.

»Ich gebe meine Nummer nicht an Fremde«, feixte sie schließlich, einer inneren Eingebung folgend, wandte sich um und lief davon. Das Herz schlug ihr bis zum Hals, als sie sich ihrem Zug näherte und einfach einstieg, ohne sich noch einmal umzudrehen.

Wenn er sich wirklich für sie interessierte, würde er sie finden.

Kapitel 9

Es vergingen drei Wochen, in denen sich der April verhielt wie ein trotziges Kind, an manchen Tagen verzückt strahlte und an anderen tränenreich tobte. Einundzwanzig Tage verstrichen, ohne dass Flurin, der in Eleonora so zwiespältige Gefühle ausgelöst hatte, ein Lebenszeichen von sich gab. Aber vielleicht war das auch besser so.

Es war siebzehn Uhr. Ihre Treuhänderin, Isabelle Brand, würde jeden Augenblick kommen. Kaum hatte Eleonora diesen Gedanken zu Ende gedacht, da bog auch schon ein schwarzer Mini Cooper auf den Werkhof der Baufirma ein. Eine Tür knallte zu, und kurze Zeit später eilte Isabelle in ihrem obligaten, viel zu groß geschnittenen blauen Anzug, eine lederne Aktentasche in der Hand, auf den Haupteingang des Büros zu. Eleonora erhob sich und ging ihr entgegen. Ihre Mutter trat ebenfalls auf den Flur, um sie zu begrüßen.

Wie immer schüttelte ihnen Isabelle mit einem für ihre zierliche Statur erstaunlich festen Druck die Hände. Ein Lächeln, das ihre ohnehin schmale Oberlippe komplett zum Verschwinden brachte, erhellte ihre kantigen Gesichtszüge. Mit einem Seufzen strich sie sich eine Strähne ihrer kinnlangen dunkelbraunen Haare hinter die Ohren. Ihre nussbraunen Augen sahen heute ebenso müde aus, wie sich

Eleonora innerlich fühlte. Der Gedanke an das bevorstehende Gespräch raubte ihr schon seit Tagen den Schlaf.

»Bitte, gehen wir nach hinten ins Sitzungszimmer.« Eleonora wies mit der Hand den Flur entlang und zur hintersten Tür auf der linken Seite.

Nachdem sie sich gesetzt hatten, herrschte einige Augenblicke betretenes Schweigen. Die Treuhänderin, die die Mandelli AG nun schon seit über zehn Jahren betreute, kramte in ihrer Tasche nach Unterlagen und Schreibzeug. Geschäftig verteilte sie Kopien an Eleonora und ihre Mutter.

»Hier, bitte, das sind die betriebswirtschaftlichen Auswertungen des ersten Quartals 2015, die wir nun in der Folge gemeinsam anschauen und diskutieren werden.«

Eleonora schluckte. Sie musste kein Buchhalter sein, um die anhaltend negativen Tendenzen ihrer Bautätigkeit beurteilen zu können.

Isabelle nahm einen Schluck Wasser aus ihrem Glas und sah sie beide ernst an. »Rosalba, Eleonora, danke, dass ihr euch heute kurz Zeit für eine Besprechung der Zahlen mit mir nehmt. Wie wir im letzten Herbst vereinbart haben, erfordert die aktuell angespannte Wirtschaftslage vierteljährliche Einschätzungen und ein sorgfältiges Monitoring der Zahlenentwicklung. Insbesondere, da die Nachfolge nun geregelt ist und man sich dazu entschlossen hat, die Firma traditionsgemäß weiterzuführen.«

Eleonora schwirrte schon bei dieser für Isabelle typisch nüchternen und viel zu ausschweifenden Anrede der Kopf. Sie holte tief Luft, um das Kribbeln in ihrem Inneren zu besänftigen, und vermied es, ihre Mutter anzusehen, deren Blick ohnehin starr auf die Unterlagen vor ihr gerichtet war.

»Leider kann ich auch heute nicht mit erfreulichen Botschaften aufwarten«, fuhr Isabelle fort. »Die Tendenzen, die sich bereits in den vergangenen zwei, drei Jahren abgezeichnet haben, haben sich weiter verstärkt. Das derzeitig niedrige Auftragsvolumen sowie die vorherrschenden Dumpingpreise reichen nicht ansatzweise aus, um den Karren am Laufen zu halten – salopp ausgedrückt.« Die Treuhänderin räusperte sich, sortierte einige Blätter, hob kurz den Blick und fuhr dann mit monotoner Stimme fort: »Der Winter hat eurem Unternehmen dieses Mal heftiger zugesetzt als die Jahre zuvor, nicht zuletzt weil die im Sommer erwirtschafteten Margen so niedrig waren, dass sie kaum reichen, um Löhne und Materialkosten zu decken. Zu den üblicherweise ungefähr drei Monaten, in denen ihr aufgrund der Jahreszeit keinerlei Erträge generiert, ist nun ein außerordentlich zäher Saisonstart sowie ein größerer Verlust im Fall Hendriks dazugekommen. Das hat die letzten Reserven beinahe aufgebraucht. Vermutlich erzähle ich euch hier aber nichts Neues.« Isabelle zeigte ihnen anhand ihrer Unterlagen, wie sie zu dem niederschmetternden Fazit gekommen war.

Danach herrschte betretenes Schweigen. Eleonora wagte einen vorsichtigen Blick in Richtung ihrer Mutter. Die hatte den Mund zusammengepresst, und über ihren Augen lag ein Schleier, der es Außenstehenden unmöglich machte, die Emotionen darin zu lesen. Eleonora wusste jedoch ganz genau, wie es in ihrem Inneren aussah, denn ihr selbst ging es genauso: Ihr Herz blutete.

»Und jetzt?«, fragte Eleonora heiser und wünschte sich zugleich, Isabelle möge ihr nicht antworten, und sie könnte einfach Ohren und Augen vor dem Unvermeidbaren verschließen.

»Wir haben schon mehrfach darüber gesprochen ...« Die Treuhänderin lehnte sich nach vorne und verschränkte die Finger ineinander. Ein gequälter Ausdruck erschien auf ihrem Gesicht.

»Aber ... ist es nicht etwas früh, um ein solch negatives Urteil zu fällen?«, unterbrach Eleonora sie. »Das Jahr hat gerade erst begonnen. Es wäre nicht das erste Mal, dass wir die Ertragslücken des Frühjahrs bis zum Winter wieder aufgeholt hätten. Wir wissen ja noch gar nicht, was uns der Sommer alles beschert. Die Situation verändert sich manchmal über Nacht. Weiß man an einem Tag kaum, wo man seine Mitarbeiter unterbringen soll, hat man am nächsten plötzlich so viel Arbeit, dass man gar nicht mehr sicher ist, ob man noch alles fertigstellen kann, bevor der erste Schnee fällt ...« Eleonora schaute Isabelle hoffnungsvoll an. Man konnte doch nicht bereits zu Beginn der Saison die Flinte ins Korn werfen. Das entsprach ganz und gar nicht dem Wesen der Mandelli-Frauen, die schon zahlreiche Hürden gemeistert hatten.

»Dieses Mal ist es ernst, Eleonora, es tut mir furchtbar leid«, zerstörte Isabelle ihren Hoffnungsschimmer, weniger durch ihre Worte, als vielmehr durch die Art, wie sie es sagte und sie dabei ansah.

»Heißt das, wir müssen die Festangestellten entlassen und sie wieder auf den Saisonnier-Status setzen?«, fragte Mamma.

»Selbst wenn Eleonora recht hat und ein guter Sommer und Herbst gelingt, wird es bei dem aktuell niedrigen Preisniveau nicht reichen, um eure Stammbelegschaft weiterhin dauerhaft durch den Winter zu füttern. Diese Zeiten sind vorbei. Wenn ihr langfristig überleben wollt, müsst ihr den

Betrieb über die Wintermonate radikal runter- und im Frühling wieder hochfahren. So wie alle anderen Unternehmen, die saisonalen Schwankungen unterlegen sind, auch.« Isabelle biss sich auf die schmalen Lippen und starrte auf die Auszüge der Buchhaltung. »Am besten wäre es, ihr würdet die Kündigungen noch diesen Sommer aussprechen, damit die Kündigungsfristen bis Ende des Jahres abgelaufen sind.«

»Das kommt nicht infrage. In all den Jahren ist so etwas noch nie vorgekommen«, sagte Mamma mit harschem Tonfall. »Wir waren stets stolz, für unsere Mitarbeiter zu sorgen, denn sie haben alle hart gearbeitet und eine hervorragende Leistung erbracht. Wir warten den Herbst ab.« Stolz straffte sie die Schultern.

»Das ist sehr edelmütig, Rosalba, nur ... die Zeiten haben sich geändert. Euch fehlen die Mittel für Großzügigkeit, verstehst du? Wenn ihr den Gürtel nicht enger schnallt, wird hier bald niemand mehr Arbeit haben. Selbst wenn es euch dieses Jahr nochmals gelingen sollte, das Ruder herumzureißen, müsst ihr spätestens Ende des Jahres trotzdem aktiv werden, um in Zukunft konkurrenzfähig zu bleiben.« Die Treuhänderin schaute Mamma entschuldigend an. »Es tut mir leid, aber es ist meine Aufgabe, ehrlich mit euch zu sein. Ich wäre eine furchtbar schlechte Beraterin, wenn ich euch das, was ich aus Erfahrung und aufgrund der Analyse der Zahlen mit absoluter Sicherheit sagen kann, aus Mitgefühl vorenthalten würde.«

»Wenn wir ihnen kündigen, werden uns die Angestellten, besonders in den wichtigen Positionen, verlassen und anderswo ihr Glück suchen. Außerhalb des Tals herrscht ein viel milderes Klima, weshalb die dort ansässigen Großfirmen problemlos Ganzjahresstellen anbieten können«, erklärte Mamma mit verärgerter Stimme. »Dazu kommt, dass Firmen wie die Zukunftsbau AG, die immer mehr in unseren Markt drängen, ihnen weit mehr zu bieten haben.«

»Nicht, wenn eure Mitarbeiter loyal sind und sich daran erinnern, was ihr in der Vergangenheit für sie getan habt«, konterte Isabelle. »Schließlich seid ihr seit Jahren die einzige Firma, die in dieser Region und im Verhältnis zu ihrer Betriebsgröße, noch so viele Ganzjahresstellen anbietet. Eure Mitarbeiter müssten sich einfach wieder daran gewöhnen, im Winter eine Anstellung im Tourismus zu suchen, so wie viele andere auch.«

»Und dass sie genau das nicht tun mussten, war uns stets eine Ehre!«, donnerte Eleonoras Mutter, erhob sich von ihrem Stuhl und schlug mit der Faust auf den Tisch. »Das hat uns von den anderen Patrons unterschieden! Das macht uns menschlich! Ich möchte nicht, dass meine Mitarbeiter Figuren im Schachspiel der Zahlen sind, Isabelle! Ich kenne ihre Bedürfnisse, und die sind nun mal eine konstante, verlässliche und sichere Festanstellung. Zumindest was die Schweizer betrifft, ist das so.«

Die Treuhänderin sah auf die Tischplatte, spielte mit ihrem Kugelschreiber und blickte dann wieder auf. Ihre braunen Augen zeigten Zerrissenheit, doch ihre Worte waren glasklar. »Ich fürchte, ihr habt keine Wahl, Rosalba. Dieses Mal nicht. Selbstverständlich aber entscheidet ihr, wann ihr diesen Schritt vornehmen wollt. Und ...« Sie machte eine kurze Pause und holte Luft. »Ich gebe noch zu bedenken, dass die Arbeitslosenkasse ihnen mit und ohne Winterbeschäftigung achtzig Prozent ihres bisherigen Lohns ausrichtet. Und das in einer Branche, die mitunter die höchsten Handwerkslöhne des Landes bezahlt. Das ist keine Schande.«

Hitze sammelte sich bei dieser Aussage in Eleonoras Innerem. Zuerst nur oberhalb ihres Bauchnabels. Dann kroch die Wut allerdings wie ein heißer Strom aufwärts und explodierte in ihrem Kopf.

»Ich werde nicht zulassen, dass das passiert! Die Mandelli AG liegt nun in meinen Händen. Sie ist mein Erbe, und ich werde die Werte, die uns seit jeher ausgemacht haben, weitertragen. Nichts und niemand kann mich davon abhalten.« Zwischenzeitlich hatte auch sie sich von ihrem Stuhl erhoben.

Seufzend räumte Isabelle ihre Unterlagen zusammen und stand ebenfalls auf.

»Wie ihr meint. Wir werden sehen.« Mit diesen Worten und einem milden Lächeln, das keinerlei Feindseligkeit barg, verabschiedete sich die Treuhänderin von ihnen.

»Sie macht nur ihren Job«, verteidigte Mamma sie mit matter Stimme und schlaffen Gesichtszügen, nachdem die Tür des Haupteingangs zugefallen war. »Aber manchmal vergisst sie, dass wir als Unternehmer auch für das Schicksal und das Wohlergehen unserer Mitarbeiter verantwortlich sind. All das ist eine Frage der Ehre, nicht allein der Zahlen. So war es schon immer.«

»Ich weiß, Mamma, und deshalb werde ich kämpfen«, murmelte Eleonora, auch wenn schon beim bloßen Gedanken daran die Verzweiflung sie übermannte.

»Ich muss jetzt nach Hause«, erklärte Eleonoras Mutter nach einer Weile nachdenklichen Schweigens. »Papa wartet bestimmt schon auf mich.« Sie legte Eleonora eine Hand auf die Schulter und ging mit langsamen Schritten hinaus.

Eleonora blieb noch eine Weile im Sitzungszimmer stehen, starrte an die nackte Wand vor ihr und hörte dem Rauschen ihrer Gedanken zu. Schließlich gab auch sie sich einen Ruck und ging in ihr Büro, um ihre Sachen zusammenzupacken. Als sie am Administrationsbüro vorbeikam, fiel ihr ein bläuliches Licht auf. Offenbar hatte Urs, der seine Arbeit heute ausnahmsweise einmal pünktlich beendet hatte, vergessen, den Computer abzustellen.

Mit einem schweren Seufzer setzte sich Eleonora auf den Bürostuhl und griff nach der Computermaus. Eine E-Mail, die Urs augenscheinlich vergessen hatte zu schließen, erweckte ihre Aufmerksamkeit.

Das wäre eine für dich ..., stand im Betreff geschrieben. Neugierig begann Eleonora zu lesen.

Hoi Urs,
es freut mich, wenn dir meine heutigen telefonischen Auskünfte eure Mafiosi betreffend (denen kaufe ich nicht einmal das läppische Buongiorno *ab!) weiterhelfen konnten.*
Wenn wir grad beim Thema sind: Schau mal, was ich heute beim Stöbern gefunden habe (Video im Anhang). Das wäre mal ein braves Schnittchen! So müsste es meine Alte auch mal machen. Irgendwie erinnert mich das Karamellhäschen an deine Tschinggen-Chefin. Dass du es erträgst, dich von so einer rumkommandieren zu lassen, erstaunt mich immer wieder. Ein Hoch auf deine Geduld. Ich hoffe, das lohnt sich am Ende ... du weißt, was ich meine. Ach ja, und bevor ich es vergesse: Der Film mit den russischen Krankenschwestern, den du mir gesendet hast, war absolute Spitzenklasse. Habe ihn

gerade an Thomas weitergeleitet. Da kriegen diese Luder, was sie verdienen ;-)

Helvetische Grüße
Paul Rechsteiner
Sachbearbeiter
Steuerverwaltung des Kantons Graubünden

PS: Vergiss nicht, dass wir uns nächsten Donnerstag im Jagerhans treffen, um das Fest des Nationalfeiertags zu planen! Vielleicht schauen wir uns noch ein paar DVDs an?

PPS: Merkt man, dass mich die Arbeit langweilt?

Eleonora kannte Paul Rechsteiner durch die Erzählungen ihrer ehemaligen Administrationsmitarbeiterin Elvira Adank, die regelmäßig mit der Steuerverwaltung zu tun gehabt hatte. Bisher hatte Eleonora ihn für einen gewöhnlichen, pflichtbewussten Behördenmitarbeiter gehalten. Bisher.

Eigentlich wollte sie es nicht tun, zu grauenhaft waren bereits die Andeutungen. Trotzdem konnte Eleonora ihren Finger nicht davon abhalten, den Anhang der Mail zu öffnen.

Der Kurzfilm flimmerte in schlechter Qualität über den Bildschirm.

Hitze explodierte in ihrem Inneren, kroch ihren Hals hinauf und pulsierte unangenehm auf ihren Wangen. Mit zitternden Fingern beendete sie das vulgäre Schauspiel so schnell wie möglich. Entsetzt und mit klopfendem Herzen sah sie sich um. Zum Glück hatte niemand sie beobachtet. Es dauerte noch geschlagene fünf Minuten, bis die Schamesröte so weit abgeklungen war, dass sie sich in ihrer eigenen Haut wieder einigermaßen wohlfühlte. Sie schaltete den Computer aus, löschte sämtliche Lichter im Büro und ging über den Hof zu ihrem Auto.

Sollte sie Urs darauf ansprechen? Dann würde er jedoch sofort wissen, dass sie an seinem Arbeitsplatz herumgeschnüffelt hatte. Das war also keine Option.

Sie blieb stehen.

Im Pausenraum der Bauarbeiter brannte noch Licht. Mist, vermutlich hatte sich wieder einmal niemand dafür verantwortlich gefühlt, den Container abzuschließen. Hastig überquerte sie den Werkhof und stieß die Tür zu der Baracke auf.

Verdutzt blieb sie stehen, als sich sieben Köpfe zu ihr umdrehten. Ihre Mitarbeiter schienen ebenso perplex zu sein wie sie. Den geröteten Wangen nach zu urteilen, mussten sie angeregt diskutiert haben. Auf dem Tisch standen etliche leere Bierbüchsen, und der Aschenbecher quoll über. Eigentlich hätte Eleonora nach der Besprechung mit Isabelle und der obszönen Nachricht auf Urs' Computer nun auch ein Bier nötig gehabt. Selbst einladen wollte sie sich jedoch nicht.

»Ihr seid noch hier?«, fragte sie, um die peinliche Stille zu beenden. Stummes Nicken antwortete ihr. Als auch nach einigen Sekunden der Stille niemand etwas sagte, räusperte sie sich. »Na dann ...« Sie wies auf die Tür hinter sich. »Schließt bitte ab, wenn ihr geht.«

Erneut wortloses Nicken.

Schließlich gab sich Eleonora einen Ruck. »Schönen Abend.«

Und ging.

Kapitel 10

»Einen wunderschönen guten Morgen, Kapitän!« Urs grinste und deutete eine altmodische Verbeugung an, als er am nächsten Tag gewohnt früh im Büro erschien.

Eleonoras Blick glitt über seine Erscheinung. Offenbar ließ er seinen Bart wachsen. Jedenfalls hatte er sich schon seit einigen Tagen nicht mehr rasiert. Mit einem zaghaften Lächeln erwiderte sie seinen Gruß. Noch immer zuckten die Schatten der geschmacklosen Filmszenen, kombiniert mit den anrüchigen Worten Paul Rechsteiners durch ihre Erinnerung.

Als habe Urs ihre dezente Musterung beobachtet, strich er sich mit einem breiten Schmunzeln über die Gesichtsbehaarung, während er sich an seinem Arbeitsplatz installierte. »Bald sehe ich aus wie ein Opa. Bärte sind jetzt offenbar wieder stark in Mode, und da ich auf dem Kopf bereits Ebbe habe ...« Er ließ den Rest des Satzes unvollendet und zuckte die Schultern. »Angeblich stehen die Frauen drauf. Vielleicht lenkt er meine zu Hause ja vom Zetern ab.« Zwinkernd gab er das Passwort in den Computer ein und sah auf den Bildschirm.

Eleonora wusste nicht, was er nun von ihr erwartete, also schwieg sie.

Urs schien es gar nicht zu bemerken. »In solchen Momenten erinnere ich meine Frau dann stets daran, dass ich es bin, der ihr und ihrer gehässigen alten Mutter die Shopping-Eskapaden bezahlt. Meistens pariert sie dann wieder eine Weile,« scherzte er und tätigte einige Klicks auf dem Bildschirm.

»Urs?«, sagte Eleonora und unterbrach so das unangenehme Thema.

»Hm?« Er hob den Blick und schenkte ihr ein devotes Lächeln.

»Du hast gestern vergessen, den Computer auszuschalten.«

Er nickte und schaute sie kurz an. »Oh. Und du hast ihn für mich ausgeschaltet. Das ist lieb, Eleonora. Danke dir.«

Eleonora betrachtete ihn eine Weile schweigend. Als er nichts weiter sagte, wandte sie sich schließlich um und ging in ihr eigenes Büro. Sie würde das Thema fürs Erste auf sich beruhen lassen. Es gab Wichtigeres, als sich über die einfältigen Worte eines Steuerbeamten zu ärgern.

Am nächsten Tag, als Eleonora nach der Mittagspause von einer kurzen Unterredung mit Patrick, dem Werkstattmitarbeiter, zurückkam, reflektierte die Frontscheibe eines heranfahrenden Autos das Sonnenlicht. Ein makellos sauberer, rubinroter Porsche Cayenne kam auf einem der Besucherparkplätze zum Stehen. Eleonora kniff die Augen zusammen, um besser sehen zu können. Sie erwartete niemanden. Als sie sich gerade abwenden und zurück ins Büro gehen wollte, hielt sie jedoch plötzlich inne. Mit steigendem Puls wandte sie sich um und starrte den dunkelhaarigen Mann in Jeans und Pullover an, der gerade aus dem Wagen stieg.

»Damit hast du wohl nicht gerechnet, was?« Flurin Spalinger kam mit einem zufriedenen Grinsen im Gesicht näher.

Neugierig ließ er den Blick über den Werkhof gleiten und nickte anerkennend. »Entschuldige, wie unhöflich! Hallo erst mal.« Er reichte ihr die Hand, ein warmes Glitzern in den grünen Augen.

Zu ihrer eigenen Verwirrung spürte Eleonora plötzlich, wie ihre Knie weich wurden. Mit einer fahrigen Bewegung strich sie sich eine imaginäre Haarsträhne hinters Ohr.

»Flurin ... was für eine Überraschung«, murmelte sie, unfähig, ihre Überforderung zu verbergen. Er hatte sie also gefunden. In den ersten Tagen nach ihrem Treffen in Luzern hatte sie sich genau das erhofft. Nun, da er jedoch vor ihr stand, brach in ihrem Inneren das Chaos aus. Freude über seinen Mut und seine Hartnäckigkeit wechselten sich mit Misstrauen und Furcht ab. Sie war sich nicht sicher, ob sie bereit dafür war.

»Gibt es in deinem Betrieb auch eine Kaffeemaschine?«, fragte Flurin schließlich, als sie ihn noch immer wortlos musterte und versuchte, den Sturm in ihrem Inneren unter Kontrolle zu bekommen.

»Aber natürlich, entschuldige!« Sie gab sich einen Ruck und wies zum Bürogebäude. »Komm mit rein. Dort gibt es auch Kaffee.« Energisch ging sie voran und hielt ihm die Tür auf. »Das Gebäude ist nicht von Jean Nouvel, aber wir fühlen uns trotzdem ganz wohl hier,« feixte sie und beschloss, gar nicht erst den Versuch zu unternehmen, sich bei Flurin für ihr erst provisorisch hergerichtetes Verwaltungsgebäude zu entschuldigen.

»Ich mag rustikale Gebäude. Sie haben etwas Unverfälschtes«, lautete seine diplomatische Antwort, die er mit einem Lächeln unterstrich.

Vor der offenen Tür zum Büro ihrer Mutter blieb Eleonora stehen. »Das ist Rosalba Mandelli, meine Mutter. «, erklärte sie. Mamma hob erstaunt den Blick und musterte den für sie Fremden aufmerksam. Schließlich erhob sie sich, trat näher und reichte ihm die Hand.

»Flurin Spalinger, er gehört zur Familie Neukom und ist Mitglied der Geschäftsleitung, genauer weiß ich es leider auch nicht«, erklärte Eleonora verlegen. »Wir haben uns beim Tag der Bauwirtschaft getroffen.«

»Meine Mutter war eine geborene Neukom. Die Brüder Neukom sind meine Onkel. Mittlerweile führen meine Cousins und ich die Firma«, ergänzte Flurin höflich. »Ich bin aber nicht mit dem Zepter in der Hand geboren worden. Meine Onkel bestanden darauf, dass ich das Handwerk von der Pike an lerne und auch Staub und Dreck schlucke.« Er grinste.

»Tatsächlich? Interessant.« Mamma sah abwechselnd von Eleonora zu Flurin. Eleonora wusste genau, was sie gerade dachte. Die Tatsache, dass Flurin der größten Baufirma aus der Zentralschweiz angehörte und den weiten Weg hierher auf sich genommen hatte, ohne dass ihn Eleonora jemals erwähnt hatte, war schon sehr befremdlich. Zumal sie die Tagung als einschläfernd und öde beschrieben und behauptet hatte, niemanden gekannt zu haben.

»Ja, wirklich eine ... gelungene Überraschung«, bestätigte Eleonora und spürte, wie ihre Wangen glühten. »Kaffee?«

»Gern.« Flurin unterstrich seine Worte mit einem charmanten Lächeln, schob die Hände in die Hosentaschen und nickte ihrer Mutter, die wieder an ihren Arbeitsplatz zurückkehrte, zum Abschied kurz zu.

Eleonora begleitete ihren Gast ins Besprechungszimmer am Ende des Flurs und bereitete ihm eine Tasse Kaffee zu, während er auf einem der mit blauem Stoff bezogenen Stühle Platz nahm.

»Was führt dich in unsere Gegend?«, wollte sie wissen.

»Eine Tagung zum Thema Preisbildung sowie ein Austausch unter Branchenkollegen. Als hätten wir Geschäftsführer mit dem normalen Alltagsgeschäft nicht schon genug zu tun«, erklärte Flurin und nippte an seinem Kaffee. Dabei schaute er Eleonora unentwegt an, was in ihrem Inneren ein warmes Kribbeln auslöste.

Sie seufzte lächelnd. »Kenn ich. Und auf dem Schreibtisch stapeln sich die unerledigten Dinge. Dann kommt man nach Hause, der Kühlschrank ist leer, weil man vergessen hat einzukaufen, der Wäschekorb quillt über, und man findet sich in einer Wohngemeinschaft mit Staub und anderem Unrat.« Sie zuckte mit den Schultern.

Flurin musterte sie nachdenklich. Dann verzog sich sein Mund zu einem breiten Grinsen. »Gegen den leeren Kühlschrank könnten wir was tun. Begleite mich zum Abendessen, ich lade dich ein. Was den Rest betrifft, finden wir bestimmt auch noch eine Lösung.«

Eleonora sah ihn perplex an. »Fährst du heute nicht mehr nach Hause?«, fragte sie.

»Nein, ich habe morgen bereits einen weiteren Termin in der Gegend. Es macht also Sinn, die Nacht hier in einem Hotel zu verbringen.« Flurin hob fragend eine Augenbraue. »Also?«

Eleonora zögerte. Das ging ihr alles eine Spur zu schnell. Sie kannte ihn ja überhaupt nicht, und dann tauchte er nach drei Wochen plötzlich hier auf und lud sie zu einem privaten Treffen ein. Besser, sie sorgte gleich für Klarheit.

»Ich gehe nicht mehr auf Dates«, antwortete sie schließlich wenig galant.

Ein feines Schmunzeln verzog Flurins Mundwinkel, und Belustigung blitze in seinen Augen auf. Gemächlich nahm er einen Schluck Kaffee und setzte die Tasse mit quälerischer Langsamkeit zurück auf den Unterteller. »Das ist kein Date, sondern ein Geschäftsessen.«

Eleonora lachte trocken. »Dann einfach ein getarntes Date. Damit kenne ich mich aus.« Unwillkürlich dachte sie an das schreckliche Mittagessen mit diesem Immobilienverwalter aus Klosters. Abgesehen von einer schamlosen SMS hatte sie nichts mehr von ihm gehört.

Ohne darauf einzugehen, fuhr Flurin fort: »Im Sinne eines Erfahrungsaustausches zwischen Branchenkollegen. Ich würde gerne deine Meinung zu einigen Alltagsproblemen hören, vielleicht können wir uns gegenseitig helfen, Lösungen zu finden. Ich werde dich ganz sicher nicht mit meinem Privatleben langweilen.«

Eleonora schwieg. Sie war noch nicht überzeugt.

Schließlich seufzte Flurin. »Okay, gut, ich habe verstanden. Lass es uns anders angehen. Lass uns morgen Nachmittag etwas gemeinsam unternehmen. Mein Meeting ist vormittags, danach bin ich frei verfügbar.« Er schaute sie erwartungsvoll an.

»Ich habe zu tun ...«, erklärte sie ausweichend und senkte den Blick. Es klang sogar in ihren eigenen Ohren nicht besonders überzeugend.

»Wunderbar, dann begleite ich dich. Ich war schon eine Weile nicht mehr an der Front, was ich manchmal vermisse. Es interessiert mich, woran und wie ihr arbeitet. Ich werde nicht stören.« Er trank den letzten Schluck Kaffee, erhob sich und machte Anstalten zu gehen. »Einverstanden? Ich komme um dreizehn Uhr hierher.«

Eigentlich passte ihr das ganz und gar nicht, aber zwischenzeitlich waren ihr die Argumente ausgegangen. Sie hatte tatsächlich vor, morgen Nachmittag sämtliche Baustellen abzuklappern und einige organisatorische Besprechungen vor Ort durchzuführen.

»Okay«, antwortete sie knapp.

Pünktlich um dreizehn Uhr am nächsten Tag bog Flurins rubinroter Porsche Cayenne auf den Werkhof ein und kam in einer freien Parklücke zum Stehen. Er stieg aus und lief Eleonora mit federndem Schritt entgegen. Kurz vor ihr hielt er an, zog die Sonnenbrille ab und verstaute sie in der aufgenähten Tasche des Poloshirts, das er unter dem Strickpullover trug.

»Hallo, freut mich, dass du mich heute mitnimmst«, begrüßte er sie mit einem Augenzwinkern und lächelte. Offenbar war er sich des Umstands, dass er sich selbst eingeladen hatte, sehr wohl bewusst, bloß kümmerte ihn das kein bisschen.

»Hallo«, erwiderte Eleonora. Sie wies mit dem Zeigefinger auf ihren blauen Toyota Yaris und ging voran.

In Fideris, einem kleinen Dorf, das auf einem Schuttkegel lag, sowie in Saas, der letzten Siedlung vor dem Tourismusort Klosters, befanden sich zwei Mandelli-Baustellen. Kurz bevor sie die Hauptstraße verließen, die sich neben dem Fluss Landquart über den Talboden schlängelte, passierten sie eine Großbaustelle. Ein neues Lebensmittelgeschäft sollte hier aus dem Boden gestampft werden. Eleonora hatte sich damals ebenfalls für die Arbeit, die sich sprichwörtlich direkt vor ihrer Haustür befand, beworben. Doch vergebens.

»Die Zukunftsbau AG!«, schnaubte sie verächtlich, als sie an den protzigen Plakaten und Werbefahnen der mittlerweile in der gesamten Nord- und Ostschweiz tätigen Großfirma vorbeifuhr.

Flurin drehte sich auf seinem Sitz zu ihr um. »Magst du die nicht?«

»Natürlich nicht!« Verärgerung wallte in ihr hoch. »Sie kommen hierher und zerstören unseren Markt. Bisher waren ihnen die normalen Arbeiten nie gut genug. Lieber haben sie im mondänen St. Moritz oder anderen Schweizer Großstädten gebaut, wo man nebst der Bausubstanz auch gleich noch die Marke des Ortes verrechnen konnte. Unrechtmäßige Bereicherung nenne ich so etwas! Und jetzt, wo ihnen durch die neuen Regelungen zum Zweitwohnungsbau langsam die Möglichkeiten in ihren Eldorados ausgehen, fluten sie unsere Gegend und kaufen sich mit Dumpingpreisen Marktanteile!« Wütend schlug sie mit der Faust auf das Lenkrad und bog dann auf die Landstraße nach Fideris ab. Ihr Puls beschleunigte sich, und Hitze pulsierte durch ihren Körper. »Das ist die harte Realität, die uns kleine und mittelgroße Unternehmen trifft. Ihr Großfirmen besitzt zahlreiche Nebenbetriebe durch eure Holdings. Mit Kieswerken, Transportgeschäften und Recyclingfirmen können so die schlechten Preise zusätzlich quersubventioniert werden. Diese Möglichkeiten haben wir nicht. Mit ehrlichem, vernünftigem Handwerk hat das überhaupt nichts mehr zu tun. Und als wäre das noch nicht genug, eröffnen diese Kollegen hier fast täglich neue Geschäftsfelder. Die Zukunftsbau AG betätigt sich neuerdings auch noch im Tiefbau. Schritt für Schritt rauben sie den kleinen und mittelständischen Unternehmen ihre Existenz.«

Flurin schwieg und sah sie nachdenklich an.

»Entschuldige, dass ich mit den Großen so hart ins Gericht gehe, Flurin. Ich kenne deine Firma zu wenig und will euch weder etwas unterstellen, noch alle über einen Kamm scheren. Bloß hier in der Ostschweiz sind die Probleme seit den verschärften Regeln im Zweitwohnungsbau massiv angestiegen. In dieser und den angrenzenden Regionen kämpfen viele Betriebe ums Überleben.«

»Davon habe ich gehört«, erklärte Flurin kleinlaut. »Nur habe ich mir bisher nie Gedanken dazu gemacht, wie du schon ganz richtig festgestellt hast. Ich kannte diese Sicht der Dinge nicht. Es tut mir leid.«

Eleonora atmete tief durch. Sie wollte Flurin nicht stellvertretend für die Zukunftsbau AG anfahren. »Das Ganze ist existenzbedrohend, das ist es«, erklärte sie schließlich ein wenig ruhiger. »Die unersättliche Gier einzelner Manager ruiniert das Leben vieler kleiner Marktteilnehmer. Mich eingeschlossen«, murmelte sie und biss sich auf die Zunge. Eigentlich hatte sie ihm das nicht sagen wollen. Das ging ihn nichts an, und außerdem kam er aus einer völlig anderen Welt. Aber es war nun mal die Wahrheit.

Flurins Handy klingelte, der Kopf einer blonden Frau erschien auf dem Display. Er lehnte den Anruf ab und verstaute das Telefon hastig in seiner Hosentasche. »Meine Sekretärin. Entschuldige die Unterbrechung«, erklärte er knapp und rollte die Augen. »Das tut mir wirklich leid, Eleonora. Ich war mir nicht bewusst, dass es für dich so hart ist.« Seine Worte klangen ehrlich, und sein Blick wirkte grüblerisch.

»Doch, ist es. Wir haben zu tun. Aber es reicht nicht.« Mit diesem Zugeständnis fuhr sie auf den Schotterplatz vor der Baustelle, bremste und stellte das Auto ab. »Wir sind da. Das ist eines der wenigen Häuser, die wir noch bauen dürfen.«

Sie stieg aus, und Flurin folgte ihr. Während Eleonora sich mit dem Vorarbeiter über den Stand der Arbeiten und auftretende Komplikationen unterhielt, beobachtete sie, wie Flurin über den Platz spazierte und verschiedenen Arbeitsgruppen beim Schalen, Holzzuschneiden, Aufräumen oder dem Materialabladen zuschaute. Dabei stolperte er mehrmals über am Boden liegendes Baumaterial, stand den Arbeitern im Weg oder begab sich in die Gefahrenzone eines laufenden Geräts.

Nach einer halben Stunde stiegen sie wieder ins Auto und fuhren weiter nach Saas. Flurin beugte sich neugierig über die Pläne, die Eleonora mit ihrem Vorarbeiter anschaute, der gerade dabei war, die Wände für das nächste Stockwerk zu planen und die nötigen Schritte zu organisieren.

»Hey, Kleiner, hol mir mal den Bindeapparat«, wandte sich ein Bauarbeiter an den Lehrling und scheuchte ihn davon. Eleonora sah nach unten. Direkt neben Flurin lag ein neuer Bindeapparat mit Holzgriff. Flurin hatte die Szene mit dem Jugendlichen ebenfalls mitbekommen, folgte ihrem Blick und starrte dann wieder auf den Plan, als hätte er gar nicht gesehen, was da gleich vor seinen Füßen lag. Der junge Neuling lief an ihnen vorbei, suchte alles ab und schien das Werkzeug nicht als das zu erkennen, was es war. Als ihr Begleiter noch immer keine Anstalten machte, dem Auszubildenden einen Wink zu geben oder sich einfach selbst nach dem Gegenstand zu bücken, tat sie es. »Hier«, sagte sie und reichte dem Lehrling das Bewehrungsbindegerät. »Das ist ein Bindeapparat.«

Erstaunt hob Flurin den Blick und sah zuerst sie und dann den Jugendlichen mit dem Gerät an. »Ach, wie unaufmerksam von mir. Entschuldige.«

Eleonora schwieg. Schließlich machte sie eine Kopfbewegung in Richtung des Schotterplatzes. »Fahren wir zurück zum Werkhof.«

Flurin verabschiedete sich mit einem kollegialen Gruß von den Bauarbeitern und folgte ihr nach unten zum Auto. Einige Zeit sagte niemand ein Wort. Schließlich wandte Flurin sich ihr zu.

»Ich bin beeindruckt, wie du deine Mitarbeiter führst. Mit einer natürlichen Selbstverständlichkeit und der richtigen Mischung aus Strenge und Kollegialität. Das ist als einzige Frau in einem Männerbetrieb bestimmt nicht einfach.«

Eleonora sah ihn kurz an und konzentrierte sich dann wieder aufs Fahren. »Ich mache es, so gut ich kann, und so, wie ich es von meiner Mutter gelernt habe.«

»Wie ich sagte, ich bin beeindruckt.« Flurin unterstrich seine Worte mit einem charmanten Lächeln, als sie erneut zu ihm hinübersah.

Als sie den Werkhof erreichten, blieben sie unschlüssig neben dem Auto stehen. Eleonora verschränkte die Arme vor der Brust, und Flurin schob die Hände in die Gesäßtaschen seiner Hose.

Schließlich räusperte er sich. »Und, es gibt keine Chance, dass ich dich doch noch umstimmen und zu einem Abendessen einladen kann?«

Eleonora grinste und sah zu Boden. Er war ganz schön hartnäckig. Sie schwieg, während sie ihre Gedanken zu ordnen versuchte.

»Bitte. Ich habe da eine wirklich gute Idee. Es geht um etwas Geschäftliches, aber ich möchte die Überraschung nicht ruinieren.« Flurin ließ nicht locker.

Eleonora seufze hörbar und fixierte ihn nun mit festem Blick. »Also gut, mit einem Essen unter Branchenkollegen bin ich einverstanden.«

»Großartig.« Flurin strahlte. »Ich hole dich nach der Arbeit ab.«

»Das geht nicht, ich muss mich noch umziehen«, erklärte sie.

Er schüttelte grinsend den Kopf. »Musst du nicht. Das ist ja kein Date.« Er zwinkerte belustigt. »Da, wo wir essen, sind deine Kleider perfekt. Bis später.«

Kapitel 11

Um halb sieben fuhr Flurins Porsche erneut auf den Werkhof. Eleonora hatte sich natürlich trotzdem rasch umgezogen und ein wenig zurechtgemacht. Da sie nicht wusste, was er mit ihr vorhatte, hatte sie sich für eine dunkle Jeans und einen silbern schimmernden Feinstrickpullover entschieden. Darüber trug sie einen olivgrünen Frühlingsparka.

Mit schwungvollen Bewegungen stieg Flurin aus und kam Eleonora mit einem charmanten Grinsen entgegen.

»Bereit?«, fragte er und wies mit der Hand einladend auf sein Auto.

»Überraschungen sind überhaupt nicht mein Ding«, gab Eleonora zu, als sie sich gesetzt hatten und Flurin losfuhr.

»Kann ich mir vorstellen. Diese hier wirst du aber mögen.« Er lächelte geheimnisvoll.

Flurin lenkte den Wagen auf die Hauptstraße in Richtung Davos. Gleich oberhalb des Eisstadions parkte er den Porsche und wies mit dem Finger auf das über ihnen in den Himmel ragende Ernst-Ludwig-Kirchner-Museum. Mit einem erwartungsvollen Glitzern in den Augen sah er sie an. »Wir sind da.«

Eleonora folgte seinem Blick. »Hier essen wir zu Abend?«

Er lachte, als er ihren verwirrten Gesichtsausdruck sah. »Unter anderem, ja. Ich habe ein Catering für drei Personen bei einem hervorragenden Italiener aus dem Ort bestellt. Aber darum geht es gar nicht. Wie schon gesagt, ist das ein Geschäftsmeeting. Das habe ich dir doch versprochen.« Er grinste und strich sich über die Bartstoppeln.

Eleonora schwieg und wartete, dass er weitersprach.

Flurin holte tief Luft. »Also: Mein Onkel, Norbert Neukom, ist Mitglied im Stiftungsrat des Museums. Wir unterstützen die Institution schon seit Jahren mit namhaften Summen. Wie dir vielleicht schon in Luzern aufgefallen ist, sind wir eine kunstaffine Familie.« Er machte eine Pause und ließ seine Worte auf Eleonora wirken. »Um es kurz zu machen: Mein heutiger Vormittagstermin war hier, bei Herrn Krüger, dem Stiftungsratspräsidenten. Das Museum hat unsere Firma mit ein paar kleineren Kundenarbeiten betraut ...« Er drehte sich zu Eleonora um und sah ihr tief in die Augen. »Ich möchte, dass das die Mandelli AG für uns erledigt. Es handelt sich bloß um kleine Kundenmaurerarbeiten, nichts Großes. Ihr seid aus der Region, und da meine Firma in der Gegend gar nicht tätig ist, sind diese Arbeiten für uns jeweils sehr aufwendig. Wenn du einverstanden bist, werden wir das alles bei einem unkomplizierten Nachtessen mit Herrn Krüger besprechen.«

Eleonora war sprachlos. Sie hatte mit vielem gerechnet, doch damit sicher nicht. »Selbstverständlich bin ich das ... wir würden diese Arbeiten natürlich sehr gerne ausführen«, willigte sie ein und rieb sich die plötzlich feuchten Handflächen an der Hose ab.

»Das freut mich, damit wäre uns beiden geholfen. Aber jetzt komm, Alfred Krüger wartet sicher schon auf uns.«

Gemeinsam folgten sie dem kurzen Pfad, der vom Parkplatz den Hang hinauf zum Museum führte.

Von außen sah das Kirchner-Museum aus wie eine Fabrikhalle. Das täuschte jedoch. Eleonora wusste, dass das aus Glas, Beton, Stahl und Holz erbaute Gebäude der Architekten Annette Gigon und Mike Guyer einen bedeutenden Schweizer Architekturpreis erhalten hatte.

Alfred Krüger, ein zartgliedriger kleiner Mann mit Mantel und Baskenmütze, wartete bereits vor dem Haupteingang auf sie. Als er Flurin erblickte, zogen sich seine Mundwinkel nach oben, und er kam ihnen entgegen.

»Flurin! Wie schön, dich doch nochmals zu sehen.« Bevor er ihm jedoch die Hand reichte, deutete er eine Verbeugung in Eleonoras Richtung an und begrüßte sie mit einem erstaunlich kräftigen Händedruck. »Frau Mandelli, richtig? Ich bin Alfred Krüger, Alfred reicht aber, wenn Sie einverstanden sind. Ich freue mich, Sie kennenzulernen.«

»Eleonora, ganz meinerseits«, erwiderte sie höflich und lächelte. Nachdem Alfred auch Flurin begrüßt hatte, bat er sie herein.

»Der Italiener hat die Speisen bereits geliefert. Kommt bitte, ihr seid bestimmt auch hungrig!«

Als sie sich an einen mit einem weißen Tischtuch und bauchigen Weingläsern gedeckten Tisch gesetzt hatten, sah sich Eleonora verstohlen um. Sie befanden sich inmitten eines stilvoll beleuchteten Sichtbetonraums, an dessen Wänden die bunte, eindrucksvolle Kunst Ernst Ludwig Kirchners hing. An einem vergleichbar spektakulären Ort hatte Eleonora noch nie gegessen. Alfred legte seinen Mantel ab, und Eleonora war froh, dass er darunter eine schlichte Stoffhose und einen sportlichen Feinstrickpullover trug. Andernfalls wäre sie sich mit ihrer Jeans ziemlich deplatziert vorgekommen.

Sofort eilte eine Servicekraft in schlichter Uniform herbei, goss ihnen Wein ein und servierte einen leichten Salat als Vorspeise.

»Nun, wie mir Flurin sagte, möchte er die Arbeiten in unserem Museum gerne an dich delegieren, Eleonora. Ich muss leider zugeben, dass ich deine Firma bisher nicht kannte, weil ich mich im vorderen Teil des Tals überhaupt nicht auskenne. Wenn Flurin dich allerdings so herzlich empfehlen kann, bin ich absolut sicher, dass wir mit unseren Anliegen in den besten Händen sind.« Alfred lächelte und nahm eine Gabel voll Salat.

»Wir helfen sehr gerne, und ich freue mich über diese wundervolle Chance. Worum genau geht es denn bei den Arbeiten?« Eleonora nahm einen Schluck Wein und sah Alfred aufmerksam an. Dieser tupfte sich mit der weißen Stoffserviette die Mundwinkel ab.

»Es ist wirklich nichts Spektakuläres. Aber da wir hier sehr wertvolle Exponate haben, ist es wichtig, dass während des Arbeitens sorgfältig vorgegangen wird. Vorwiegend geht es darum, dass die stets wechselnden Bilder in den Ausstellungsräumen natürlich unzählige Löcher in der Wand hinterlassen haben. Diese müsste man unsichtbar machen.«

Eleonora nickte. »Betonkosmetik also. Das können wir auf jeden Fall bewerkstelligen. Am liebsten wäre es mir, wenn wir die infrage kommenden Räume einmal bei Tageslicht zusammen mit meinem erfahrensten Vorarbeiter anschauen könnten, dann weiß er gleich, was zu tun ist, und wir können dir auch aus fachlicher Sicht noch Optimierungsvorschläge machen.« Sie kostete nun ebenfalls von dem mit Sprossen und Kernen garnierten Salat.

»Das klingt wunderbar, so machen wir es. Ich hätte gleich morgen Zeit, wenn das für dich und deinen Mitarbeiter auch passt«, erklärte Alfred lächelnd.

Sie vereinbarten einen Termin auf zehn Uhr.

Die Vorspeise wurde abgeräumt und der Hauptgang serviert. Nun entwickelten sich ihre Gespräche in eine weniger formelle Richtung. Sie plauderten über den Bau im Allgemeinen, wobei sich Eleonora mit pessimistischen Äußerungen zurückhielt und stets diplomatisch auswich. Immer wieder spürte sie Flurins Blick auf sich ruhen, und ein leichtes Lächeln umspielte seine Mundwinkel.

Gegen zehn Uhr erhoben sie sich vom Tisch und verabschiedeten sich von Alfred.

Auf der Heimfahrt von Davos nach Schiers schwiegen sie beide. Schließlich sah Eleonora Flurin an. »Danke. Das war ein wirklich schönes Abendessen. Ich habe es sehr genossen.« Und nach einer kurzen Pause fügte sie noch an: »Und danke für die Vermittlung des Auftrags. So etwas bin ich gar nicht gewohnt.«

»Gern geschehen Eleonora. Ich bin mir sicher, du und Alfred, ihr werdet gut miteinander zurechtkommen.«

Das Auto kam auf dem Werkhof der Bauunternehmung zum Stehen.

Eine Weile saßen sie schweigend nebeneinander.

»Also dann ... bis ein anderes Mal«, sagte Eleonora schließlich unbestimmt und sah Flurin an.

Der hielt ihrem Blick mit einem leichten Lächeln stand. Plötzlich hob er die Hand und strich ihr eine lose Haarsträhne hinters Ohr. Sie hielt ihn nicht davon ab. Die Berührung ließ sie erschauern, und ihr Herz klopfte schneller. Flurin sah ihr tief in die Augen und musterte sie stumm.

Dann beugte er sich nach vorne und hauchte ihr einen zarten Kuss auf die Lippen.

»Bis bald«, konterte Flurin mit einem Augenzwinkern.

Am nächsten Tag fuhr Eleonora wie vereinbart mit Federico nach Davos und nahm die Details für die Kundenarbeiten des Kirchner-Museums auf.

Als sie an diesem Abend nach Hause kam, blieb sie überrascht vor der Tür zu ihrer Wohnung stehen. Eine rote Kunststoffbox stand davor, und ein weißes Kuvert lag auf dem Deckel.

Neugierig öffnete sie es und las die Karte mit dem Kirchner-Motiv auf dem Deckel.

> Liebe Eleonora,
> vielen Dank für den schönen Tag an deiner Seite. Damit du dich heute einmal nicht um deinen vernachlässigten Kühlschrank kümmern musst, schafft diese kleine Kiste mit Zutaten und einem Rezept Abhilfe. Ich hoffe, du magst die thailändische Küche.
> Herzlichst, Flurin
>
> PS: Lass mich wissen, ob es geschmeckt hat!
> (076 312 31 17)

Als Eleonora in der nächsten Woche von einer Baustellentour auf den Werkhof zurückkehrte, sah sie den Toyota-Geländewagen ihres Vaters auf einem der Parkplätze stehen. Papa öffnete die Fahrertür und stieg mit steifen, ungelenken Bewegungen aus. Er musste sich mehr als einmal am

Fahrzeug abstützen, um nicht sofort das Gleichgewicht zu verlieren.

Eleonora hielt mitten auf dem Werkhof an und sprang aus dem Auto. Das Herz klopfte ihr bis zum Hals, ihr Mund war trocken. Wer hatte ihn nur in diesem Zustand fahren lassen? Wo war Mamma? Sie ließ ihn doch schon lange nicht mehr alleine aus dem Haus.

Irgendetwas musste passiert sein.

»Papa!«, rief sie atemlos und rannte ihm entgegen. Je näher sie kam, desto mehr fühlte sie den Boden unter ihren Füßen wanken. Als sie bei ihm ankam, legte sie ihm die Hand auf den Arm. Er zitterte am ganzen Körper, sein Kopf zuckte hin und her, und es fiel ihm schwer, seine Mimik zu kontrollieren.

»Wo ist Mamma, was ist los?«, platzte es aus Eleonora heraus, bevor er etwas sagen konnte. »Ist etwas passiert?«

Er nickte, so gut es ging.

»Nonno Lorenzo ist gestorben, Nonna Aurora und deiner Mamma geht es sehr schlecht.«

Kapitel 12

Argegno, Norditalien

Argegno hatte sich seit ihrem letzten Besuch vor einem Jahr
kein bisschen verändert, so wie es all die Jahre von ihrer
Kindheit bis ins Erwachsenenalter konserviert schien. Gelegentlich öffnete mal eine neue Kaffeebar oder Pizzeria, eine
bisherige wurde geschlossen oder renoviert, aber abgesehen
davon blieb das Ortsbild immer gleich. Am Westufer des
Comer Sees gelegen, bildete das Dorf den Einstieg ins Val
d'Intelvi. Der Fluss Telo, dessen Bett mit hohen, pflanzen-
überwucherten Natursteinmauern umrahmt war, teilte die
Altstadt in zwei Teile. Die Häuser säumten mit ihren roh-
weißen, in Erdtönen oder sanftem Altrosa gehaltenen Fassaden den verschlungenen Pfad des Gewässers oder lagen,
von Bäumen und Sträuchern umgeben, am steil ansteigen-
den Hang des Bergs.

Im Inneren von Andreas schwarzem Audi herrschte Stille.
Eleonora und ihr Bruder saßen vorne, Mamma und Papa
belegten den Rücksitz des Fahrzeugs. Als Andrea den Wagen
von der Hauptstraße weg und durch die schmalen Gassen
Argegnos lenkte, drang ein Schluchzen zu ihnen nach vorne. Eleonora versuchte, im Rückspiegel einen Blick auf ihre

Mutter zu erhaschen. Diese jedoch starrte mit tränennassen Wangen aus dem Fenster und schniefte. Papa hielt ihre Hand. Schließlich fuhren sie den kurzen Abhang hinauf und kamen vor dem schmiedeeisernen Tor der Villa Domenica zum Stehen. Offenbar wurden sie erwartet. Bevor Andrea hupen konnte, schwang das Tor bereits auf.

Vor ihnen ragten, stolz und alterslos, die cremefarbenen Fassaden der beiden Haupthäuser der Villa Domenica himmelwärts. Die mehrstöckigen Häuserblöcke, die leicht versetzt an den abfallenden Hang gebaut waren, vereinten verschiedene architektonische Einflüsse. Während die mit Efeu und anderen Kletterpflanzen überdeckten Hausmauern mit ihren stramm angeordneten Fenstern an eine römische Kaserne erinnerten, verliehen die dem Vorplatz zugewandten Bogenfenster im Erdgeschoss sowie die beiden sandfarbenen Glockentürme, die das zweiteilige Anwesen flankierten, dem Gebäude eher einen orientalischen Anstrich. Geschmackvoll getrimmte Büsche und verwachsene Bäume drängten sich dicht an die Hausfassade und schmückten vereinzelt den Vorplatz.

Nonna Aurora stand, in einem langen, schwarzen, mit Spitzen versehenen Kleid vor der Tür des Eingangs zum linken Haupthaus und starrte ins Leere. Als nehme das Wetter Rücksicht auf die Stimmung mancher Erdenbürger, war der Nachmittagshimmel heute von grauen Wolken bedeckt, und ein kühler Wind wirbelte Staub und Blätter auf. Der See unterhalb der Villa kräuselte sich dunkel, als trüge auch er das Kleid der Trauer.

Eleonora und Andrea stiegen aus und halfen ihren Eltern, ebenfalls aus dem Wagen zu klettern. Mamma bebte am ganzen Leib. Ihr Gesicht war bleich, und blauviolette Schatten lagen unter ihren Augen. Papa quälte sich, gegen seine sich ständig versteifenden Glieder ankämpfend, vorwärts. In diesem Augenblick erschien eine zweite elegante Dame in Schwarz im Haupteingang, stellte sich neben Nonna Aurora und hakte sich bei ihr unter. Liebevoll strich Nonno Lorenzos Schwester Laura ihr über die Hände. Sie war die einzige Stütze und liebende Seele, die Großmutter geblieben war. Nonna Auroras beste Freundin Marisa, Mammas Patentante, war bereits vor fünf Jahren an Krebs gestorben, ebenso wie Lauras Mann. Die Gesellschaft anderer Leute hatte Großmutter vehement abgelehnt.

Tränen schossen Nonna Aurora in die Augen, als sie sich gegenseitig alle stumm umarmten. Bebend und schluchzend klammerte sie sich schließlich an Mamma und drückte sie minutenlang an sich.

»Er hat dich so sehr geliebt, Rosalba. Mehr als alles andere auf dieser Welt. Und dann schläft er einfach ein, ohne sich von dir verabschieden zu können.« Auch wenn es nicht vorwurfsvoll gemeint war, so konnte Eleonora am verletzten Gesichtsausdruck ihrer Mamma dennoch erkennen, dass die Worte sie sehr trafen. Hätte sie in Italien und nicht in der Schweiz gelebt, hätte sie ihre Eltern deutlich häufiger gesehen.

»Ich bin froh, dass er dieses Leben ohne Leiden hinter sich lassen durfte«, flüsterte Mamma und erwiderte die innige Umarmung.

»Es war, als hätte er es geahnt, Kind. Am letzten Abend, als er mir den Gutenachtkuss gab, sagte er: ›Weißt du noch, Auri, Schatz, wie wir uns das allererste Mal begegnet sind? Ich denke so oft an diesen Tag in Pellio Intelvi ... er hat mein Leben verändert. Für immer. Erst an deiner Seite war es lebenswert.‹« Nonna Auroras Lippen bebten, als sie weitersprach. »Ich sah Tränen in seinen Augen glitzern, und er strich mir zärtlich über die Wange. Vielleicht wusste er, dass wir uns in diesem Moment das letzte Mal ansahen, bevor ...« Ihre Stimme brach, und ein heftiges Schluchzen schüttelte sie. Mamma wiegte sie in den Armen wie ein kleines Kind. Erst nachdem sich Nonna Aurora einigermaßen beruhigt hatte, traten sie alle in die Empfangshalle der Villa Domenica.

Auch hier hatte sich in all den Jahren seit Eleonoras Kindheit kaum etwas verändert. Noch immer war die weiße Steintreppe, die rechts in die oberen Etagen führte, mit einem roten, zwischenzeitlich arg abgewetzten Samtteppich bezogen. Schwere goldgerahmte Gemälde schmückten die Wände, und über allem thronte das Juwel des Foyers: der gigantische Kronleuchter mit seinem goldgelben Licht. Eleonora liebte vor allem die bodenlangen Wandspiegel. Als Kind hatte sie sich stets vorgestellt, dass sie die Tore zu fremden Welten wären. Manchmal hatte sie wirklich geglaubt, darin schattenhafte Bewegungen ausmachen zu können ...

Ein Räuspern holte sie zurück in die Gegenwart.

Ein junger Hausangestellter in Eleonoras Alter, der sich bisher wohl bewusst im Hintergrund gehalten hatte, bot nun an, ihr Gepäck zu holen und auf die Gästezimmer zu verteilen.

»Danke, Ernesto«, hauchte Nonna Aurora und schenkte dem dunkelhaarigen Mann ein dankbares Lächeln.

Die Trauer lastete schwer auf Eleonoras Herz. Und nicht nur das. Ihre letzten gemeinsamen Stunden mit Nonno Lorenzo nagten an ihr. Sie hatte ihn angefaucht und ihm ihre kindische Wut an den Kopf geschleudert, weil seine

Fragen sie erschüttert und seine Bemerkungen sie beleidigt hatten. Hätte sie geahnt, dass dies ihre letzte Unterhaltung sein würde, hätte sie ihm aufmerksamer und mit offenem Herzen zugehört. Nun blieben ihr nichts als Scham und Reue.

»Möchtet ihr ihn zuerst sehen, bevor ihr eure Schlafgemächer bezieht?«, fragte Nonna Aurora. Mamma nickte und ging voran. »Ich nehme an, dass er im blauen Zimmer ist? Das war sein Lieblingsort, um Gäste zu empfangen.«

»Es war auch der erste Raum, den ich in diesem wunderbaren Haus kennengelernt habe.« Nonna Aurora hielt den Blick starr in die Ferne gerichtet. Bestimmt reiste sie in Gedanken an jenen Tag in der Vergangenheit zurück, als Nonno sie zum ersten Mal in sein imposantes Heim eingeladen hatte. Das musste sich für die einfache Baumeistertochter wie ein Ausflug ins Wunderland angefühlt haben, vermutete Eleonora.

Während sie den mit Skulpturen gesäumten und mit einem Teppich ausgelegten Flur entlangliefen, schweiften Eleonoras Gedanken zurück in ihre Kindheit.

Das blaue Zimmer war auch ihr Lieblingsraum in der gesamten Villa Domenica gewesen und war es noch. Nicht unbedingt wegen der Farbe, sondern weil Nonno Lorenzo ihr hier oft auf seinem Schoß Geschichten vorgelesen hatte – Märchen über Kobolde, Naturgeister und Feen, die gemäß seinen Angaben sogar im Heidegarten der Villa lebten. »Sag aber bloß deiner Nonna nichts davon«, hatte er ihr dann stets zugeflüstert. »Sie hat nämlich keine Ahnung, dass es in ihrem Garten so viele Geister gibt, und würde sich schrecklich davor fürchten. Das bleibt unser kleines Geheimnis, in Ordnung?« Und dann hatte er gezwinkert und weitererzählt. Eleonora hatte sich bis heute an das Versprechen gehalten. Einzig ihrem Zwillingsbruder Andrea hatte sie es vor dem Einschlafen beim Licht einer Taschenlampe unter der Bettdecke erzählt. Für Sagen und Geistergeschichten hatte dieser jedoch wenig übrig, weshalb er sich auch lieber dem Malen mit Pinsel oder Stiften zugewandt hatte. Stunden-, nein tagelang hatte er mit seiner Holzstaffelei auf der Terrasse der Villa Domenica gezeichnet. Meist hatte er sich kleine Gegenstände wie ein einzelnes Blatt oder eine Blume ausgesucht und sie so genau aufs Papier gebannt, dass sie beinahe aussahen wie ein Foto.

Eleonora seufzte. Es tat weh, an die unbeschwerten, sonnendurchfluteten Tage ihrer Kindheit zurückzudenken. Manchmal wünschte sie sich diese Zeit zurück. Damals waren alle noch jung und gesund gewesen, und abgesehen von aufgeschürften Knien und Albträumen hatte man kaum nennenswerte Probleme gehabt.

Die massive zweiflüglige Tür ins blaue Zimmer stand offen. Schweigend traten sie ein. Nonno Lorenzo lag in einem goldbraunen Holzsarg, dessen Farbe perfekt auf die schweren Holzmöbel abgestimmt zu sein schien. In seinem tadellosen dunklen Anzug mit Weste und der blutroten Krawatte sah er aus, als hätte er sich bloß für ein kurzes Nickerchen hingelegt. Die hellblauen Wände erinnerten an den Himmel an sonnigen, leichten Sommernachmittagen. Nur der dunkelblaue Samtbezug der mit Gold verzierten Möbel brachte einen Hauch Schwere in den Raum. Eleonora betrachtete das traurige Überbleibsel einer einst fröhlichen Vergangenheit. Die einzigen noch lebenden Familienmitglieder.

Mamma beugte sich über Nonno Lorenzos Sarg und schluchzte, während Papa ihr liebevoll über den Rücken strich und sich ebenfalls einige Tränen aus dem Gesicht wischte. Nonna Aurora stand wie versteinert und mit geröteten Augen daneben.

Schließlich durften auch Eleonora und Andrea näher herantreten.

Eleonora fehlten die Worte. Eine eiserne Hand griff nach ihrem Herzen und presste es zusammen. Was hätte sie in diesem Augenblick darum gegeben, die Zeit noch einmal zurückdrehen zu können. »Es tut mir leid, Nonno Lorenzo«, hauchte sie kaum hörbar, und ihre Lippen bebten. »Es tut mir so furchtbar leid.« Heiß rannen ihr einige Tränen über die Wangen und tropften auf ihren Pullover. Sie spürte Andreas tröstende Hand auf ihrer Schulter.

Nach einer Weile wandten sie sich ab und bezogen ihre Zimmer. Eleonora war froh, dass Nonna Aurora jedem von ihnen einen eigenen Rückzugsort gegeben hatte. Sie wollte jetzt mit ihrem Schmerz und der brennenden Beschämung in ihrem Inneren alleine sein. Als sie ihr und Andreas altes Kinderzimmer betrat, lächelte Eleonora wehmütig. Noch immer zierten diese schrecklich altmodischen Bilder von Heiligen die senfgelben Wände. Zwei rotbraune Holzbetten mit dicken Matratzen waren an den Kopfenden mit goldgelbem Stoff bezogen, der auch für die Tagesdecke mit den Bommeln und das runde Zierkissen verwendet wurde. Lorbeerstickereien schmückten den Brokatstoff. Auch der Wandschirm neben den zwei Betten war aus demselben Material angefertigt. Rotbraune Massivholzmöbel mit goldenen Metallgriffen und Lorbeerverzierungen verliehen dem Raum etwas Königliches. Eleonora schmunzelte, als sie das kunstvoll in der Raummitte drapierte Säuglingsbett entdeckte. Sie und Andrea hatten es leider nie benutzen können, weil sie als Zwillinge nie beide gemeinsam dort hineingepasst hatten. Seit sie erwachsen waren, stand auch das im selben Design angefertigte Spinnrad wieder in einer Ecke des Raums, direkt neben dem Schminktisch mit dem runden, drehbaren Spiegel und den zwei dazugehörigen Stühlen. Über allem thronte eine Stuckaturdecke mit Blumenverzierungen in Gold, Braun oder Dunkelrot.

Seufzend ließ sich Eleonora auf die golden schimmernde Tagesdecke des Betts fallen und starrte aus dem Fenster, das auf den See hinauszeigte. Eine Weile beobachtete sie das Spiel des schwindenden Tageslichts, das an diesem wolkenverhangenen Tag schon sehr früh eingesetzt hatte. Vereinzelt blitzten letzte Lichtreflexe auf den Wellenkronen auf, dann nahm das Zwielicht überhand.

In diesem Moment meldete sich ihr Handy. Und gleich darauf nochmals. Ihre Freundin Bernadette hatte sich bereits gemeldet und geschrieben, sie wolle ihr die Intimität und Ruhe gönnen, die sie brauche, doch Eleonora solle sich melden, wenn sie Hilfe oder ein offenes Ohr wünsche. Die konnte es also nicht sein.

Liebe Chefin,
ich hoffe, du bist gut in Italien angekommen, und es geht dir den Umständen entsprechend gut. Ihr alle, du und deine Familie, seid so wundervolle Menschen und habt das alles nicht verdient. Aber du kannst dich auf mich verlassen, ich schmeiße hier den Laden.
Du brauchst dir keine Sorgen zu machen. Viele Leute haben nach dir gefragt und lassen dir ihr Beileid ausrichten.
Herzlichst, Urs

Die zweite Nachricht stammte von Flurin und beschleunigte Eleonoras Herzschlag augenblicklich.

Neugierig öffnete sie die Mitteilung.

Liebe Eleonora,
ich bin in den kommenden Tagen erneut beruflich in
deiner Region unterwegs. Falls du Lust auf ein Treffen
oder ein Abendessen hast, würde ich mich sehr freuen,
dich zu sehen!
Liebe Grüße, Flurin

Mit einem leichten Seufzer ließ sich Eleonora zurück auf die im matten Licht der Deckenlampe golden schimmernde Tagesdecke sinken. Kopfschmerzen machten sich nach dem turbulenten Tag bemerkbar, weshalb sie kurz die Augen schloss und dem Rauschen des Bluts in ihrem Kopf lauschte. Flurins Kurzmitteilung war höflich, aber nicht aufdringlich. Seit ihrem letzten Treffen und der witzigen kleinen Aufmerksamkeit mit der Foodbox hatten sie sich immer wieder kurze Textnachrichten geschrieben. Unschlüssig, ob sie ihm von dem Trauerfall in ihrer Familie erzählen sollte, trommelte sie mit den Fingern auf die Bettdecke. Nach einer Weile des Nachdenkens beschloss sie jedoch, ihm die Wahrheit zu erzählen. Sofort meldete sich Flurin auf ihre persönliche Nachricht zurück.

Liebe Eleonora,
es tut mir sehr leid, das zu hören. Beim Tod eines
geliebten Menschen verliert man immer auch ein Stück
von sich selbst. Als meine Großmutter starb, wurden
auch Teile meiner Kindheit zu einer Erinnerung in

Sepia. Wie geht es dir und deiner Familie? Wenn ich dir
irgendwie helfen kann, lass es mich gerne wissen.
Alles Liebe, Flurin

Eleonora seufzte. Ja, genau so fühlte sie sich. Nach kurzer Überlegung textete sie ihm erneut zurück.

Nach einiger Zeit wechselten sie von den unpersönlichen und immer umfangreicher werdenden Textnachrichten zu Sprachnachrichten. Es war schön, Flurins Stimme zu hören, auch wenn sich Eleonora nicht getraut hätte, ihn anzurufen. Sie erzählte ihm von ihrer Beziehung zu Nonno Lorenzo, den vielen Erlebnissen aus ihrer Kindheit, und beschrieb ihm die Villa Domenica und Argegno. Bis zum Abendessen war die Trauer zwar noch lange nicht aus ihrem Herzen verschwunden, fühlte sich jedoch, dank Flurins aufmerksamem Zuhören, wesentlich erträglicher an.

Kapitel 13

Schweigen erfüllte das Speisezimmer während des Abendessens, das aus *pizzoccheri*, Buchweizennudeln mit Käse, Kartoffeln, Knoblauch und Wirsing, bestand. Wie ein düsteres Mahnmal stand Nonno Lorenzos leerer Stuhl am Tisch. Gleich daneben saß, bleich und verloren, seine Schwester Laura. Nonna Aurora starrte mit gebrochenem Blick und hängenden Schultern auf ihren dampfenden Teller, ohne auch nur einen Bissen zu sich zu nehmen. Stattdessen griff sie im Minutentakt zu ihrem Rotweinglas und trank in großen Schlucken daraus. Auch Mamma stocherte bloß lustlos in ihren *pizzoccheri* herum, ohne mehr als ein paar kleine Happen davon zu essen. Mit ungelenken, steifen Bewegungen aß Papa seine Pasta. Das Weinglas ließ er unberührt, obwohl der Wein sein Zittern bestimmt etwas beruhigt hätte. Eleonora kannte ihn jedoch gut genug, um zu wissen, dass er sich schämte, wenn er sich beim Trinken die Hälfte neben den Mund schüttete. Schmerz durchbohrte ihr Herz beim Anblick ihrer gebrochenen Familie. So viel hatte sich seit ihrer Kindheit verändert. Einzig der Raum, in dem sie alle zusammensaßen, war noch immer derselbe.

Über ihren Köpfen spannte sich die üppig bemalte Decke, deren verblichene Pastellfarben an einen wolkengesprenkelten Himmel bei Sonnenuntergang erinnerten. Der wuchtige

Kronleuchter über dem Tisch tauchte die Trauergesellschaft in goldgelbes Licht. Dunkle, massive Holzmöbel mit verspielten Verzierungen und geschwungenen Beinen ergänzten das edle Ambiente des Esszimmers. Direkt vor der Fensterfront mit den weißen Vorhängen, die die gesamte Raumlänge einnahm, standen der Esstisch und die Stühle auf einem Teppich in dezentem Altrosa.

Ebenfalls in grüblerisches Schweigen versunken, aß Eleonora die gesamte Portion, die man ihr geschöpft hatte, allein deshalb, weil sie Nonna Auroras Koch, der sich mit dem Mahl große Mühe gegeben hatte, nicht vor den Kopf stoßen wollte. Andrea schien wohl ähnliche Gedanken zu haben, denn auch er aß seinen Teller brav leer.

»Lorenzo hat ein Testament verfasst, vor Jahren schon«, durchschnitten Nonna Auroras Worte plötzlich die Stille. Laura zuckte bloß kurz mit den Augen und blieb ansonsten unbeteiligt. Offenbar kannte sie den Wortlaut des letzten Willens bereits.

Mamma hob den Kopf und musterte Großmutter mit leicht hochgezogenen Augenbrauen. Auch Eleonora sah auf und tauschte einen flüchtigen Blick mit ihrem Zwillingsbruder.

»Sein Wunsch ist es, feuerbestattet zu werden, und … er möchte, dass man seine Urne im Zentrum des Amphitheaters, das ich …« Nonna Auroras Stimme brach, und ihre Lippen zitterten. Sie schluckte die aufsteigenden Tränen jedoch tapfer hinunter, holte tief Luft und sprach weiter: »Dass man seine Urne im Amphitheater, das ich entworfen und gebaut habe, zur letzten Ruhe bettet.« Sie presste den Mund zusammen, griff blinzelnd nach ihrem Weinglas und nahm einen großzügigen Schluck daraus.

»Unkonventionell und progressiv wie zu Lebzeiten«, kommentierte Mamma diese Ankündigung mit einem wehmütigen Lächeln. Damit sprach sie wohl die Tatsache an, dass Einäscherungen in Italien noch immer selten waren. Dazu kam, dass der Friedhofszwang in Italien noch gar nicht so lange aufgehoben worden war und der neue Trend zur Verstreuung oder Aufbewahrung der Asche des Verstorbenen auf dem Privatgrundstück noch nicht sehr weit verbreitet war. Aber so waren sie nun mal, die Mandellis, und jene, die sie ein Leben lang treu geliebt hatten.

»Ich ... werde mich heute Nacht für immer von ihm verabschieden«, sagte Nonna Aurora leise, und ihre Hände begannen dabei so stark zu zittern, dass sie sie beschämt in ihrem Schoß versteckte. »Morgen holen ihn die Mitarbeiter des Krematoriums ab. Ich ertrage es nicht, ihn dorthin zu begleiten. Ich werde ihn dann erneut in meine Arme schließen, wenn er wieder nach Hause kommt.« Obwohl sie tapfer dagegen angekämpft hatte, rannen nun doch einige Tränen über ihre Wangen.

Liebevoll beugte sich Mamma, die neben Nonna Aurora saß, nach vorne und streichelte ihre Hand. »Wir alle machen es genau wie du, Mamma. Wir wachen in der Nacht an Papas Seite und lassen ihn dann los, damit er seine letzte Reise antreten kann. Wenn er in die Villa Domenica zurückkehrt, werden wir ihm seinen letzten Wunsch erfüllen und ihn da begraben, wo er uns stets nahe sein kann.«

»Mir«, antwortete Nonna Aurora mit heiserer Stimme. »Mir wird er nahe sein. Ihr lebt in der Fremde, weit weg von ihm ... und von mir.«

Mit verletztem Gesichtsausdruck streichelte Mamma ihre Hand und sah sie an. »Ich weiß, Mamma. Es tut mir leid.

Wir werden eine Lösung finden. Wir sind immer noch deine Familie und werden für dich da sein. Du weißt, dass wir dich niemals im Stich lassen würden. Wir können öfters herkommen, so weit weg wohnen wir nun auch wieder nicht.«

Nonna Aurora erwiderte Mammas Blick mit einem wehmütigen Lächeln auf den Lippen. »Entschuldige, *amore*, ich ... er fehlt mir so sehr«, flüsterte sie und drückte Mammas Hand.

»Schon gut«, erwiderte Eleonoras Mutter und lächelte dankbar, als Papa ihr tröstend über den Rücken strich.

Eine Weile sprach niemand ein Wort. Laura starrte noch immer völlig unbeteiligt vor sich auf den vollen Teller mit dem zwischenzeitlich wohl kalten Essen. Hin und wieder fielen ihr die Augenlider zu, und dann fuhr sie erschrocken hoch und schaute sich verstohlen in der Runde um.

Eleonora und Andrea tauschten einen beredten Blick.

»Nonna, möchtest du uns zu Nonno begleiten, damit wir diese letzte Nacht an seiner Seite im blauen Zimmer verbringen können?« Andrea stand auf und bot Großmutter galant den Arm, um ihr beim Aufstehen und Gehen zu helfen. Tatsächlich ließ sie ihn gewähren und begleitete sie beide zur Totenwache. Auch Großtante Laura und Eleonoras Eltern erhoben sich und folgten ihnen ins blaue Zimmer.

Die Stunden der Totenwache zogen sich quälend langsam dahin. Laura schnarchte aufrecht sitzend auf dem dunkelblauen Sofa, während die anderen versuchten, sich mit *caffè* und Gebäck wach zu halten. Normalerweise wäre das Haus nun voller Leute gewesen, die dem Verstorbenen und der Trauerfamilie die letzte Ehre erwiesen – Bekannte, Nachbarn, Freunde, wenn sie denn noch lebten. Es wäre viel geredet und in Erinnerungen geschwelgt worden. Nonna

Aurora jedoch hatte sich gewünscht, die Totenwache nur im kleinsten Familienkreis zu begehen.

»Ich möchte nicht, dass dieser innige, dieser zarte, letzte Moment im Lärm der Besucher untergeht«, hatte sie Mamma am Telefon erklärt. »Ich habe mich bereits dreimal von einer verwandten Seele verabschiedet. Damals, als Tommaso von uns ging, anschließend, als mir Antonio, der mir wie ein Bruder war, genommen wurde, und schließlich Papa. Ich hätte ihnen allen noch so viel zu sagen gehabt. Mein Herz wollte zu ihnen sprechen, aber es war so furchtbar laut um mich herum, dass es nicht ging. Ich konnte nicht hören, was sie mir antworteten«, hatte sie geklagt.

Irgendwann erlöste die anbrechende Morgendämmerung sie alle von dem Kampf gegen den hartnäckig anklopfenden Schlaf. Gegen neun in der Früh klingelte es. Nonna Aurora zuckte zusammen. Sofort rückte sie ihren Stuhl näher an den Sarg und griff nach Nonno Lorenzos Hand. Sie hielt sie so fest umklammert, dass die Knöchel ihrer Fingergelenke weiß hervortraten.

Dann kam das Unvermeidbare. Vier Bestattungsmitarbeiter wurden von Ernesto in den Raum begleitet und blieben zurückhaltend beim Eingang stehen. Mamma beugte sich zu Nonna Aurora hinab, umarmte sie und strich ihr liebevoll über die krausen Haare. Auch Laura gesellte sich zu ihnen und legte Nonna Aurora eine Hand auf die Schultern. Fünf Minuten verharrten sie so in schwerem Schweigen.

»Mamma, es ist Zeit, wir müssen ihn gehen lassen«, flüsterte Eleonoras Mutter. Nonna Aurora schluchzte, ihre Schultern bebten, und sie schüttelte heftig den Kopf.

»Ich kann nicht, Kind, ich kann ihn nicht gehen lassen. Es geht nicht.« Sie wischte sich die Tränen aus dem Gesicht.

Eleonora spürte, dass auch ihr die Tränen über die Wange rannen. Warum musste das Leben so grausam endlich sein?

»Ich liebe ihn doch so sehr. Wie soll der Tag denn ohne ihn aussehen? Wer redet und lacht in Zukunft mit mir? Wer hält meine Hand und gibt mir einen Gutenachtkuss, wenn ich nicht einschlafen kann?«

»Schsch«, beruhigte Mamma sie. »Ich weiß, ich weiß ...« Sanft zog sie Großmutter vom Sarg weg und hielt sie fest in den Armen, bevor sie den Mitarbeitern des Bestattungsinstituts mit einem Nicken und tränenverschleierten Augen das Zeichen gab, dass sie den Sarg nun mitnehmen konnten.

Eleonora und Andrea folgten den Männern zum Eingangsbereich. Auf halbem Weg griff ihr Bruder plötzlich nach ihrer Hand und schaute sie an.

»Ich wünsche mir, auch einmal so lieben zu dürfen, wie es unsere Großeltern taten. Das ist etwas sehr Seltenes«, sagte er mit geröteten Augen.

Eleonora nickte, hatte sie doch in eben diesem Moment dasselbe gedacht. Auch wurde ihr schmerzlich bewusst, dass sie der wahren Liebe in ihrem Leben wohl noch nie begegnet war. Was sie bisher dafür gehalten hatte, musste ein Trugbild, eine kindische Wunschvorstellung gewesen sein. Unwillkürlich fiel ihr Flurin ein, doch sie schob den Gedanken an ihn beiseite.

Schweigend blieben Eleonora und Andrea in der Mitte des Foyers unter dem großen Kronleuchter stehen und sahen dabei zu, wie Nonno Lorenzo fortging. Für immer.

Den Rest des Tages verbrachte die Familie, mit Ausnahme der Mahlzeiten, die kaum angerührt wurden, getrennt. Meistens leistete Laura Nonna Aurora jedoch stumm

Gesellschaft, solange diese sich nicht in ihr Zimmer zurückzog. Mamma machte einen Spaziergang durch den Heidegarten. Papa setzte sich mit einem Buch aus Nonno Lorenzos Bibliothek auf die Terrasse und genoss die milde Wärme der Sonne an diesem wolkenlosen Frühlingstag.

Während ihr Bruder an einigen Grafikentwürfen arbeitete, beantwortete Eleonora einige wichtige E-Mails, schlich dann ziellos durch die langen, mit Wandfresken geschmückten Gänge der Villa Domenica und dachte nach. Sie waren als Familie übereingekommen, Nonna Aurora nach der Beisetzung nicht so abrupt alleine zu lassen und noch ein paar Tage zu bleiben. Eleonora hatte zusammen mit Federico, Urs und ihren Kadermitarbeitern alles organisiert. Nachdem sie dies Flurin erzählt hatte, hatte er ihr in seiner letzten Sprachnachricht angeboten, übers Wochenende nach Italien zu kommen, um ihr nach der Beisetzung ihres Großvaters beizustehen, und auch, weil er sich für die Wurzeln ihrer Baufirma interessierte. Er hatte bereits nach einer passenden Unterkunft in Argegno Ausschau gehalten. Während Eleonora dem sachten Echo ihrer Schritte auf dem Steinboden lauschte und an den Skulpturen aus Gold und Bronze vorbeischlenderte, versuchte sie, ihren Gefühlen einen Sinn abzugewinnen. Ein Teil von ihr freute sich, wenn sie daran dachte, Flurin zu begegnen. Wärme durchflutete sie, und ihr Herzschlag beschleunigte sich. Doch zugleich nagte der Zweifel an ihr. War es nicht ein wenig zu früh, ihn in einer solchen Situation hierherkommen zu lassen? Eleonoras Gedanken wanderten zu ihren Großeltern. Der Tod ihres Nonnos und Nonna Auroras Reaktion berührten sie auf eine Weise, wie sie es noch nie zuvor erlebt hatte. Traurigkeit übermannte sie, wenn sie daran dachte, dass sie diese Welt womöglich verlassen würde, ohne diese Form von zärtlicher Verbundenheit je selbst zu erfahren. Nonno Lorenzos Worte hallten als schauriges Echo durch ihre Erinnerung.

Was ist eigentlich mit der Liebe, Eleonora? Wie kann eine Firma dein Leben sein? Eher sollte es umgekehrt sein: Das Dasein mit all seinen Facetten sollte dich beruflich inspirieren.

An jenem Nachmittag hatte diese Aussage sie furchtbar wütend gemacht. Nonna Auroras emotionale Erzählung ihrer letzten Unterhaltung mit Nonno Lorenzo ließ Eleonora jedoch ahnen, was er gemeint hatte. Sie stand sich selbst im Weg. Ob er wohl in seiner Jugend Ähnliches erlebt hatte? Wären ihr doch bloß noch ein paar wenige Stunden mit Nonno Lorenzo gewährt worden! Sie hatte noch so viele Fragen.

Nach einer Ewigkeit des Grübelns beschloss sie, Flurins Vorschlag anzunehmen. Kein Mann in ihrem Leben hatte sich bisher dermaßen um sie bemüht. Es tat ihr gut, mit ihm zu reden.

Erleichtert, endlich etwas Ordnung in ihr inneren Chaos gebracht zu haben, machte sie sich auf den Weg in ihr Zimmer. Dabei kam sie an Nonna Auroras Schlafzimmer vorbei. Die Tür stand einen Spalt breit offen, und Eleonora hörte das Rascheln von Kleidung. Sie klopfte leise und streckte den Kopf in den Raum, um sich nach dem Befinden ihrer Großmutter zu erkundigen. Bevor sie jedoch etwas sagen konnte, durchbrach Nonna Auroras heisere Stimme die Stille. Ihre Großmutter, die das Klopfen offenbar nicht gehört hatte, saß an ihrem Schminktisch vor einem gerahmten Foto von Nonno Lorenzo. Liebevoll strich sie mit ihren knorrigen, gekrümmten Fingern über das Bild.

»Bald sind wir wieder zusammen«, flüsterte sie.

Kapitel 14

Lange, schmale Bäume ragten wie grüne Wächter himmelwärts und säumten den Rand des Halbrundtheaters, das Nonno Lorenzos letzte Ruhestätte werden sollte. Wildblumen, Moos und Flechten überzogen die zwischenzeitlich verwitterten Stufen aus grob gehauenen Natursteinen wie ein Teppich. In der Mitte des Amphitheaters, das mit Kieselsteinen und Unkraut bedeckt war, hatte Ernesto eine kleine Grube für die Urne ausgehoben.

Die schwache Vormittagssonne, der heute keine einzige Schleierwolke den Platz am azurblauen Himmel streitig machte, wärmte ihren Scheitel. Schweigend trug Andrea die Urne seines Großvaters die Stufen hinunter. Schweißperlen lagen auf seiner Nasenspitze, und seine Wangen waren gerötet. Den ganzen Weg von der Villa bis zum Amphitheater hatte er die schwere Urne alleine getragen.

Selbst wenn ihr Trauerzirkel unter Ausschluss der Öffentlichkeit stattfand, so hatten sie sich zu Großvaters Ehren dennoch schön gemacht. Eleonora trug ein selbst genähtes schwarzes Langarmkleid mit leicht tailliertem Schnitt und blassrosa Kragen mit dazugehöriger Schleife. Nonna Aurora hatte sich für einen schwarzen Bleistiftrock und eine ebenso dunkle Rüschenbluse entschieden. Laura und Mamma trugen sehr ähnliche schwarze Volantkleider, Erstere mit einem grauen Gürtel, Letztere ohne. Hätte Mamma damals, als sie das Kleid vor einem Jahr für einen festlichen Anlass genäht hatte, geahnt, dass sie es bald zur Beerdigung ihres Vaters tragen würde, hätte sie es wohl nie angefertigt. So wie Eleonora ihre Mutter kannte, würde sie es nach dem heutigen Tag auch nie wieder anziehen. Mit ihren schlichten, eleganten Anzügen vervollständigten Papa und Andrea den dunkel gekleideten Trauerzug.

Papas Glieder zuckten, und er setzte sich auf die unterste Stufe des Rundtheaters. Um den Weg von der Villa bis zur Begräbnisstätte überhaupt bewältigen zu können, hatte er sich einen von Nonno Lorenzos bis zuletzt verhassten Gehstöcken ausgeliehen.

Andrea ging in die Knie und stellte die Urne sorgfältig in das Erdgrab. Dann erhob er sich und gesellte sich zu Eleonora. Niemand sprach ein Wort. Nur das sorglose Trillern der Vögel aus den umliegenden Baumkronen erfüllte die Luft, und gelegentlich raschelte es im Unterholz.

Schließlich trat Nonna Aurora einen Schritt vor und starrte auf das Grab ihres Geliebten. »Was gäbe ich darum, nochmals neu anfangen zu können. So viele Jahre haben wir verloren, weil ich nicht erkannt habe, dass ich den falschen Mann liebte. Wie viel mehr gemeinsame Zeit wäre uns geblieben, hätte ich damals deine Klarheit besessen. Du hast mich von Anfang an geliebt. Der Anstand gebot es dir jedoch zu warten, bis auch ich meine Liebe zu dir erkannte. Und so gelang es dem Leben erst viel später zusammenzuführen, was zusammengehörte.« Sie wischte sich verstohlen mit einem Stofftaschentuch über die Augen. »Wir haben nie geheiratet, weil ich so entsetzlich stur war, was das anbelangte.« Nonna Aurora lachte trocken und schniefte. »Dennoch hast du mein Kind geliebt, als wäre es dein eigenes. Und mein Mädchen hat dich, ihren vom Leben bestimmten Vater, vergöttert.«

Erstaunt tauschte Eleonora mit ihrem Bruder einen Blick. Diese Geschichte hörte sie zum ersten Mal, und er offenbar auch. Mamma hatte nie etwas gesagt.

»So viele Jahre haben wir gemeinsam geliebt, erschaffen, manchmal gelitten, aber auch oft gelacht. Und nun … nun trennen sich unsere Wege auf ein Neues, Lorenzo. Glaub mir, hätte ich damals gewusst, dass dieses Amphitheater einst dein Grab sein würde, ich hätte mich geweigert, es zu bauen.«

Nonna Aurora bückte sich, schloss ihre Faust um eine Handvoll Erde und ließ sie über die Urne rieseln. »Leb wohl, Lorenzo Baroni, Liebe meines Lebens.«

Mit tränennassem Gesicht und geradem Rücken ging sie an den anderen Familienmitgliedern vorbei, erklomm die Steinstufen des Halbrundtheaters und verschwand im angrenzenden Wäldchen.

Die anderen sahen ihr schweigend hinterher.

Mamma trat als Nächste ans Grab. »Du warst immer für mich da, Papa. Selbst dann, als mich die Sehnsucht von euch forttrieb. Nie kam ein Wort des Vorwurfs über deine Lippen, auch wenn ich mir sicher bin, dass ich dich mit meinen Entscheiden ebenso verletzt habe wie Mamma.« Sie schniefte. »Es … es gab keinen Grund für dich, mich zu lieben, Papa, denn ich trug nichts von dir in mir. Dass du es trotzdem getan hast, zeigt, wie bedingungslos und rein deine Zuneigung war. Ich werde dich und deine besonnenen Ratschläge unheimlich vermissen.« Mamma ging ebenfalls in die Knie und streute etwas Erde über Nonno Lorenzos Grab.

Eleonora fühlte einen Kloß im Hals. Es gab viel, was sie ihrem Großvater noch sagen wollte, doch war es zu persönlich, um es hier und jetzt zu tun. Also ging sie schweigend zu seinem Grab und ließ etwas Erde auf die Urne rieseln.

»Du wirst mir fehlen«, war alles, was sie flüsternd über die Lippen brachte.

Andrea und Papa taten es ihr gleich. Als schließlich nur noch Laura übrig blieb, wandte sich diese zu ihnen um.

»Gewährt mir einen Moment der einsamen Zwiesprache mit meinem Bruder«, bat sie.

Mamma nickte und hakte sich bei Papa unter. »Lasst uns Nonna Aurora suchen, Kinder.«

Gemeinsam kehrten sie zurück zur Villa Domenica. Sie holten Großmutter auf halbem Weg ein und begleiteten sie schweigend. Im Foyer des Hauses angekommen, wandte sie sich plötzlich Eleonora zu.

»Kommst du kurz mit, Liebes? Ich habe etwas für dich. Es ist wichtig.« Ohne sich umzudrehen, um zu sehen, ob Eleonora ihr auch folgte, stieg sie die Treppe in die obere Etage hinauf. Verwirrt schaute Eleonora ihre Familie an. Diese zuckte jedoch auch bloß ahnungslos mit den Schultern. So blieb ihr also nichts anderes übrig, als Nonna Aurora nach oben zu folgen. Vor einer wuchtigen, zweiflügligen Holztür blieb diese stehen und wartete auf Eleonora.

»Bitte«, sie machte eine einladende Handbewegung.

»Der verschlossene Raum«, murmelte Eleonora, die sich noch gut daran erinnerte, dass dies der einzige Ort in der gesamten Villa Domenica war, der für sie Kinder verboten und deshalb stets abgeschlossen gewesen war. Hinter den schweren Holztüren befand sich Nonno Lorenzos Arbeitszimmer.

»Du hast recht. Das hier war sein Reich, hier hortete er all die Sachen, die ihm wichtig waren.« Nonna Aurora lächelte leicht. »Selbst ich musste anklopfen, wenn ich rein wollte. »Weitsichtig und gewandt in weltlichen Dingen, wie er war, hat er in seinem Testament jedoch verraten, wo der Schlüssel zu finden ist.«

Eleonora ließ den Blick neugierig durch den Raum gleiten. Die gewölbte Decke über ihnen war cremeweiß. Zwei gemalte Linien in altrosa und hellgrün umrahmten den Übergang zu den Wänden. Filigrane dunkelgrüne Rankenmuster schienen über die Deckenwölbung zu klettern. Ähnlich wie im Esszimmer gab es auch hier rotbraun lackierte massive Holzmöbel. Ein wuchtiges Schreibpult mit Schubladen zu beiden Seiten und einem grobschlächtigen Ledersessel davor nahm die Wand direkt vor dem Fenster ein. Alles war ordentlich aufgeräumt. Abgesehen von einer Lampe, einem Stempelkissen und einigen Kugelschreibern lag nichts auf der Schreibfläche. Zwei Kommoden unterschiedlicher Bauart sowie ein Regal voller Bücher füllten den Raum. Auf einem der Möbelstücke stand außerdem eine kleine hölzerne Standuhr, deren Zeiger sich aber nicht mehr bewegten. Ein Frösteln lief Eleonora beim Anblick des Zeitmessers den Rücken hinab.

Die Zeit war abgelaufen.

Nonna Aurora trat zielsicher an den großen Sekretär am Fenster und öffnete die oberste linke Schublade. Als sie sich umdrehte, hielt sie ein Buch in den Händen.

»Ich weiß nicht, warum er das gemacht hat, aber ich gehe davon aus, du wirst es verstehen.«

Eleonora betrachtete fragend das Buch.

»Das ist für dich«, erklärte ihre Großmutter. »Wie ich von unserem Notar erfahren habe, hat dein Großvater nach unserer letzten Reise in die Schweiz sein Testament angepasst. Nichts Bahnbrechendes, aber es war ihm offenbar wichtig. Ich vermute, dass er es dir ohnehin irgendwann zu Weihnachten geschenkt hätte. Er wollte wohl aber sichergehen, dass du es auch im ...« Sie stockte, und ihre Hand zitterte. Mit einem tiefen Seufzer fuhr sie fort: »Im unwahrscheinlichen Fall seines unerwarteten Todes erhältst.« Sie hielt Eleonora das Buch hin. »Nimm es, er wollte es so. Falls du glaubst, dass es besonders wertvoll ist, muss ich dich allerdings enttäuschen. Es ist weder ein Sammlerstück, noch sonst vergriffen. Es ist, was es ist, ein Buch über historische, traditionelle Schlösser und Burgen in Japan.«

Sprachlos nahm Eleonora das Werk entgegen und strich ehrfürchtig mit den Fingern darüber. Die Tatsache, dass Nonno Lorenzo wegen eines simplen Buchs extra sein Testament hatte anpassen lassen, ließ sie erschauern. In dieser Zeit hätte er es ihr doch längst auf dem Postweg zusenden können. Vielleicht wollte er aber auch einfach den richtigen Zeitpunkt für die Geschenkübergabe abwarten, und der war nach ihrer garstigen Reaktion auf seine Aussagen bei der gemeinsamen Baustellenrundfahrt definitiv nicht gegeben. Sein für sie alle überraschender Tod hatte Eleonoras Sichtweise auf seine Worte jedoch vollkommen verändert. Neugierig schlug sie den Buchdeckel auf.

Er hatte eine Widmung verfasst.

Cara Eleonora,
wenn der Prophet nicht zum Berg kommt, muss der Berg
zum Propheten kommen.
Con affetto, tuo Nonno

Sie zeigte ihrer Großmutter die Zeilen und gab sich ahnungslos. In Wahrheit berührte Großvaters Widmung sie tief, wusste sie doch genau, worauf er damit anspielte. Nonna Aurora schienen die Worte allerdings gar nicht so zu interessieren, konnte sie ihnen vermutlich ohnehin nicht jene Bedeutung zuordnen, die sie für Eleonora besaßen. Eine seltsame Wandlung zeigte sich auf ihrer Miene. Plötzlich glitzerten aufs Neue Tränen in ihren Augen.

»Weißt du, dass es nur zwei Menschen gab, denen Nonno Lorenzo eines seiner heiß geliebten Bücher geschenkt hat?« Nonna Auroras Lippen zitterten, und sie suchte Halt an einer Kommode.

»Nein ...«

»Nun«, sie holte tief Luft. »Er war sehr geizig, wenn es darum ging, seine Wissensschätze zu verteilen. Das wusste ich damals natürlich nicht. Ich war um einiges jünger als du heute. Obwohl ich das Geschenk ablehnen wollte, bestand er darauf, mir ein sehr seltenes Buch über die Geschichte der Geometrie zu schenken. Erst Jahre später merkte ich, dass er niemals jemandem Werke aus seiner Sammlung schenkte. Egal ob sie rar und teuer waren oder nicht. Für ihn bedeuteten sie unendlich viel. Es muss ihm also sehr wichtig gewesen sein, dass du irgendwann dieses Buch erhältst. Er konnte ja nicht ahnen, dass es so bald sein würde.«

Eleonora schluckte und starrte das Buch an. »Vielleicht hat er gespürt, dass es schon sehr bald in meinen Besitz übergehen würde. Oder er hätte es mir bei Gelegenheit auf anderem Weg geschenkt.«

»Vielleicht«, hauchte Nonna Aurora. Plötzlich legte sie Eleonora die Hand auf den Unterarm und sah sie durchdringend an.

»Was auch immer er damit bezweckte, ich glaube, dass du es weißt. So wie ich es damals wusste, tief in meinem Innern. Sein Geschenk war ein Weckruf.« Mit diesen Worten wandte sich Großmutter ab und ließ Eleonora alleine mit dem Buch im Raum stehen.

Nonno Lorenzo hatte mit seinem Geschenk doch sicher nicht beabsichtigt, dass sie ab jetzt japanische Schlösser baute, oder? Wer konnte und wollte sich denn so etwas leisten? Noch seltsamer schien ihr, dass sich überhaupt jemand die Mühe gemacht hatte, ein Werk über derartige Bauwerke in Japan zu verfassen. Es gab zahlreiche Bildbände über schottische Schlösser, aber wenn man von Japan sprach, dann dachte man nicht unbedingt an Burgen, sondern vielmehr an Tempel.

Vielleicht sollte sie das Buch bei nächster Gelegenheit einmal bei Matthias vorbeibringen. Womöglich konnte er ihr ein wenig mehr über die Autoren oder die Entstehung des Werks sagen.

Kapitel 15

Ohne Großvater wirkte die Villa Domenica, als hätte sie ihre Seele verloren. Das Echo der Schritte auf dem Steinboden ließ Eleonora frösteln, die Stille in den langen Fluren und großen Räumen war bedrückend. Den Mahlzeiten fehlte die stilvolle Ruhe ebenso wie Nonnos gelegentliche, pointierte Bemerkungen. Der Anblick seines leeren Stuhls schmerzte. Aber am schlimmsten war es für Eleonora, in Nonna Auroras gebrochene, vom vielen Weinen geschwollene Augen zu sehen. Sie schien um Jahre gealtert, ihre Schönheit konnte nur noch als Schatten über den eingefallenen Gesichtszügen vermutet werden.

»Wir müssen morgen wieder nach Hause fahren«, durchbrach Mamma am Samstagmorgen die Stille am Frühstückstisch und nahm einen Schluck von ihrem Cappuccino. »Remo hat am Montag einen wichtigen Arzttermin, und ....«

Nonna Aurora hob den Blick, als erwachte sie aus einem tiefen Traum. Es dauerte eine Weile, bis sie Mammas Worte verarbeitet hatte. Gleichgültig zuckte sie die Schultern und griff nach ihrem Cappuccino.

»Ich komme schon klar. Ich habe Ernesto und Ugo.«

Mamma seufzte. »Wir müssen trotzdem darüber reden, wie es weitergeht, Mamma. Ich fühle mich nicht wohl bei dem Gedanken, dich mit einem Hausangestellten und einem Koch alleine hierzulassen. Mir wäre es lieber, wenn du zu uns in die Schweiz ziehen würdest, wo wir dich in der Nähe haben, wenn etwas sein sollte. Außerdem bekommt dir die Einsamkeit in diesem großen Haus voller Erinnerungen ganz bestimmt nicht gut.«

Großmutter schnaubte und verzog abfällig den Mund. »Ich gehe nicht fort. Ich bleibe hier, wo ich mich zu Hause fühle, wo ich geboren wurde und hingehöre. Hier, an Lorenzos Seite.« Mit zusammengepresstem Mund angelte sie sich eine Brioche und biss ein Stück ab, legte das Gebäck jedoch gleich wieder zurück auf ihren Teller und schob ihn weg.

Schweigen erfüllte den Raum.

In diesem Augenblick meldete Eleonoras Mobiltelefon die Ankunft einer SMS. Zuerst wollte sie darauf nicht reagieren. Nach einer Weile jedoch, in der immer noch niemand etwas sagte, griff sie verstohlen nach ihrem Handy und klickte die Nachricht an.

Ciao Eleonora,
ich bin gerade zu Hause losgefahren und werde gegen Mittag im Gasthof Albergo Lungo Lago *ankommen. Wie geht es dir und deiner Familie? Wenn du später Lust auf einen Kaffee oder Spaziergang hast, melde dich gerne bei mir. Ich würde mich freuen.*
Liebe Grüße, Flurin

Eleonora sah auf und bemerkte, dass alle Blicke auf ihr ruhten. Sie errötete. »Ich ... ähm ... ein Freund von mir verbringt gerade zufällig ein Wochenende in Argegno. Wäre es vielleicht möglich, dass er sich einmal ... unseren Heidegarten ansehen könnte? Oder auch das Haus unserer Urgroßeltern in Cerano d'Intelvi?« Ihr Herz klopfte so laut, dass sie glaubte, ihre eigenen Gedanken nicht mehr verstehen zu können.

»Was für ein Freund? Und wie kommt er dazu, ausgerechnet hier sein Wochenende zu verbringen?«, wollte Mamma wissen und legte die Stirn in Falten.

Eleonoras Mund fühlte sich trocken an, und sie hatte das Gefühl, nicht mehr richtig tief atmen zu können. Warum musste sie sich mit ihren dreiunddreißig Jahren eigentlich vor versammelter Menge rechtfertigen? »Flurin Spalinger. Er hat uns vor einiger Zeit bereits im Baubetrieb besucht, erinnerst du dich?«

Es war das erste Mal seit ihrer Ankunft in Argegno vor einigen Tagen, dass sich Nonna Auroras Mundwinkel leicht nach oben zogen. Wenn das Lächeln ihre Augen auch nicht erreichte, so war es dennoch ein zartes Schmunzeln.

»Irgendwie kommt mir das bekannt vor. Lass mich raten: Bestimmt macht er eine Studienreise. Das haben die jungen Schweizer so an sich.« Amüsiert sah sie Mamma an, die nun ihrerseits rosige Wangen bekam.

»Dein Gast ist uns natürlich willkommen, Eleonora. Bleibt bloß zu hoffen, dass sich das Schicksal am Ende nicht noch einen derben Scherz erlaubt, und es dem Burschen hier besser gefällt als in seiner Heimat.« Mit diesen Worten erhob Nonna Aurora sich und verließ den Raum.

Gegen dreizehn Uhr klingelte es in der Villa Domenica. Ernesto kam Eleonora zuvor und öffnete pflichtbewusst das Tor zum Grundstück. Flurins rubinroter Porsche Cayenne fuhr auf den Vorplatz.

»Du musst ihn sehr interessieren, wenn er dir sogar bis hierher nachfährt«, bemerkte Andrea nachdenklich neben Eleonora und ließ sie dann allein, ohne ihre Antwort abzuwarten.

Mit rasendem Puls und feuchten Handflächen, die sie immer wieder an ihrer Stoffhose abstrich, stieg Eleonora die Stufen hinab. Auf dem Vorplatz wurde schwungvoll die Autotür aufgerissen, und gleich darauf stand Flurin lässig in Jeans, grünem Pullover und weißen Turnschuhen vor ihr. Die Hände in den Hosentaschen, wartete er mit einem höflichen Lächeln, bis Eleonora näher kam.

Da sie überall hinter den Gardinen neugierige Augenpaare vermutete, wusste Eleonora nicht, wie sie ihn begrüßen sollte. Als sie ihm jedoch die Hand zum formellen Gruß entgegenstreckte, brachte er die kurze Distanz zwischen ihnen einfach hinter sich und schloss sie rasch, aber herzhaft in die Arme.

»Hallo«, murmelte er und senkte ein wenig den Kopf, um ihr in die Augen sehen zu können. »Wie fühlst du dich?«

»Einigermaßen ...«, hauchte sie und strich sich eine Strähne hinters Ohr. »Ähm ... ich dachte, wir könnten als Erstes den Heidegarten der Villa anschauen und danach nach Cerano fahren und das ehemalige Haus meiner Urgroßeltern besuchen. Mein Ururgroßvater Tommaso, der Begründer unserer Baufirma, hat das Haus damals mit eigenen Händen erbaut. Wenn es dich interessiert, zeige ich dir auf dem Weg dorthin außerdem Castiglione, wo Nonna Aurora das Bauunternehmen zusammen mit ihrem Vater geführt hat. Das Gebäude steht noch. Der Betrieb allerdings musste aufgegeben werden.«

»Einverstanden, sehr gerne«, willigte Flurin sofort ein.

Gemeinsam nahmen sie die Treppe, die hinab in den Garten der Villa führte, überquerten die Wiese und betraten schließlich den Trampelpfad, der sie durch das lichte Wäldchen zu den Sehenswürdigkeiten führte. Eleonora erzählte Flurin, was sie von ihrer Nonna Aurora und ihrer Mamma über den mit antiken und mystischen Elementen versehenen Garten wusste.

»So etwas habe ich noch nie gesehen«, murmelte Flurin, nachdem sie das Amphitheater und den Nymphenbrunnen gesehen hatten und schließlich beim kleinen Tempel mit dem blauen Dach stehen blieben.

»Hier haben bei meiner Großmutter angeblich mitten während der Bauarbeiten die Wehen eingesetzt, und kurze Zeit später kam Mamma zur Welt«, erklärte Eleonora und versuchte, sich die von Nonna Aurora oft erzählte Geschichte vorzustellen. »Meine Mutter hat deshalb all ihre Kindergeburtstage an diesem Ort gefeiert.«

Flurin griff nach ihrer Hand. Als sie ihn ansah, lächelte er. »Danke, dass du das alles mit mir teilst. Ich fühle mich sehr geehrt.«

Eleonora erwiderte sein Lächeln, senkte dann aber den Blick.

Hand in Hand kehrten sie zur Villa zurück und stiegen in Flurins Wagen.

Kurze Zeit später ließen sie Argegno hinter sich und folgten der kurvigen Straße ins Intelvi-Tal. Fächerförmig brachen die Sonnenstrahlen über ihnen durch die bauchigen Nachmittagswolken. Wuchtige, dicht bewaldete Berge erhoben sich zu ihrer Linken und fielen auf der anderen Seite steil zum Talboden hin ab. Die Hauptstraße war tief in den felsigen, mit struppigen Büschen und Laubbäumen überwucherten Abhang gebaut worden. Vor ihnen in der Ferne ragten erste Häuserdächer und Kirchtürme auf. Obwohl die Dörfer, die sie auf ihrem Weg ins Hinterland passierten, weit abseits der Zivilisation zu liegen schienen, fehlte es ihnen an nichts. Tankstellen wechselten sich mit Apotheken, Lebensmittelläden, Restaurants und Spielwarengeschäften ab. Überall wurde mit Übernachtungen in charmanten Hotels und touristischen Angeboten wie Biketouren geworben. In Castiglione, ihrem ersten Etappenziel, entdeckten sie sogar ein paar moderne Villen mit üppig bepflanzten Gärten und sorgfältig getrimmten Rasenflächen. Die Natur, die die Hauptstraße hierher beinahe verschlungen hatte, musste nun der von Menschenhand geschaffenen Ordnung und Ästhetik weichen.

Eleonora lotste Flurin zu dem Gebäude, das einmal den Baubetrieb ihres Urgroßvaters Daniele und ihrer Nonna Aurora beherbergt hatte.

»Früher gehörte der hintere Teil dieser Autowerkstatt meinen Vorfahren«, erklärte sie, als sie vor dem lang gezogenen Haus mit den Werkstatttoren zum Stehen kamen. »Die benachbarte Fahrzeugreparaturgarage gab es schon damals. Im Gegensatz zum Baubetrieb hat sie den Sturm der Zeiten überlebt.« Bei diesen Worten legte sich ein Schatten auf ihr Herz. In den letzten Tagen hatte die Vergänglichkeit, aber auch der Gedanke an ihre Wurzeln eine ganz andere Bedeutung erhalten. Bisher hatte sie sich nie viele Gedanken über die italienische Seite ihrer Familie gemacht, und wie es hier wohl früher gewesen sein musste. Für sie bildeten Argegno und Cerano zwar eine zweite Heimat, aber hauptsächlich im Sinne eines Feriendomizils. Gäbe es nicht Leute wie die Caviezels, die Eleonora immer wieder für ihre Herkunft brandmarken, hätte sie sich wohl als normale Schweizerin gefühlt. Die Vergangenheit ihrer Familie jedoch so plastisch vor sich zu sehen, änderte das.

Mit einem leichten Lächeln musterte sie Flurin von der Seite her, während sie ihren Gedanken nachhing.

Er sah sie an. »Woran denkst du? Du wirkst so ... melancholisch.« Das Grün seiner Augen wirkte dunkler, während er den Blick aufmerksam über ihre Gesichtszüge gleiten ließ.

»An damals ... wie es wohl gewesen sein muss. Für Nonna. Und auch für Mamma, als sie noch jung war. Für mich ist die Schweiz so normal. Tatsächlich ist es aber noch gar nicht so lange her, dass meine Familie dort eine Heimat gefunden hat. Als meine Mutter von hier fortgegangen ist, war das Land jenseits des Intelvi-Tals noch die große weite Fremde.«

»Ich liebe Nostalgie. Sie ist romantisch. Ist noch irgendwas von damals übrig?«, fragte Flurin und blickte nun neugierig durch die Frontscheibe.

Eleonora schüttelte den Kopf und fühlte Bedauern in sich aufsteigen. Sie hatte den Betrieb ihrer Großmutter nie kennengelernt, hatte keine reale Vorstellung davon, wie sie wohl gearbeitet hatte. Sie kannte nur die gelegentlichen Erzählungen. Diese berichteten jedoch von Zeiten und Gegebenheiten, die für Eleonora unvorstellbar weit weg waren.

»Deine Großmutter muss damals revolutionär und skandalös zugleich gewesen sein«, sinnierte Flurin mit rauer Stimme und einem faszinierten Glitzern in den Augen. Gemeinsam betrachteten sie die funkelnagelneuen Werkstatttore, die keinerlei Aufschluss mehr darüber gaben, was hier einmal vor über dreißig Jahren gewesen war.

»Großmutters Bruder ist damals tödlich verunglückt. Er ist von einem Baugerüst gefallen. Sie hatte keine andere

Wahl, als den Betrieb zu übernehmen, sonst hätte die Familie wohl alles verloren und wäre verarmt«, erklärte Eleonora ihm das, was man ihr über die Vergangenheit berichtet hatte. »Sie ist eine sehr mutige und starke Frau«, ergänzte sie schließlich, mehr zu sich selbst als zu Flurin. Bei diesem Gedanken machte sich Verbitterung in Eleonora breit. Sie befand sich förmlich in der Wiege bahnbrechenden Pioniergeistes, und was war daraus geworden? Wenn nicht bald ein Wunder geschah, würde sie zum Ende des Jahres einen Großteil ihres Stammpersonals entlassen müssen. Nonna Aurora war bestimmt auch sehr oft verzweifelt gewesen, aber sie hatte gekämpft. Fragte sich nur, ob das in der heutigen Zeit noch reichte.

»Los, fahren wir weiter«, sagte sie schließlich. »Ich möchte dir das Haus meiner Urgroßeltern zeigen. Es ist immer noch in unserem Besitz. Zwischenzeitlich ist es allerdings eine Ruine, weil seit Jahrzehnten niemand mehr drin wohnt.«

Flurin wendete den Wagen und folgte Eleonoras Wegbeschreibung. Nach knapp fünf Minuten erreichten sie Cerano d'Intelvi, wo sie den Porsche auf einem öffentlichen Parkplatz in der Nähe der Kirche San Tommaso abstellten. Stolz und unzerstörbar ragte der steinerne Kirchturm in den blauen Himmel.

»Ab hier müssen wir zu Fuß gehen. Das Haus meiner Urgroßeltern befindet sich etwas abseits des Dorfes, und der Feldweg ist schon lange zugewachsen«, erklärte Eleonora mit einem letzten kurzen Blick zur Kirche. Auf diesem Friedhof waren ihre Vorfahren beerdigt worden, und ihre Großmutter hatte hier geheiratet. Als Eleonora als junges Mädchen einmal hier gewesen war, hatte sie voller Stolz auf die Ruhestätten ihrer Ahnen geblickt. Das nächste Mal wollte sie ihnen erst wieder begegnen, wenn sie sicher war, dass sie ihnen Ehre bereitete. Gegenwärtig war das nicht der Fall.

Als ahnte er ihren inneren Aufruhr, legte ihr Flurin eine Hand auf die Schulter. »Möchtest du noch auf den Friedhof?«

Stumm schüttelte sie den Kopf und genoss die Wärme seiner Berührung. Schließlich gab sie sich einen Ruck, schenkte ihm ein Lächeln und ging los.

Zehn Minuten liefen sie durch die feuchtmodrig riechenden, mit Kopfsteinpflaster belegten Gassen, die wie ein Relikt aus alten Zeiten wirkten. Die einstige Farbe der Fassaden, die ihren Weg beidseitig säumten, war nicht mehr erkennbar. Stellenweise war der Verputz komplett abgebröckelt. Unkraut, Moos und andere Flechten bedeckten die Steine unter ihren Füßen und die Natursteinmauern, die ungebetenen Passanten den Blick auf einen Hinterhof verwehren sollten. Offenbar reichten die Arme der Sonne nicht oft bis an den Boden dieser schmalen Durchgänge. Zwischen den heruntergekommenen Häusern in diesem Teil des Ortes befanden sich jedoch auch Neubauten in leuchtenden Ocker- oder Pastellfarben, die wie futuristische Gebilde inmitten der nostalgischen Kulisse himmelwärts ragten. Auch hier hatte sich die neue Generation entfaltet. Seit dem Cerano, das Eleonoras Großmutter gekannt haben musste, und dem heutigen, war viel Wasser den Telo hintergeflossen, wie man hier zu sagen pflegte. Insbesondere die Ausläufer des Dörfchens wiesen einen ähnlich neuzeitlichen und gepflegten Charakter auf wie schon die anderen Siedlungen, die sie auf dem Herweg passiert hatten. Manch ein frei stehendes Haus leuchtete nun in der Farbe des hier heimischen Oleanders und war umgeben von einer satten grünen Rasenfläche und palmenähnlichen Bäumen. Man hatte sich auf wenige gut befahrbare Hauptstraßen beschränkt, die zwischenzeitlich frisch geteert, verbreitert und mit neuen Natursteinmauern gesäumt worden waren. Entlang dieser Straßen befanden sich auch die meisten Zeichen der Gegenwart wie Geschäfte, neue Einfamilienhäuser oder kulturelle Einrichtungen. Dazwischen und an den vergessenen Orten außerhalb des Dorfes, wehte jedoch noch immer ein Hauch vergangener Zeiten.

Endlich tauchte das Haus der Mandellis vor Eleonora und Flurin auf. Auf dem sanft abfallenden Gelände, mit Blick auf das zerklüftete und treppenförmig angeordnete Tal, stand es einsam umgeben von Obstbäumen und Wiesen. Die sandfarbene Fassade war an vielen Stellen abgebröckelt, sodass die Ziegel und Steine der Mauer darunter zum Vorschein kamen. Wenn der Mörtel weiterhin aus den Mauerfugen gespült wurde, war es bald zu gefährlich, das Gebäude zu betreten. Die einst grünen, abgeschossenen Fensterläden hingen nur noch teilweise an den in zwei übereinanderstehenden Reihen angeordneten Fenstern.

Der Garten unterhalb des Hauses, der damals angeblich der große Stolz von Eleonoras Urgroßmutter Armida gewesen war, ließ sich nur noch anhand der verwitterten und stellenweise ganz zerfallenen Natursteinmauer erahnen. Wild und ohne Pflege hatten sich Kulturpflanzen, Blumen und Unkraut ihr Reich zurückgeholt. Kaum vorstellbar, dass hier einmal Kinder gespielt und Feste stattgefunden hatten, ging es Eleonora durch den Kopf.

»Hier ist meine Großmutter aufgewachsen«, erklärte sie. »Erst als sie Nonno Lorenzo kennenlernte und Mamma zur

Welt kam, zog sie in die Villa in Argegno.« Eleonora stockte. Nein, das konnte so nicht mehr ganz stimmen. Sie hatte ja gerade erst erfahren, dass Lorenzo Baroni gar nicht ihr Großvater war ... Das wollte sie Flurin aber nicht sagen. Zuerst musste sie diese für sie neue Information selbst verdauen.

Er kam neben ihr zum Stehen und ließ den Blick über die Landschaft schweifen. Der Stoff seiner Jacke streifte Eleonoras Schultern und ließ sie erschauern. Gemeinsam verharrten sie eine Weile so. Eleonora genoss das ungezwungene Gefühl, das Flurins Nähe in ihr auslöste.

Vor der Eingangstür des Hauses befand sich ein von Laubbäumen überschatteter Hof.

»Möchtest du reingehen?«, fragte Eleonora und kramte nach dem Schlüssel, den ihr ihre Großeltern zum Geburtstag geschenkt hatten.

»Sehr gern.« Flurin ließ den Blick erneut fasziniert über das heruntergekommene Gebäude und den Garten gleiten. Sehnsucht spiegelte sich in seinen Augen. »Ich kann mir sehr gut vorstellen, wie es hier einmal ausgesehen hat«, sinnierte er. »Es muss ein Paradies gewesen sein, um Kinder großzuziehen. Für die damalige Zeit war es außerdem bestimmt ein Privileg, ein dermaßen großzügiges Haus im Grünen sein Eigen nennen zu dürfen.«

Mit einem lauten Knarzen schwang die Eingangstür auf, und sie betraten das Innere des Mandelli-Heims. Der Geruch nach Feuchtigkeit und Zerfall schlug ihnen entgegen. Neugierig spähte Flurin in die angrenzenden Räume im Erdgeschoss.

»Sie sind alle leer«, erklärte Eleonora. »Nonna Aurora hat die alten Möbel ihrer Eltern, die teilweise noch von deren Eltern stammten, längst verkauft oder entsorgt. Da nie jemand hier wohnen wollte, blieb das Haus sich selbst überlassen. Zwischenzeitlich bietet es wohl zahlreichem Kleingetier ein Dach über dem Kopf.« Interessiert beobachtete sie Flurin dabei, wie er die Finger über den Stein der Wände gleiten ließ, mit dem Blick jeden Winkel abtastete und hin und wieder die Augen schloss, um sich ganz seinem Geruchssinn hinzugeben. Sie mochte seine kräftigen Hände, die besser zu einem Handwerker passten als zu einem Büroangestellten.

»Lass uns noch nach oben gehen, da waren die Schlafräume der Familie.« Eleonora stieg die Treppe hoch, und Flurin folgte ihr. Auch diese Zimmer waren leer.

»Die Wahl der Fliesen in diesem Haus ist witzig«, bemerkte Flurin, dem wohl aufgefallen war, dass es in fast jedem Raum ein anderes Plattenmuster gab.

»Mein Ururgroßvater hatte nicht genug Geld, um sich einheitliche Kacheln zu kaufen, also nahm er, was er zu einem fairen Preis kriegen konnte. Daraus entstand dann diese eigenwillige Mischung«, erklärte Eleonora. Sie öffnete die Tür auf den Balkon im ersten Stock. Die Scheibe derselben war eingeschlagen, der Boden mit Blättern, abgebrochenen Ästen und anderem Unrat bedeckt.

Draußen schloss sie die Augen und sog die frische Luft ein. Es war später Nachmittag, und die Sonne, die sich bereits auf dem Abstieg befand, wärmte ihr Gesicht. Plötzlich spürte sie Flurins Atem in ihrem Nacken.

»Es ist wunderschön hier«, flüsterte er. »Warum renoviert das Haus niemand? Ihr seid doch Bauunternehmer.«

Eleonora wandte sich um. Ihre Nasen berührten sich beinahe. »Wir haben die Villa Domenica. Sie ist ein extravagantes

Schmuckstück«, sagte sie und zuckte mit den Schultern. »Das hier ... ist eine Ruine irgendwo im Hinterland.«

»Aber das hier, Eleonora, das lebt. Es ist ungewöhnlich und betörend charmant. Es trägt die Narben einer bewegten Vergangenheit. So chaotisch, wie es ist, ist es weit davon entfernt, perfekt zu sein. Gerade das macht aber den wahren Wert und Reiz des Anwesens aus. Villen wie die deines Großvaters gibt es viele. Das hier ...« Er machte eine ausschweifende Bewegung, »... ist absolut einzigartig. Man müsste ihm bloß wieder Leben und ...« Er schwieg und schaute ihr tief in die Augen. »... und Liebe einhauchen. Dieses Haus wurde bloß vernachlässigt.« Sanft legte er seine Lippen auf ihre. »Sehr sogar.«

Kapitel 16

Der Comer See glitzerte, als sie der Hauptstraße folgten, die sich am Ufer entlang in Richtung Chiavenna schlängelte. Es würde noch eine Weile dauern, bis sie zu Hause waren. Das ließ Eleonora Zeit, über das, was in Argegno und Cerano geschehen war, nachzudenken. Schweigend, der leisen Melodie aus dem Radio lauschend, blickte sie aus dem Fenster.

Wieder zurück in ihrer Wohnung, öffnete Eleonora die aus vielen kleinen Fenstern bestehende Tür, die von der Küche auf die überwucherte Gartenterrasse hinausführte. Sehnsüchtig dachte sie an den Blick aus ihrem goldenen Zimmer in Argegno. Vor ihrer Erinnerung breitete sich der silbern glitzernde Teppich des Comer Sees im Abendlicht aus. Wenn sie die Augen schloss, roch sie den milden Süden, die wilden Kräuter, die Nadelhölzer und die mediterranen Sträucher rund um die Villa. Dann schweiften ihre Gedanken zu der stillen und einsamen Ruine des Landhauses am Rande von Cerano. Flurin hatte recht. Alles war da und wartete nur darauf, mit Leben und Liebe erfüllt zu werden. Von irgendwoher drangen die Gespräche und das Lachen einiger Schweizer Nachbarn zu Eleonora herüber. Es war nicht dasselbe, wenn auf Italienisch debattiert, gestikuliert und gelacht wurde – so wie in den glücklichen Tagen ihrer

Kindheit. Ein Blick in ihren fast leeren Kühlschrank bestätigte ihr außerdem, wie sehr ihr Ugos hervorragende Kochkünste hier fehlten. Beim Gedanken an den bevorstehenden Montag, zog sich Eleonoras Magen zusammen. Am liebsten wäre sie einfach wieder umgekehrt. Zurück zu Nonna Aurora.

Verwirrt schüttelte sie den Kopf und entschied sich mit einem tiefen Seufzer, erst einmal ein warmes Bad zu nehmen.

Während sie die Augen schloss und die beruhigende Wirkung des heißen Wassers und des nach Lavendel duftenden Badeöls genoss, wanderten ihre Gedanken schon wieder weg.

Italien hatte sie verändert. Dieses Mal hatte es tiefere Spuren hinterlassen als zuvor. Es fühlte sich an, als sei ein Teil von ihr dort geblieben.

Zurück im normalen Wahnsinn des Alltags rückte der Eindruck, den Nonno Lorenzos Tod und der Aufenthalt in Argegno ausgelöst hatten, sofort in weite Ferne. Als Eleonora am Montag zur Arbeit fuhr, fiel ihr gleich auf, dass etwas nicht so war, wie es sein sollte. Eine Firmentafel der Caviezels stand provokativ im Dorfkern von Schiers und signalisierte den Start der Bauarbeiten an der Kanalisation. Eleonora hatte für den Auftrag ebenfalls eine Offerte erstellt und in der Aufstellung der eingereichten Angebote gesehen, dass sie knapp den günstigsten Preis gerechnet und vorgeschlagen hatte. Daher war sie davon ausgegangen, den Zuschlag für die Arbeiten zu erhalten. Natürlich reichte das bei Weitem nicht, um sich in einer Welle der Euphorie zu verlieren, aber sie waren auf den Auftrag dringend angewiesen.

Irgendwas musste also schiefgelaufen sein. Hatte sie vielleicht eine Mail übersehen?

Schwungvoll bog sie auf den Werkhof der Baufirma ein und stieg aus. Wie jeden Morgen koordinierte sie zuerst die Arbeitsgruppen und den Transport des Materials. Üble Laune und anhaltendes Murren schlugen ihr von ihren Mitarbeitern entgegen, doch bevor sie Gelegenheit hatte, dem auf den Grund zu gehen, musste sie zuerst die Auftragsvergabe in Schiers genauer ergründen. Je eher sie das klärte, desto besser.

»Einen zauberhaften guten Morgen, Chefin!«, schallte es ihr aus Urs' Büro entgegen.

Eleonora erwiderte seinen Gruß nur knapp und beeilte sich, ihren Computer hochzufahren.

Doch es dauerte keine zehn Sekunden, da stand Urs schon in ihrer Tür. »Gut, dass du zurück bist, Häuptling. Ohne dich ist es hier ziemlich öde, und deine Leute schikanieren mich den ganzen Tag wie einen Sklaven, wenn sie glauben, du siehst es nicht.« Er winkte mit einem müden Lächeln ab. »Aber so ist das nun mal. Deshalb musste ich, während du weg warst, allerdings jede Menge Überstunden machen. Ich wurde bei der Arbeit ständig unterbrochen, aber natürlich wollte ich trotzdem, dass alles erledigt ist.« Er hob mahnend den Zeigefinger. »Bevor du dich jetzt darüber ärgerst: Das habe ich erstens gerne gemacht, und zweitens nicht aufgeschrieben.« Dann überzog Mitgefühl seine Miene, und er senkte die Stimme. »Wie geht es dir?«

»So weit gut«, antwortete Eleonora. »Danke vielmals Urs, dass du dich hier so eingesetzt hast. Das weiß ich sehr zu schätzen. Wer hat dich herumkommandiert und warum?« Sie konnte sich nicht vorstellen, warum einer ihrer Mitarbeiter so etwas tun sollte.

»Ach, diese Vorarbeiter, insbesondere Federico. Der hat sich in deiner Abwesenheit aufgespielt, als gehöre ihm der Laden. Urs mach dies, ruf da an, organisier das, aber zackig.« Ein gequältes Lächeln erschien auf seinem Gesicht.

»Federico?« Das konnte Eleonora beim besten Willen nicht glauben.

»Ist nicht weiter schlimm. Ich schätze, er war einfach gestresst und überfordert, weil du weg warst. Lass mal, machen wir kein Theater daraus.« Urs machte eine wegwerfende Handbewegung.

»Gut, also ... ähm, ich würde mich wirklich gerne noch weiter mit dir unterhalten, aber ich habe dringende Angelegenheiten zu erledigen. Ich hoffe, dass du das verstehst.« Mit einem Auge schielte sie bereits in ihr E-Mail-Postfach.

»Geht mir genau wie dir, ich weiß nicht mehr, wo mir der Kopf steht. Aber das ist auch schön!«, seufzte Urs und stieß sich endlich von der Wand ab, an der er seit geraumer Zeit lehnte.

Sobald er gegangen war, klickte sich Eleonora hastig durch ihr digitales Postfach, auch durch die gelöschten Objekte. Nein, da war definitiv keine E-Mail von der Gemeinde gekommen. Mit klopfendem Herzen nahm sie den Telefonhörer in die Hand und wählte die Nummer der Gemeindeverwaltung. Wenn hier ein Fehler passiert war und man die Arbeit fälschlicherweise den Caviezels zugeteilt hatte, würde sie explodieren.

Nach dem dritten Klingeln hob die Sekretärin ab und verband sie sogleich mit Herrn Auer, dem Gemeindepräsidenten, der stellvertretend für den Gemeinderat Auskunft über die Aufträge gab.

»Hier ist Eleonora Mandelli, Guten Tag, Herr Auer. Ich rufe wegen der Tiefbauarbeiten an der Gemeindekanalisation an«, erläuterte sie ihr Anliegen möglichst neutral. »Ich habe gesehen, dass mit den Arbeiten schon begonnen wurde. Zumindest steht die Baustelleneinrichtung bereits.«

»Das ist korrekt. Wir haben den Caviezels den Auftrag zugeteilt.«

»Aber ... wie Sie mir in Ihrer letzten Mail mitgeteilt haben, hat meine Firma das wirtschaftlich günstigste Angebot eingereicht, oder? Da es sich um eine Standard-Tiefbauarbeit handelt, sind keine Spezialkenntnisse erforderlich, die eine alternative Ausführung ermöglicht hätten ...«

»Das ist so, aber wir von der Gemeinde Schiers beurteilen Offerten anhand verschiedener Gesichtspunkte«, erklärte Herr Auer ruhig. »Der Preis allein ist dabei nicht entscheidend.«

Ein mulmiges Gefühl breitete sich in Eleonoras Bauch aus. »Was genau meinen Sie damit?«, hakte sie nach und gab sich große Mühe, höflich zu bleiben.

»Nun, die Firma Caviezel bezahlt schon ein wenig länger Steuern in unserer Gemeinde als Sie«, lautete die Antwort. »Die Familie lebt bereits seit Urzeiten hier in den Fraktionen, die zu unserem Dorf gehören. Dazu kommt, dass Sepp Caviezel, wie schon sein Vater und Großvater vor ihm, ein geschätztes Mitglied der politischen Partei ist, der auch ich angehöre. Die Partei unterstützt kulturelle Anlässe für die Bürger jährlich mit einer stattlichen Summe. Außerdem beschäftigt Herr Caviezel sehr viele Schweizer Mitarbeiter, darunter mehr als die Hälfte Einwohner von Schiers, die ihr Einkommen auch wiederum hier versteuern. Zudem kann man mit Fug und Recht behaupten, dass die Caviezels ihr Handwerk schon etwas länger ausführen als Sie.«

Eleonora war sprachlos. »Aber ...« Sie brauchte einige Sekunden, um das Gehörte zu verdauen.

Bevor sie irgendwelche Gegenargumente hervorbringen konnte, fuhr der Gemeindepräsident jedoch bereits mit seinem Referat fort: »Sehen Sie, Frau *Mandelli*, wir können Ihnen selbstverständlich nicht verbieten, hier Geschäfte zu machen. Um allerdings in der Liga von Sepp Caviezel mitspielen zu können, müssen Sie schon ein wenig mehr bieten, als bloß ein paar fleißige *muratori*, verstehen Sie?«

Schockiert versuchte Eleonora, ihre Gedanken zu ordnen. »Nein, das verstehe ich nicht. Das sind doch keine objektiven, nachvollziehbaren und vor allem sachbezogenen Begründungen! Ich kann die vergangenen Jahre, in denen die Firma Caviezel bereits hier tätig ist, doch nicht einfach aus dem Hut zaubern.«

»Nein, können Sie nicht. Aber Sie könnten sich etwas mehr bemühen, sich zu integrieren und unsere Werte zu respektieren. Nicht nur ich habe mit Befremden vom Wechsel Ihres Nachnamens erfahren. Wenn Sie sich so unnötigerweise und mit Signalwirkung von dem offenbar schwindend kleinen Anteil Schweiz in Ihrem Leben distanzieren wollen, können Sie nicht erwarten, dass Sie ausgerechnet von den Einheimischen unterstützt werden.«

Aha, darum ging es also. Man boykottierte sie, weil sie ihren Nachnamen gewechselt hatte?

»Was hat denn mein Name mit dem Auftrag zu tun? So etwas Absurdes habe ich überhaupt noch nie gehört. Was ist mit der Italienisch sprechenden Südschweiz? Sind das auch Ausländer?«

»Mandelli ist ganz klar kein Südschweizer Name, das wissen wir beide. Wenn Ihnen Ihre Wurzeln so wichtig sind, warum kehren Sie dann nicht einfach dorthin zurück?«

Eleonora schwieg. Sie wusste einfach nicht, was sie auf diese Beleidigung noch sagen sollte. Ein stechender Schmerz pochte plötzlich in ihrem Kopf.

»Weil ich hier geboren wurde, deshalb. Ich habe nicht weniger Recht darauf, hier zu sein, als Sie, Herr Auer!«, erklärte sie schließlich. »Meine Belegschaft besteht zudem nicht nur aus italienischen Gastarbeitern, sondern zu einem großen Teil aus Schweizer Fachpersonal!«

»Jedenfalls wäre es eine Beleidigung für unseren urhelvetischen Sepp, wenn ihm in seinem eigenen Heimatdorf eine Halbausländerin mit ihrem *Geschäft* vorgezogen würde.« Das Wort »Geschäft« betonte er dermaßen abfällig, dass der darin enthaltene Sarkasmus nicht zu überhören war. »Ich meine, es reicht, dass er sich sonst stets mit einer derartigen Konkurrenz herumschlagen muss. Aber hier, in *seinem* Dorf, wäre das nun wirklich zu viel. Warum bleiben Sie nicht einfach bei Ihren gelegentlichen Maurerarbeiten, Frau Mandelli? Das können Ihre Tschinggen doch bestimmt am besten.«

Entsetzt schwieg Eleonora. Hitze stieg ihr in die Wangen, und ihr Herz raste. Ob vor Empörung, Schock oder Wut, konnte sie nicht sagen.

Ohne ein Wort des Abschieds legte sie auf und sah zur Tür. Sie hoffte inständig, dass ihre Mutter von dem Telefonat nichts mitbekommen hatte.

Um halb sieben beschloss Eleonora, Feierabend zu machen. Nach diesem kräftezehrenden ersten Arbeitstag brauchte sie eine Pause. Außerdem wollte sie noch kurz einen Abstecher zu Matthias machen und ihm das Buch zeigen, das Nonno Lorenzo ihr geschenkt hatte.

In Urs' Büro brannte immer noch Licht. Da Eleonora müde war, verabschiedete sie sich diesmal jedoch ausnahmsweise ohne mahnende Worte bei ihm. Sie würde in den kommenden Tagen noch einmal ein Gespräch mit ihm führen müssen. Ihr waren von ihren Mitarbeitern einige Dinge zu Ohren gekommen, die angesprochen werden mussten. Auch die ständigen Überstunden, bei denen sie darauf bestanden hatte, dass er sie notierte, mussten sie besprechen.

Wie auch bei ihrem letzten Besuch im Buchladen stellte Eleonora das Auto auf dem roten Platz ab und griff nach dem Buch, das sie am Morgen auf den Beifahrersitz gelegt hatte.

In diesem Augenblick erreichte sie eine SMS von Flurin. Eine von vielen, um genau zu sein. Seine Frage nach ihrem Befinden beantwortete sie ehrlicherweise mit »nicht gut«.

Seine Reaktion kam postwendend:

Möchtest du reden? Lass mich dich zu einem kleinen Ausflug einladen. Mein Cousin und ich besitzen zusammen ein Ferienhaus in Maloja. Der Ort hat zahlreiche Künstler inspiriert, insbesondere Maler. Das Spiel von Licht und Schatten sowie die Natur sind dort einfach magisch. Giovanni Segantini lebte bis zu seinem Tod dort. Auch Alberto Giacomettis Vater ließ sich von dem Geist Malojas beflügeln.
Bitte sag Ja.

Ohne ihm zu antworten, steckte Eleonora das Mobiltelefon in ihre Handtasche. Darüber musste sie erst nachdenken.

Sie griff nach dem Buch und stieg aus. Noch immer in Gedanken, betrat sie den Buchladen.

Sofort erschien Matthias aus dem Schatten eines seiner Bücherregale. Er sah aus, als hätte er gerade eine Rauferei hinter sich.

»Ich ...« Er strich sich über die abstehenden blonden Haare und stopfte sein Hemd zurück in den Hosenbund, »... war in ein Buch vertieft. Wie spät ist es?«

Eleonora konnte sich ein Grinsen nicht verkneifen. »Jedenfalls noch nicht zu spät, um sich hier ein wenig umzusehen. Was für ein Buch hast du gelesen?« Sie war tatsächlich neugierig, was ihn selbst so interessierte. Ihre Vorlieben kannte er ja bereits.

Matthias drehte sich um, ging zurück in den hinteren Teil des Ladens und kam mit einem leuchtend orangefarbenen Hardcover zurück.

»*Leben und Lehren der Meister im Fernen Osten*. Ich habe es in der Büchersammlung zweier Akademiker gefunden, die nach ihrem Tod aufgelöst wurde. Ein Freund hat mir den Kontakt vermittelt.« Er hielt ihr das Buch hin, damit sie den Klappentext lesen und darin blättern konnte. »Ist nicht jedermanns Thema, aber ich war offen gestanden einfach neugierig. Das Ehepaar schien sehr gebildet und hat während seines Lebens zahlreiche Reisen unternommen. Möglicherweise kannten sie den Autor oder seine Nachfahren sogar.« Ein nachdenklicher Ausdruck erschien auf seinem Gesicht, und sein Blick schweifte in die Ferne.

»Das scheint ein gutes Buch zu sein«, vermutete Eleonora, die das Gefühl hatte, dass er gedanklich noch immer im Fernen Osten weilte.

»Oh, es ist faszinierend! Anders, entsetzlich anders, aber ...
die Zeilen rauben mir den Schlaf. Das habe ich seit *Der
Heilige Gral und seine Erben* nicht mehr erlebt«, ereiferte er
sich und tigerte vor Eleonora auf und ab. Dann schien ihm
plötzlich einzufallen, was er hier überhaupt für eine Funktion hatte.

»Entschuldige vielmals, wie unhöflich. Bestimmt bist du
eines Buches wegen hier. Wie kann ich dir helfen?«

»Dieses Mal habe ich bereits ein Werk und brauche deinen fachmännischen Rat dazu. Hier.« Sie hielt ihm das Buch
über die japanischen Burgen und Schlösser vor die Nase.

»Japanische ... Schlösser.« Ratlos starrte er auf das Coverbild des Buches und nahm es schließlich an sich, um ein
wenig darin zu blättern.

»Du kennst es also auch nicht«, schloss Eleonora aus
seinem Verhalten. »Mein Großvater wollte unbedingt,
dass ich es erhalte. Um sicherzugehen, dass es nicht durch
einen blöden ... Zwischenfall ... verloren geht, ließ er es mir
sogar testamentarisch vermachen. Tatsächlich ist er vor ein
paar Tagen unerwartet gestorben. Es ist fast, als hätte er es
geahnt.« Sie beugte sich nun neben Matthias ebenfalls über
die Seiten.

»Ich dachte mir, dass du vielleicht etwas über den Autor
oder die Fotografin des Buches herausfinden könntest.
Möglicherweise liegt da ja ein Hinweis verborgen.«

Matthias hob erstaunt den Kopf und musterte sie. »Ein
Hinweis? Du denkst, das Geschenk besitzt eine geheime
Botschaft?«

Eleonora zuckte mit den Schultern. »Irgendwas wollte
mir Großvater jedenfalls damit sagen. Genau wie mit dem
Propheten und dem Berg, vermute ich.«

»Verstehe«, murmelte Matthias, der die Widmung ebenfalls gelesen hatte, und blätterte weiter. »Darf ich dir einen Tee anbieten? Ich brauche einige Minuten, um mir einen Überblick zu verschaffen.« Mit einem freundlichen Lächeln hob er den Blick und sah sie erwartungsvoll an.

»Sehr gerne«, willigte Eleonora ein.

»Komm mit, zwischenzeitlich gibt es im hinteren Bereich des Ladens sogar eine kleine Leseecke.« Matthias grinste und bedeutete ihr, ihm zu folgen. Er führte sie durch die Regalreihen nach hinten, wo er für gewöhnlich kassierte, und wies auf einen der mit dunkelblauem Stoff überzogenen Sessel. »Magst du Chai-Tee? Ich mische ihn mir jeden Tag selbst aus frischen Zutaten. Man sagt ihm nach, dass er belebt, ohne aufzuregen.« Er zwinkerte belustigt und wartete auf ihre Antwort.

»Das klingt perfekt, sehr gerne.« Eleonora war gespannt, wie Matthias' Eigenkreation schmeckte.

Einige Minuten später stellte er zwei dampfende Tassen vor ihnen auf den Salontisch und setzte sich in den Sessel neben Eleonora. Erneut nahm er Nonno Lorenzos Buch in die Hand und strich ehrfürchtig über das Cover. Anders als Eleonora erwartet hatte, waren seine Finger sehr maskulin und keinesfalls so filigran, wie man es einem Buchhändler klischeehaft nachgesagt hätte. Stereotype Buchverkäufer fuhren allerdings auch nicht mit frisierten Mofas und Lederjacke durch die Gegend ...

»Die Fotos sind traumhaft«, murmelte Matthias, während er durch die Seiten blätterte. »Tolles Lichtspiel, perfekt gewählte Bildaufteilung ...«

»Kennst du dich mit Fotografie aus?« Eleonora sah ihn neugierig an. Dieser Mann steckte wirklich voller

Überraschungen. Während sie auf seine Antwort wartete, nahm sie vorsichtig einen Schluck des heißen Tees und schloss genüsslich die Augen. Er war vorzüglich. Um genau zu sein, konnte sie sich nicht erinnern, wann sie zuletzt etwas so Köstliches getrunken hatte.

»Ich nicht, mein Bruder. Aber er ist nach Belgien zurückgekehrt. Ich könnte ihn einmal danach fragen.«

»Zurückgekehrt?« Eleonora legte die Stirn in Falten und studierte Matthias' klassische Gesichtszüge mit der geraden Nase und dem von einem Mehrtagebart umschatteten markanten Kinn.

»Ja, meine Mutter stammt aus Flandern, aus einer Künstlerfamilie. Bis zu unserem fünften Geburtstag haben wir dort auch gelebt. Dann beschlossen meine Eltern, in die Schweiz, die Heimat meines Vaters, zu ziehen. Als Doppelbürger ist es uns möglich, an beiden Orten zu leben.« Er hob den Blick und lächelte.

»Du ... bist also ein Migrantenkind?« Eleonora starrte ihn an, als sei er ein Außerirdischer.

»Nur zur Hälfte.« Ohne aufzusehen, blätterte Matthias weiter in dem Buch, das ihn vollkommen in seinen Bann zu ziehen schien.

»Ein Halb-Secondo also. Genau wie ich«, murmelte Eleonora.

»Richtig. Ich finde das ein schönes Wort für uns Mischlingskinder.« Endlich schaute er auf und grinste sie an.

Kapitel 17

Seit Eleonora Flurin zu dem Ausflug nach Maloja, der am übernächsten Wochenende stattfinden würde, zugesagt hatte, fiel es ihr schwer, sich auf ihre Arbeit zu konzentrieren.

Bevor sie dem Alltag jedoch entfliehen konnte, musste sie noch einige Herausforderungen meistern. Durch ihre Abwesenheit aufgrund der Beerdigung ihres Großvaters war im Betrieb vieles liegen geblieben. Und nicht nur das: Um achtzehn Uhr, in einer Stunde also, hatte sie sich zu einem Gespräch mit Urs Huber verabredet. Der Gedanke daran bedrückte sie, weil sie keine Ahnung hatte, wie er auf die anzusprechenden Themen reagieren würde.

Pünktlich um sechs Uhr klopfte sie an seine Bürotür und trat ein. »Wollen wir uns kurz ins Sitzungszimmer setzen?«

Urs nickte beflissen, lächelte und erhob sich. Im Sitzungszimmer nahm er sich eine Cola und setzte sich ihr gegenüber. Sein Blick flackerte unsicher, während er darauf wartete, dass sie die Unterredung eröffnete. Das machte es ihr nicht unbedingt leichter.

Eleonora seufzte und blätterte in ihren Gesprächsnotizen. »Zuerst einmal möchte ich dich fragen, wie du dich nun, nach ungefähr zwei Monaten, bei uns fühlst. Gefällt dir deine Arbeit, kommst du gut klar damit?« Sie machte eine einladende Handbewegung.

»Ich war noch nie glücklicher, Boss. Das letzte Mal vielleicht, als ich sechzehn war und noch zu Hause gewohnt habe.« Ein heiseres Lachen verließ seinen Mund, und er errötete leicht. »Es gibt viel zu tun, und ich mache sicher nicht alles perfekt, aber ich liebe es, zu arbeiten und ein Teil dieser Familie zu sein.« Er strich sich mit den schwieligen Händen über seine Glatze und lächelte, ein eigentümliches Glitzern in den dunklen Augen.

»Nun, das freut mich sehr, Urs. Das ist für mich, wie ich schon zu Beginn unserer Zusammenarbeit sagte, sehr wertvoll.« Eleonora räusperte sich und spielte mit ihrem Kugelschreiber. »Es ist mir etwas unangenehm, und ich möchte auch keinesfalls, dass du dies als Kritik auffasst, es geht mir bloß drum, den Umstand zu klären und gemeinsam eine Lösung zu finden. Insbesondere, um dich zu entlasten«, leitete sie dann den weniger angenehmen Teil des Gesprächs ein.

Ein scheues Lächeln erschien auf Urs' Gesicht.

»Meine saisonalen Mitarbeiter haben sich bei mir beklagt, weil die Abzüge und die Zulagen auf ihren Lohnabrechnungen nicht korrekt waren. Sie hätten es dir gesagt, aber du hättest sie nur wütend davongejagt.« Davon, dass er ihnen offenbar auch noch rassistische Schimpfworte hinterhergerufen hatte, sagte Eleonora vorerst nichts.

»Ja, es mag sein, dass noch nicht alles stimmt bei den Abrechnungen. Ich bin schließlich nicht perfekt, und es ist schon eine Weile her, seit ich in meinem Beruf gearbeitet habe. Die Administration auf dem Bau ist außerdem viel komplizierter.« Urs machte eine kurze Pause, trank einen Schluck und fuhr dann fort: »Manchmal weiß ich wirklich nicht mehr, wo mir der Kopf steht. Ich arbeite oft bis spät in den Abend hinein, um der Sache gerecht zu werden, und morgens bin ich meist früher hier, um Pendenzen abzuarbeiten und mich über Dinge zu informieren, die mir nicht bekannt sind oder sich geändert haben. Dafür bringen diese Leute einfach keinen Funken Verständnis auf, und das habe ich ihnen gesagt«, gab Urs zu.

Eleonora nickte. Aus seinem Mund klang es plausibel und harmlos, und sie konnte weder Urs noch den klagenden Mitarbeitern beweisen, dass es anders gewesen war, als sie sagten. »Wenn du Hilfe mit den Behörden brauchst, lass es mich bitte wissen. Ich verstehe selbst zu wenig von diesen Dingen, aber ich kann Elvira sehr gerne bitten, dich noch eine Zeit lang zu begleiten, bis du dir in allem sicher bist.«

»Das ist nicht nötig. Ich wurde an meinen bisherigen Arbeitsstellen immer gelobt, weil ich so exakt und pflichtbewusst gearbeitet habe. Vielleicht bin ich einfach etwas aus der Übung.«

»Okay, gut.« Eleonora schaute auf die Notizen vor sich. »Das bringt mich aber gleich zu meinem nächsten Anliegen.« Das Wort »Problem« vermied sie bewusst. »Du hast in den gut zwei Monaten bei uns rund sechzig Überstunden generiert ...«

»Das ist, weil ich oft auch noch in der Mittagspause arbeite. In meinem Alter braucht man nicht ständig etwas zu essen.« Urs schlug sich mit der Hand auf seinen kaum vorhandenen Bauch.

Eleonora verschränkte die Finger ineinander und seufzte. »Das geht so nicht, Urs. Ich möchte, dass du einen normalen Arbeitsalltag hast. In der Burnout-Klinik bist du mir keine große Hilfe. Die angesammelten Stunden lassen sich außerdem kaum mehr sinnvoll kompensieren. Ich kann dich nicht einfach irgendwann für drei Monate in den Überstundenabbau senden, und wenn ich sie mit dem gesetzlich vorgeschriebenen Zuschlag von fünfundzwanzig Prozent auszahlen müsste ...« Sie knetete ungewollt die Hände und versteifte sich. »Ich möchte, dass du dich an die normalen Arbeitszeiten hältst, Urs. Dir zuliebe und auch mir zuliebe. Können wir uns darauf einigen?«

»Ich tue das für dich, Häuptling. Und für deine Firma. Ich möchte alles richtig machen«, wich Urs ihrer wiederholten Aufforderung erneut aus.

»Das weiß ich, und das ehrt mich, aber so können wir nicht weitermachen. Bitte.« Sie sah ihn an. Eigentlich handelte es sich bei dieser Anweisung um einen klaren Befehl, und zudem um einen, den sie schon seit seinem Arbeitsantritt geäußert hatte, und den er konstant missachtete. Dennoch versuchte sie, es wie eine Abmachung klingen zu lassen, um dem Ganzen die Schärfe zu nehmen.

»Dann werden sie sich noch mehr das Maul über mich zerreißen und sagen, dass ich nichts zustande bringe«, klagte Urs nun, und seine Augen glitzerten plötzlich verräterisch.

»Niemand zerreißt sich das Maul über dich, Urs. Es ist allen bewusst, dass du hier neu bist. Die Mitarbeiter sind zu mir gekommen, weil sie der Meinung waren, mit dir nicht reden zu können. Ein dummes Missverständnis vermutlich. Wie ich sagte, geht es nicht um Kritik, sondern darum herauszufinden, wie ich dir helfen kann«, erklärte Eleonora ruhig.

»Natürlich verhöhnen sie mich!«, rief Urs. »Ich spüre ja ihre Blicke. Sie verspotten mich hinter meinem Rücken, weil ich dir gegenüber so loyal bin. Jedes Mal verteidige ich dich, wenn sie über dich herziehen. Damit mache ich mich nicht besonders beliebt.« Er zuckte mit den Schultern und spielte mit den Ärmeln seines Pullovers.

Eleonora schwieg irritiert. Ihre Mitarbeiter redeten schlecht über sie? Bemüht darum, professionell und gefasst zu bleiben, nickte sie daher bloß mit einem neutralen Lächeln.

»Ich wollte es dir nicht sagen, weil ich keine Tratsche bin und mich lieber aus solchen Dingen raushalte«, fuhr Urs fort. »Aber leider bleibt mir wohl nichts anderes übrig, weil du nur so verstehst, warum es diese Hetze gegen mich überhaupt gibt. Ich weiß nicht, was sie alles über mich zu dir gesagt haben, aber vieles davon ist vermutlich schlichtweg gelogen.« Er schnaubte und schüttelte den Kopf.

Obwohl Eleonora eigentlich über solchen Andeutungen stehen sollte, stießen sie in ihrem Inneren auf Resonanz. Es war ihr in letzter Zeit tatsächlich nicht entgangen, dass ihr der ein oder andere Mitarbeiter etwas harscher begegnet war, als es die jeweilige Situation erfordert hätte, oder Gespräche abbrachen, sobald sie sich näherte. Manch einer nutzte ihre Abwesenheit auch ganz offensichtlich dazu, sich einige Privilegien herauszunehmen. Da wurden Geräte oder Maschinen für den Privatgebrauch verwendet, ohne je zu fragen. Sperrmüll wie alte Betten, Matratzen oder die Reste eines Gelages landeten ganz selbstverständlich in der kostenpflichtigen Abfallmulde der Firma. Die Werkstatt der Bauunternehmung wurde an Wochenenden ungefragt dazu benutzt, Privatautos oder Mofas zu reparieren oder zu frisieren.

Bisher hatte Eleonora diesen Dingen keine große Beachtung geschenkt. Wenn sie jedoch ganz ehrlich war, hatte ihre innere Stimme sie schon länger gewarnt. Urs sprach also nur aus, was sie selbst bereits gespürt, aber verdrängt hatte.

»Was sagen sie denn?« Eleonoras Mund war trocken, als sie heiser nachfragte. Eigentlich wollte sie all das gar nicht hören. Die Augen davor zu verschließen, war aber definitiv auch nicht der richtige Weg. In ihrer Naivität hatte sie ihre Firma stets wie eine Familie wahrgenommen. Der Schmerz, diese Illusion bröckeln zu sehen, hatte letztendlich dazu geführt, dass sie die Vorzeichen schlichtweg ignoriert hatte. Bis jetzt.

Urs sah sie mitfühlend an und zuckte dann mit den Schultern. »Das Übliche halt, Chefin. Dass du Haare auf den Zähnen hast und es bestimmt nicht sehr witzig ist, so eng mit dir zusammenzuarbeiten, und dass du vermutlich auch genau deshalb in deinem Alter immer noch keinen Partner hast. Und dann reden sie natürlich darüber, dass es der Firma angeblich erst schlecht geht, seit du sie übernommen hast, und dass deine Mutter alles viel besser im Griff gehabt hätte. So wenige Aufträge wie dieses Jahr hätte es noch nie gegeben. Böse Zungen behaupteten sogar, dass es die Firma nicht mehr lange gibt.«

Eleonora fühlte sich, als würde ihr jemand die Kehle zudrücken. »Danke, Urs«, presste sie hervor.

Ihre Mutter hatte sie gelehrt, Menschen respektvoll zu behandeln. Insbesondere wenn man für sie verantwortlich war. Das hatte sie stets mit Hingabe getan, so wie Mamma zuvor. Für sie waren ihre Mitarbeiter keine anonymen Nummern oder bloßen Arbeitskräfte gewesen, sondern immer ein Stück weit auch Mitgestalter. Gutgläubig hatte sie angenommen, dass sie sich auf ihre Weise und in ihren Gebieten ebenso für die Firma einsetzten, wie sie selbst es täglich tat, damit sie alle weiterhin einen sicheren Arbeitsplatz und eine Zukunft hatten. Nun erkennen zu müssen, dass dies just in dem Moment, in dem es schwierig wurde, zunehmend ein einsamer Kampf war, tat weh. Sehr sogar.

»Gehen wir nach Hause. Ich danke dir für das Gespräch und weiß deine Ehrlichkeit und Treue wirklich zu schätzen.« Eleonora erhob sich und sammelte ihre Notizen zusammen.

»Das ist Ehrensache, Chefin.« Urs stand ebenfalls auf. Auf dem Weg zur Tür wandte er sich noch einmal um. »Das ist mir zwar unangenehm, aber ... kann ich noch ein wenig hier im Büro bleiben und ein Sandwich essen? Ich musste mein Auto in die Werkstatt bringen, und das Postauto nach Fanas geht erst in einer Stunde.« Er lachte verlegen, und eine leichte Röte kroch aus dem Kragen seines Pullovers den Hals hinauf.

»Ich kann dich nach Hause fahren«, bot Eleonora an.

»Das wäre sehr lieb von dir, danke.« Urs strahlte. »Ich nehme das Angebot gerne an. Dann könnte ich tatsächlich noch meine Sportsendung im Fernsehen anschauen. Motocross!« Er grinste. »Ich hatte früher selbst ein Motorrad und denke darüber nach, mir wieder eins anzuschaffen.«

»Okay, das klingt nach einem wichtigen Termin«, lachte Eleonora. »Dann los, ich bringe dich nach Hause. Hoffentlich reicht es noch.«

Die Sonne begann bereits ihren Sinkflug und tauchte das Tal in goldenes Licht. Mit dem Mai wurden die Tage spürbar länger, die Temperaturen milder und die Natur lebendiger. Um diese Jahreszeit war die Atmosphäre meistens von betriebsamer Hektik auf den Baustellen erfüllt. Doch in den vergangenen Jahren hatte sich dieser Umstand schleichend verändert. Mittlerweile herrschte eine vergleichsweise gespenstische Lethargie. Wie Eleonoras Treuhänderin zusammengefasst sagte: *Das derzeitige Auftragsvolumen reicht nicht ansatzweise, um den Karren am Laufen zu halten.*

Doch Eleonora gab die Hoffnung nicht auf.

Als sie mit Urs in ihren Wagen stieg, folgten ihr die Blicke ihrer Mitarbeiter, die sich vor dem Pausenraum noch ein Feierabendbier gönnten. Bestimmt nicht das erste um diese Uhrzeit. In manchen Gesichtern erkannte Eleonora ein spöttisches Zucken der Mundwinkel.

Sie erreichten Urs' Zuhause nach einer Zehn-Minuten-Fahrt.

»Hier ist es.« Er wies mit dem Finger auf ein dreistöckiges quadratisches Haus mit grauweißer Fassade und abgeschossenen grünen Fensterläden. Altmodische weiße Häkelgardinen bedeckten die Fenster, in denen sich die letzten Sonnenstrahlen spiegelten. Eleonora erinnerte das Haus aufgrund der exakt übereinander angeordneten Fensterreihen an ein Schulhaus oder Internat. Ein ungepflegter schmaler Garten, dessen Büsche und Bäume durch den rostigen Metallzaun auf die Straße hinauswuchsen, trennte das Gebäude vom Gehsteig. Eine schmutzige Betontreppe führte links zum Eingang, der irgendwo an der Seite des Hauses verborgen lag. Die Fensterreihe im dritten Stock war beleuchtet, der Rest lag im Schatten.

»Ich wohne in der Mitte. Allerdings nur links«, erklärte Urs, der ihrem neugierigen Blick gefolgt war. Er machte keine Anstalten auszusteigen.

»Das ist bestimmt eine schöne Wohnung«, log Eleonora, die die Ausstrahlung des Ortes alles andere als einladend und behaglich fand.

»Wie kann ich mich für deine Fahrdienste bedanken? Es ist wirklich sehr selten, dass sich eine Chefin auch nach Feierabend noch um ihre Mitarbeiter kümmert.« Urs schaute sie mit einem forschenden Blick und scheuem Lächeln an.

»Schon in Ordnung, Urs. Der Fahrdienst war ja mein Vorschlag, und zudem war ich es, die dich noch länger aufgehalten hat.« Eleonora winkte lächelnd ab. Während sie mit den Händen aufs Lenkrad trommelte, warf sie einen Blick auf ihre Armbanduhr.

»Na dann, also ... vielen herzlichen Dank.« Urs griff nach dem Türöffner. »Irgendwann werde ich mich für deine großzügige Art revanchieren.«

»Einverstanden.« Sie merkte selbst, dass ihre Worte nicht sehr überzeugend klangen.

Kapitel 18

Eleonora hatte darauf bestanden, die Reise zu dem am Malojapass gelegenen Dreihundert-Seelen-Dorf mit ihrem eigenen Auto zu bestreiten. Sollte sie sich aus irgendeinem Grund in Flurins Gesellschaft unwohl fühlen, blieb ihr so jederzeit die Möglichkeit zur Flucht. Flurin hatte auf diesen Wunsch gelassen reagiert. Weder schien er beleidigt, noch fand er die Idee offenbar ungewöhnlich. Im Gegenteil. »Was immer für dich stimmt, Eleonora, soll mir recht sein. Entscheide du«, hatte er ihr geantwortet.

Der Weg führte sie durch eine hochalpine Landschaft, entlang mehrerer Seen. Ihr von schroffen Bergkämmen umrahmter Zielort befand sich weit abgelegen am Rand der Engadiner Hochebene. Am Südausgang des Ortes, so wusste Eleonora von ihren zahlreichen Reisen zu ihren Verwandten nach Argegno, schraubte sich die Straße in engen Schlingen ins angrenzende Bergell hinunter. Kurz nach der Ortstafel erhob sich linker Hand der wuchtige, schlossähnliche Bau des Hotels *Maloja Palace*. Verschiedene Nadelbäume und Bergwiesen säumten den Weg durch das Dorf. In lockerer Anordnung reihten sich moderne, schnörkellose Mehrfamilienhäuser mit schlichten weiß verputzten Fassaden an exquisite Häuserblöcke aus Natursteinmauerwerk und gebranntem Holz mit unterschiedlich großen Ferienwohnungen. Rechts oben, verborgen hinter einzelnen Tannen und eingekesselt von einem Wäldchen, befand sich gemäß Flurins Beschreibung die Villa, die er mit seinem Cousin teilte.

Eleonora setzte den Blinker und bog in die Zufahrtsstraße ein. Vor ihr erhob sich auf einer kleinen Anhöhe ein zweistöckiges Chalet mit einem Fundament aus Natursteinmauerwerk und einem Oberbau aus massivem goldfarbenem Holz. Riesige Fensterfronten unterbrachen die Holzwände an zwei Seiten und führten auf einen umlaufenden Balkon. Im Erdgeschoss gab es direkt neben dem Haus einen über einen Natursteinplattenweg erreichbaren Whirlpool.

Bevor sie ihren Wagen zum Stehen brachte, erblickte Eleonora Flurins roten Porsche Cayenne. Eine Sekunde später erschien er selbst an der Balkonbrüstung und winkte ihr. Ihr Herz stolperte, und Wärme pulsierte durch ihren Körper.

Es war das erste Mal, dass ein Mann sie an so einen exklusiven Ort einlud.

Mit wackligen Knien stieg sie aus. Ein kühler Bergwind fegte um die Ecke, wirbelte Staub auf und zerrte einige Haarsträhnen aus ihrem Zopf.

Flurin verschwand im Haus. Kurz darauf wurde die hölzerne Eingangstür aufgerissen, und er kam ihr mit einem charmanten Lächeln entgegen.

Heute trug er ein rot-weiß-braun kariertes Hemd, dunkle Jeans und Lederschuhe.

Ohne Umschweife legte er ihr die Arme um die Taille, zog sie zu sich heran und küsste sie. Sein Mund schmeckte angenehm frisch nach Pfefferminze.

»Schön, dass du da bist, Eleonora. Du hast keine Ahnung, wie glücklich du mich damit machst.« Erneut berührte er ihre Lippen, dieses Mal sanfter und gemächlicher. Die Wärme seines Körpers dicht an ihrem fühlte sich gut und richtig an.

Nach einer Weile löste er sich von Eleonora. Verträumt ließ er den Blick über ihr Gesicht gleiten, als wollte er sich alles ganz genau einprägen.

»Los, ich helfe dir mit dem Gepäck. Bestimmt bist du hungrig und durstig.«

Eleonoras Armbanduhr zeigte halb eins. »Sehr gerne, mein Magen grummelt tatsächlich.« Sie unterstrich ihre Worte mit einem Lächeln, öffnete den Kofferraum, damit er ihre Tasche hochtragen konnte, und folgte ihm ins Innere des Chalets. Ein kurzer Flur, von dem beidseitig Türen abgingen, führte zu einer Treppe aus Schieferstein.

»Hier unten gibt es ein Gästezimmer mit Bad, einen kleinen Fitnessraum sowie das wohl Wichtigste: den Weinkeller. Grinsend wies er mit der Hand auf die Treppe. »Und dort geht es zum Hauptbereich. Bitte.«

Als Eleonora die letzte Stufe erreichte, sog sie überrascht die Luft ein. Natürlich konnte das Ferienhaus von den Ausmaßen her nicht ansatzweise mit der Villa Domenica mithalten. Während das Anwesen in Italien jedoch unverwechselbar den Stil mediterranen Adels aufwies, beeindruckte dieses Haus mit einer vollkommen anderen Mischung.

Gebranntes Altholz ging mit modernen, kühlen Materialien eine Symbiose ein. Die hellen Fensterfronten nahmen zwei Seiten des Raums ein und gewährten einen atemberaubenden Panoramablick auf die hochalpine Kulisse. Schwere, dunkle Holzbalken trugen das Dach des bis oben hin offenen, spitz zulaufenden Raums. Links waren frei stehende Holztritte in die Wand eingelassen und führten zu einer kleinen Galerie, die mit einem urtümlichen Holzgeländer vom Rest des großzügigen Wohnraums abgegrenzt war. Gleich darunter befand sich ein moderner Kachelofen, dessen Kaminrohr in der Hauswand verschwand.

Eleonoras Vater hätte das Chalet zweifellos gefallen, erinnerte es doch teilweise an das Design ihres Elternhauses. Anders als bei diesem herrschte hier jedoch unverkennbar die futuristische Version des Alpenschicks.

Möbel aus wurmstichigem Altholz mit krummen, wackligen Beinen gingen Hand in Hand mit einer hellen Ledercouchgarnitur, Kissen und Decken aus flauschigen Fellen und Kronleuchtern. Auf dem Salontisch stand ein großes Glasgefäß mit einer weißen Kerze, das von mehreren Hirschgeweihen umrankt wurde. Der Fußboden bestand an manchen Stellen aus grauem Schiefer, an anderen wiederum aus unebenen Planken, die zum Holz der Möbel und des Dachstuhls passten. Links befand sich eine Bar mit Theke und modernen Lederbarhockern, rechts nahm eine großzügige Küchenkombination mit Chromstahloberflächen einen Großteil der Wohnzimmerseite ein. Dazwischen stand ein Esstisch mit Stühlen. Beide griffen die bereits vorhandenen Materialien – weißes Leder und dunkles Altholz – auf.

Gleich gegenüber der Treppe, im dem Balkon abgewandten Teil des Raums, befand sich eine Tür.

»Da geht es zum Schlafzimmer mit dazugehörigem Bad. Komm mit, ich zeige es dir.« Flurin ging mit Eleonoras Gepäck voran.

»Unglaublich!«, entfuhr es ihr, als sie den Blick durch den Raum gleiten ließ. In der Mitte des Zimmers, gleich vor einer gigantischen Fensterfront, thronte vor einer fast raumhohen Wand aus schwarzem Stein ein riesiges Doppelbett mit Fellkissen und Decken. Eine spiralförmige goldene Lampe hing von der Zimmerdecke. Im hinteren Teil des Schlafzimmers war ein rechteckiger Kamin in die Wand eingelassen, vor dem ein brauner Stoffsessel mit einem kleinen Salontisch stand.

Hinter der großen Steinwand befand sich das Bad, das nicht minder beeindruckend war. Direkt unter dem Fenster, gegenüber der offenen Dusche, stand eine Wanne, die wie auch die Waschbecken mit dunklem Stein eingekleidet war.

»Gefällt es dir?«, fragte Flurin überflüssigerweise.

»Es ist ... fantastisch«, hauchte Eleonora. Sie konnte kaum glauben, dass jemand sie in diesen wahr gewordenen Traum eingeladen hatte.

Beiläufig legte Flurin Eleonora eine Hand auf den Rücken. Sie erschauerte bei der Berührung. »Du bist bestimmt sehr hungrig. Lass uns eine Kleinigkeit essen. Ich habe uns Räucherlachs, Kapern, Zwiebeln und Toast besorgt.«

Bei der Erwähnung der Köstlichkeiten lief Eleonora das Wasser im Mund zusammen.

Sie kehrten zurück in den Wohnraum. Flurin trat an den zweiflügeligen Kühlschrank und nahm eine Platte heraus. Während er nach und nach alles auf den Esstisch stellte, fragte er: »Möchtest du dazu gerne ein Glas Weißwein? Wir haben hier eine beachtliche Weinsammlung. Das solltest du dir keinesfalls entgehen lassen.« Er hob den Kopf und zwinkerte Eleonora schelmisch zu.

Sie nickte. »Gerne. Aber nur ein Glas. Das reicht fürs Erste.« Während sie sich immer noch mit Staunen in dem Raum umsah, setzte sie sich und beobachtete Flurin dabei, wie er zur Bar hinüberging, etwas aus dem Kühlschrank holte und mit geübten Bewegungen zwei Weingläser füllte.

Eine Zeit lang aßen sie schweigend.

»Erzähl mir etwas über dich, Flurin. In Italien habe ich mehrheitlich über mich und meine Familie gesprochen. Ich weiß jedoch kaum etwas über dich«, unterbrach Eleonora das Schweigen nach einer Weile.

»Nun, das lag doch auf der Hand. Schließlich wollte ich, während du um deinen Großvater trauerst, nicht andauernd von mir reden. Das wäre sehr unsensibel gewesen.« Flurin zuckte mit den Schultern und nahm einen kräftigen Schluck Wein. »Mein Leben ist außerdem weit weniger aufregend als deines. Einiges davon kennst du ja schon. Ich bin das einzige Kind meiner Eltern, Mitgeschäftsführer einer eigenen Bauunternehmung. Ich mag Kunst und Grunge Rock. In meiner Freizeit spiele ich gerne, und nicht einmal schlecht, Golf.« Er zwinkerte belustigt und strich sich mit der Hand durch die Haare. »Im Übrigen habe ich eine Schwäche für eigenwillige Frauen.« Er musterte sie mit durchdringendem Blick. »Man findet sie sehr selten.«

»Du hast also Erfahrung damit? Mit Frauen, meine ich.« Eleonora griff nach ihrem Weinglas, um ihr Gesicht darin zu verbergen.

Flurin schwieg einige Sekunden und schaute sie weiterhin mit diesem mysteriösen Ausdruck in den Augen an. »Ich habe eine Zeit lang sehr ... intensiv gelebt«, gab er schließlich seufzend zu. »Heute bin ich ruhiger, aber nicht weniger neugierig.« Er machte erneut eine Pause und drehte das Weinglas in der Hand. »Ich habe Erfahrungen, ob es deren viel oder wenig waren, liegt immer im Ermessen des

Betrachters. Wichtig scheint mir eigentlich nur, ob sie von Bedeutung waren oder nicht.«

Vorsichtig griff er nach ihrer Hand und streichelte sie. In seinem Blick brodelte es. Eleonora fühlte, wie sich ihr Puls beschleunigte. Sollte sie seiner stummen Bitte nachgeben? Wollte sie das überhaupt? Als spürte er ihren inneren Konflikt, zog er seine Hand mit einem galanten Lächeln zurück und erhob sich, um seinen leeren Teller in die Spüle zu stellen.

»Hast du Lust auf ein wenig frische Luft? Wir könnten eine kleine Wanderung unternehmen.«

Froh über die Stimmungswende erhob sich Eleonora. »Sehr gerne.«

Am späten Nachmittag kehrten sie ins Chalet zurück. Die Schatten der Bäume streckten ihre langen Finger nach ihnen aus, und das Sonnenlicht hatte einen frühabendlichen Goldton angenommen. Bis zum Sonnenuntergang würde es allerdings noch einige Stunden dauern. Ein frischer, sauerstoffgeschwängerter Wind kam vom Silsersee herauf. Er trug den Duft nach Bergkräutern, Nadelholz und Walderde zu ihnen heran. In dieser hochalpinen Gegend wurde es selbst im Mai noch empfindlich kalt, sobald die Sonne ihren Zenit am Mittag überschritten hatte.

Sie zogen sich bequeme Hauskleidung an. Nachdem Flurin ein Feuer im Kachelofen entfacht hatte, legte er etwas Musik aus seiner Sammlung auf. Nirvana und Pearl Jam waren die einzigen Namen, die Eleonora entfernt bekannt vorkamen. Sie mochte das Raue, Sehnsüchtige und Unangepasste des Grunge Rock.

»Ein Glas Rotwein, während wir das Abendessen vorbereiten?«, fragte Flurin und schlenderte zu der Getränkebar hinüber.

»Sehr gerne.« Eleonora verschränkte die Arme vor der Brust und lächelte.

»Irgendwelche Vorlieben?« Er hob den Kopf und betrachtete sie eingehend.

»Überrasche mich«, antwortete sie und erwiderte seinen Blick. »Ich kenne mich mit Wein nicht aus, aber ich kann dir sagen, ob er mir schmeckt oder nicht.«

Seine Mundwinkel zuckten, als er hinter der Theke verschwand und kurz darauf mit einer Flasche und zwei Gläsern zu ihr trat. »Nebbiolo. Benannt nach dem geheimnisvollen Nebel. Ein ausdrucksstarker Wein. Er ist eine der anspruchsvollsten Reben, die es gibt, und reift nur sehr gemächlich. Der Nebbiolo ist kräftig, temperamentvoll und leidenschaftlich. Ich denke, dass er sehr gut zu dir passt.« Ohne ihre Reaktion abzuwarten, ging er an ihr vorbei zur Küche und streifte dabei sachte ihren Arm. Die Berührung ließ sie erschauern.

Während sie den Wein kosteten, widmeten sie sich der Zubereitung des Abendessens. Flurin hatte einen Kotelettbraten mit Polenta geplant. Zur Vorspeise gab es eine Blattsalatvariation mit Kernen.

»Hast du Lust, den Whirlpool zu genießen, bis das Essen fertig ist? Das Fleisch kocht ohne uns, und die Polenta bereiten wir nachher gemeinsam zu. Das würde uns nach der heutigen Wanderung bestimmt guttun.« Das Grün seiner Augen wurde eine Nuance dunkler.

Eleonora schluckte und nippte reflexartig an ihrem Wein. Der Nebbiolo hatte ihr, getreu seinem Namen, bereits ein wenig die Sinne benebelt. Sie fühlte sich leichter und draufgängerischer als noch am Mittag. Der Rhythmus der Musik passte sich dem Pochen ihres Herzens an.

»Sehr gerne«, antwortete sie heiser.

»Wir können uns unten im Fitnessraum umziehen. Dort gibt es Bademäntel.« Flurin stellte sein Weinglas ab und ging zur Treppe. Dort drehte er sich nochmals um, um sicherzugehen, dass Eleonora ihm auch folgte.

Der Fitnessraum war mit fünf Geräten zum Krafttraining ausgestattet. An zwei Seiten gab es großzügige Fenster. Eine Milchglastür führte in den Garten.

Wortlos reichte Flurin Eleonora einen flauschigen weißen Frotteemantel. Dann streifte er sich ohne Vorwarnung T-Shirt und Pullover über den Kopf und schlüpfte aus seiner Jogginghose. Unterwäsche trug er keine.

Eleonora fühlte Hitze in sich aufsteigen, während sie sich nicht davon abhalten konnte, einen raschen Blick auf seinen wohlgeformten, muskulösen Oberkörper zu werfen. Bevor sie jedoch gezwungen war wegzusehen, hatte er sich bereits den Bademantel übergeworfen. Sie selbst stand noch immer in ihren Hausleggins und dem beigefarbenen Oversize-Pullover da.

»Ich warte draußen auf dich und decke schon mal den Whirlpool ab.« Flurin trat durch die Milchglastür ins Freie. Ein Schwall kühler Luft wehte herein.

Hastig entledigte sich Eleonora ihrer Kleidung, warf sich den Bademantel über und atmete tief durch. Es war lange her, seit sie einen Mann berührt hatte. Sehr lange sogar.

Vorsichtig öffnete sie die Tür in den Garten und trat hinaus. Mit bloßen Füßen lief sie über den Weg aus Natursteinplatten, der direkt zum Whirlpool führte. Flurin saß bereits im Wasser, von dem weiße Dampfwolken aufstiegen. Zögernd stieg Eleonora die Holzstufen hinauf. Oben blieb sie einen Augenblick lang unschlüssig stehen. Dann ließ sie den Bademantel langsam von den Schultern gleiten und setzte vorsichtig einen Fuß ins heiße Wasser, während Flurin den Blick keine Sekunde von ihrem Körper abwandte.

Eine Weile saßen sie schweigend im Pool, jeder auf seiner Seite.

Dann schwamm Flurin zu ihr herüber, legte seine Arme um ihre Hüfte und zog sie zu sich heran. Sein heißer Atem strich über ihre Haut, als er zuerst ihre Lippen, dann ihren Hals und ihr Schlüsselbein küsste. Er duftete herb und betörend. Genießerisch schloss Eleonora die Augen und gab sich der Süße dieser beinahe vergessenen Nähe hin. Sie schlang ihre Beine um Flurins Mitte, vergrub ihre Hände in seinen Haaren und erwiderte seine leidenschaftlichen Küsse.

In diesem Moment, dem harmonischen Rhythmus ihrer Körper lauschend, ließ sie alles los.

Kapitel 19

Zwei Stunden später waren der mit Kräutern marinierte Kotelettbraten und die cremige Polenta servierbereit. Draußen brach die Dämmerung an, und der Himmel flammte ein letztes Mal in den Farben des Abendrots auf, bevor die Sonne endgültig hinter dem Horizont verschwand. Leise Musik vermischte sich mit dem Knacken des Feuers im Kamin. Ein würziger Duft ließ Eleonora das Wasser im Mund zusammenlaufen.

»Ich bin furchtbar hungrig«, gestand sie, schlang die Arme von hinten um Flurin und legte ihren Kopf an seinen Rücken. Er rührte die Polenta noch einmal, dann wandte er sich Eleonora mit einem breiten Grinsen zu. Die Stoppeln seines Dreitagebarts kitzelten, als er ihr einen Kuss auf die Stirn hauchte.

»Warum wundert mich das bloß nicht?«, feixte er, und Lachfalten bildeten sich neben seinen schelmisch aufblitzenden Augen. »Bei deinem Engagement, meine Liebe ... wäre ich auch völlig ausgehungert.«

Sie boxte ihn scherzhaft gegen die Brust. »Werd nicht frech. Ich erinnere dich gerne daran, dass deine Einsatzfreude meiner in keiner Weise nachstand.«

»Entschuldige, ich weiß, du bist unersättlich, aber ich habe jetzt keine Zeit mehr zu flirten, sonst brennt mir das

Essen an. Setz dich doch, ich serviere gleich.« Mit einem breiten Grinsen wandte er sich von ihr ab und richtete die Vorspeise an.

Eleonora setzte sich lachend an den Tisch und nahm einen Schluck Wein.

In diesem Moment klingelte Flurins Handy. Er warf bloß einen kurzen Blick drauf, schob es weg und dreht es dann um. »Ich habe jetzt Wochenende«, erklärte er und stellte den Teller mit dem Salat vor Eleonora.

Dem ersten Gang folgte der Hauptgang, danach lehnten sie sich beide in ihren Stühlen zurück und hielten sich die Bäuche.

»Noch etwas Wein?«, fragte Flurin und erhob sich, um eine zweite Flasche zu holen.

Eleonora bejahte. So beschwingt und entspannt hatte sie sich schon lange nicht mehr gefühlt. Genau genommen, konnte sie sich an den letzten Vorfall gar nicht mehr erinnern.

Nachdem er ihre Gläser erneut gefüllt hatte, setzte sich Flurin wieder.

»Möchtest du mir jetzt erzählen, warum es dir nicht gut geht, oder lieber nicht? Du darfst entscheiden. Ich habe dich hierher eingeladen, um zu reden ... ich möchte nicht, dass es aussieht, als wäre das nur ein Vorwand gewesen.« Er musste über seine eigenen Worte lachen, und Eleonora stimmte mit ein.

»Es sieht aber sehr danach aus, als wäre das nur eine billige Ausrede gewesen. So du mich aber nun aufforderst ... will ich dir gerne sagen, wovor ich so bereitwillig geflüchtet bin. Auch auf die Gefahr hin, dass es ... hüllenlos endet.« Sie lächelte und fühlte Hitze in sich aufsteigen, wenn sie an ihr sinnliches Bad von eben dachte. Gleichzeitig jedoch legte sich der Hauch eines Schattens auf ihr Gemüt. Der Gedanke an das, was alles passiert war, bedrückte sie.

Ein Seufzer, der aus den Tiefen ihrer Seele zu kommen schien, entwich ihr. »Ich hatte eine turbulente Woche. Mal abgesehen davon, dass wir die Arbeit ohnehin zusammenkratzen müssen und hinter dem Budget herhinken, musste ich mir kürzlich auch noch ein paar ziemlich diskriminierende Bemerkungen anhören.«

Erstaunt hob Flurin die Augenbrauen und beugte sich etwas weiter vor. »Tatsächlich? Worum ging es denn?«

»Um meinen italienischen Namen. Man hat mir einen Auftrag verwehrt, weil ich keine reinblütige Schweizerin bin. Kurz zusammengefasst.« Erneut stieg bei dem Gedanken an das unerhört anmaßende Telefonat mit dem Gemeindepräsidenten Verbitterung in Eleonora auf.

Erstaunt legte Flurin die Stirn in Falten und schüttelte den Kopf. »Ernsthaft? In der heutigen Zeit?«

Sie zuckte mit den Schultern. »So ist das auf dem Land eben.«

»Da ist aber noch mehr, ich sehe es dir an.«

Eleonora starrte in das leuchtende Rot des Weins. »Viele Dinge sind noch. An manchen Tagen weiß ich wirklich nicht mehr, wie ich weitermachen soll. Mir fehlen die Aufträge, die Mitarbeiter reden schlecht über mich, attestieren mir Unfähigkeit, und dann ...« Sie schwieg, weil es ihr schwerfiel, die Wahrheit auszusprechen. Dann gab sie sich einen Ruck. »Wenn bis zum Herbst kein Wunder geschieht, werde ich die Festanstellungsverträge des Schweizer Stammpersonals auf Ende des Jahres auflösen müssen. Mamma meint, dass es danach schwierig werden dürfte, die fachlich kompetenten Leute für eine Saisonstelle zu begeistern. Es gibt zwischenzeitlich genug Alternativen, und die Schweizer sind einen Saisonnier-Status, im Gegensatz zu den *italiani*, nicht gewohnt.« Sie biss sich auf die Lippen und spürte den Druck der Tränen in ihren Augenwinkeln.

Flurin sah sie betroffen an und schwieg.

»Die Zukunftsbau AG hat genug Geld, um ihren Mitarbeitern auch in den Wintermonaten die Löhne zu zahlen«, fuhr Eleonora fort. »Oder sie lagern ihre Leute einfach in eine andere Filiale um, bis der Schnee in der betreffenden Region geschmolzen ist. Dazu kommt, dass bereits außerhalb unseres Tals ganzjährige Arbeiten viel eher oder viel früher möglich sind, weil das Klima dort milder ist. Man muss also bloß einen etwas längeren Arbeitsweg in Kauf nehmen, um eine bessere Anstellung zu finden.«

Als sie nicht mehr weitersprach, räusperte sich Flurin. »Ist es nicht auch eine Frage der Loyalität, ob man bei Veränderungen, die aus der Not entstehen, einfach davonläuft oder bleibt?«, fragte er.

»Ganz genau, Flurin, das ist es. Doch wie mir Urs, mein Administrationsmitarbeiter, mitteilte, bröckelt gerade diese derzeit in meiner Firma.«

Nun rollte doch eine Träne über ihre Wange. Verärgert wischte sie sie weg und schniefte. Es war ihr peinlich, sich so schwach zu zeigen. Sie sollte Haltung bewahren, schließlich war sie Unternehmerin! »Meine Mutter und auch ich haben stets für ein faires Miteinander gekämpft. Das war uns immer wichtiger als Profit. Jetzt bin ich mir aber nicht mehr sicher, ob dieses Gemeinschaftsgefühl nicht vielleicht bloß mein Wunschdenken war und ich am Ende womöglich alleine dastehe.«

»Mit deiner Mutter zusammen immerhin. Sie wird dir bestimmt helfen«, versuchte Flurin sie aufzumuntern.

Eleonora schenkte ihm ein gequältes Lächeln. »Dazu wird ihre Kraft nicht mehr reichen. Papa ist krank und braucht ihre Hilfe. Und meine Großmutter ist alleine in Italien und verkraftet den Tod ihrer großen Liebe nicht.«

»Hm.« Flurin nahm einen kräftigen Schluck Wein und hielt den Blick gedankenverloren auf die Fensterfront gerichtet. Draußen war es bis auf die Lichter einiger Häuser, die durch die Nadelbäume zu ihnen durchschimmerten, stockfinster. »Mir war nicht bewusst, in welcher Lage du bist. Meine Firma kann im Flachland fast das ganze Jahr über arbeiten. Wir kennen diese Problematik nicht. Lass mich darüber etwas nachdenken, okay? Zusammen finden wir eine Lösung, ganz bestimmt.«

Nachdem sie die zweite Flasche Wein auch leer getrunken hatten, gingen sie ins Bett. Flurin entfachte das Cheminée im Schlafzimmer und dimmte die Deckenlampe herunter, sodass sie bloß noch ein goldenes Glimmen verströmte.

Zärtlich schloss er Eleonora in die Arme und schälte sie langsam aus ihren Kleidern. Dabei ließ er seine Lippen leicht wie eine Feder über ihre nackte Haut gleiten.

Eleonora streifte ihm Pullover und T-Shirt über den Kopf und streichelte mit den Fingerspitzen über seine muskulöse Brust und die weichen Haare rund um seinen Bauchnabel.

In einem langsamen Tanz entledigten sie sich ihrer restlichen Kleidungsstücke und näherten sich dem großen Doppelbett. Vorsichtig legte Flurin sie auf die samtenen Felle, die als Tagesdecke dienten.

Dieses Mal liebten sie sich behutsam. Ohne Hast.

Am nächsten Morgen wurde Eleonora von einem Sonnenstrahl geweckt, der sich durch einen Spalt der zugezogenen Vorhänge gedrängt hatte. Gähnend und blinzelnd streckte sie sich und wandte sich Flurin zu.

Seine Seite des Betts war leer.

Verwirrt setzte sie sich auf und lauschte. In diesem Moment wehten Geräusche aus der Küche zu ihr herüber, und der Duft nach frisch gebrühtem Kaffee drang in ihre Nase. Mit einem Lächeln auf den Lippen stieg sie aus dem Bett und streifte sich Leggins und Pullover über. Noch etwas benommen tappte sie hinaus in den großzügigen Wohnraum.

Sofort wandte sich Flurin zu ihr um. »Da bist du ja.« Ein Lächeln erhellte seine Gesichtszüge. Er kam auf sie zu, schloss sie in die Arme und drückte ihr einen Kuss auf den Mund. »Setz dich doch, ich bin gleich so weit. Magst du ein Ei?«

Eleonora folgte seiner auffordernden Geste mit dem Blick. Der Tisch war bereits mit allerlei Köstlichkeiten gedeckt. »Gerne, ja«, antwortete sie und setzte sich. Während er die Eier zubereitete, beobachtete sie das Spiel seiner Muskeln unter dem dünnen Pullover. Dabei stellte sie sich ihn als jungen Maurer auf der Baustelle vor.

»Flurin?«, fragte sie. »Wir haben gestern wieder nur über mich gesprochen. Wann zeigst du mir ein wenig mehr aus deinem Leben? Ich möchte nicht immer nur von mir erzählen und über meine Sorgen reden.«

Er kam mit zwei Eierbechern an den Tisch und setzte sich. »Mach dir deshalb keinen Kopf. Außerdem bist du bereits mitten in meinem Leben. In diesem Haus beispielsweise. Du kennst zudem meine Musik. Willst du dich ans Golfen wagen?« Belustigt zwinkerte er ihr zu.

»Du hast recht. Und: Nein, lieber nicht.« Sie köpfte ihr Ei und aß schweigend. Was genau erwartete sie eigentlich von ihm? Einen Vortrag wie bei einem Vorstellungsgespräch? Außerdem lernte man die Menschen am besten kennen, indem man einfach Zeit mit ihnen verbrachte.

»Ach übrigens: Ich habe vielleicht einen Lösungsansatz für dein Problem«, erklärte Flurin zwischen zwei Bissen Brot.

»Tatsächlich?« Eleonora schaute ihn neugierig an.

»Kennst du die Unternehmensunion?«, fragte er.

Sie schüttelte den Kopf. »Ist das so etwas wie Rotary oder Lions?«, fragte sie. Diese Vereinigungen kannte sie vom Hörensagen, waren für sie als Frau und Kleinunternehmerin jedoch unerreichbar. Sie waren meistens den Großen wie Sepp Caviezel vorbehalten.

»Nicht ganz. Die Unternehmensunion ist kein Serviceclub, sondern eine schweizweite Vereinigung von Unternehmen verschiedenster Branchen mit dem Ziel von Geschäftsempfehlungen. Es gibt in vielen Region einen Ortsverband. Jedes Gewerbe ist dabei, im Gegensatz zu gewöhnlichen Gewerbevereinen, nur einmal vertreten, sodass keine Konkurrenz innerhalb des Clubs entsteht. Als aktives Mitglied in meinem Gebiet habe ich mich heute Morgen schon mal ein wenig schlaugemacht. In deiner Umgebung wurde vor Kurzem ein neuer Ortsverband der Union gegründet, und die Baubranche ist dort noch nicht vertreten.« Er machte eine kurze Pause und nahm hastig einen Schluck Kaffee. »Ich könnte dir einen Vorstellungstermin organisieren. Du würdest von dieser Mitgliedschaft sehr profitieren. Der einzige Sinn und Zweck der Vereinigung ist es, sich gegenseitig unternehmerisch mit Aufträgen zu unterstützen oder solche an Bekannte, Verwandte und Geschäftspartner zu vermitteln. Anders als bei diesen regionalen Gewerbevereinen, die ja kaum mehr sind als ein Kaffeekränzchen, ist das sogar in den Statuten verankert.«

Eleonora war sprachlos. »Das würdest du für mich tun? Ich meine ... das wäre fantastisch! Ich bin sicher, dass sich viele größere Unternehmen in meiner Region um einen Platz in der Union reißen würden.« Dabei dachte sie vor allem an Sepp Caviezel.

»Aber natürlich«, lächelte Flurin. »Das Netzwerk pflegen und Verbindungen herstellen müsstest du selbstverständlich selbst. Ich habe allerdings keine Bedenken, dass dir das hervorragend gelingen wird.«

Kapitel 20

Der Mai neigte sich bereits dem Ende zu, als sich Eleonora an einem Dienstagabend gegen achtzehn Uhr mit gemischten Gefühlen einem neuen Abenteuer stellte. Flurin hatte ihr die Teilnahme als Gast bei einem Treffen der Unternehmensunion in ihrer Region ermöglicht. Die alle zwei Wochen stattfindende Zusammenkunft der Geschäftsführer fand in Chur im Konferenzsaal eines Restaurants am Stadtrand statt.

Nervös strich sich Eleonora die Hände an ihrem Kleid ab, als sie aus ihrem Auto ausstieg. Weiße Schlieren überzogen den hellblauen Himmel, und der hier oft auftretende Föhnwind wärmte ihr Gesicht. In der ältesten Stadt der Schweiz war es um diese Jahreszeit bereits sommerlich mild.

Eleonora hatte sich für die heutige Einladung absichtlich ein elegantes, ärmelloses Schlauchkleid mit einer weißen Stehkragenbluse darunter angezogen. Ihre langen dunkelbraunen Haare hatte sie zu einem lässigen Knoten hochgesteckt, aus dem noch einige gelockte Strähnen herausfielen.

Über dem Eingang des einstöckigen Gebäudes prangten die noch dunklen Leuchtbuchstaben *Restaurant Krone* neben einem Krönchen-Piktogramm. Mit seiner schmucklosen Betonfassade, dem Design aus den Sechzigerjahren sowie dem immergrünen Gestrüpp in klobigen Betontrögen wirkte es auf Eleonora wie eine Lehranstalt oder eine Krankenhauskantine.

Eine automatische Glasschiebetür öffnete sich, als sie beim Haupteingang ankam. Das Innere des Restaurants war in gedimmtes, goldenes Licht getaucht. Leise Klaviermusik rieselte aus Lautsprechern an der Decke. Eleonora sah sich um. Im Schankraum hatte man die Überbleibsel der Vergangenheit wie den Teppichboden, die Sichtbetonpfeiler und die Holzdecke mit modernen Materialien kombiniert. Schwarze Lackmöbel, abstrakte Bilder, indirekte Beleuchtung sowie geschmackvolle Dekorationsartikel in Glasvasen auf den Tischen verliehen dem Ambiente einen Hauch Frische.

»Kann ich Ihnen helfen? Möchten Sie gerne bei uns essen?«, fragte eine freundliche Dame in der klassischen Uniform des Servicepersonals, bestehend aus einer schwarzen Anzugshose und einer weißen Bluse mit Weste.

»Ich suche die Versammlung der Unternehmensunion«, erklärte Eleonora ihr Anliegen. Die Damen und Herren des Vereins nahmen traditionellerweise ein gemeinsames Abendessen ein, bevor sie sich ihrer Sitzung zuwandten.

»Folgen Sie mir bitte, die Unionisten essen immer separat im Konferenzsaal.« Die Serviceangestellte setzte ein freundliches Lächeln auf und ging dann voran. Ein lang gezogener, ebenfalls mit Teppich bespannter Flur führte vom Hauptraum weg. Vor der hintersten Türe links blieb sie stehen.

»Hier ist es. Darf ich Ihnen schon mal etwas zu trinken bringen?«

»Ein Wasser bitte. Vielen Dank.« Eleonora wartete, bis sich die Angestellte entfernt hatte, holte tief Luft und öffnete dann die Tür ins Unbekannte.

Ein Raum mit weißen Wänden, altmodischen Heizungs-
radiatoren unter den Fensterbänken und dem beliebten
Teppichboden zeigte sich ihr. Doch auch hier hatte man
sich, was Möbel und Dekoration anbelangte, an denselben
Stil wie im Schankraum vorne gehalten und versucht, die
Atmosphäre mit einer Prise Moderne aufzupeppen.
Stimmengewirr, vermischt mit dem Klirren von Gläsern,
schlug ihr entgegen. Ein Herr erblickte sie, gestikulierte
in ihre Richtung, und die Gespräche an der den gesamten
Raum einnehmenden Tafel erstarben.

Alle wandten sich zu Eleonora um. Am liebsten wäre sie
einfach davongelaufen und hätte sich im beschaulichen
Werkhof ihrer Baufirma verkrochen. Wie schon am Tag der
Bauwirtschaft stellte sie fest, dass die Handwerkerseele in
ihr einen weit größeren Teil einnahm als der Manager. Diese *Grauherrenversammlungen*, wie sie sie insgeheim nannte,
widersprachen ganz und gar ihrem Naturell. Getreu dem
Klischee waren die meisten Anwesenden tatsächlich männ-
lich und im Alter zwischen fünfzig und fünfundsechzig.
Die einzige Vertretung des weiblichen Geschlechts war eine
kleine, füllige Frau mit kurzen wasserstoffblonden Haaren,
die Eleonora etwa auf Mitte vierzig schätzte. Ansonsten gab
es noch zwei Herren, die sie etwa in ihrem Alter vermutete,
und das war's dann auch schon mit der Durchmischung der
Gruppe.

»Herzlich willkommen bei der Unternehmensunion. Ich
bin Christoph Müller, der amtierende Präsident dieses Vereins«, begrüßte sie der rotblonde Mann, der vorher gestenreich alle zum Schweigen gebracht hatte. Seine Kleidung,
bestehend aus einer modischen Stretchjeans, einem dunklen Jackett aus grobem Stoff und einem schlichten weißen

T-Shirt, sah aus, als sei sie mindestens eine Nummer zu klein gewählt worden. Die Anzugjacke spannte sich über den Schultern und war so eng, dass sie gar nicht geschlossen werden konnte. Unter dem T-Shirt wölbte sich eine extrem definierte, muskulöse Brust, die nach oben in einem Stiernacken endete. Auch der dünne Stoff der anschmiegsamen Hose ließ keine Zweifel daran, dass Christoph Müller der Pflege seiner Muskeln viel Beachtung schenkte. Für seine wässrig blauen Augen, die Sommersprossen und rötlichen Haare wirkte sein karamellfarbener Teint einige Nuancen zu dunkel. Strahlend weiße Zähne blitzten Eleonora entgegen, als Christoph ihr mit einem herzlichen Lachen die Hand schüttelte.

»Bitte setz dich doch zu uns, gleich wird die Vorspeise serviert.« Er wies auf einen freien Platz neben der anderen Frau.

»Ich bin Marna, Inhaberin einer kleinen Möbelschreinerei«, brummte die untersetzte Frau grinsend und zerquetschte ihr beinahe die Hand.

»Eleonora, Bauunternehmerin.« Sie erwiderte das Lächeln ihrer Sitznachbarin.

»Donnerwetter, das sieht man dir aber auch nicht an. Wenn ich es nicht gewusst hätte, dann hätte ich geschworen, dir gehört so eine Ich-werd-durch-meinen-Glauben-gesund-Drogerie.« Marna gab ein derbes Gackern von sich.

Bevor Eleonora gezwungen war, darauf etwas zu antworten, wurde der Salat serviert. Kurze Zeit später folgte der Hauptgang. Während sie aß, lauschte sie schweigend dem Small Talk der anderen.

»Du isst aber verdammt viel für eine Frau. Sieht aus, als hättest du den ganzen Tag noch nichts gegessen«, bemerkte

Eleonoras Gegenüber, nachdem sie ihren Teller mit großem Appetit leer gegessen hatte. Irritiert hob sie den Blick und spürte, wie das Blut in ihren Wangen pulsierte. Pius Durrer, so hieß der Besitzer einer Autowerkstatt, starrte sie neugierig an. Eleonora schätzte den dunkelhaarigen, glatt rasierten Mann etwa auf ihr Alter. »Frauen achten doch immer auf ihr Gewicht. Wenn sie so schlank und gleichzeitig so hungrig sind wie du ...« Er zuckte mit den Schultern. »Meine Freundin macht ständig so ein Intervallfasten. Ich kenne das.« Er zwinkerte und verzog den Mund zu einem anmaßenden Lächeln. Dabei blitzte es amüsiert in seinen braunen Augen. Lässig nahm er einen Schluck Wasser, ohne den Blick von Eleonora abzuwenden.

»Also, ich hätte ja geschworen, so ein Püppchen wie du isst gar nichts«, gab Marna mit ihrer dunklen Stimme zu.

Eleonora sah die beiden einige Sekunden sprachlos an. Sie holte Luft und wollte sich gerade rechtfertigen, als die Bedienung ihren Teller abräumte. »Für Sie noch ein Eis zum Nachtisch oder lieber nur einen Kaffee?«

»Kaffee gerne, danke«, antwortete Eleonora.

Pius' Grinsen wurde noch breiter, und Marna beschloss kurzerhand, der Süßspeise ebenfalls den Rücken zu kehren. »Meine Wampe muss ja nicht noch größer werden«, murmelte sie.

Nachdem alle ihr Dessert gegessen hatten und das Gedeck abgeräumt worden war, erhob sich Christoph von seinem Stuhl an der Stirnseite der langen Tafel.

»Verehrte Unionisten, es freut mich außerordentlich, dass ihr heute so zahlreich erschienen seid, um unseren Gast, Eleonora Mandelli, zu begrüßen und ihr einen authentischen Einblick in unser Vereinsleben zu gewähren. Zuerst werden sich dir die Mitglieder kurz vorstellen, Eleonora, danach hören wir natürlich gespannt, wer du bist.« Christoph schob sich napoleonähnlich die Hand auf die durchtrainierte Brust und ging einige Schritte hin und her. »Am besten fange ich gleich damit an.«

Er stellte sich breitbeinig vor sein Publikum, hielt die Arme angewinkelt und legte die Fingerspitzen aufeinander. »Mein Name ich Christoph Müller. Ich bin Personal Trainer, will heißen, ich verhelfe Menschen dazu, fitnessorientierter zu werden, in Shape zu bleiben und abzunehmen. Ein wesentlicher Teil meines Berufs umfasst jedoch auch das mentale Training. In den vergangenen Jahren hat sich meine Tätigkeit vermehrt dahin entwickelt, dass ich Menschen auf der Suche Orientierung gebe, ihnen zu mehr Erfolg im Leben verhelfe. Ich nenne es den *Sportgeist* ...« Er ließ das Wort effektvoll im Raum stehen und tigerte mit einem feinen Lächeln auf den Lippen hin und her. »Sportgeist bedeutet nichts anderes, als dass sich auch normale Menschen das mentale Setting von Spitzensportlern aneignen können, um in ihrem Leben, beruflich oder privat, das zu erreichen, was sie wollen. Spiel, Satz und Sieg.« Er ballte die Hand zur Faust und machte eine dynamische Bewegung durch die Luft. »Ich schlage daher vor, dass wir eine kleine Aufwärmrunde machen, bevor wir uns gegenseitig weiter vorstellen. Das dient auch gleich der Verdauung.«

Manche der Anwesenden stöhnten bei dieser Ankündigung leise, erhoben sich jedoch brav von ihren Plätzen. Eleonora tat es ihnen gleich und wartete gespannt, was jetzt wohl kommen mochte.

»Ich bin erfolgreich!« Christoph machte die Pose eines Bodybuilders und ließ seine Muskeln spielen. »Ich bin glücklich!« Er hielt sich mit melodramatischem Gesichtsausdruck die Hand aufs Herz. »Ich bin vollkommen gesund!« Er schwang die Arme in einem weiten Halbkreis über den Kopf. »Ziehen wir es durch!«, brüllte er zum Abschluss und untermalte die absurde Darstellung mit Fußtrampeln und Klatschen.

»Das macht er jedes Mal«, murmelte Marna, rollte die Augen und presste die Lippen zusammen. »Letztes Mal mussten wir einen imaginären Bob anschieben.«

»So, damit haben wir unsere Energie gebündelt, sind fokussiert und wach. Bitte, der Nächste«, erklärte Christoph Müller, nachdem alle gemeinsam seine Choreografie noch zweimal durchgeführt hatten. Er machte eine einladende Geste zu seinem Sitznachbarn, der, während sich die anderen wieder setzten, stehen blieb und sich kurz vorstellte.

So ging es noch eine geraume Weile weiter. Unter den Unionisten befanden sich zahlreiche Handwerker, aber auch Banker, Versicherungsfachleute, Bildungsanbieter sowie höhere Angestellte gesundheitlicher Institutionen. Ihnen allen war jedoch gemein, dass sie Firmenbesitzer, Geschäftsführer oder zumindest in einer hohen Führungsposition tätig waren.

Als Eleonora an der Reihe war, beschleunigte sich ihr Puls. »Mein Name ist Eleonora Mandelli, ich bin Bauunternehmerin. Die Wurzeln meiner Familie liegen in der Lombardei, wo meine Großmutter als erste Frau in der Familie das Bauunternehmen ihres Vaters übernahm. Ich trage das Erbe der Mandelli-Frauen nun bereits in dritter Generation weiter.« Sie ergänzte die kurze Vorstellung noch mit einigen sachlichen Angaben zu ihrem aktuellen Tätigkeitsgebiet und wollte sich dann wieder setzen.

»Eine Dynastie von Frauen in einer maskulinen Domäne also!«, rief Christoph begeistert und sprang auf. »Ist das nicht genial? Zeigt das nicht, wie mächtig Fokus, Durchhaltewillen und bestimmt auch Schmerzbereitschaft sein können? Sportgeist und Kampf in Reinkultur, meine Lieben!« Die anderen nickten. Eleonora war die überbordende Begeisterung des Präsidenten etwas peinlich. Aus Erfahrung wusste sie, dass das kreative Finden von Problemlösungen auch zum Alltag anderer Unternehmer gehörte, da bildete sie keine Ausnahme.

Der Rest des Unionisten-Treffens verlief, von den gelegentlichen Sporteinlagen des Präsidenten einmal abgesehen, recht interessant, wie sich Eleonora eingestehen musste. Einige der Mitglieder fragten sie sogar nach fachlichen Details, weil sie beispielsweise mit einer Natursteinmauer in ihrem Garten liebäugelten oder schon länger einen Unterstand für die Fahrräder ihrer Familie erstellen wollten. Flurin hatte mit seiner Erklärung über den Zweck des Clubs also richtiggelegen: Es bestand durchaus das Potenzial, mit einigen der Unionisten eine Geschäftsbeziehung zu pflegen.

Gegen neun Uhr wurde die Versammlung von Christoph für beendet erklärt. Die Mitglieder der Unternehmensunion verabschiedeten sich nochmals einzeln per Handschlag von Eleonora. Einer der Letzten, der ihr einen schönen Abend wünschte, war Pius, der ihr beim Essen und während der Sitzung gegenübergesessen hatte. Wie bei allen anderen auch, griff Eleonora nach seiner Hand und wollte sich verabschieden.

»Nein, ich bin nicht verlobt«, sagt er, grinste und hielt ihre Hand weiterhin fest.

»Bitte?« Eleonora verstand nicht, was er ihr sagen wollte.

Er schielte auf ihre ineinander verschlungenen Hände. »Es ist mir nicht entgangen, dass du unauffällig versucht hast, einen Blick auf meinen rechten Ringfinger zu erhaschen. Verheiratet bin ich übrigens auch nicht.« Er hielt die linke Hand hoch. »Aber keine Sorge, ich bin das gewohnt. Das ist immer das Erste, was Frauen an einem Mann interessiert. Insbesondere, wenn sie noch Wurzeln im katholischen Italien haben.« Er zwinkerte, ließ sie los und verschränkte die Arme vor der Brust.

Eleonora starrte ihn perplex an. »Ich ... also ... das muss ein Missverständnis sein«, erklärte sie.

Pius winkte lachend ab, klopfte ihr auf die Schulter und meinte: »Ist wirklich kein Ding, ich dachte bloß, wenn es dich schon interessiert, dann sage ich es doch besser gleich. Ich weiß ja, wie Frauen so sind.«

»Es interessiert mich nicht!«, widersprach ihm Eleonora und spürte, wie die anfängliche Verblüffung langsam aufsteigendem Ärger wich. Was glaubte er eigentlich, wer er war? Casanova? Sie mochte nicht das Temperament ihrer Mutter geerbt haben, aber irgendwann war auch bei Eleonora Schluss mit Langmut. Mit diesen Worten wandte sie sich demonstrativ und mit glühenden Wangen von Pius ab. Dieser kommentierte ihren wütenden Kommentar jedoch nur mit einem belustigten Schnauben.

Eleonora holte tief Luft, setzte ein möglichst entspanntes Lächeln auf und suchte Christoph, um sich von ihm zu verabschieden.

»Herzlichen Dank, dass ich heute mit dabei sein durfte. Die Unternehmensunion ist eine spannende Vereinigung, der Abend hat mir sehr gut gefallen.« Das entsprach zwar nicht ganz der Wahrheit, Eleonora sah jedoch auch eine Chance in diesen regelmäßigen Treffen.

»Das freut mich außerordentlich!« Christoph zerquetschte ihr beinahe die Hand. »Wir halten es hier so: Wir warten nun auf dein Feedback. Wenn es dir bei uns gefallen hat und du einen Beitritt zu unserer Runde in Erwägung ziehst, berät die Union bei nächster Gelegenheit darüber und stimmt ab. Für die Aufnahme von Neumitgliedern ist leider Einstimmigkeit erforderlich. Da du vom Berufsfeld her jedoch niemanden konkurrenzierst und dich heute bereits gut eingelebt zu haben scheinst, mache ich mir deswegen nicht allzu große Sorgen.« Er zwinkerte. »Also, schlaf nochmals drüber, meditiere, mache ein paar klärende Körperübungen und gib uns dann Bescheid, wie dein Entscheid ausfällt. Mich persönlich würde es jedenfalls unheimlich freuen, dich in unseren Reihen begrüßen zu dürfen. Man trifft selten so spannende Menschen.« Er verbeugte sich mit vor der Brust gefalteten Händen und imitierte damit den thailändischen Wai. »Sollte sich eine Vereinsmitgliedschaft bei den Unionisten ergeben ... käme ich dann auch gleich mit einer Idee auf dich zu.« Ein geheimnisvolles Lächeln verzog seine Mundwinkel.

»Ähm, ja ... gerne«, antwortete Eleonora in Ermangelung einer Alternative. Sie wusste nicht, was er damit andeuten wollte. Baute er ein Haus oder so?

Eleonora verabschiedete sich und ließ sich kurz darauf mit einem Seufzer auf den Fahrersitz ihres Autos sinken. Sobald das Adrenalin nachließ, griff die Müdigkeit erbarmungslos nach ihr. Sie war seit den frühen Morgenstunden wach und permanent beschäftigt. Nun wollte sie einfach nur noch nach Hause, einige Yogaübungen machen und sich schlafen legen.

Ihr Handy meldete sich. Flurin wollte wissen, wie es gelaufen war. Sie vermisste ihn. Seit dem Wochenende in Maloja vor vierzehn Tagen hatte sie ihn nicht mehr gesehen, für Telefonate hatte es auch nur selten gereicht. Sie wünschte sich, er wäre näher und weniger beschäftigt. Die Sehnsucht nach ihm schürte allerdings auch die Leidenschaft in Eleonora.

Vielleicht war es dieses Feuer, das sie antrieb, Neues zu wagen.

»Wolltest du das, Nonno Lorenzo?«, fragte sie in Gedanken.

Sie erhielt keine Antwort.

Kapitel 21

Zwei Tage später drang das hohe Dröhnen eines Mofas über den Werkhof und an Eleonoras Ohr. Kurz darauf klopfte es an ihre Bürotür. Matthias Berger streckte, den Mofahelm in der Hand, den Kopf ins Zimmer.

»Guten Tag, Eleonora. Ich war gerade in der Nähe und dachte, ich komme rasch vorbei. Störe ich? Es geht um dein Buch.« Er hob lächelnd einen Plastiksack hoch. »Ich bin endlich zu einigen Infos gelangt. Entschuldige, dass das so ewig gedauert hat.«

»Matthias!« Eleonora schob ihren Stuhl zurück und warf einen Blick auf die Wanduhr. Es war bereits halb zwölf. Ihr Nacken spannte, und die Augen brannten von der konzentrierten Bildschirmarbeit.

»Hast du Lust, gemeinsam irgendwo eine Kleinigkeit zu essen?«, fragte sie und war über ihre eigene Initiative erstaunt.

Matthias schaute ebenfalls auf die Wanduhr, als hätte auch er die Zeit vollkommen vergessen. »Schon Mittag? Eigentlich wollte ich noch die Buchhaltung machen, aber ... Essen würde mir tatsächlich guttun.« Grinsend kratzte er sich am Kopf, was seiner Frisur den chaotischen Feinschliff verlieh.

Eleonora verkniff sich ein Grinsen. »Dann ... lass uns essen gehen, und du erzählst mir, was du über das Buch meines Großvaters herausfinden konntest. Es gibt hier im Pub am Bahnhof gute Mittagsmenüs. So bist du zeitig zurück in deinem Buchladen, und ich kann hier weiter gegen meine Windmühlen kämpfen.« Es gelang ihr nicht, den leisen Frust aus ihrer Stimme fernzuhalten.

Matthias grinste. »Oder, was hältst du davon, wenn wir uns im Ort ein paar Sandwiches holen und irgendwo auf eine Bank setzen? Das Wetter ist einfach zu schön heute, und wir werden ohnehin den Rest des Tages drinnen verbringen müssen, du im Büro und ich im Laden. Wir könnten uns auf die Bank vor der reformierten Kirche, gleich gegenüber dem kleinen Brunnen, setzen. Das ist nicht sehr weit von hier.«

Eleonora sah ihn an und lächelte. »Prima, so machen wir es.« Sie griff nach ihrer Handtasche und begleitete Matthias in den Flur. Vor Urs' Büro blieb sie kurz stehen, öffnete die Tür und sagte: »Urs, ich gehe heute etwas früher in die Mittagspause. Ich sollte aber pünktlich zurück sein.«

Urs drehte den Kopf und starrte Matthias an. Das freundliche Lächeln, das eigentlich für Eleonora bestimmt gewesen war, so vermutete sie, gefror ihm im Gesicht und wirkte plötzlich künstlich.

»Natürlich, Boss. Ich halte hier derweil die Stellung. Vermutlich esse ich ohnehin nichts.«

Verärgerung stieg in Eleonora hoch. Hatten sie das Thema nicht zur Genüge besprochen?

»Bitte mach auch eine Mittagspause, Urs.« Sie gab sich Mühe, freundlich zu klingen.

»Dann werde ich heute Abend nicht fertig, und deine Ausländer reklamieren wieder. Nein, es geht nicht. Ich bin ohnehin nicht hungrig. Geht ruhig.« Er wandte sich erneut dem Bildschirm zu und erklärte das Thema somit für beendet.

Eleonora hätte sich auf eine Diskussion mit ihm eingelassen, hätte nicht Matthias neben ihr gestanden. Mit einem Seufzer drehte sie sich um. »Gehen wir.«

Sie traten hinaus auf den Werkhof und blieben vor Matthias' Mofa stehen. »Tja, also, damit wären wir natürlich schneller ...« Matthias sah Eleonora fragend an.

Diese grinste und wies auf den Gepäckträger des Fahrzeugs. »Wie wäre es damit? Ich bin nicht kompliziert.«

Matthias lächelte und reichte ihr den Helm. »Dann bestehe ich aber darauf, dass du den hier trägst.«

Lachend streifte sich Eleonora den viel zu großen Helm über, setzte sich rittlings auf den Gepäckträger des Mopeds und hielt sich an Matthias fest.

»Bereit für das Abenteuer deines Lebens?«, scherzte er und warf seine Maschine an. Eleonora hielt die Daumen hoch, und sie fuhren mit ohrenbetäubendem Lärm davon. Nach kurzer Fahrt bogen sie in die Bahnhofstraße ein, die zum Dorfkern führte. Die von verschiedenen Geschäften und Wohnblöcken gesäumte Straße war optisch irgendwo zwischen Vergangenheit und Moderne stecken geblieben. Klare Formen und Fassaden mit Glasbrüstungen an den Balkonen und frischen, hellen Farbtönen repräsentierten die Gegenwart. Dazwischen standen Häuser mit erdigen Fassadenanstrichen, moosüberwucherten Dächern, verspielten Erkerfenstern und charmanten kleinen Holzbalkonen. Aufgrund der an die Straße angrenzenden Privatgärten und Blumenrabatten vor manchen Wohnhäusern unterschied sich diese Dorfader markant von ihren städtischen Pendants.

Nachdem sie sich bei einer Bäckerei einige Sandwiches geholt hatten, fuhren sie weiter zur Kirche. In der Mitte des aus Verbundpflastersteinen bestehenden Vorplatzes wuchs eine Linde, daneben stand ein runder Steinbrunnen.

Matthias parkte sein Moped, stieg ab und half Eleonora von ihrem unbequemen Sozius. Gemeinsam steuerten sie die beiden Sitzbänke vor der fleckigen, teilweise mit Moos überwachsenen Friedhofsmauer an. Gleich daneben befand sich eine schmale Treppe, die durch ein verschnörkeltes Metalltor unter einem steinernen Torbogen hindurch auf das Kirchenareal führte.

Nachdem sie sich gesetzt hatten, wartete Matthias höflich, bis Eleonora ihr Sandwich ausgepackt hatte. Erst dann begann auch er zu essen.

»Wenn es für dich in Ordnung ist, erzähle ich dir nach dem Essen, was ich über das Buch herausgefunden habe, und zeige es dir. Ich möchte es beim Blättern nicht schmutzig machen und mit vollem Mund reden. Auf seine Weise ist das Buch sehr wertvoll. Es hat eine anständige Präsentation verdient.«

»Tatsächlich? Ich platze vor Neugierde«, klagte Eleonora in gespielter Enttäuschung und rollte die Augen.

Matthias zwinkerte ihr belustigt zu und erhob mahnend den Zeigefinger. »Das Warten lohnt sich.«

»Geduld ist nicht meine Stärke«, gab Eleonora zu.

»Meine zwischenzeitlich schon. Das macht der Chai«, erklärte Matthias und aß gemächlich weiter.

»Wenn es kein Geheimnis ist ... dürfte ich das Rezept einmal haben? Als Yogapraktizierende interessiere ich mich für Fernöstliches, auch wenn es bloß Tee ist.« Sie sah ihn abwartend an.

»Chai, Eleonora, ist nicht *bloß Tee*, es ist eine Wissenschaft. Aber ich teile meine Erkenntnisse gerne mit dir, wenn du das nächste Mal bei mir im Laden vorbeischaust.«

»Perfekt.« Eleonora lächelte und aß weiter.

Nach einer Weile tupfte er sich endlich mit einer Papierserviette den Mund ab.

»Also ... das Buch.« Er kramte in der Plastiktasche, holte es hervor und schlug den Buchdeckel auf. »Ich musste nebst meinem Bruder, der sich auf Fotografie versteht, wie du weißt, zahlreiche Kollegen kontaktieren, die ihrerseits wiederum Freunde anriefen, und die ... also so weiter halt.« Er wedelte mit der Hand durch die Luft und grinste. Eigentlich sah er ganz charmant aus, wenn er über sich selbst schmunzelte. »Die Sache ist die: Das Buch ist tatsächlich weitestgehend unbekannt. Außerhalb bestimmter Kreise. Alles fing damit an, dass die Schottin Ailis Duff, eine unbekannte Auftragsfotografin für Reisemagazine, die Schnauze voll hatte. Genug von schottischen Schlössern, den Highlands und deren klischeehafter Aufmachung. Sie war die Routine leid, und vor allem ödete es sie an, dasselbe zu tun, was tausend andere auch taten: schottische Burgen bei Sonnenaufgang oder -untergang zu fotografieren.«

Er holte kurz Luft und blätterte weiter zu der Seite, auf der die Fotografin und ein Mann mit Fotos vorgestellt wurden. »Ailis Duff wollte etwas Neues sehen. Eigenwillige oder ungewöhnliche Kombinationen fotografieren. Daher das Thema. Niemand reist der Schlösser wegen nach Japan, und es gibt davon auch nicht mehr besonders viele. Vielmehr denken wir bei Japan an Schreine und Tempel, an freundliche Menschen und gutes Essen. Und genau das reizte Ailis. Außer dem schlechten Bildband eines Amateurs konnte sie keine wertvolle fotografische, literarisch ergänzte Arbeit zu diesem Thema finden.« Matthias zeigte mit dem Finger auf das Foto des Herrn neben der schottischen Fotografin.

»Sie schaltete eine Annonce in Edinburgh und suchte einen Reisejournalisten, der gewillt war, mit ihr die ausgetretenen Pfade zu verlassen. In Benjamin Cook, einem gebürtigen Briten, fand sie eine Abenteurerseele alter Schule. Gemeinsam betraten sie Terra incognita: Sie schrieben ein mit Fotografien ausgestattetes Reisetagebuch vor dem Hintergrund japanischer Schlösser.«

Matthias machte eine kurze Pause und trank etwas Wasser.

»Aus dem Text geht außerdem hervor, dass sie einige der Bauwerke, sofern sie leer standen, unerlaubt betraten und teilweise sogar darin übernachteten, um ein Gefühl für das Gebäude und seine Seele zu erhalten.« Er lachte vergnügt und schüttelte den Kopf. »Das Buch hat auf eine sehr befremdliche und ungewöhnliche Weise also auch etwas Abenteuerliches und Spirituelles. Es ist somit kein gewöhnlicher Bildband mit historischen Informationen. Hier geht es vielmehr um persönliche Eindrücke, Erlebnisse und Gefühle. Es ist ein ... sehr individuelles, außergewöhnliches Werk, wenn du mich fragst.«

Er zeigte Eleonora noch einige Ausschnitte aus dem Werk und schloss das Buch dann. »Es verwundert daher nicht weiter, dass sich kein Verlag finden ließ, der es druckte. Es gab keinen Markt für so ein Werk. Schlösser in Japan interessierten niemanden, und zwei Andersdenkende, die in Schlafsäcken darin übernachteten und über die Vergänglichkeit sinnierten, waren auch nicht unterhaltsam. So dachten jedenfalls die meisten Verleger und lehnten das Werk ab.«

Er schwieg nachdenklich.

»Ja ... und was geschah dann? Haben sie es selbst veröffentlicht?« Eleonora konnte ihre Neugierde nicht mehr zügeln.

Matthias nickte. »Genau das haben sie getan. Richtig. Und eigentlich war die Geschichte damit zu Ende.«

»Eigentlich?« Eleonora musterte ihn von der Seite her und sah, wie sich seine Mundwinkel hoben. Dann sah er sie mit seinen karamellfarbenen Augen direkt an.

»Ganz genau. Ein paar Jahre später, kurz vor ihrer Pensionierung, gelang Ailis Duff und Benjamin Cook dann doch noch der Durchbruch. Ihr Name ist auch heute noch nur in Fachkreisen bekannt, aber sie haben sich definitiv eine goldene Nase verdient und sind in die Geschichte eingegangen, wenn auch in einem für manche Menschen unbedeutenden Kapitel.«

»Mach's nicht so spannend, erzähl schon: Was ist passiert?« Eleonora konnte ihre Ungeduld nicht mehr zügeln.

Matthias räusperte sich: »Also ... Duff und Cook ließen das Buch über die japanischen Burgen in einer kleinen Druckerei in Edinburgh drucken und verteilten es an Bekannte, Verwandte und Freunde, und diese wiederum kauften ihnen ihrerseits Exemplare ab, um sie zu verschenken. Die übliche Geschichte. Auf den ersten Blick. Eines dieser Werke gelangte jedoch auf Umwegen in die Hand eines außergewöhnlichen Schuhdesigners und Goldschmieds, der die beiden Handwerke auf eigenwillige Art und Weise miteinander kombinierte.«

Quälend langsam verschränkte Matthias die Arme vor der Brust, überschlug die Beine und fuhr lächelnd fort: »Seit Jahren arbeitete er anonym, unter wechselnden Namen, im Londoner Untergrund. Niemand wusste, wer er war, wie er aussah und woher er kam. Doch die ganze Welt brannte darauf, es zu erfahren. Die High Society riss sich förmlich um seine Kreationen. Alles Unikate natürlich. Seine Zeit war begrenzt, und sein Wille, für jemanden tätig zu werden, sehr unvorhersehbar. Wenn er jemanden nicht mochte, arbeitete er nicht für ihn oder sie. So simpel war das.«

Matthias schwieg geheimnisvoll und grinste, als er Eleonoras ungeduldigen Gesichtsausdruck sah.

»Eines Tages klingelte bei Ailis Duff das Telefon. Ein Fremder war am Apparat und fragte höflich, ob sie wohl bereit wäre, zusammen mit ihrem Partner Benjamin Cook seine Memoiren zu verfassen. In Bild und Schrift, zu gleichen Teilen. Ailis hatte keine Ahnung, wem die tiefe Stimme am anderen Ende der Leitung gehörte, also zögerte sie. Der Fremde erklärte ihr, wer er war, doch an Phantome und anonyme Berühmtheiten glaubte sie schon gar nicht. Sie war skeptisch, und das merkte er. Schließlich, so erzählt man, fing er an zu lachen und sagte: ›Siehst du, Ailis Duff, genau deshalb frage ich dich und niemanden sonst. Ich habe euer Buch über die japanischen Burgen gesehen und sofort erkannt, dass wir Verwandte im Geist sind. Du bist eine Querdenkerin, eine Rebellin, neugierig, nonkonformistisch und eigenwillig. Genau wie ich. Genau wie dein Journalisten-Partner. Ich wusste, dass ich euch kontaktieren musste, denn ein zweites Mal würde ich so jemanden nicht finden. Natürlich überlasse ich euch den Entscheid. Aber wenn ihr beide meine Memoiren nicht schreiben wollt, dann wird es niemand tun.‹ Ailis erbat sich Bedenkzeit. Sie musste sich mit Benjamin beraten.« Matthias machte eine Pause, um einen Schluck zu trinken.

Eleonora grinste. »Sie haben es gemacht. Hab ich recht? Es war nach der Japanreise das Abenteuer ihres Lebens und hat ihnen überdies finanzielle Unabhängigkeit und die Freiheit verschafft, weiterhin ihren eigenen Ideen nachzugehen.«

Matthias nickte, und ein vergnügtes Glitzern blitzte in seinen Augen auf. »Du hast es erfasst. Ganz genau so war es. Ailis Duff war nie mehr gezwungen, langweilige Standardwerke über schottische Schlösser zu erstellen, ebenso wenig wie Benjamin Cook. Solange der Schuhdesigner und Goldschmied noch lebte, haben sie weiterhin eng mit ihm, dessen Namen bis zuletzt immer wieder wechselte, zusammengearbeitet. Sie und Cook waren die Einzigen, denen es erlaubt war, ihm bei der Arbeit über die Schulter zu schauen und ihn dabei zu fotografieren.«

Ehrfürchtig strich Eleonora mit den Fingern über den Deckel des Buches, das ihr Matthias nun, so er geendet hatte, reichte.

»Wie deine Großmutter schon sagte: Das Buch hat auch heute noch keinen Marktwert. Wer Ailis Duffs Geschichte jedoch kennt und sie mit Respekt betrachtet, weil eine Frau ihren Weg ging – einen sonderbaren noch dazu –, der hat damit einen Gegenstand von unschätzbarem ideellem Wert in der Hand.«

Die feinen Härchen in Eleonoras Nacken stellten sich auf, und ein Schauer rieselte über ihre Wirbelsäule. Plötzlich spürte sie den Druck der Tränen in ihren Augenwinkeln.

»Jetzt verstehe ich, was mir Nonno Lorenzo damit sagen wollte. Es lohnt sich immer, mutig einen unkonventionellen Weg abseits der ausgetrampelten Pfade zu gehen. Ailis Duff hat es zusammen mit ihrem Partner eindrucksvoll bewiesen.«

Matthias wandte sich ihr zu und studierte ihre Gesichtszüge. Er kramte umständlich in seiner Hosentasche und reichte ihr ein Stofftaschentuch. »Es ist noch unbenutzt ... falls ... du es brauchen solltest.«

Gerührt nahm Eleonora Matthias' Taschentuch an sich und tupfte sich die feuchten Augenwinkel ab. »Danke.«

»Wenn dein Nonno sich derart große Mühe gemacht hat, diese Geschichte in deine Hände zu geben, dann wird er seine Gründe gehabt haben. Vor allem denke ich, dass er dir und deinem Talent großes Vertrauen entgegenbrachte«, sagte Matthias, während er sie ernst und ruhig ansah. »Und dass er mit seiner Vermutung richtigliegt. In dir schlummert großes Potenzial.«

Erstaunt musterte ihn Eleonora. »Findest du?«

»Aber natürlich, Eleonora.« Matthias sah sie ernst an und nickte. Erst nach einer gefühlten Ewigkeit wandte er den Blick wieder ab und sah auf seine Armbanduhr. »Es ist schon halb zwei. Wir sollten uns vielleicht langsam wieder um unsere Geschäfte kümmern.«

Als Eleonora seinem Blick folgte, entfuhr ihr ein spontanes Lachen. »Ist das eine Flick-Flack-Kinderuhr?« Sie traute ihren Augen nicht.

Matthias grinste und winkte augenrollend ab. »Das ... äh, genau. Meine Uhr ist kaputt, und bis sie repariert ist, dauert es eine Weile. Mein Patenkind hat darauf bestanden, dass ich seine Uhr nehme. Er kommt regelmäßig vorbei, um nachzusehen, ob ich das Ding auch wirklich trage.« Matthias grinste und zuckte mit den Schultern. »Anfangs habe ich die Uhr immer ausgezogen und kurz vorher übergestreift. Nach ein paar Tagen habe ich dann aber festgestellt, dass sie doch ganz praktisch ist.« Er zwinkerte ihr zu.

»Du bist witzig.« Fasziniert musterte Eleonora ihn von oben bis unten. Die Stoppeln seines Mehrtagebarts glitzerten in der Mittagssonne. Erst jetzt fiel ihr auf, dass er für einen Mann erstaunlich lange Wimpern besaß, die ihm einen sensiblen Anstrich verliehen.

»Danke, Matthias«, sagte sie schließlich und suchte seinen Blick. »Du hast mir mit deiner Recherche sehr geholfen. In meinem Inneren herrscht nun ein wenig mehr Klarheit. Was schulde ich dir dafür?«

Matthias winkte ab. »Ach nichts, Eleonora, das habe ich erstens gern gemacht, und zweitens hat es mich selbst interessiert. Du kaufst bestimmt wieder einmal ein Buch bei mir und trinkst einen Chai mit mir, das würde mich freuen und reicht als Gegenleistung.«

Sie erhoben sich von der Bank und standen sich eine Weile unschlüssig gegenüber. Dann griff Matthias nach seinem Mofahelm und reichte ihn Eleonora.

»Hier. Ich fahre dich selbstverständlich zurück in den Betrieb.« Ohne ihre Antwort abzuwarten, ging er zu seinem Moped, startete es und kam mit knatterndem Motor neben Eleonora zum Stehen.

Mit einem breiten Grinsen setzte sie den Helm auf und kletterte wie schon vor dem Mittagessen auf den schmalen Gepäckträger.

Als sie ihm, auf dem Werkhof angekommen, den Helm zurückgab, schaute Matthias sie nachdenklich und mit einem feinen Lächeln an. »Vielleicht solltest du wirklich Burgen oder so was bauen«, sagte er. »Ich glaube, das würde dir gut stehen.« Und mit diesen Worten wendete er das Mofa, hob die Hand zum Gruß und fuhr davon.

Auf dem Weg in ihr Büro schaute Eleonora kurz bei Urs vorbei. »Bin wieder zurück. Ist leider etwas später geworden.«

Urs hob den Blick von seinem Computer und starrte sie mit regloser Miene an. »Ich konnte leider keine Mittagspause machen, das Telefon hat ununterbrochen geklingelt. Lieferanten, Chauffeure, Behörden«, erklärte er mit monotoner Stimme.

»Aber doch nicht zwischen zwölf und eins? Da machen doch die anderen auch eine Pause.« Eleonora legte die Stirn in Falten und musterte ihn aufmerksam. Irgendwas war anders als sonst.

»Tja, man möchte es meinen, heute jedoch nicht. Außerdem ...« Er wies mit der Hand beiläufig auf den kleinen Ablagetisch vor seinem Schreibpult. »Wäre ich nicht hier gewesen, hätte niemand diese Blumen für dich in Empfang genommen.«

Erstaunt trat Eleonora näher und fischte die beigelegte Karte aus dem Kuvert.

Du fehlst mir. Ich liebe dich. Flurin.

Eleonora spürte, wie sie errötete.

»Schon wieder ein Verehrer?« Urs lachte blechern.

»Die Blumen sind von meinem Freund. Andere Verehrer gibt es nicht«, antwortete sie knapp und nahm den Strauß an sich.

»Mhm«, grummelte Urs mehrdeutig und tippte dann hektisch etwas in den Computer. »Wusste gar nicht, dass du einen Freund hast.«

»Das ist auch noch ganz frisch. Du kennst ihn, er war einmal hier. Flurin Spalinger, er ist ebenfalls Bauunternehmer«, erzählte sie, auch wenn es ihn eigentlich nichts anging.

»Ah, der also. Roter Porsche Cayenne?«, fragte Urs spitz und sah sie herausfordernd an.

Eleonora zuckte mit den Schultern. Sie hatte keine Lust, sich zu rechtfertigen oder das Ganze zu kommentieren. Urs' schlechte Laune würde vorbeigehen. Da sie nichts sagte, fuhr er fort: »Ich kann mich gut an ihn erinnern, und wie er dich angesehen hat. Pass nur auf, dass das alles nicht zu schön ist, um wahr zu sein.«

»Ich denke, dass ich erwachsen genug bin, mir über die Menschen ein eigenes Urteil zu bilden. Aber danke für den Hinweis«, entgegnete Eleonora nun auch eine Spur schärfer.

Urs schwieg und starrte auf seinen Bildschirm.

Auf dem Weg in ihr Büro begegnete Eleonora ihrer Mutter. Offenbar hatte diese das seltsame Gespräch mitgehört, denn sie hob bedeutungsvoll eine Augenbraue, sagte jedoch nichts.

Bisher hatte Mamma es nie ausgesprochen, doch es war für Eleonora stets offensichtlich gewesen.

Ihr Mutter konnte Urs Huber nicht leiden.

Kapitel 22

Es war Freitagabend, und das Wochenende stand vor der Tür. Wehmütig schielte Eleonora immer wieder auf ihr Telefon, doch es schwieg. Sie hätte sich gewünscht, Flurin zu sehen. Ihnen beiden war bewusst, dass eine Fernbeziehung in ihrem Fall nicht einfach zu bewältigen war. Flurin engagierte sich neben seiner Arbeit zusätzlich bei zahlreichen Verbänden, Vereinen und politischen Ämtern, was oft seine Abende und Wochenenden in Anspruch nahm, und auch Eleonora war mit ihrer Firma mehr als ausgelastet.

Als der Zeiger der Werbewanduhr in Eleonoras Büro gegen vier Uhr rückte, seufzte sie. Wie es aussah, würde es dieses Wochenende wohl wieder nichts werden mit ihnen beiden. Schon seltsam, dass einem das Alleinsein so schwerfiel, sobald man einmal die Süße geteilter Leidenschaft gekostet hatte. Jahrelang hatte sie kein Problem damit gehabt, ihre Sonntage allein zu verbringen, doch seit dem Wochenende in Maloja fühlte sich jeder Abend ohne Flurin an, als fehlte ihr etwas. Natürlich war das absurd. Früher hätte sie behauptet, Menschen, die so empfanden, sollten unbedingt psychologische Hilfe in Anspruch nehmen. Heute … konnte sie sich selbst nicht aus dem Sog der Sehnsucht befreien.

Also tat sie das, was sie am besten konnte, und versank in ihrer Arbeit am Computer. Konzentriert trug sie

Materialkosten zusammen, schätzte Arbeitsstunden, multiplizierte sie mit dem Preis pro Stunde und schlug fünfzehn Prozent hinzu, um die indirekten Kosten sowie Gewinn und Verlust abzudecken.

Bis es an ihrer Bürotür klopfte.

Eleonora hob den Blick, und ihr Herz setzte eine Sekunde lang aus.

Da stand er, mit lässig verschränkten Armen an den Türrahmen gelehnt, ein breites Grinsen auf dem Gesicht.

»Flurin?« Sie blinzelte ungläubig. Langsam erhob sie sich und trat auf ihn zu.

»Ich dachte mir, ich überrasche dich.« Er warf einen Blick auf seine Armbanduhr. »Es ist bald Wochenende und ... wir haben uns lange nicht mehr gesehen. Zu lange.« Er trat einen Schritt auf sie zu, schlang die Arme um ihre Mitte und küsste sie.

Wärme durchflutete ihren Körper. Gierig erwiderte sie seine Umarmung und den leidenschaftlichen Kuss. Sein herber Duft drang in ihre Nase und entlockte ihr einen leisen Seufzer. Sie hatte ihn furchtbar vermisst.

Als sie sich voneinander lösten, fragte sie: »Darf ich dir einen Kaffee anbieten oder ... fährst du gleich weiter?« Bei dem Gedanken daran zog sich ihr Herz ein wenig zusammen.

Flurin lachte. Rau und tief. »Nur wenn du mir kein Obdach gewährst. Ansonsten, würde ich es vorziehen, in deiner Nähe zu bleiben.« Er zwinkerte ihr zu.

Erleichterung durchflutete Eleonora, und sie lachte ebenfalls. Viel zu aufgekratzt. »Das klingt gut.«

In diesem Moment kam ihre Mutter zur Tür herein. Abrupt blieb sie stehen und sah sie beide an. »Herr Spalinger«, sagte sie überrascht.

Bevor die Situation allzu seltsam wurde, schaltete sich Eleonora dazwischen. »Machen wir es nicht kompliziert ... das ist meine Mutter Rosalba, und das ist ...« – sie machte eine Pause, ihr Blick zuckte kurz zu Flurin hinüber, und sie spürte, wie sie errötete – »... mein Freund Flurin.« Nun glühten ihre Wangen definitiv. Nicht etwa, weil es ihr in ihrem Alter peinlich gewesen wäre, einen Partner zu haben, sondern weil sie ihrer Mutter diesen Umstand dermaßen unvorbereitet und in diesem wenig intimen Rahmen mitteilen musste. Abgesehen davon stand die Tür zu Urs' Büro offen. Also hörte wohl auch er mit.

Höflich reichte ihre Mutter Flurin die Hand. »Freut mich, Flurin. Bleibst du übers Wochenende? Falls ja ... schaut doch mal auf einen Kaffee bei uns in Pany vorbei, wenn ihr Lust habt. Das würde meinen Mann bestimmt auch freuen.« Dabei glitt ihr Blick ausführlich über Flurins Gesichtszüge, seine Gestalt und blieb schließlich an seinen Händen hängen.

Erstaunt sah Eleonora ihre Mutter an. Sie hatte nicht erwartet, dass sie Flurin gleich zu sich nach Hause einladen würde. Mamma legte viel Wert auf Privatsphäre.

In Urs' Büro knallte lautstark eine Schranktür zu. Wenige Augenblicke später erschien er selbst mit der Jacke über dem Arm im Flur.

»Oh, machst du heute ein wenig früher Feierabend?«, fragte Eleonora freundlich.

»Ja, ich habe genug für heute, ich bin sehr müde«, antwortete Urs knapp. »Bei den vielen Überstunden, die ich leiste, dürfte es ja wohl kein Problem sein, wenn ich jetzt schon gehe.«

Eleonora sah ihn überrascht an. Den harschen Tonfall in seiner Stimme war sie nicht gewohnt. »Natürlich ist das in

Ordnung. Es ist bisher bloß nie vorgekommen. Dann wünsche ich dir ein schönes Wochenende.«

Ohne ihren Gruß zu erwidern, rauschte Urs an ihr vorbei zur Tür. Die beiden anderen sahen ihm überrascht nach.

»Im Betrieb redet man bereits über ihn, Eleonora«, sagte Eleonoras Mutter schließlich.

»*Im Betrieb*, Mamma, redet man noch ganz anderes«, erwiderte Eleonora. »Wir waren uns doch einig, dass wir das launenhafte Geschwätz der Leute nicht ständig auf die Goldwaage legen wollen. Nicht alles, was man sagt, meint man auch wirklich so.« Verärgert schüttelte sie den Kopf.

Ihre Mutter betrachtete sie irritiert. »Wie du meinst«, war alles, was sie schließlich erwiderte. Dann verschwand sie in ihrem Büro und schloss, entgegen ihrer sonstigen Gewohnheit, die Tür hinter sich.

»Entschuldige, dass du das miterleben musstest, Flurin. Ich weiß nicht, was heute los ist in diesem Betrieb.« Eleonora senkte die Stimme. »Meine Mutter leidet sehr unter der schlechten betrieblichen Situation und den familiären Belastungen.« Eleonora seufzte.

»Vielleicht macht sie sich auch bloß Sorgen um dich. Dieser Urs ist wirklich seltsam«, gab er zu bedenken. »Bei uns würde man es nicht akzeptieren, dass ein Mitarbeiter mit den Firmeninhabern so respektlos umgeht.«

»Ja, heute ist er etwas garstig, was bei ihm selten vorkommt, aber auch nur menschlich ist.« Eleonora schwieg nachdenklich. Dann sagte sie: »Wenn du sowieso auf mich wartest, hast du vielleicht Lust, mir bei einigen Kalkulationen zu helfen? Mich interessiert deine Meinung dazu.«

»Aber selbstverständlich. Mit Zahlen beschäftige ich mich sehr gerne.« Flurin folgte ihr zu ihrem Schreibpult.

Mit routiniertem Blick überflog er Eleonoras Berechnungen. »Schau mal, hier musst du aufpassen.« Er wies auf eine Position. »An dieser Stelle würde ich den Preis etwas senken und die Kosten umlagern, sieht insgesamt ansprechender aus.« Er hielt den Zeigefinger auf eine andere Zeile. »Da bist du zu vorsichtig. Das gibt der Markt erfahrungsgemäß nicht her.«

Fasziniert sah ihn Eleonora an. »Wow ... ich meine, ich weiß hier auch, was ich tue, aber du hast wirklich ein scharfes Auge für Zahlen.« Gedankenverloren starrte sie auf den Computerbildschirm. »Ich mag unsere kleine, beschauliche Firma sehr, aber manchmal würde ich mir einen zweiten Kopf wünschen, der mitdenken und mit dem ich mich beraten kann. Früher war das Mamma, aber sie zieht sich immer weiter aus dem Alltagsgeschäft raus. Mir fehlt ein Partner auf Augenhöhe, der mir hilft, wichtige Entscheide zu treffen und zu tragen. Mein Job ist manchmal ziemlich einsam.«

Flurin musterte sie ernst. »Warum suchst du dir nicht einen Bauführer für die Firma?«

Eleonora lächelte und seufzte. »Wenn wir größer wären, würde ich das tun. Aber eine solche Person und ihren Lohn können wir uns nicht leisten.«

Betroffen sah Flurin sie an. Nach einer Weile sagte er schließlich: »Wie wäre es denn, wenn ich dir meine Dienste anbiete? Im Sinne eines kostenlosen Erfahrungsaustauschs? Das würde bei uns niemanden stören. Du kannst dich jederzeit bei mir melden, wenn du Hilfe oder eine zweite Meinung brauchst.« Zärtlich griff er nach Eleonoras Hand und führte sie zum Mund. Während er einen Kuss auf ihren Handrücken hauchte, murmelte er: »Wir sehen uns ja ohnehin viel zu selten ... das würde uns die Möglichkeit geben, uns häufiger zu sehen oder zu hören.« Er grinste und zwinkerte ihr verführerisch zu.

Eleonora erwiderte sein Lächeln. »Was könnte ich bloß dagegen einzuwenden haben?«, scherzte sie. Und etwas ernster fügte sie noch an: »Das ist sehr edelmütig von dir, Flurin. Ich komme gerne auf dein Angebot zurück.«

»Das will ich doch hoffen«, murmelte er und küsste sie sanft auf die Lippen.

Eleonora erwiderte seinen Kuss und schielte auf die Uhr. »Los, wir machen jetzt Feierabend«, murmelte sie an seinen Lippen.

Gemeinsam verabschiedeten sie Eleonoras Mitarbeiter ins Wochenende, schlossen alle Tore und Türen ab und machten dann einen Abstecher zum lokalen Lebensmittel-grossisten.

»Wie wäre es mit selbst gemachter Pizza, Salat und einem guten Glas Rotwein?«, schlug Eleonora vor.

»Das klingt hervorragend!« Flurin schlang die Arme um sie. »Und danach hätte ich gerne dich zum Nachtisch, wenn das geht.«

»Das lässt sich machen«, raunte Eleonora und legte den Kopf an seine muskulöse Brust.

Den Samstag verbrachten sie trotz des sonnigen Wetters mehrheitlich im Bett. Sie hörten Musik, aßen hin und wie-der eine Kleinigkeit, holten all die Zärtlichkeiten nach, die in der letzten Zeit auf der Strecke geblieben waren, weil sie sich nicht gesehen hatten, und redeten. Über Eleonoras Fir-ma und das Buch, das Nonno Lorenzo ihr vermacht hatte.

»Was willst du denn mit japanischen Burgen? Denkst du, dein Großvater war verwirrt?« Flurin runzelte die Stirn und blätterte durch die Seiten mit den Fotografien. »Es wundert mich nicht, dass das Buch nie Beachtung fand. Ich finde es ziemlich verschroben.«

»Aber darum geht es doch gar nicht«, versuchte Eleonora ihm zu erklären, was Matthias ihr erzählt hatte.

Doch Flurin winkte nur grinsend ab und kitzelte sie, bis sie nicht mehr reden konnte. »Lass den Buchnerd aus dem Spiel, der ist bestimmt genauso kauzig wie das Buch.«

Am Sonntag rafften sie sich schließlich dazu auf, eine ausgiebige Dusche zu nehmen und Eleonoras Eltern auf einen Kaffee zu besuchen.

»Kommt rein«, hieß Mamma sie mit einem stolzen Lächeln willkommen, als sie Flurins erstaunt aufgerissene Augen bemerkte. »Mein Mann hat sich bei der Planung des Hausumbaus von der Arche Noah inspirieren lassen«, beantwortete sie seine unausgesprochene Frage. »Kaffee?« Vor der Tür in die Küche blieb sie stehen und wartete auf die Antwort ihrer Gäste.

Eleonora und Flurin antworteten wie aus einem Mund: »Sehr gerne, danke!«

Sie setzten sich auf die schwarze Couch im Wohnzimmer. Papa gesellte sich nach kurzer Zeit zu ihnen und schüttelte Flurin die Hand. Seine Mimik wirkte roboterhaft; heute musste erneut einer der weniger guten Tage sein. Normalerweise hätte Papa Mamma mit dem Kaffee und dem Gebäck geholfen. Es entsprach nicht seiner Art, seiner Frau die Bedienung zu überlassen. Der flüchtige Blickaustausch ihrer Eltern bestätigte Eleonora jedoch, dass sie vereinbart hatten, dass sich Papa zu den Gästen setzte. Seine Hände und sogar Arme zitterten auch im Ruhezustand dermaßen stark, dass es ihm nicht möglich gewesen wäre, ein Tablett zu tragen.

»Du bist also Teil der Familie Neukom und Mitglied der Geschäftsleitung der Firma?«, startete Papa die Konversation und lächelte Flurin aufmunternd zu.

»Das ist korrekt, genau. Heute bin ich nur noch Schreibtischtäter, das war aber nicht immer so. Eleonora und ich haben viele Gemeinsamkeiten, da auch ich zuerst Maurer und Bauführer gelernt habe.«

»Interessant«, sagte Mamma, stellte die Kaffeetassen, Zucker, Milch und *biscotti* auf den Salontisch und setzte sich neben Papa aufs Sofa.

Eigentlich hätte Eleonora mit ihrem Vater gerne über Nonno Lorenzos Buch geredet. Irgendetwas hielt sie jedoch davon ab. Vielleicht war es Flurins Unverständnis für das Geschenk oder auch bloß die Tatsache, dass es Papa heute nicht so gut ging. Matthias' Worte ließen sie allerdings nicht in Ruhe. Immer wieder hallten sie durch ihren Kopf: *Vielleicht solltest du wirklich Burgen oder so was bauen.*

»Worüber denkst du so angestrengt nach?«, fragte Mamma mit ihrem untrüglichen Instinkt.

Ertappt griff Eleonora nach ihrer Kaffeetasse und nahm einen ausgiebigen Schluck, um Zeit zu gewinnen. »Ach, über die Zukunft. Bald ist das zweite Quartal beendet …« Sie senkte den Blick. Ihre Mutter wusste auch ohne Worte, was dann bevorstand. Ein weiteres Treffen mit Isabelle Brand, der Treuhänderin.

»Aus diesem Grund habe ich dir die Verbindung zu den Unternehmensunionisten vermittelt. Wenn sie dich aufnehmen, kann das eine gewinnbringende Sache werden.« Flurin legte die Hand auf Eleonoras Oberschenkel.

Mamma schaute sie beide an, schwieg aber.

»Was für eine Union? Das kenne ich noch nicht?«, versuchte Papa, die sterbende Konversation erneut in Gang zu bringen.

Flurin erklärte ihm das Modell des Clubs mit Branchenexklusivität und Eleonoras damit einhergehende Chance. »Ich bin froh, wenn ich helfen kann«, erklärte Flurin und griff nach einem Gebäck. »Die harschen Bedingungen, mit denen Eleonora zu kämpfen hat, sind mir völlig fremd.«

»Das kann ich mir vorstellen«, sagte Mamma und betrachtete ihn mit ihren dunklen Augen.

»Wir von der Neukom Bau AG haben unsere Privilegien schon immer in den Dienst der Allgemeinheit gestellt. Mit unseren verschiedenen Stiftungen und Spenden unterstützen wir andere Menschen, denen das Schicksal nicht so wohlgesinnt ist«, erzählte Flurin weiter. Plötzlich nahm er Eleonoras Hand in seine und sah ihr tief in die Augen. »Ich habe noch nie eine Frau wie Eleonora getroffen, die sich auf so unkonventionelle Weise und mit so viel Leidenschaft für die Baubranche einsetzt. Viele männliche Kollegen können ihr nicht ansatzweise das Wasser reichen.«

»Dieser Meinung bin ich auch.« Ohne eine Miene zu verziehen, musterte Mamma sie beide und griff dann schließlich nach ihrer Kaffeetasse.

Wieder stockte das Gespräch, doch plötzlich durchschnitt ein schriller Ton die Stille.

Das Telefon klingelte.

Mamma erhob sich und ging zum Küchentisch, wo sie ihr Mobiltelefon hingelegt hatte.

»*Pronto?*« Dann wurde es sehr lange sehr ruhig.

Schließlich beendete sie den Anruf, wandte sich ihnen zu und schwieg.

Sie war kreidebleich.

Alarmiert erhoben sich Papa und Eleonora gleichzeitig von der Couch und eilten zu ihr.

»Was ist los, Liebling?« Papa suchte ihren Blick und legte ihr eine Hand auf die Schulter. Mamma starrte ins Leere. Ihre Lippen bebten.

»Das war Ernesto«, hauchte sie und schüttelte den Kopf. »Nonna Aurora ...« Ein Schluchzen hinderte sie am Weitersprechen. Tränen schossen ihr in die Augen. »Nonna Aurora hat versucht, sich mit Schlaftabletten umzubringen!«

Schockiertes Schweigen folgte ihrer Erzählung.

»Ernesto hat ihr das Leben gerettet, weil er zufällig nochmals in ihrem Zimmer vorbeigeschaut hat, um zu fragen, ob sie noch etwas braucht.«

Papa umarmte ihre Mutter und zitterte dabei so heftig, als hätte er Schüttelfrost.

»Mamma, wir müssen sie hierherholen.« Eleonora schluckte den Kloß in ihrer Kehle hinunter und blinzelte die Tränen weg.

»Lasst mich das organisieren«, schlug Flurin hilfsbereit vor und kam ebenfalls näher. »Ich fahre euch sehr gerne und helfe mit ...«

»Du hast recht, Eleonora. Rufst du bitte deinen Bruder Andrea an? Er soll alles in die Wege leiten und uns nach Argegno bringen. Wir holen Nonna Aurora zu uns. Ob sie will oder nicht.«

Kapitel 23

Vierzehn Tage waren vergangen, und der Juni, der eigentlich der erste Sommermonat werden sollte, zeigte sich beinahe so launisch wie der April. Nach einem milden Start in der ersten Woche schien der Regen nun überhaupt kein Ende mehr zu nehmen. Einige Bauarbeiten mussten sogar eingestellt werden, weil es zu Überschwemmungen gekommen war. Dafür ergaben sich ein paar wenige Notfalleinsätze, um Hangrutschungen und Wasserschäden zu beheben.

Eleonora war mehrheitlich auf sich alleine gestellt. Ihre Mutter konnte nur noch selten arbeiten. Die ständige Beaufsichtigung und Betreuung von Nonna Aurora sowie Papas Krankheit vereinnahmten sie so sehr, dass Eleonora bald anfing, sich auch um sie Sorgen zu machen. Aus Angst, dass Großmutter erneut versuchen könnte, ihrem Leben heimlich ein Ende zu bereiten, schlief Mamma nur noch schlecht – wenn überhaupt. Das zehrte an ihrem Nervenkostüm und führte dazu, dass sie erheblich an Gewicht verloren hatte.

Wie gern hätte Eleonora ihrer Mutter bei der Versorgung ihres Vaters und ihrer Nonna unter die Arme gegriffen, doch ihr oblag nun die Leitung der Baufirma, was sie voll und ganz vereinnahmte. Ihr Puls beschleunigte sich, und ein leichtes Zittern schüttelte jedes Mal ihre Hände, wenn sie daran dachte, was nun alles auf ihren Schultern lastete.

Flurin hatte sich wegen ihres Zustands und den zahlreichen Belastungen große Sorgen gemacht. Kurzerhand hatte er ihr deshalb eine Raumpflegerin organisiert, die ihr einmal in der Woche die Wohnung reinigte und ihre Wäsche wusch. Über die Kosten dieses Luxus hatte Flurin gar nicht erst diskutiert. »Lass das meine Sorge sein«, hatte er bloß geantwortet und das Thema gewechselt.

Eleonora rieb sich die Augen – es war erst sechs Uhr in der Früh –, straffte die Schultern und konzentrierte sich wieder auf ihre Kalkulation. Da klopfte es an ihre Bürotür.

»Einen wunderschönen guten Morgen! Na, sportlich unterwegs heute, Frau Mandelli?« Ohne auf eine entsprechende Einladung zu warten, betrat Christoph Müller, der Präsident der Unternehmensunion, ihr Büro. Er klatschte in die Hände und ließ Eleonora ungewollt zusammenzucken. »Ich bin begeistert, dass du nun ein aktives und vollwertiges Mitglied der Unionisten bist! Was für eine Bereicherung!« Ungeniert sah er sich im Raum um, beugte sich über herumliegende Papierstapel und fasste wahllos Gegenstände wie den Briefbeschwerer oder eine leere Tasse an.

»Ah, da wären wir ja gerade beim Thema. Sportlich ist das zwar nicht, aber auch ich brauche hin und wieder einen kleinen Spritzer Suchtmittel, um in die Gänge zu kommen. Es ist schließlich noch früh, und ich hänge noch etwas in den Seilen, weil ich gestern bis spätabends ein Model trainieren musste. Trinken wir einen Kaffee, bevor wir loslegen?« Christoph spannte die Muskeln, ließ die Gelenke knacken, drehte sich einmal um die eigene Achse und schaute Eleonora dann erwartungsvoll an.

»Ich mache dir gerne einen Kaffee. Ich selbst trinke seit einiger Zeit keinen mehr.« Eleonoras Nerven waren momentan dermaßen überstrapaziert, dass ihr Kreislauf auf Koffein allergisch reagierte, ihr schwindlig wurde und sie Herzrasen bekam. Sie warf einen Blick aus dem Fenster. »Das Wetter ist leider alles andere als ideal für unser Vorhaben. Wollen wir das Ganze nicht vielleicht doch auf einen sonnigeren Tag verschieben?«, schlug sie, wie schon einige Male zuvor am Telefon, vor.

»Papperlapapp! Das sind doch Bauleute, wettergegerbte Rowdys! Umso wichtiger, dass sie lernen, sich bei diesem garstigen kalten Wetter aufzuwärmen. Nur wer körperlich und geistig agil ist, ist auch in der Lage, Unfälle zu vermeiden. Glaub mir, ich bin nicht umsonst auch noch zertifizierter Delegierter der Schweizerischen Unfallversicherungsanstalt.« Christoph rieb sich motiviert die Hände, und Eleonora schenkte ihm ein mattes Lächeln. Sie hatte nicht erwartet, dass sie ihn umstimmen konnte. Ein Versuch war es jedoch wert gewesen.

Kaum dass sie ihren Beitrittswunsch zur Unternehmensunion geäußert und diese sie einstimmig aufgenommen hatte, hatte sich Christoph auch schon wie angekündigt bei ihr gemeldet. Eleonora hatte angenommen, es handle sich um die Anfrage für einen Auftrag, doch leider war das Gegenteil der Fall gewesen: Christoph wollte ihr *sein* Metier näherbringen und ganz klar bei ihr akquirieren. Er hatte ihr eine sportliche Einweisung in die Unfallprävention für ihre Mitarbeiter vorgeschlagen, mit der er angeblich bei anderen Unternehmen bereits beachtliche Erfolge verbuchen konnte. Eleonora hatte dem zwangsläufig zugestimmt, um den Präsidenten der Unternehmensunion nicht gleich zu verprellen – und natürlich in der Hoffnung auf ein baldiges Gegengeschäft. Trotzdem hatte sie ihm genaue Vorgaben gemacht, wie sie sich den Ablauf vorstellte und wie er mit den Mitarbeitern umgehen sollte.

»Ich fürchte einfach, dass meine Leute bei diesem Wetter kein Verständnis dafür haben werden«, beharrte sie auf ihren Bedenken. Sie ging ins Sitzungszimmer, um Christoph einen Kaffee zu holen.

»Mach dir keine Sorgen, Eleonora«, Christoph legte ihr kameradschaftlich die Hand auf die Schulter, während er ziemlich unappetitlich seinen Kaffee schlürfte. »Ich weiß, was ich tue. Ich bin ein Experte auf meinem Gebiet und mache das bereits seit über zehn Jahren. In meiner Kundenkartei befinden sich bekannte Großfirmen. Manche nennen mich sogar den Fitness-Magier.« Er lehnte sich lässig an die Wand und steckte eine Hand in die Hosentasche seiner Jeans.

»Tatsächlich.« Eleonora lächelte höflich und schaute auf die Uhr. »Wollen wir dann mal? Leider bleibt uns jetzt keine Zeit mehr, den Betrieb anzuschauen. Ich kann dir aber nach dem Event gerne noch einen Einblick in mein Tätigkeitsgebiet geben.« Erwartungsvoll blickte sie ihn an.

Er leerte seine Kaffeetasse, schüttelte den Kopf und winkte ab. »Heute geht das leider nicht, ich habe im Anschluss an das Training hier noch zwei Berufssportler, die für einen anstehenden Wettkampf auf Vordermann gebracht werden müssen. Kein Knüller ohne Trainer Müller!«

Eleonora schwieg und bedeutete ihm schließlich, ihr nach draußen auf den Werkhof zu folgen. Die Belegschaft suchte im Pausenraum Schutz vor dem Regen oder stand in kleinen Gruppen mit hochgeschlagenen Kapuzen vor dem Container. Obwohl die Sonne bereits aufgegangen war, ließen die dunklen Gewitterwolken am Himmel nur wenig Licht hindurch. Das trübe Grau spiegelte sich in den griesgrämigen Gesichtern der Bauarbeiter.

Mit einem mulmigen Gefühl betrat Eleonora den Pausenraum. »Könnt ihr bitte nach draußen kommen? Ich möchte etwas erklären.«

Die Mitarbeiter wechselten verwirrte Blicke und erhoben sich dann unter Grummeln und Stöhnen. Als alle draußen versammelt waren, räusperte sich Eleonora und strich sich eine nasse Haarsträhne aus dem Gesicht.

»Bestimmt fragt ihr euch, was jetzt auf euch zukommt. Christoph Müller hier«, sie zeigte mit einem gekünstelten Lächeln auf ihn, »hat sich anerboten, uns in unseren Betriebsabläufen zu unterstützen. Er ist Personal Trainer und berät nebst Berufssportlern auch zahlreiche Firmen, wie wir es sind. Heute geht es um Unfallprävention, auch hier ist Christoph ein ausgebildeter ...« Ihr fehlte das Wort.

»Spezialist, genau. Und das für jedes Wetter.« Christoph grinste und trat nach vorne. Der Regen lief ihm in Strömen über das Gesicht, und seine Jacke wies bereits dunkle Stellen auf, wo das Wasser sie durchtränkt hatte. »Ich arbeite unter anderem auch im Auftrag der Schweizerischen Unfallversicherungsanstalt und bin dort im Team Prävention tätig. Man hat festgestellt, dass viele Unfälle auf Baustellen geschehen, weil die Bauarbeiter nicht adäquat aufgewärmt und sportlich verkalkt sind, um es bildlich zu formulieren.« Er klatschte in die Hände und lächelte Eleonora freudig an. »Deshalb haben eure Chefin und ich nun beschlossen, dass wir jeden Morgen vor Beginn der Arbeit eine Viertelstunde gemeinsam turnen werden!« Er begann damit, auf der Stelle zu trippeln.

Eleonora starrte ihn mit weit aufgerissenen Augen an. Nein, so etwas hatten sie ganz sicher nicht beschlossen. Sie hatte mit Christoph klar vereinbart, dass er den Leuten bloß *erklären* und *zeigen* würde, wie so was ging, und sie es dann selbst auf den Baustellen umsetzen konnten.

»Los, los, macht mit! Das macht uns fit für den Tag, wärmt die Maschinerie auf und hilft uns, fokussiert und gesund zu bleiben! Agil mit Stil!«, rief Christoph und begann mit Kniebeugen.

Eleonora wäre am liebsten im Erdboden versunken. In den Gesichtern ihrer Mitarbeiter sah sie genau das, was sie auch empfand: Entsetzen. Gerne hätte sie ihnen erklärt, dass sie all das nur aus strategischen Überlegungen duldete und bei diesem Narrenzirkus nur mitmachte, weil sie es sich bei der momentan schlechten Auftragslage nicht leisten konnte, den Präsidenten der Unionisten vor den Kopf zu stoßen. Damit würde sie sich jede Chance auf eine Geschäftsempfehlung im Club verbauen.

»Arme in die Luft!«, brüllte Christoph. »Was seid ihr bloß für ein demotivierter Haufen! Mitmachen! Sportgeist, Freunde!«

Noch immer standen die Bauarbeiter reglos vor ihnen und starrten Christoph an, als hätte er den Verstand verloren.

Plötzlich trat Daniel Felber, der langjährige Maschinist der Mandelli AG, vor. Sein glühender Blick traf Eleonora mitten ins Herz. »Was soll diese verfluchte Scheiße?! Bist du komplett irre geworden? Glaubst du, ein bisschen Hampelmannspielen am Morgen rettet den Betrieb?«

Zustimmendes Murren begleitete seinen Ausruf.

»Er hat recht!«, rief Riccardo, einer der Vorarbeiter. »Besser wäre, Arbeit zu besorgen! Ich würde die Maschinerie lieber bei Bauarbeiten aufwärmen!«, äffte er Christoph nach. »Aber das ist ja gar nicht mehr möglich, weil wir nur noch so Kleinmist haben und keine anständigen Herausforderungen mehr wie früher!« Wütend ging er davon. »Das wäre uns unter deiner Mutter niemals passiert!«

Der Rest der Männer schwieg. Bleiernes Schweigen, das nur vom Prasseln des Regens auf das Containerdach unterbrochen wurde, erfüllte den Platz. Selbst Christoph hielt endlich den Rand. Dann, mit gesenkten Blicken, zerstreuten sich die Bauarbeiter, stiegen in ihre Fahrzeuge und fuhren mit heulenden Motoren auf die Baustellen.

Eleonora schluckte. Sie konnte nicht mit Sicherheit sagen, ob die Feuchtigkeit auf ihren Wangen wirklich nur dem Regen geschuldet war. Tief holte sie Luft und ballte die zitternden Hände zu Fäusten.

All das geschah nur, weil sie nicht bereit war, ihrer Treuhänderin zu gehorchen, wie es andere Firmeninhaber getan hätten. All das passierte, weil sie sich für die Schicksale jener, die von ihr abhängig waren, verantwortlich fühlte und kämpfte.

Für sie alle, für ihre Arbeitsstellen und für ihre Zukunft.

Offenbar war das jedoch schwer zu verstehen.

Plötzlich stieg Wut in ihr auf. Hatte sie es Christoph nicht gesagt? Erwähnte sie nicht, dass ihre Mitarbeiter bei diesem Wetter nicht empfänglich waren für so etwas? Abgesehen davon, hatte sie Christoph klare Anweisungen gegeben, aber die hatte er einfach missachtet. Wenn er in seinem Beruf so kompetent war, wie er stets hervorhob, hätte er ihrem Kundenwunsch nachkommen und sich daran halten müssen.

Stur und unnachgiebig hatte er jedoch auf seinen Vorstellungen beharrt.

Mit zusammengepressten Lippen und nur mühsam unterdrücktem Zorn wandte sie sich Christoph zu und starrte ihn wortlos an.

Dieser zuckte mit den Schultern und verzog den Mund zu einem gequälten Lächeln. »Hätte ich vorher gewusst, dass deine Leute dermaßen rückständig und einfältig sind, hätte ich mir das Ganze hier sparen können. Du weißt ja, ich bin sehr gefragt. Ich habe mir dir zuliebe extra Zeit genommen, um hierherzukommen.«

Eleonora schnappte empört nach Luft. Bevor sie jedoch etwas Spitzes erwidern konnte, fuhr er in seinem Sermon fort: »Ich habe das Gefühl, dass du deine Leute nicht ansatzweise im Griff hast. Vielleicht solltest du dich mal zu meinem neuen sportlich-mentalen Kurs ›Wecke den Sportgeist in dir‹ anmelden. Der könnte dir helfen, fokussierter und Respekt einflößender aufzutreten. Ein Problem, das ich übrigens vorwiegend beim weiblichen Geschlecht beobachte.« Er unterstrich seine Worte mit einem klebrigen Lächeln.

»Ich habe dir von Anfang an ausdrücklich gesagt, dass ich möchte, dass du meinen Leuten bloß eine Einführung in die Unfallprävention mit Beispielübungen aufzeigst und es ihnen dann selbst überlässt, wann und wie sie diese umsetzen«, erwiderte Eleonora, um Beherrschung bemüht.

Christoph hörte ihr jedoch gar nicht mehr zu. Er warf einen Blick auf seine Armbanduhr und sagte: »Du weißt, ich habe noch einen Termin. Es tut mir schrecklich leid, dass ich dir nicht länger beistehen kann. Wir finden gewiss eine Lösung für dich und dein Problem. Sendest du mir die korrekte Rechnungsadresse dann noch per Mail?« Er hob die Hand zum Gruß, stieg in seinen schwarzen Audi A3 und fuhr davon.

Gegen neun Uhr kam Urs. Eineinhalb Stunden zu spät. Nicht zum ersten Mal in letzter Zeit. Eleonora ging in den Flur, um ihn zu begrüßen und zu fragen, was los war. Als er zur Tür hereinkam, spürte sie bereits, wie ihr eine Woge tiefster Abneigung entgegenschlug. Urs' Mundwinkel hingen herunter, die Augen waren geschwollen, und dunkle Ringe umrahmten seine Tränensäcke. Er stank, man konnte es nicht mehr anders ausdrücken. Nach Schweiß, Alkohol und fettigem Essen. Seine dicken Lippen waren spröde und stellenweise aufgeplatzt. Seit einer Woche trug er nun denselben abgewetzten beigefarbenen Pullover und löchrige, ausgebeulte Jeans. Zwischenzeitlich waren seine grauen Bartstoppeln zu einem drahtigen, ungepflegten Bart gewachsen.

»Urs?« Eleonora verschränkte die Arme vor der Brust. Sie bemühte sich, die Frage weder wütend noch provokativ klingen zu lassen.

»Ich musste mit der Katze zum Tierarzt«, erklärte er. »Ich habe so viele Überstunden, dass das ja wohl kein Problem sein dürfte.« Seine Worte klangen wie eine Anschuldigung. Als hätte sie das alles so angeordnet.

»Schon wieder?« Eleonora runzelte die Stirn. »Wie gesagt, war ich von Anfang an gegen das Leisten so vieler Zusatzstunden, Urs.«

»Jaja, das kannst du leicht so sagen. Hätte ich nicht länger gearbeitet, wäre hier überhaupt nichts erledigt gewesen. Mir blieb gar keine andere Wahl, so wie dieser Laden hier strukturiert ist.« Er gab ein abfälliges Prusten von sich und machte eine aggressive Handbewegung, die das gesamte Bürogebäude einschloss. »Und ja: Schon wieder, ganz genau. Das kommt nun mal vor bei Tieren. Meine Alte ist ja nie zu Hause, um sich um das Vieh zu kümmern, das sie so unbedingt haben wollte. Typisch Weiber. Ständig wollen sie was, und kaum haben sie es, ist es nicht mehr gut genug.« Ohne sie eines Blickes zu würdigen, ging er in sein Büro und fuhr den Computer hoch.

Eleonora sah ihm verärgert nach. In letzter Zeit drängte sich ihr oft der Gedanke auf, dass sie mit Urs' Einstellung womöglich einen Fehler begangen hatte. Aus seiner anfänglich schlechten Laune, die sie für die normalen Schwankungen eines Menschen gehalten hatte, war ein Dauerzustand geworden, der sich immer mehr gesteigert hatte. Doch jemand anderen zu finden, war erfahrungsgemäß gar nicht so einfach. Schon auf ihr ursprüngliches Inserat hatte sich niemand mit entsprechender Qualifikation gemeldet, und zudem brauchte sie Urs jetzt mehr denn je, so Mamma kaum mehr im Büro war und deren Aufgaben auch noch ihr zufielen. Sie würde die Situation jedoch genau beobachten und sich im Bedarfsfall konkret Gedanken dazu machen müssen.

Als sie sich nach diesen Morgenstunden zurück an ihren Schreibtisch setzte, zitterten Eleonoras Hände noch mehr als zuvor.

Daher kam es ihr gerade gelegen, dass ein altbekanntes Mofa auf dem Werkhof vorfuhr, und Matthias wenig später mit nasser Jacke und einem schüchternen Grinsen bei ihr im Büro erschien.

»Störe ich?« Er wartete geduldig, bis Eleonora verneinte und sich mit einem Lächeln erhob.

»Komm doch rein, was führt dich zu mir?« Sie machte eine einladende Geste.

»Ach, bloß eine Kleinigkeit. Ich habe dir ja bei unserem letzten Treffen das Rezept meines Chais versprochen. Nun habe ich es endlich geschafft, es aufzuschreiben. Da ich es über die Jahre hinweg weiterentwickelt und perfektioniert habe, ist es etwas lang geworden. Der Einfachheit halber habe ich dir gleich ein Starterset mit dazu gepackt, damit du sofort loslegen kannst«, lächelnd hielt er ihr einen Korb voller Zutaten und eine Papierrolle hin, die optisch einer Pergamentrolle nachempfunden war. »Da du gerade keinen Bedarf an Büchern hattest, sodass ich dir das kleine Geschenk bei dieser Gelegenheit hätte geben können, dachte ich, ich schaue kurz vorbei. Bestimmt kannst du bei deinem turbulenten Alltag eine Dosis Energie und Lebensfreude gebrauchen.«

Sprachlos starrte Eleonora den Zutatenkorb an und nahm ihn entgegen. »Wahnsinn, Matthias, was für eine wunderschöne Überraschung! Du hast keine Ahnung, wie sehr du mir gerade heute damit eine Freude machst! Wollen wir uns vielleicht gleich jetzt einen Chai brauen? Ich habe ihn wirklich dringend nötig.«

Matthias lächelte, und das Hellbraun seiner Augen wirkte eine Spur heller, sodass es beinahe golden schimmerte. »Liebend gern, es gibt keinen falschen Moment für Entschleunigung.«

Zwei Stunden später knatterte er wieder davon.

Eleonora sah ihm nachdenklich hinterher.

Ein bisher unbekannter Frieden begleitete sie den Rest des Tages.

Kapitel 24

Der Juli neigte sich dem Ende zu. Es war ein später Sonntag-nachmittag, das Sonnenlicht hatte einen goldenen Schim-mer angenommen, und die Schatten bekamen längere Finger. Ein blauer, wolkengesprenkelter Himmel spannte sich von Bergspitze zu Bergspitze. Noch immer herrschten knapp dreißig Grad.

Eleonora parkte ihr Auto vor dem Haus ihrer Eltern in Pany und stieg aus. Einige Sekunden lang sog sie die frische, nach Heu und trockener Erde duftende Luft ein und lausch-te dem Gezwitscher der Vögel in den Bäumen rundherum.

Andreas Auto war nirgends zu sehen. Er war offenbar noch nicht da.

Mit einem schweren Seufzer trat sie auf die Haustür zu und klingelte. Sie hatte um ein Familienessen gebeten.

Papa öffnete ihr die Tür und umarmte sie, was er sonst nie tat. »Komm rein. Mamma ist im Wohnzimmer ... bei Non-na Aurora.« Seine Miene nahm einen gequälten Ausdruck an.

»Wie geht es ihr heute?« Eleonora betrat den Vorraum im Haus ihrer Eltern und lief an der Garderobe vorbei, die aus der alten Holzplanke eines Viehstalls gefertigt war.

»Gleich schlecht wie jeden Tag. Sie wird sich aber bestimmt freuen, dich und Andrea zu sehen.«

Da war sich Eleonora nicht so sicher. Die zu besprechenden Themen waren alles andere als leichte Kost. Vor zwei Tagen hatte sie sich mit ihrer Treuhänderin Isabelle Brand zu einem Gespräch über das Ergebnis des zweiten Quartals getroffen.

Die Gedanken an die Mandelli AG rückten jedoch in weite Ferne, als Eleonora Nonna Aurora in einem Sessel vor der großen Fensterfront im Wohnzimmer sitzen sah.

»Nonna ...«, hauchte Eleonora, ging in die Knie und streichelte ihr die Hand. Ihre Großmutter starrte jedoch nur mit reglosem Gesichtsausdruck in die Ferne.

»Er ist immer da«, flüsterte Eleonora, nahm Nonna Auroras Hand und legte sie ihr aufs Herz. »Hier wohnt er, für immer. In deiner Erinnerung.«

Plötzlich wandte Großmutter den Blick und schaute Eleonora an. »Da ist sein Grab, meinst du, in meinem alten Herzen, das irgendwann auch aufhören wird zu schlagen.« Ihr Mund bebte, und Tränen glitzerten in ihren Augen, als sie Eleonoras Kopf in beide Hände nahm. »Ich kann ihn nirgends sehen. Nicht im Gesicht deiner Mutter und auch nicht in deinem.«

Eleonora wusste, dass sie die Tatsache ansprach, dass ein für sie alle Fremder ihr genetischer Vorfahre war, nicht Nonno Lorenzo, den sie als solchen geliebt hatten.

Eleonora holte Luft, um ihre Großmutter zu beruhigen, aber die redete bereits weiter. »Ich war so absorbiert von meinen Träumen, meiner Arbeit und den schöpferischen Dingen, dass ich vergaß, was wirklich wichtig war.«

Verwirrt legte Eleonora die Stirn in Falten, schwieg aber, um Nonna Aurora in ihren Gedanken nicht zu unterbrechen.

»Warum haben wir nicht gemeinsam ein Kind gezeugt? Wir waren beide gesund?«, krächzte diese. »Ich hatte nie Zeit dafür, war so sehr mit Rosalba gefordert. Was war ich blind für das Offensichtliche. So gerne hätte er mir ein Kind geschenkt, auch wenn er Rosalba wie sein eigenes liebte. Doch ich sah nur meine eigenen Pläne, meine eigenen Visionen ... und er hat es akzeptiert, weil er mich immer so geliebt hat, wie ich war. Was gäbe ich heute darum, sein Lächeln in meinen Kindern und Kindeskindern sehen zu können. Ich hätte dann das Gefühl, dass er noch bei mir ist, bloß in anderer Gestalt.«

Hinter Eleonora raschelte es. Sie wandte sich um und sah, wie Mamma leise aus dem Raum lief und die Treppe in den oberen Stock nahm. Seufzend tätschelte sie Nonna Aurora die knochige Hand, erhob sich und ging nach oben.

»Mamma?« Vorsichtig klopfte sie an die Zimmertür ihrer Mutter.

»Es geht schon, Eleonora. Ich brauche einen Moment für mich«, drang es gedämpft durch die Tür, und Eleonora hörte, dass sie weinte.

»Sie hat es nicht böse gemeint, Mamma. Sie ist traurig und verwirrt. Die meiste Zeit weiß sie doch gar nicht mehr, wo sie ist und was sie sagt. Du weißt, dass sie dich von ganzem Herzen liebt.«

»Natürlich, Liebes. Es tut dennoch weh, diese Dinge zu hören. Manchmal frage ich mich selbst, welcher Teil von mir nicht in diese Familie gehört, verstehst du? Ich wäre gern Papas leibliches Kind gewesen, und ich wäre auf alle Ähnlichkeiten stolz gewesen.« Mamma schluchzte. Eleonora hätte sie gerne in den Arm genommen, respektierte aber, dass sie nun alleine sein wollte.

»Weißt du, Eleonora, sie hat es nie gesagt, trotzdem habe ich es manchmal in ihren Augen gesehen. Es gab immer Teile von mir, die sie nicht mochte, weil sie wusste, woher sie kamen. Von meinem leiblichen Vater. Wir hätten uns beide gewünscht, dass das nicht so wäre.«

Betroffen legte Eleonora die Stirn an die Tür und strich mit der Hand über das faserige Holz. Schließlich stieß sie sich mit einem Seufzer ab und ging nach unten. Zwischenzeitlich war auch Andrea angekommen. Sein Blick verriet, dass ihn Papa bereits über die jüngsten Ereignisse aufgeklärt hatte.

»Lass uns das Essen auftischen. Es gibt Brot und Antipasti. Etwas Einfaches«, verkündete Papa.

Schweigend deckten sie gemeinsam den Tisch.

»Weshalb hast du uns hergebeten, Eleonora?«, fragte Andrea schließlich, als sie sich schweigend gesetzt hatten.

Eleonora senkte den Blick und fischte eine Olive vom Teller. »Eigentlich wollte ich es mit allen besprechen, aber ...« Sie schaute in Richtung der Treppe. »Ich glaube nicht, dass Mamma nach Essen zumute ist, und Nonna Aurora sieht auch nicht besonders hungrig aus. Vielleicht ... ist es ohnehin besser, wenn Papa den richtigen Moment abwartet und es Mamma später in einer ruhigen Minute erklärt.«

»Wie du meinst.« Andrea nickte und füllte sich den Teller mit kaltem Fleisch, Oliven, Käse, eingelegtem Gemüse und einer Scheibe Brot.

Eleonora beschloss, nicht lange um den heißen Brei herumzureden. Sie fühlte sich erschöpft und niedergeschlagen, und das Schönreden von Tatsachen half ihr auch nicht weiter.

»Vermutlich muss ich die langjährigen Schweizer Festangestellten Ende des Jahres entlassen und auf den

Saisonnier-Status zurücksetzen. Wir hatten einen grauenhaften Zwischenabschluss. Isabelle Brand meint, es dürfte schwierig werden, das Defizit noch aufzuholen. Trotzdem gebe ich die Hoffnung auf ein Wunder noch nicht auf und habe mich daher gesträubt, die Kündigungen bereits zum Ende des Sommers auszusprechen. Aber ... es sieht schlecht aus.« So, jetzt war es raus. Die erhoffte Erleichterung kam jedoch nicht. Eleonora starrte auf den Teller vor sich. Ihr Magen zog sich zusammen, und das Zittern der Hände setzte wieder ein.

»Mein Schatz, das sind wahrlich schlechte Nachrichten. Meinst du, die Männer werden die neuen Verträge unterschreiben?« Papa griff nach ihrer Hand. Mitgefühl verdunkelte seine blauen Augen.

»Ich weiß es nicht«, flüsterte Eleonora. »Ich habe das Gefühl, dass mich die Bauarbeiter für die ganze Misere verantwortlich machen und für unfähig halten.« Ein leises Schluchzen entwich ihrer Kehle. »Ich habe alles versucht ...« Eine Träne tropfte auf den Tellerrand. »Jede Gelegenheit habe ich wahrgenommen, die Preise noch genauer kalkuliert, bin sogar der Unternehmensunion beigetreten. Aber nichts davon hat bisher etwas bewirkt. Im Gegenteil. Der Fall Hendriks hat ein noch größeres Loch in unsere ohnehin schon gebeutelte Kasse gerissen. Mir läuft die Zeit davon. Ich weiß nicht, was ich noch tun soll.« Und mit einem schluchzenden Lachen fügte sie noch an: »Außer Burgen oder so was zu bauen, wie es mein Buchhändler so wunderlich ausgedrückt hat.«

Niemand lachte.

»Was meinte er damit?«, wollte Andrea wissen und beugte sich interessiert nach vorne.

Eleonora erzählte ihm von Nonno Lorenzos Buch und der Geschichte rund um Ailis Duff und deren Partner Benjamin Cook. »Ich weiß es nicht«, gestand sie schließlich. »Vielleicht dass ich etwas anderes, etwas Eigenwilliges tun sollte. Genau das hat mir jedenfalls schon Nonno Lorenzo bei unserem letzten gemeinsamen Gespräch nahegelegt. Bloß, so simpel ist es angesichts der vorherrschenden Umstände nicht.« Verstohlen wischte sie sich einige Tränen aus dem Gesicht und atmete tief ein. »Und es löst mein Problem mit den Kündigungen auch nicht. Die Verantwortung, die ich trage, ist zu groß, um irgendwelchen kreativen Visionen und Tagträumen hinterherzujagen. Dazu fehlt mir außerdem die Zeit. Ich muss den Betrieb aufrechterhalten, Angebote schreiben, netzwerken ...« Sie zuckte hoffnungslos mit den Schultern. »Jetzt, wo Mamma kaum mehr da ist, umso mehr.«

Eleonora spürte, wie eine Welle der Enttäuschung sie erfasste, als sie in die ratlosen Gesichter der beiden Männer sah, von denen sie sich so viele Vorschläge erhofft hatte.

»Hör auf, dich für die Schweizer zu verwenden, Eleonora. Konzentriere dich auf dein Erbe, dein Blut«, krächzte Nonna Aurora, die die ganze Zeit über still in ihrem Sessel gesessen hatte.

Alle wandten erschrocken den Kopf. Eleonora seufzte. Nonna Aurora kämpfte immer noch einen kalten Krieg gegen die Schweiz, die ihr die einzige Tochter entfremdet und nach ihrem Empfinden entführt hatte.

»Das hat mit den Schweizern nichts zu tun, Nonna«, erklärte Eleonora verärgert.

»Du wirst dich noch an meine Worte erinnern.« Es klang weder verbittert noch verwirrt, sondern glasklar.

Kapitel 25

Normalerweise hätte sich Eleonora an einem warmen, sonnenintensiven Augustabend wie diesem mit einem Buch und einem eisgekühlten Tee auf die kleine, überwucherte Gartenveranda ihrer Wohnung gesetzt und den Tag später mit einigen Yogaübungen ausklingen lassen. Diesen Sommer jedoch verbrachte sie die meisten Abende im Büro.

Heute allerdings war sie kurzfristig als Mitglied der Unternehmensunion dazu verpflichtet worden, an einer Wohltätigkeitsveranstaltung zur Förderung talentierter Kinder teilzunehmen. Marna, die eigentlich hatte hingehen wollen, war wegen entsetzlicher Schwangerschaftsübelkeit verhindert. Ihre Ärztin hatte ihr deutlich von der Teilnahme abgeraten. Die Veranstaltung fand im Forum Ried, einem Eventzentrum in Landquart, statt. Die Union hatte sich bereit erklärt, den Aperitif zu sponsern und die Cateringfirma bei der Bedienung der Gäste zu unterstützen, denn die begabten Kinder erhielten nicht nur in den akademischen und künstlerischen Bereichen Förderungsgelder, sondern auch im handwerklichen Sektor, zu dem zahlreiche Unionsmitglieder gehörten. Wie man Eleonora erzählt hatte, fand der Anlass jedes Jahr im August statt und diente dem Zweck, sich bei Gönnern und Sponsoren mit kleinen Darbietungen der Kinder zu bedanken.

Eleonora kam sich in ihrer Serviceuniform, bestehend aus schwarzen Stoffhosen, einer weißen Langarmbluse sowie einer bronzefarbenen Krawatte mit dazu passender Kellnerschürze ziemlich deplatziert vor. Ein Tablett mit vollen Sektgläsern in der Hand balancierend, sah sie sich im Saal um. Obwohl draußen noch die Sonne schien, hatte man drinnen die roten Samtvorhänge zugezogen. Eine Bühne nahm den gesamten vorderen Teil des Raums ein, im hinteren Teil befand sich das Büfett. Zwischen den hohen weißen Pfeilern, die die Decke trugen, hingen dunkelblaue Stoffbahnen mit Sternenmotiven. Zusammen mit dem gedimmten bläulichen Licht und den auf den Stehtischen verteilten Kerzen verliehen sie dem Raum ein feierliches Ambiente.

Nach und nach strömten immer mehr Menschen in den Saal. Eleonora drehte ihre Runden, lächelte mechanisch und bot den Leuten abwechselnd Getränke oder kleine Häppchen an.

Nach einer halben Stunde wurde das Licht gedimmt, und Scheinwerfer erleuchteten die Bühne. Eleonora taten die Füße vom langen Stehen weh, und sie konnte das ständige Gähnen nur noch mit Mühe unterdrücken. Sehnsüchtig dachte sie an ihr Bett. Vielleicht sollte sie ihre Mitgliedschaft in der Unternehmensunion wieder kündigen. Bisher hatte sie noch keinen einzigen Auftrag von ihren Kollegen erhalten. Irgendwie hatte sie den Eindruck, dass sie sich immer weiter von sich selbst, ihren Überzeugungen und Wurzeln entfernte. Sie entstammte einer Dynastie von Handwerkern, und nun bettelte sie indirekt um Aufträge, indem sie hier mit einem Tablett durch diese Meute schwerreicher Gäste lief. Nonna Aurora wäre entsetzt, wenn sie Eleonora jetzt sehen könnte.

Das Mikrofon pfiff, als der Stiftungsleiter, ein hagerer, groß gewachsener Herr mit schütterem grauem Haarkranz, es einschaltete und um Aufmerksamkeit bat.

»Verehrte Gönner, Sponsoren, Talente und Eltern. Wir von der Stiftung *Jung begabt* freuen uns außerordentlich, dass wir auch dieses Jahr wieder hier beisammen sind. Bevor wir als Zeichen unserer Dankbarkeit einige Ausschnitte aus unserem Können und Wirken präsentieren, möchten wir uns der Reihe nach bei unseren großzügigen Sponsoren bedanken, die eine solch optimal zugeschnittene Förderung überhaupt erst möglich machen. Dank Ihnen, verehrte Anwesende, können diese Kinder ihr Potenzial vollends ausschöpfen!« Er machte eine kurze Pause, schaute auf seine Notizen, und ein breites Lächeln erhellte seine Züge. »Gerne bitte ich unsere größte Mäzenin, die jährlich drei Viertel der Spendengelder alleine bestreitet, zu uns auf die Bühne. Herzlich willkommen und ein inniges Dankeschön an Frau Sidonia Hendriks!«

Eleonora wäre beinahe das Tablett aus der Hand geglitten. Entsetzt starrte sie auf die etwas füllige Gestalt mit den kinnlangen Spaghettihaaren, die leicht humpelnd die Stufen zur Bühne erklomm. Frau Hendriks trug ein Kleid aus golden schimmerndem Brokatstoff, das die Form eines Müllsacks hatte. Der Stiftungsleiter schüttelte ihr die Hand und verharrte einige Sekunden in dieser Position, um den Fotografen die Möglichkeit zu geben, den freudigen Moment festzuhalten.

»Danke, meine Lieben«, säuselte Frau Hendriks mit einem maskenhaften Grinsen. »Diese Stiftung liegt mir so sehr am Herzen, weil mein Vater, Georg Hendriks, ein Mann mit sehr hohen Qualitätsansprüchen, stets der Meinung war, dass man jene, die sich redlich bemühen und hart arbeiten, belohnen sollte. Diese Kinder hier opfern jede freie Minute dafür, die beste Version ihrer selbst zu werden! Meine Hochachtung, bravo!« Sidonia Hendriks verneigte sich.

Eleonora spürte Wut in sich aufsteigen. Unfassbar!

Eleonora stellte ihr Tablett auf einen Stehtisch, griff nach einem der Sektgläser und leerte es in einem Zug. Die Kohlensäure des Schaumweins brannte in ihrer Kehle. Eigentlich mochte sie das herbe Zeug gar nicht, aber es beruhigte ihren Puls, und das Zittern ihrer Hände ließ nach. Das Chaos in ihrem Kopf wurde allerdings bloß lauter und wuchs zu einem regelrechten Sturm an. Eleonora hörte nicht mehr richtig zu, als der Stiftungsleiter mit seiner Lobrede fortfuhr, doch als er plötzlich etwas von der Zukunftsbau AG erzählte, zuckte sie erneut zusammen. Das wurde ja immer besser. All jene, die unbescholtene Bürger über den Tisch zogen und sich unrechtmäßig bereicherten, gaben ihr Geld nun effektheischend für diese Stiftung aus. Dabei wirkte das Schlagwort *Kinder* in der Presse natürlich wahre Wunder.

Was genau tat sie eigentlich hier? Gehörte sie mit der Unternehmensunion nicht genauso zu den Heuchlern, die sich hier einen guten Namen machen wollten? Die versuchten, in Kontakt mit den reichen Gönnern und Spendern zu kommen, um vielleicht Aufträge an Land zu ziehen und Beziehungen zu pflegen?

Die ersten Vorführungen der Kinder begannen, doch Eleonora hörte gar nicht mehr hin. In ihrem Kopf herrschte ein heilloses Durcheinander. Plötzlich kam sie sich verlogen vor. Wie war es bloß so weit gekommen, dass sie an demselben Anlass wie diese Sidonia Hendriks teilnahm, und das wohlgemerkt, um eine Sache zu unterstützen, die allein der

Imagepflege diente? Während ihr Betrieb darunter litt, dass dieselben Leute, die sich hier so spendabel zeigten, nicht bereit waren, die Arbeit einfacher Handwerker zu würdigen und zu bezahlen? Was für eine Welt war das?

Bevor sie sich jedoch weiter in ihrem Gedankenkarussell verlieren konnte, blieb ihr Blick an einer Person hängen, die sie, selbst wenn sie am anderen Ende des halbdunklen Raums stand, sofort erkannte.

In diesem Augenblick ging das Licht wieder an, und donnernder Applaus belohnte die kurzen Darbietungen der Kinder. Kurz darauf erfüllte das Summen der Stimmen wieder den Saal, Gläser klirrten und der Duft warmer Häppchen wehte zu Eleonora herüber. Eigentlich hätte sie sich nun beim Büfett mit den Köstlichkeiten eindecken und die Gäste damit bedienen sollen. Stattdessen ging sie Schritt für Schritt auf die Person am anderen Ende des Saals zu. Sicherheitshalber kniff sie einige Male die Augen zu und schärfte den Blick neu. Doch es blieb dabei.

»Flurin?« Sie legte ihm sanft die Hand von hinten auf die Schulter.

Langsam drehte er sich um und hob überrascht die Augenbrauen. Dabei schob er die linke Hand lässig in die Tasche seiner dunklen Anzughose. »Eleonora!« Er lächelte, wenn auch anders als sonst. Etwas verkrampft, wie sie fand. Auch machte er keine Anstalten, auf sie zuzukommen. Sein Gesprächspartner, ein Anzugträger um die fünfzig mit gefärbten schwarzen Haaren, musterte sie neugierig.

Eleonora sah Flurin an und überlegte fieberhaft. »Tja ... ähm ... was für eine Überraschung, dich hier zu sehen«, sagte sie schließlich, weil ihr nichts Besseres einfiel. »Gehört eure Firma auch zu den Sponsoren?«

Er fuhr sich durch die Haare und wich ihrem Blick aus. »Nein ... ähm ... das ist eine lange Geschichte. Ich hätte sie dir demnächst erzählt, aber sie ist noch nicht spruchreif.« Er leckte sich über die Lippen und wischte die rechte Hand an der Stoffhose ab. »Was machst du denn hier? Hast du nicht gesagt, dass du arbeiten musst und deshalb heute Abend nicht hier sein kannst?«

Eleonora fixierte ihn, ohne das Lächeln zu erwidern. Ihr Herz pochte immer schneller, und Wärme flutete ihren Körper. Sie hätte den Sekt besser nicht getrunken.

»Das ist eine kurze Geschichte, die du kennen würdest, hättest du meine SMS gelesen«, antwortete sie knapp. »Hattest du überhaupt vor, mir zu sagen, dass du in der Gegend bist?«

Flurin schwieg. Ein gequälter Ausdruck erschien auf seinem Gesicht. Das war Antwort genug.

In diesem Moment sah Eleonora, wie Sidonia Hendriks sich durch die Menge zu ihnen herüberpflügte.

»Flurin, was für eine Freude, dich hier zu sehen!« Die alte Hexe reichte ihm die gichtverkrümmte, mit schweren Ringen geschmückte Hand.

»Sidonia, die Freude ist ganz meinerseits!« Flurin deutete eine altmodische Verbeugung an und lächelte.

Verwirrt blickte Eleonora zwischen den beiden hin und her. Sie wies mit dem Zeigefinger abwechslungsweise auf Frau Hendriks und Flurin. »Ihr ... ihr zwei kennt euch?« Anklagend sah sie Flurin an. Sie hatte ihm von der Geschichte mit Frau Hendriks erzählt, und er hatte mit keiner Silbe erwähnt, dass er die alte Hexe kannte. Was wurde hier eigentlich gespielt?

»Bitte?« Frau Hendriks starrte sie irritiert an. Röte färbte ihre Wangen. Offenbar konnte sie Eleonora nicht einordnen und empfand die Tatsache, dass eine Servicekraft das Wort an sie gerichtet hatte, als Affront. Sie maß Eleonora mit einem langen Blick. »Was stehen Sie hier eigentlich so blöd herum? Werden Sie nicht fürs Servieren bezahlt? Ich hätte gerne noch einen Prosecco und ...«, sie verrenkte sich den faltigen Schildkrötenhals, »... und etwas von den warmen Häppchen. Du, Flurin?« Mit einem freundlichen, mütterlichen Lächeln legte sie ihm die Hand auf den Unterarm und ignorierte Eleonora.

Nun glühte auch Flurin und lockerte unauffällig seine Krawatte.

»Ich gehöre nicht zum Cateringteam, sondern zur Unternehmensunion, die diese Veranstaltung ebenso mit gesponsert hat wie Sie.« Provokativ reckte Eleonora das Kinn nach vorne.

Perplex wandte sich ihr Sidonia Hendriks zu. »Trotzdem ist es Ihre Aufgabe, uns zu bedienen, oder etwa nicht?« Sie betrachtete Eleonora eingehend. Mit jeder Sekunde, die verstrich, bildeten sich auf ihrer Stirn steilere Falten. »Moment mal ... kenne ich Sie nicht irgendwoher?«

»Das ist korrekt. Sie verschleudern hier gerade einen Teil des Geldes, das mir und meinen Mitarbeitern zustehen würde. Ich kann natürlich nachvollziehen, dass wir Proleten Ihnen nicht so viel wert sind und unsere Begabung gegen die kleinen Einsteins da vorne marginal erscheint, dennoch ... ist es eine Frage des Charakters, ob man das, was man bestellt hat, auch bezahlt. Oder eben nicht.« Mit diesen Worten machte sie auf dem Absatz kehrt und wollte davonlaufen.

»Hattest du wieder eine Affäre, Flurin? Anders kann ich mir das gehässige Maul dieser jungen Frau wirklich nicht erklären. Jedenfalls habe ich keine Ahnung, wovon sie spricht. Wie geht es eigentlich Gloria und den Kindern?«

Wie gelähmt blieb Eleonora stehen. Die Härchen in ihrem Nacken stellten sich auf, und ein Schauer rieselte über ihren Rücken. Langsam, sehr langsam, wandte sie sich erneut um und suchte Flurins Blick. Doch der schaute Sidonia an und ignorierte Eleonora. Die Alte wiederum schien sie überhaupt nicht zu bemerken. Eleonora betrachtete Flurins linke Hand, die immer noch in seiner Hosentasche steckte.

»Es geht ihnen gut. Sie sind in Dubai«, antwortete er kleinlaut, räusperte sich und nestelte an seiner Frisur herum. Rote Flecken leuchteten auf seinen Wangen und am Hals.

»In eurer Ferienresidenz? Wie schön! Aktuell soll es da zwar sehr heiß sein, aber das sind sie bestimmt gewohnt«, fuhr Frau Hendriks im Plauderton fort. Flurin brummte zustimmend.

Von einem inneren Impuls getrieben, brachte Eleonora den Abstand zwischen sich und Flurin hinter sich und riss seine Hand aus der Tasche.

Ein schlichter goldener Ring prangte an seinem linken Ringfinger.

Kapitel 26

Seit einer Stunde saß Eleonora bereits in der Badewanne im zwischenzeitlich erkalteten Wasser und trank Wein. Gänsehaut überzog ihren Körper, ihre Hände und Füße waren bereits schrumpelig. Die Flasche war mittlerweile so leer, wie sie sich innerlich fühlte. In ihrem Kopf tobte ein Sturm, und pochende Kopfschmerzen machten ihr das Denken beinahe unmöglich. Wofür sie allerdings ganz dankbar war. Sie war bei der Spendenveranstaltung einfach davongelaufen, ohne jemandem Bescheid zu sagen. Die Tränen hatte sie gerade noch so lange zurückgehalten, bis sie ihr Auto erreicht hatte. Dann waren die Dämme gebrochen. Zwischenzeitlich waren ihr die Tränen allerdings ausgegangen; eine dumpfe, stechende Leere war nun dort, wo ihre Gefühle wohnen sollten. Das Mobiltelefon, das schon gefühlte hundert Mal geklingelt hatte, lag unbeachtet in einer Ecke ihres Schlafzimmers.

Mit einem Seufzer erhob sie sich, schlang ein weiches Frotteetuch um sich und ließ das Wasser aus der Wanne. Sie warf einen kurzen Blick in den Spiegel und erschrak. Rot unterlaufene Augen starrten ihr entgegen, und ihr Gesicht sah bleich und eingefallen aus. Sie sah auf die Armbanduhr, die sie auf dem Waschbecken deponiert hatte. Es war bald Mitternacht.

Aus den Augenwinkeln sah sie plötzlich einen Schatten an der Tür. Sie drehte sich um und stieß einen spitzen Schrei aus. Entsetzt zog sie ihr Badetuch enger um den Leib.

Flurin stand mit hängenden Schultern im Türrahmen. Als sie Luft holen und ihn anbrüllen wollte, hob er beschwichtigend die Hand. »Darf ich es dir bitte erklären?«

»Wozu denn, es ist doch alles klar. Glasklar.« Eleonora schnaubte und wischte sich eine Wutträne aus dem Gesicht. Sie ärgerte sich, dass sie so naiv gewesen war und ihm einen Schlüssel zu ihrer Wohnung gegeben hatte. »Verzieh dich aus meinem Zuhause und lass den Schlüssel hier. Du hast hier nichts zu suchen.«

»Bitte hör mich an. Danach verschwinde ich, versprochen.« Der flehende Ausdruck in Flurins Augen wirkte echt. Konnte sie sich jedoch überhaupt noch auf ihre Wahrnehmung verlassen? Seine Liebe hatte sie auch als echt empfunden. Mit zusammengebissenen Zähnen und ohne ihn eines Blickes zu würdigen, zwängte Eleonora sich an ihm vorbei und ging in ihr Zimmer.

»Ich ziehe mir etwas über. Danach hast du eine Viertelstunde, mehr nicht.« Mit zitternden Händen und weichen Knien rubbelte sie sich kurz trocken und zog einen beigefarbenen Trainingsanzug an. Als sie die Küche betrat, stand er am Fenster und starrte in den dunklen Garten. Eleonora öffnete einen Schrank und nahm eine weitere Weinflasche heraus. Mit hektischen Bewegungen entkorkte sie diese und füllte sich ein Glas. Sie wusste, dass das dumm war und keines ihrer Probleme auch nur ansatzweise lösen würde, im Moment brauchte sie jedoch etwas, das ihren Schmerz betäubte. War es ihr nicht wunderbar gegangen, als sie Flurin noch nicht begegnet war? Hätte sie sich doch bloß nicht auf ihn eingelassen! »Ts«, zischte sie und schüttelte den Kopf, als sie an Nonno Lorenzos Gesäusel von der Liebe dachte. Von wegen, die Liebe sollte an erster Stelle stehen und ihre Arbeit inspirieren! Wie ein hormongesteuerter Teenager hatte sie an manchen Tagen im Büro gesessen und sich kaum mehr auf ihre Aufgaben konzentrieren können, und das, obwohl die Mandelli AG ihren Einsatz dringender brauchte als je zuvor in der Geschichte. Sie schämte sich für ihre Nachlässigkeit und Naivität. Fortan wollte sie sich wieder an ihre eigenen Prinzipien halten und ausschließlich der Firma widmen. Sie hätte damit nie aufhören sollen. Schon gar nicht irgendwelcher Gefühle wegen.

Flurin blieb abwartend neben dem Tisch stehen und schaute sie stumm an. Mit einer nachlässigen Bewegung bedeutete sie ihm, dass er sich von ihr aus setzen konnte. Konzentriert starrte sie auf die Lichtreflexe, die das Rot des Weins durch den Schein der Deckenlampe auf den Holztisch projizierte. Um ihre Hände zu beschäftigen und den inneren Sturm etwas zu beruhigen, drehte sie unablässig das Glas zwischen den Fingern.

Schließlich holte Flurin mit einem tiefen Seufzer Luft. »Ich weiß, du willst das nicht hören, und das verstehe ich, aber es tut mir wirklich leid.« Er hielt inne. Sie tat ihm jedoch nicht den Gefallen, die Worte zu kommentieren oder gar den Blick zu heben.

»Ich habe deine SMS nicht gelesen, weil ich dauernd unterwegs war. Deshalb bin ich davon ausgegangen, dass wir uns nicht begegnen würden. Sonst hätte ich es anders gelöst. Ich wollte keinen Eklat in der Öffentlichkeit.«

Wütend sah sie hoch. »Ja, wie praktisch, wenn ich nie davon erfahren hätte, was?«, zischte sie. »*Anders gelöst*«, äffte sie ihn nach. »Du meinst, du hättest mir weiterhin Lügen aufgetischt?« Sie mochte ihre Stimme nicht, wenn sie so verbittert klang, dennoch konnte sie ihre Gefühle in diesem Augenblick nicht leugnen oder überspielen.

»Ich hätte es dir gesagt ... im passenden Moment, Eleonora.«

Das kommentierte sie nur mit einem Schnauben und einem ungläubigen Kopfschütteln.

»Ja, ich bin verheiratet und habe zwei Kinder im Alter von zwei und drei Jahren. Es war nicht recht, es dir nicht von Anfang an zu sagen, und es gibt auch keine Entschuldigung dafür. Das Einzige, worum ich dich bitte, ist, dir kurz anzuhören, warum ich dir gegenüber nicht offen war.«

Sie schwieg. Ein Widerstreit tobte in ihrem Inneren. Eigentlich wollte sie seine Geschichte nicht hören, dennoch gab es einen Teil von ihr, der neugierig war. Vielleicht auch nur deshalb, weil sie dann noch einen weiteren Grund hatte, ihn zu hassen, was ihren Schmerz erträglicher machen würde.

»Ich war dir gegenüber ehrlich, was meine vergangene Veranlagung anbelangt«, fuhr Flurin schließlich fort. »Tatsächlich, das gebe ich zu, war ich kein Kind von Traurigkeit. Manche mögen das verurteilen, andere wiederum sind da liberaler eingestellt. Gloria wusste, worauf sie sich mit mir einlässt, sie kennt mich seit der Schulzeit. Unsere Beziehung war immer schon ... explosiv. Als wir nach Jahren zum wiederholten Mal so weit waren, uns endgültig zu trennen, wurde sie schwanger.« Er holte tief Luft und ließ einige Sekunden schweigend verstreichen. »Ich fühlte mich verpflichtet, bei ihr zu bleiben, und so entschieden wir uns für eine Familie, obwohl das Fundament von Anfang an wacklig war. Die Geburt der Kinder schweißte uns auch nicht zusammen, sondern trennte uns schleichend jeden Tag ein wenig mehr. Heute verbringt Gloria mit den Kindern die meiste Zeit in Dubai. Wir haben uns nie offiziell getrennt, doch denke ich, dass wir unsere Beziehung damit stillschweigend auf Eis gelegt haben. Sie bemüht sich, dass ich die Kinder wenigstens ab und zu sehe; es muss ihr allerdings bewusst sein, dass ich hier kein Leben als Mönch führe.«

»Und all das konntest du mir in Maloja nicht erklären? Hätte ich die Wahrheit nicht verdient gehabt, bevor ich mich in dich verliebte?« Endlich hob Eleonora den Kopf und starrte ihn an. Ein Knoten schnürte ihr die Kehle zu, und ihr Puls beschleunigte sich.

Flurin rang die Hände und schaute ihr tief in die Augen. »Ich hatte Angst, dass ich dich damit verschrecke und nie mehr wiedersehe«, gestand er, presste die Lippen zusammen und blinzelte ein paarmal. »Bisher wäre mir das egal gewesen, aber bei dir ...« Er brach ab und senkte den Blick. Ein Muskel zuckte an seinem Kiefer. Schließlich sah er wieder auf, ein entschlossenes Funkeln in den Augen. »Ich habe dir bereits in Maloja gesagt, dass es darauf ankommt, ob eine Begegnung von Bedeutung ist oder nicht. Bisher habe ich noch nie erlebt, dass ich eine Frau vermisst habe. Du bist die Erste ... weil du anders bist.«

Misstrauisch studierte sie seine Gesichtszüge. Ihrer Intuition konnte sie nicht mehr vertrauen, sie hatte also keine Ahnung, ob die Worte, die seinen Mund verließen, ehrlich gemeint waren, oder ob das auch wieder bloß eine raffinierte Lüge war. Außerdem war da noch mehr. Sie sah es seinem zerknirschten Gesichtsausdruck an.

»Was noch?« Sie erschrak über ihren eigenen harschen Tonfall.

Erneut wich er ihrem Blick aus und zeichnete mit den Fingern unsichtbare Muster auf den Holztisch. Absolute Stille erfüllte den Raum.

»Ich habe nie Baustellenluft geschnuppert und war nie ein Handwerker wie du. In Tat und Wahrheit hat man mir ein Betriebswirtschafsstudium bezahlt, und das war's. Ich hatte den Eindruck, dass ich dich mit diesem Lebenslauf in die Flucht geschlagen hätte, also erzählte ich dir, dass ich gelernter Maurer und Bauführer bin.« Er schluckte und wagte offenbar nicht aufzusehen. »Demnächst wird in den Medien außerdem bekannt gegeben, dass die Neukom Bau AG von der Zukunftsbau AG aufgekauft wird. Die Verhandlungen laufen schon seit zwei Jahren, weshalb ich viel in deiner Region unterwegs war.«

Eleonora starrte ihn fassungslos an und spürte, wie ein Zittern durch ihren Körper ging. Sie holte Luft und wollte etwas sagen; alles, was sich in ihr gerade aufstaute, wollte sie ihm an den Kopf werfen. Doch ihre Stimmte versagte, und so schloss sie den Mund wieder.

Nach einer Weile eisernen Schweigens fuhr er fort: »Deshalb war ich auf der Wohltätigkeitsveranstaltung. Hinter den Kulissen bin ich bereits ein Teil der Zukunftsbau AG und dort auch im Verwaltungsrat. Strategische Überlegungen treffen wir fortan gemeinsam.« Flurin legte die Hände auf den Tisch, verschränkte die Finger ineinander und sah Eleonora erwartungsvoll an.

»Und woher kennst du die Hendriks-Hexe?«, war alles, was Eleonora dazu einfiel. »Ich hatte den Eindruck, dass ihr euch sehr vertraut seid.«

»Sidonia Hendriks kenne ich, weil sie mit meiner Mutter befreundet ist und wir einige ihrer Häuser gebaut haben. Sie hat so viel Schaden angerichtet, und du warst so wütend auf sie, dass ich es nicht für ratsam hielt, dir zu erzählen, wie gut ich sie kenne. Ich hatte Angst, du würdest mich mit ihr in einen Topf werfen und den Kontakt zu mir abbrechen.« Er sah niedergeschlagen auf die Tischplatte und zeichnete mit den Fingern erneut das Holzmuster nach. »Glaub mir, ich hätte es dir gesagt. Zum richtigen Zeitpunkt.« Dann hob er den Blick und sah ihr tief in die Augen. »Ich komme gerne für die Unkosten auf, die sie deiner Firma bereitet hat.« Vorsichtig streckte er seine Hand nach Eleonoras aus.

Entsetzt zog sie ihre zurück und starrte ihn an. Sie spürte Hitze ihre Wirbelsäule entlanglaufen. Das Kopfweh schwoll zu einem unerträglichen Hämmern an. Automatisch griff sie nach ihrem Weinglas und leerte es in einem Zug. Dann erhob sie sich demonstrativ und starrte Flurin auffordernd an. Das war's. Mehr ertrug sie nicht.

»Raus«, murmelte sie heiser.

Flurin stand auf. »Du hast vollkommen recht, Eleonora. Glaube nicht, dass ich auf mein Verhalten stolz bin. Es ist ... ich bin bisher nie in einer vergleichbaren Situation gewesen. Gefühlsmäßig, meine ich. Ich möchte, dass du das weißt.« Seine Stimme war ebenfalls nur noch ein Flüstern, und er schaute Eleonora lange an. Zerrissenheit zeigte sich in seinen grünen Augen. »Ich ... schäme mich für das, was meinesgleichen dir antun, das musst du mir glauben. Ich hatte keine Ahnung. Deine Welt ... ist für mich vollkommen neu.«

»Deinesgleichen ...«, krächzte sie mit bebenden Lippen, »... tragen maßgeblich dazu bei, dass ich vermutlich meine Ganzjahresangestellten auf den Saisonnier-Status zurücksetzen muss! Wenn das überhaupt noch reicht. Leute wie du und diese Hendriks-Hexe sorgen dafür, dass meine Firma nicht mehr kostendeckend arbeiten kann, dass wir sterben – jeden Tag ein wenig mehr. Offenbar ist es euch wichtiger, irgendwelche zukünftigen Einsteins und Mozarts zu unterstützen, anstatt dazu beizutragen, dass Familienväter weiterhin ein regelmäßiges Einkommen haben, um für ihre normalbegabten Kinder sorgen zu können. Deine Reue kommt reichlich spät, Flurin.« Wenn sich die Neukom Bau AG, die aktuell die Zentralschweiz bediente, mit der Zukunftsbau AG aus der Nord- und Ostschweiz zusammentat, gehörte ihnen ein großes Stück des Schweizer Baumarktes, und sie waren noch mächtiger als ohnehin schon.

Nun gelang es Eleonora nicht mehr, die Tränen zurückzuhalten. Dieses Jahr hatte mit der Übernahme der Firma so vielversprechend begonnen, doch irgendwie war alles schiefgelaufen. War das Schicksal wirklich so grausam? Mit welchem Ziel?

»Wie ich schon sagte, wir wissen nicht, was wir tun, Eleonora«, versuchte Flurin erneut, zu ihr durchzudringen. »Wir sind davon ausgegangen, dass mittelständische Firmen wie ihr eine Nische im Markt haben und damit überleben können.«

Als sie seine Worte nicht mehr kommentierte, seufzte er schließlich, holte den Wohnungsschlüssel aus der Hosentasche und legte ihn auf den Tisch. Kurze Zeit später fiel die Tür ins Schloss.

Nach einer mehrheitlich schlaflosen Nacht stand Eleonora am nächsten Morgen pünktlich um sechs Uhr auf dem Werkhofareal und begleitete ihre Mitarbeiter beim Start in den Tag.

Urs kam erneut zu spät und sah aus, als hätte er in etwa dieselbe schlimme Nacht hinter sich wie sie. Seine Augen lagen in tiefen Höhlen, er wirkte abgeschlagen und so, als schleppte er sich mit allerletzter Kraft zu seinem Bürostuhl.

»Morgen«, murmelte er, ohne seine schlaffen Gesichtszüge auch nur ansatzweise zu bewegen. Erneut hing der bittere Geruch von Bier in der Luft.

Eleonora nickte ihm nur knapp zu und beschloss, sein erneutes Zuspätkommen unkommentiert zu lassen. Für eine Auseinandersetzung mit Urs fehlte ihr an diesem Tag einfach die Kraft. Mit einem tiefen Seufzer ließ sie sich in ihrem Büro auf den Stuhl sinken. Der Stapel an Unerledigtem und die überall verteilten Papierzettelchen mit noch zu tätigenden Aufgaben überfluteten ihren Schreibtisch. Kaum hatte sie sich gesetzt, begann das Zittern ihrer Hände auch schon wieder. Kalter Schweiß drang ihr aus allen Poren, und in ihrem Kopf summte es unablässig.

»Du siehst nicht gut aus.« Ihre Mutter erschien in der Tür und musterte sie besorgt. Sie war gekommen, um weitere Aufgaben an Eleonora abzugeben, die sie aufgrund des sich täglich verschlechternden Zustands von Nonna Aurora nicht hatte erledigen können.

Eleonora seufzte. »Ich habe schlecht geschlafen. Die Veranstaltung gestern hat länger gedauert, als ich dachte.« Sie wich dem Blick ihrer Mutter aus.

Diese nickte nur und legte einen Ordner vor Eleonora. »Vielleicht könntest du dich an meiner Stelle um diese Kundschaft kümmern. Sie wünschen einen Swimmingpool, der von einer Natursteinmauer umrandet wird. Bisher gelang es mir noch nicht, ihnen ein Angebot zu unterbreiten.« Sie ging zur Tür, blieb jedoch stehen und drehte sich nochmals um. »Sag mal, hieß der Präsident der Unternehmensunion nicht Christoph Müller?«

Eleonora hob erstaunt den Kopf. »Ja, warum?«

Mamma zuckte mit den Schultern. »Nun, ich habe seinen Namen in einer amtlichen Publikation entdeckt. Er hat vor, sein Haus durch einen großzügigen Anbau zu erweitern.«

»Tatsächlich?« Eleonora machte sich eine Notiz. »Bestimmt werde ich da auch um ein Angebot angefragt. Das wäre wunderbar, wenn wir für den Herbst noch mehr Arbeit generieren könnten.« Sie beschloss, Christoph beim nächsten Treffen der Unionisten gleich darauf anzusprechen.

»Was ist los?« Mamma stand immer noch in der Tür. Ihr Blick bohrte sich in Eleonoras. Die spürte, wie die Hitze ihren Hals hinaufstieg. Ohne auf eine entsprechende Aufforderung zu warten, schloss ihre Mutter die Bürotür. Mit hochgezogener Augenbraue und vor der Brust verschränkten Armen wartete sie.

»Ach … ich möchte lieber nicht darüber reden«, erklärte Eleonora ausweichend.

»Geht es um diesen Flurin?«, fragte Mamma.

»Steht das auf meiner Stirn geschrieben?« Eleonora seufzte.

»Nein, aber in deinen Augen.«

»Wir haben uns getrennt«, antwortete Eleonora und hoffte, dass ihre Mutter es dabei bewenden ließ.

Doch die sah Eleonora an und sagte nach kurzem Schweigen: »Ich weiß, dass du manchmal denkst, dass ich misstrauisch und vorsichtig geworden bin. Vielleicht geschieht das aber auch, weil ich schon mehr von der Welt gesehen habe als du. Dein Flurin erinnert mich an jemanden aus meiner Vergangenheit, einen Bauunternehmer. Die Art, wie er dich ansah ... hat mich an damals erinnert. Was ich damit sagen will: Ich erkenne einen Mann, wenn er eine Frau mit dieser Faszination in den Augen ansieht. Das ist der Glanz des Eroberungstriebs. Und ich kenne die Sorte Mann, die sich unbemerkt ihren linken Ringfinger massiert, auch wenn er da zeitweilig gerade nichts trägt. Die Körpersprache verrät uns Menschen ebenso wie die Umstände, in denen wir leben.«

Eleonora seufzte und rieb sich mit beiden Händen übers Gesicht. »Ich dachte, er sei anders. Ein ... Verwandter im Geiste. Jemand, der mich und meinen Alltag versteht. Er hat sich so sehr darum bemüht, mich zu unterstützen und mir zu helfen. Ich habe ihm vertraut.« Eleonora schämte sich, dies zugeben zu müssen. Ihre Wangen glühten. Sie war dreiunddreißig, Himmelherrgott, wie hatte das passieren können?

»Vielleicht hat er sich ein wenig zu sehr bemüht, Eleonora. Manche Menschen und Begebenheiten sind zu schön, um wahr zu sein. Die Wahrheit trägt meistens ein weit bescheideneres Gewand als Flurin Spalinger.« Mamma sah sie mit einem liebevollen, tröstenden Lächeln an.

Kapitel 27

Am letzten Dienstag im August lenkte Eleonora ihren blauen Toyota Yaris endlich wieder einmal auf den Parkplatz des Restaurants Krone in Chur.

Nach wie vor machte sie abends oft Überstunden und ging selten vor Mitternacht zu Bett – was allerdings nicht allein an der vielen Arbeit lag. Die Stille in ihrer Wohnung schien Eleonora seit der Trennung von Flurin förmlich zu erdrücken. Sie ließ einfach zu viel Raum für beklemmende Gedanken. Eine Woche hatte er sie in Ruhe gelassen, danach hatte er ihr eine SMS geschrieben und erneut erklärt, wie leid es ihm tue und dass er einen Fehler begangen habe. Weitere sieben Tage später waren Blumen angekommen, die Urs ihr mit düsterem und vorwurfsvollem Blick auf den Schreibtisch geknallt hatte. Nachdem Eleonora jedoch auf keinen von Flurins Versöhnungsversuchen reagiert hatte, hatte er es wohl zwischenzeitlich aufgegeben.

Mit schwerem Kopf und brennenden Augen hievte sie sich aus dem Auto. Ihre Glieder schmerzten, und ihr Nacken fühlte sich steif an. Obwohl ihre Hände und mittlerweile auch ihr Körper permanent vor Anspannung zitterten, kam sie bei ihren Arbeitstagen nicht mehr umhin, wieder Kaffee zu trinken, damit ihre Augendeckel offen blieben, bis das Nötigste erledigt war.

Als sie das Betongebäude mit den Leuchtziffern und dem Krönchen-Piktogramm betrat, fühlte sie sich wie ein Zombie. Obwohl es noch lange hell war und die Gartenterrasse des Restaurants wesentlich einladender gewesen wäre, trafen sich die Unionisten nach wie vor im Sitzungszimmer. Warum bloß, überlegte Eleonora. Um bei ihren Geschäften nicht belauscht zu werden? Bisher hatte sie noch nicht mitbekommen, dass bei diesen Treffen irgendwelche wichtigen Geschäfte abgeschlossen worden wären.

Eleonora war zu spät, was ihr gleich zu Beginn verärgerte Blicke, vor allem von Christoph Müller, bescherte, der gerade dabei war, einige Kickbox-Bewegungen mit der Gruppe durchzuführen. Ohne sich um ihn zu kümmern, setzte sich Eleonora auf einen freien Stuhl und wartete.

»Mitmachen, los!«, forderte der Präsident sie auf. »Bewegung weckt den Sportgeist in uns!«

Mit einem müden Lächeln winkte sie ab. Heute nicht. »Danke, ich … mir ist schlecht.« Das war nicht einmal gelogen. Christoph presste die Lippen zusammen, und seine Augen blitzten verärgert auf. Sofort fegte er diesen Gesichtsausdruck jedoch aus seiner Mimik und setzte wieder sein altbekanntes Strahlen auf. »Und hopp und hopp und HURRAAAAAA!« Er machte mit den Armen eine alles einschließende Kreisbewegung, dann entließ er seine Schafe endlich.

Nach einer kurzen Begrüßung zog er eine übertrieben bekümmerte Miene und faltete die Hände vor dem Körper. »Leider habe ich noch eine etwas unerfreuliche Nachricht. Unsere Schreinermeisterin Marna hat letzte Woche die Mitgliedschaft bei den Unionisten gekündigt. Sie hat anhaltende Komplikationen bei ihrer Schwangerschaft und muss einen Gang zurückschalten. Eigentlich wollte sie ihre aktive Teilnahme bloß bis nach der Geburt unterbrechen. Ich musste ihr dann aber gemäß unseren Statuten erklären, dass dies so nicht möglich ist. ›Ein Mitglied hat sich konstant und regelmäßig, mindestens jedoch einmal im Monat durch persönliche Präsenz zu engagieren. Ferner wird erwartet, dass der Unionist an mindestens zwei der zahlreichen jährlichen Tätigkeiten des Vereins teilnimmt und diesen vertritt‹«, zitierte er den Wortlaut der Vereinsstatuten mit vorgerecktem Kinn. »Vielleicht ist euch aufgefallen, dass Marna bereits beim Spenden-Aperitif der begabten Kinder in Abwesenheit glänzte und sich von Eleonora vertreten ließ, ohne dass ich davon wusste.« Christoph rieb sich die Hände und ging vor der langen Tafel auf und ab. »Wir haben uns dann in gegenseitigem Einvernehmen darauf geeinigt, dass es wohl besser ist, wenn sie den Platz in unserem Verein für einen engagierteren Teilnehmer aus ihrer Branche frei macht.«

Aufgeregtes Gemurmel erfüllte das Sitzungszimmer.

Pius, der Werkstattbesitzer, grinste. »Ich dachte immer, die ist einfach sonst so dick. Dass die auch noch einen Braten in der Röhre hat, wusste ich nicht.« Amüsiertes Prusten begleitete seine Worte, und einige der anderen Mitglieder stimmten mit ein.

»Ja, besser, wenn sie ab jetzt nicht mehr herkommt. Kenne das noch von meiner, als die schwanger war. Meine Güte, ein launischer Drache war ein Kuscheltier dagegen! Und ein Hirn hatte die – wie ein Löchersieb, sag ich euch. Unfassbar«, höhnte Sandro, ein Versicherungsfachmann, der schräg gegenüber von Eleonora saß. Sein Kommentar wurde ebenfalls mit zustimmendem Gelächter belohnt. Einige schienen sich wirklich über diese Aussagen zu amüsieren, andere wiederum spendeten bloß höflichkeitshalber und um nicht aufzufallen ein mildes Lächeln.

»Ja, und wenn sie dann erst mal Mütter sind, rennen sie sofort wieder zur Arbeit, müssen aber alle paar Stunden gemolken werden. Soll modern sein. Meine hat außerdem ewig gebraucht, bis sie die Wampe endlich abtrainiert hatte«, gab Ernst, ein Metzgereibesitzer, zum Besten und erntete zustimmendes Johlen. Und an Eleonora gewandt bemerkte er: »Du tust gut daran, weiterhin geschmeidig zu bleiben, meine Liebe, wenn du es zu etwas bringen willst.«

Eleonora glaubte, sich verhört zu haben. Bevor sie jedoch auf diese empörenden Aussagen reagieren konnte, blies der Präsident auch noch ins gleiche Horn.

»Ich stelle tatsächlich ebenfalls ein Motivationsdefizit beim weiblichen Geschlecht fest. Viele flüchten sich in die Rolle der Mutter und lassen sich dann gehen, körperlich und geistig. Natürlich unterstütze ich die Gleichstellung von Mann und Frau, das steht außer Frage. Mir ist nur nicht klar, wie das gehen soll, wenn wir Männer uns weiterhin busy engagieren ...«, er macht eine die gesamte Runde einschließende Geste, »... und die Frauen die Mitgliedschaft aufgrund anderer Umstände kündigen. Es liegt auf der Hand, dass die Chancen so niemals gleich sein können, weil auch der Einsatz nicht derselbe ist. Oder einfacher ausgedrückt: Wenn einer täglich Hanteln stemmt und der andere lieber spazieren geht, kann der Bummler nicht erwarten, dass ihm über Nacht ein imposanter Bizeps wächst.«

Eleonora fühlte, wie sie rot anlief. Ob vor Wut oder Scham oder vielleicht sogar beidem, konnte sie nicht einmal sagen. Der innere Widerstand, der sie für gewöhnlich davon abhielt, sich zu exponieren, war der allgemeinen

Resignation der vergangenen Wochen zum Opfer gefallen. Immer deutlicher kam ein Teil von ihr zum Vorschein, der tief in ihrem Inneren verborgen lag. Die Rebellengene ihrer Vorfahrinnen.

»Wenn ich es recht verstanden habe, hat Marna nicht gekündigt, sondern wurde zur Kündigung gedrängt«, erklärte sie laut. »Gleichberechtigung bedeutet nicht, dass zwei unterschiedliche Wesen dasselbe tun müssen und dabei dem einen aufgrund biologischer Konstanten ein Vorteil oder alternativ ein Nachteil erwächst. Gleichberechtigung bedeutet, dass beide trotz ihrer Verschiedenheit dieselben Chancen im Leben haben. Dass jeder das tut, was er besser kann als der andere, beide Tätigkeiten aber denselben Stellenwert haben und dieselbe Anerkennung erhalten. Marna hat sich entschieden, Mutter zu werden, weil ihr Partner offensichtlich kein Kind gebären kann. Dafür sollte ihr die Menschheit, auch die männliche, dankbar sein und sie dabei unterstützen. Und zwar sowohl in ihrer Rolle als Mutter als auch in ihrem Beruf. Eine Frau kann doch, genau wie ein Mann, mehrdimensional sein und verschiedene Interessen verfolgen. Oder könnt ihr alle nicht auch berufstätig *und* gute Väter sein?« Eleonora fühlte, dass ihre Wangen glühten und ihr Puls raste, dennoch musste sie diese Worte loswerden, weil sie sonst glaubte, zu ersticken.

»Na, na, kein Grund gleich hysterisch zu werden«, feixte Pius und grinste sie spöttisch an. Verhaltenes Lachen echote durch den Raum.

Eleonora erhob sich. »Ich bin nicht hysterisch. Ich bin wütend, so wie ihr auch manchmal wütend seid. Nicht mehr und nicht weniger. Meine Wut mag eine andere Farbe haben als eure, aber es ist dennoch Wut und somit legitim.«

»Bitte, Eleonora, würdest du dich jetzt wieder beruhigen? Das ist so gar nicht sportlich, weißt du«, schaltete sich Christoph dazwischen und beehrte sie mit einem jovialen Lächeln.

»Ich beruhige mich genau dann, wenn ich mich beruhigen möchte, und keine Sekunde früher. Ich kann nicht verstehen, dass ein derart moderner Verein solch despektierliche Aussagen und Handlungen in seinen Reihen überhaupt zulässt. Wer hat eigentlich diese behämmerten Statuten gemacht? Was ist, wenn ich, gewollt oder ungewollt, schwanger werde, werde ich dann auch geächtet?« Sie funkelte die anderen der Reihe nach böse an.

Christoph hüstelte und lachte gleichzeitig. »Es wäre nun wirklich ratsam, wenn du dich setzen würdest, Eleonora. Um deine Defizite aufzuarbeiten, kann ich dir meinen Kurs *Hokus und Fokus* wärmstens empfehlen. Das schärft die Gelassenheit und den Blick fürs Wesentliche. Auch dieser Kurs erfreut sich eines vorwiegend weiblichen Publikums.«

Bevor Eleonora darauf antworten konnte, wurde der Salat, dicht gefolgt vom Hauptgang serviert. Der Ärger, gepaart mit ihrer ohnehin schlechten Verfassung machten es ihr jedoch schwer, auch nur einen Bissen hinunterzuschlucken.

Pius beobachtete sie und grinste spöttisch, wobei er sich dieses Mal eines Kommentars enthielt.

Die auf das Essen folgende Sitzung verlief gottlob in geordneten Bahnen. Eleonora allerdings hörte nur noch mit halbem Ohr hin. Sie war wütend, immer noch. Als sich der Großteil der Mitglieder nach Ende der Versammlung zum Ausgang begab, suchte sich nochmals kurz das Gespräch mit Christoph. Sie atmete dreimal tief ein und aus und setzte ein versöhnliches Lächeln auf.

»Christoph, hast du kurz einen Moment?«, fragte sie höflich.

»Aber sicher, möchtest du dich für einen meiner Kurse anmelden?«

»Äh ... nein, aber ich habe gesehen, dass du ein Bauvorhaben publiziert hast, und würde dir gerne ebenfalls ein Angebot für die Bauarbeiten erstellen. Im Herbst habe ich noch freie Kapazitäten.« Eleonora wartete gespannt und lauschte ihren Herzschlägen. Mehrere Sekunden verstrichen, wobei Christoph sie nur stumm musterte. Schließlich seufzte er und legte ihr die Hand auf die Schulter.

»Die Sache ist die, Eleonora. Der Anbau kostet mich sehr viel Geld, und ich habe derzeit Mühe, an die Kompetenz deines Betriebs zu glauben. Deine Mitarbeiter sind eine Horde ungezogener und führungsloser Barbaren, und du selbst scheinst mir vollkommen überarbeitet und überfordert. Mein Schwager arbeitet bei der Zukunftsbau AG als Personalsachbearbeiter, und er könnte für mich bestimmt einen günstigen Preis erwirken. Ich möchte, dass das schön wird und klappt, verstehst du? Im Moment, denke ich, musst du den Saustall, den du betreibst, zuerst einmal aufräumen. Aber hey, als Unionisten bleiben wir Partner und kämpfen Seite an Seite. Ich bin gerne für dich da, wenn ich dir helfen kann. Bestimmt baue ich wieder einmal etwas, vielleicht etwas Kleineres, dann können wir gerne nochmals zusammen reden, ja?« Er schenkte ihr ein väterliches Lächeln und tätschelte ihr die Schultern. »Uh ... und an deiner Haltung müsstest du auch noch etwas arbeiten. Deine Schultermuskulatur ist völlig schlaff und falsch definiert. Wusstest du, dass wir nur durch Training unserer Muskeln auch unseren Geist beeinflussen können? Ein gerader Rücken bringt

Selbstbewusstsein, ein Lächeln macht glücklich. Solltest du auch mal probieren.« Christoph seufzte und schaute mit dramatisch in Falten gelegter Stirn auf seine klobige Metallarmbanduhr. »So, meine Liebe, ich würde mich sehr gerne noch weiter mit dir unterhalten, aber die Pflicht ruft. Ich starte gerade den ersten Durchgang meines neuen Trainings *Knackpo durch Rodeo*, bei Frauen sehr beliebt!« Er zwinkerte ihr zu, sammelte seine Habseligkeiten zusammen und eilte aus dem Raum.

Perplex und verwirrt blieb Eleonora alleine im Sitzungszimmer zurück. Und plötzlich tauchten Nonno Lorenzos Worte in ihrem Geist auf:

Ich denke bloß, dass du deinen Weg noch nicht gefunden hast.

Eleonora straffte die Schultern. Plötzlich wusste sie genau, was sie zu tun hatte.

»Kann ich Ihnen helfen? Möchten Sie vielleicht noch etwas trinken?« Die Serviceangestellte des Restaurants riss Eleonora aus ihren Gedanken.

»Nein danke, ich bin gleich so weit.« Sie kramte in ihrer Tasche nach Schreibblock und Stift und kritzelte etwas darauf. Dann richtete sie sich kerzengerade auf und reichte der Angestellten das Papier. »Drücken Sie das doch bitte beim nächsten Treffen Christoph Müller in die Hand, geht das? Herzlichen Dank.«

Ich bin eine Frau, die ihr Leben genießt. Manchmal verliere ich, manchmal gewinne ich«, zitierte sie Mata Hari. *»Aber auf jeden Fall verlasse ich, was mir nicht guttut. Hiermit kündige ich meine Mitgliedschaft bei den Unionisten.«*

Kapitel 28

»Haben sie etwa wieder gepetzt?« Urs reckte streitsüchtig das Kinn nach vorne und funkelte Eleonora böse an. »Merkst du eigentlich nicht, wie diese Ausländer dich manipulieren, indem sie sich arm und bedürftig darstellen?«

»Darum geht es doch gar nicht«, versuchte es Eleonora erneut. »Aber es ist Ende Oktober, und unsere saisonalen Mitarbeiter haben ihre Flüge in die Heimat schon sehr lange im Voraus gebucht, damit sie Kosten sparen können. Ihre Austrittsformalitäten sowie die Löhne müssen also auf den genannten Stichtag bereitstehen, anders geht es nun mal nicht. Offenbar hast du ihnen aber erklärt, dass du das nicht zusichern kannst, weil du jetzt noch Wichtigeres zu tun hättest und all das genau dann machen würdest, wenn dir danach sei. Elvira hat ...«

»Willst du damit andeuten, dass ich meine Arbeit nicht richtig mache? Dass ich faul bin?«, blaffte Urs Eleonora an und warf den Kugelschreiber, den er gerade in der Hand hielt, auf den Schreibtisch.

»Nein, Urs«, erklärte Eleonora ruhig. »Du weißt, dass ich deinen Einsatz sehr schätze. Wenn ich dir irgendwie helfen kann, dann lass es mich wissen. Die individuellen Austrittstermine der Mitarbeiter sind nun einmal nicht verhandelbar.«

Urs prustete abfällig und starrte auf den Computerbildschirm. »Das klingt immer so einfühlsam und als würdest du dich kümmern. Wie willst du mir denn helfen? Du hast doch von der Materie überhaupt keine Ahnung, oder?« Er hob den Blick und fixierte sie feindselig. »Der gute alte Urs macht das schon, so ist es. Aber ist schon in Ordnung, dann werde ich eben länger hierbleiben.«

Sein Verhalten beängstigte Eleonora. Sie konnte sich nicht mehr erinnern, wann diese seltsame Wandlung mit ihm begonnen hatte, und was exakt der Auslöser dafür gewesen war. Hatte sie irgendetwas falsch gemacht? Zu viel verlangt? Hatte sie nicht stets das Gespräch gesucht und sich darum bemüht, ihn nicht zu überfordern?

»Wie du möchtest, Urs. Heute ist jedoch noch ein kleiner Abschiedsumtrunk mit Federico. Wie du weißt, hat er seine Baustelle beendet und tritt nun in den flexiblen Altersrücktritt über.« Eleonora wies auf den Werkhof, wo einige der Bauarbeiter gerade dabei waren, Festbänke aufzustellen und Federico und dessen Frau Annette beim Auftischen der Getränke und Häppchen zu helfen.

Urs brummte etwas Unverständliches. »Soll ich jetzt den Papierkram für die Kanaken machen oder Wein mit dem Tschingg trinken? Undankbar sind mir gegenüber beide, was du wüsstest, wenn du mir gelegentlich zuhören würdest.«

Eleonora starrte ihn fassungslos an. Doch anstatt sich über ihn und seinen ungebührlichen Tonfall zu ärgern, spürte sie Angst in sich aufsteigen. Sie brauchte Urs. In der jetzigen Situation konnte sie es sich nicht leisten, ihn zu vergraulen. Es ging dem Jahresende mit all den aufwendigen Abschlussarbeiten zu, und Urs hatte bloß einen Monat Kündigungsfrist. Eleonora war weder Buchhalterin noch Personalfachfrau, sie hatte absolut keine Ahnung, was zu tun wäre, wenn er davonlief. Und Elvira, ihre ehemalige Mitarbeiterin, konnte sie auch nicht reaktivieren, sie war gerade auf Weltreise mit ihrem Mann.

Auch Mamma konnte ihr aktuell nicht helfen. Seit Nonna Aurora im September ein weiteres Mal versucht hatte, sich mit Schlafmitteln für immer zu betäuben, ließ ihre Mutter sie nicht mehr aus den Augen. Nebenher brauchte Papa weiterhin ihre Unterstützung. Eleonora war mit dem Betrieb alleine, und die Arbeit wuchs ihr zunehmend über den Kopf. Was geschehen würde, wenn Mamma unter der Last ihrer Bürde auch noch zusammenbrach, durfte sie sich gar nicht erst ausmalen. Schnell schob sie diesen Gedanken beiseite.

»Es tut mir leid, Urs, wenn ich ein wenig zerstreut war. Bitte mach mich doch jeweils gleich darauf aufmerksam und sag mir, wie ich dich unterstützen kann. Ich möchte wirklich nicht, dass du mir eines schönen Tages noch davonläufst, weil dir hier alles zu viel wird. Ich bin für eine offene und ehrliche Kommunikation, das weißt du doch.« Sie bemühte sich um ein versöhnliches Lächeln. Ihr Herz pochte, während sie ihn und seine Mimik genau beobachtete. Seine Gesichtszüge glätteten sich ein wenig.

»Wenn du mir helfen willst, dann verlange nicht, dass ich mit Federico anstoße. Lass mich hier einfach meine Arbeit tun. In Zukunft wäre ich allerdings froh, wenn man mich betreffend der Termine früher kontaktieren und mir das Ganze nicht einfach so vor den Latz knallen würde. Das geht mir gegen den Strich.«

»Okay, gut. Ich rede mit den Männern. Vielen Dank«, versprach Eleonora.

»Ach, hier, kannst du das bitte noch kurz unterschreiben? Es geht um eine Lohndeklaration.« Urs schob ihr einen Stapel Papiere hin und schlug die letzte Seite auf, wo bloß noch Datum und Unterschrift ergänzt werden mussten.

Eleonoras Handy klingelte. Sie zog es aus der Tasche und sah, dass es ihre Treuhänderin war, auf deren Anruf sie bereits den ganzen Tag wartete. Hastig kritzelte sie ihre Unterschrift und das Datum auf das Papier und nahm den Anruf an.

»Isabelle? Danke, dass du zurückrufst.« Mit dem Handy am Ohr verließ Eleonora Urs' Büro und zog die Tür hinter sich zu.

Als Eleonora eine Viertelstunde später endlich zu Federico, Annette und den Mitarbeitern stieß, eilte ihr Patenonkel ihr sogleich mit einem gut gefüllten Glas Wein entgegen. Sie zwang ein Lächeln auf ihr Gesicht und nahm das Glas dankend entgegen.

In diesem Augenblick bog auch ihre Mutter auf das Firmenareal ein und parkte den Wagen. Sie stieg aus, ging um das Auto herum und reichte Nonna Aurora eine helfende Hand. Diese jedoch schüttelte die Hand ihrer Tochter trotzig ab und erhob sich selbst aus dem Autositz. Gleichzeitig hievte sich auch Eleonoras Vater, der sich auf den Rücksitz gesetzt hatte, umständlich aus dem Fahrzeug.

»Rosalba, Remo! Wie schön, dass ihr trotz allem Zeit gefunden habt!« Federico lief auf sie zu und umarmte sie. »Aurora, was für eine besondere Ehre!« Er verbeugte sich vor Eleonoras Großmutter und hauchte ihr einen Kuss auf die knöcherne Hand. Sofort eilte Annette herbei und bot ihnen etwas zu trinken und ein Häppchen an. Nonna Aurora griff nach einem Weinglas und setzte sich auf die Bank zu den Arbeitern. Ihre trüben Augen starrten in die Ferne.

Eine Weile herrschte ein fröhliches Durcheinander aus Lachen, Stimmen und Gläserklirren. Die Sonne näherte sich dem Horizont und tauchte den Himmel in ein prächtiges Farbenspiel aus Rot- und Orangetönen, das von den bunt gefärbten Herbstwäldern an den Abhängen zu beiden Talseiten aufgegriffen wurde. Ein kühler Wind kam auf, weshalb manche der Anwesenden zu ihren Jacken griffen. Dann erhob sich Mamma und bat um Ruhe.

»Dies ist ein besonderer Tag für mich, und auch für die Firma. Ich möchte daher ein paar Worte dazu sagen.« Mit einem leisen, etwas wehmütigen Lächeln sah sie in die Runde. Augenblicklich verstummten die Gespräche, und alle Gesichter wandten sich ihr zu. Sie holte ein Blatt Papier aus ihrer Handtasche und entfaltete es langsam. »Damals, vor fünfunddreißig Jahren, im Juni 1980, war ich verzweifelt und am Boden zerstört. Ich dachte, dass mein Traum von der eigenen Firma endgültig platzen würde. In meinem jugendlichen Eifer hatte ich mir die Dinge viel einfacher vorgestellt. Doch an diesem dunkelsten aller Tage sandte mir das Schicksal einen Gefährten. Federico.« Sie hielt inne und sah ihn liebevoll an. Tränen der Rührung glitzerten in ihren Augen. »Meine Intuition sagte mir gleich, dass er eine verwandte Seele war. Federico füllte die schmerzhafte Lücke, die der Tod meines Mentors hinterlassen hatte. Und er wiederum fand durch mich Freunde ... und eine Zeit lang auch ein Zuhause.« Beim letzten Wort war ihre Stimme leise geworden.

Ein Muskel zuckte an Federicos Kiefer, und er drückte die Hand seiner Frau. Eleonora kannte die Umstände, die Padrino in die Schweiz getrieben hatten. Die Totgeburt seines

Kindes hatte damals auch zur Zerstörung seiner Beziehung geführt. Um dem Schmerz und den quälenden Erinnerungen zu entgehen, war er schließlich in die Schweiz gekommen, um neu anzufangen.

»Gemeinsam haben wir viele Abenteuer bestritten«, fuhr Mamma fort. »Wir haben zusammen mit meinem Mann Visionen umgesetzt und aus Antonio Mandellis Same einen Baum, eine richtige Firma, wachsen lassen. Ich wünschte, ihr hättet euch noch kennenlernen dürfen, Federico. Er hätte dich geliebt wie einen Sohn, warst du ihm doch in so vielen Dingen so erschreckend ähnlich.« Verstohlen wischte sich Mamma eine Träne aus den Augenwinkeln. Sie blätterte in ihren Notizen. »Dich ziehen zu lassen, schmerzt mich mehr, als du dir vorstellen kannst, Federico. Mit dir geht auch ein Stück von mir, ein Stück Herz der Mandelli AG. Zahlreiche Lehrlinge haben durch deine helfenden Hände und deine unerschöpfliche Geduld den Beruf des Maurers erlernt. Du warst an meiner Seite, als Hanspeter, ein langjähriger Mitarbeiter, auf der Baustelle tödlich verunglückte.«

Bei diesen Worten zuckte Nonna Aurora zusammen und schaute Mamma an. Sie presste die Lippen aufeinander, und ihre Hände zitterten. Ein verletzlicher Ausdruck erschien auf ihrem Gesicht.

»Ich konnte dir stets blind vertrauen und dir in meiner Abwesenheit ohne Sorge die Geschicke der Firma überlassen. Doch nicht nur das, du warst mir auch ein treuer und guter Freund.« Mamma schluckte und blätterte in ihren Notizen, die nun aufgrund ihrer zitternden Hände leicht flatterten.

»Ich kann mich noch gut an den Tag erinnern, als du als Erster und stets an meiner Seite herausgefunden hast, dass ich ein Kind erwarte. Freundlich und loyal, wie du warst, hast du mir den Wunsch gewährt und zugesagt, als ich dich bat, sein Patenonkel zu werden. Wer konnte damals schon ahnen, dass deine Hingabe gleich doppelt in Anspruch genommen werden würde.« Sie lächelte. »Du hast Remo und mich in all den Jahren so oft unterstützt mit den Kindern, warst ihnen ein liebevoller Pate und hast ihnen so viel von der Welt und den Menschen gezeigt. Für all das danke ich dir von Herzen, Federico. Danke, dass du mir ein treuer Gefährte warst, in guten wie in schlechten Zeiten.« Sie senkte kurz den Blick. »Ich werde dich schmerzlich vermissen, alter Freund.«

Federico stand auf, ging zu ihr und umarmte sie sehr lange. Auch er wischte sich verhalten einige Tränen aus dem Gesicht.

Nachdem sie sich wieder voneinander gelöst hatten, griff Mamma hinter sich und holte ein in einen blauen Stoff mit einem roten Band eingewickeltes Päckchen hervor.

»Natürlich lasse ich dich nicht ohne ein Geschenk gehen.« Sie lächelte. »Kennst du die noch?« Mit einem geheimnisvollen Schmunzeln reichte sie Federico das Paket.

Vorahnung blitzte in seinen Augen auf, während er gleichzeitig die Stirn in Falten legte. Mit vorsichtigen Bewegungen wickelte er den Inhalt aus und lachte ungläubig. »Nein ... du hast sie aufgehoben? Und repariert? Das ist ...« Er suchte Mammas Blick.

Die zuckte lächelnd mit den Schultern. »Über dreißig Jahre her, genau.« In diesem Moment sah Eleonora im Gesicht ihrer Mutter das junge, abenteuerlustige Mädchen, das sie einmal gewesen war.

Federico betrachtete die Maurerkelle, die ihm Mamma geschenkt hatte, und strich ehrfürchtig mit den Fingern über das zerkratzte Kellenblatt und den neuen, hellen Holzgriff. Mit einem schiefen Grinsen hob er das Werkzeug hoch, zeigte es in die Runde und erklärte: »Das ist meine Maurerkelle, die ich nebst einem Satz Wechselkleidung als Einziges von Kalabrien mit in die Schweiz gebracht habe. Leider ging sie beim Arbeiten kaputt. Ich hatte ja keine Ahnung, dass Rosalba dieses Erinnerungsstück all die Jahre aufbewahrt hat.«

»So war es nicht ganz«, räusperte sich Mamma. »Ich habe die Maurerkelle ebenso vergessen wie du. Als wir jedoch vor einigen Jahren mit dem Werkhof umgezogen sind, ist sie mir wieder in die Hände gefallen. Ich habe es nicht über mich gebracht, sie wegzuwerfen. Als ich sie in der Hand hielt, war ich plötzlich wieder das traurige Mädchen, das in Klosters im Lebensmittelgeschäft einkaufen ging und einem fluchenden Kalabresen über den Weg lief.« Sie lächelte. »Aber genug Nostalgie für heute. Lasst uns nun gemeinsam Federicos neuen Lebensabschnitt feiern!« Sie griff nach ihrem Weinglas und hob es in die Höhe. »Mit der Maurerkelle kann man übrigens auch sehr gut gärtnern«, fügte sie noch zwinkernd an, weil sie wusste, dass Padrino Federico beabsichtigte, seinem Hobby nun mehr Zeit einzuräumen. Annette, seine Frau, drückte ihm einen liebevollen Kuss auf die Wange und strich ihm über den Rücken. Dann erhob sie sich und bot den Anwesenden von den köstlichen Häppchen an.

Als es langsam dunkel wurde, verabschiedeten sich die ersten Kollegen und machten sich auf den Heimweg. Die anderen, die immer noch mit Federico feierten, wechselten in die Pausenbaracke. Auch wenn sich das Wetter im Moment noch von einer verlockend milden Seite zeigte, so erinnerten die klaren Nächte doch daran, dass der Winter vor der Tür stand.

Als sich Eleonora gegen zehn Uhr abends ebenfalls verabschiedete, brannte im Administrationsbüro immer noch Licht. Sie ging hinein, klopfte an die Tür und trat ein. Urs sah mit rot unterlaufenen Augen vom Computer hoch. Es stank nach Bier, doch konnte Eleonora nirgends eine entsprechende Büchse oder Flasche entdecken.

»Möchtest du für heute nicht Schluss machen?«

Er antwortete ihr bloß mit einem Schnauben. »Habt ihr schön gefeiert?«, warf er ihr stattdessen mit verbittertem Unterton an den Kopf.

»Du hättest dir doch auch kurz eine Pause gönnen und auf einen Schluck vorbeikommen können. Es war und ist nicht meine Absicht, dass du bis weit in die Nacht hinein arbeitest. Elvira hat das auch nie gemacht.«

Ruckartig wandte er den Kopf und starrte sie mit glühendem Blick an. »Ja, ja, ich denke, ich habe es jetzt kapiert. Elvira, die Wunderfee, hat alles besser und vor allem schneller gemacht.« Wütend schob er den Stuhl zurück, schaltete den Computer aus, griff nach seiner Jacke und stürmte ohne ein Wort des Abschieds an Eleonora vorbei. Dabei streifte er sie mit der Schulter und stieß sie unsanft beiseite. Nicht einmal die Schränke schloss er ab.

Als sie ihn mit heulendem Motor davonfahren hörte, stieg Wut in ihr auf. Was erlaubte er sich eigentlich? Ein dunkles, schweres Gefühl zog Eleonoras Herz zusammen. Sie konnte sich einen offenen Konflikt mit Urs in der momentanen Situation einfach nicht leisten. Blieb nur zu hoffen, dass er sich wieder beruhigte.

Kapitel 29

Manchmal gewinne ich, manchmal verliere ich ..., hallten Mata Haris Worte durch Eleonoras Geist, als sie Mitte November schweren Herzens die Tür zur Werkstatt des Baubetriebs öffnete, wo ihre Mitarbeiter bereits auf sie warteten.

Kunstlicht erhellte den quadratischen, mit einem Stahltor und nackten Betonwänden abgegrenzten Raum. Es war kühl im Inneren, und der Geruch nach Schmierfetten, Ölen, Treibstoff und Stahl hing in der Luft. Die Bauarbeiter, der Chauffeur und der Werkstattverantwortliche hatten sich im Raum verteilt. Einige lehnten mit dem Rücken an der abgewetzten hölzernen Werkbank mit dem Schraubstock und den aufgehängten Werkzeugen. Andere wiederum standen in der Nähe des Fahrzeuglifts, bei den Ölfässern oder saßen auf der Raupe eines Baggers, der gerade repariert werden musste.

Betrübt dachte Eleonora daran, wie sie in eben diesem Raum in früheren Jahren, zu einer anderen Zeit, kleine Feste gefeiert hatten. Bei Bier, Snacks oder einer spontan einberufenen Grillade hatten sie gelacht, geredet und sich über die kleinen Alltagssorgen des täglichen Bauens geärgert. Wie unbedeutend all das nun angesichts der momentanen Lage wirkte.

Das Leben ließ sich nicht kontrollieren, der Lauf der Dinge nicht aufhalten. Die Zeiten, in denen ihre Mutter und

Großmutter gearbeitet und Erfolge gefeiert hatten, waren vergangen, und die heutigen Bedingungen waren andere. Nonna und Mamma hatten mit Kampfgeist viel erreicht, Eleonora jedoch zwang das Schicksal in die Akzeptanz. War das eine Position der Stärke oder eine der Schwäche? Wenn sie in die trüben, erschöpften Augen ihrer Mutter sah, kannte sie zumindest deren Antwort. Doch wie sah sie selbst all das? Jetzt gerade war es unvorstellbar, dass auf den Regen je wieder Sonne folgen könnte.

Eleonora wechselte immer wieder von einem Fuß auf den anderen, strich sich eine Haarsträhne hinter die Ohren und benetzte die spröden Lippen mit der Zunge. Schließlich sahen all die müden, schmutzstarren Gesichter sie erwartungsvoll an, und es gab kein Zurück mehr.

Sie holte tief Luft. Hinter ihr, um sie bei diesem schweren Schritt zu unterstützen, standen Mamma und Isabelle Brand. Doch keine der beiden konnte Eleonora die Bürde, die das Schicksal ihr auferlegt hatte, abnehmen.

»Danke, dass ihr alle gekommen seid«, begrüßte sie die Bauarbeiter mit bebender Stimme. Verstohlen strich sie die Hände an der Hose ab, atmet tief ein und räusperte sich. »Wie ihr bestimmt mitbekommen habt, herrschen in der Baubranche harsche Bedingungen. Die Margen befinden sich schon seit Jahren im Keller, wohingegen die Selbstkosten unverändert hoch bleiben. Seit der Bau von Ferienwohnungen in den reichen Tourismusorten gesetzlich eingeschränkt wurde, haben bisher anderweitig beschäftigte und finanziell gesättigte Konkurrenten unseren regionalen Markt überflutet. Firmen wie die Zukunftsbau AG machen es uns kleinen Marktteilnehmern unmöglich, konkurrenzfähige Angebote zu erstellen.« Sie machte eine Pause und sah zu Boden. Schließlich hob sie den Blick erneut. »Die Mandelli AG hat eine lange Tradition und ist stolz, darauf zurückblicken zu dürfen. Wie meine Vorfahrinnen habe ich gekämpft und mich geweigert, die vorherrschenden Bedingungen und die bittere Realität zu akzeptieren. Mir ist bewusst, dass von meinen Bemühungen wenig zu euch gedrungen ist, doch könnt ihr davon ausgehen, dass ich nichts unversucht gelassen habe.« Sie schluckte. »Doch es hat nicht gereicht.«

Plötzlich spürte sie die warme Hand ihrer Mutter auf der Schulter. Eleonora seufzte tief, straffte den Rücken und fuhr fort. »Wir sind wirtschaftlich nicht mehr in der Lage, Ganzjahresangestellte zu beschäftigen. Schwindende Aufträge, minimale Margen sowie die klimatischen Bedingungen dieser Region machen es unmöglich, euch in den Wintermonaten zukünftig weiterhin bei uns angestellt zu lassen. Deshalb sehen wir uns gezwungen, den Festangestellten auf Ende des Jahres die Verträge zu kündigen und sie im kommenden Jahr durch saisonale zu ersetzen.« Eleonora versuchte verzweifelt, sich nicht anmerken zu lassen, dass sie am ganzen Leib zitterte. Ihr war heiß und kalt gleichermaßen. »Es ist ein beschissenes Gefühl, aufgeben zu müssen«, gestand sie und senkte den Blick erneut, um die aufwallenden Emotionen zu verbergen. Dann sah sie wieder hoch. »Aber ... manchmal besteht der Kampf darin zu akzeptieren, was man nicht ändern kann. Wir sitzen alle im selben Boot, und ich bitte euch, nun nicht in Panik zu verfallen. Ich setze mich konsequent für unsere Anliegen ein. Diese Maßnahme ist nicht das Ende, und sie ist nicht in Stein gemeißelt. Sobald sich die Wirtschaftslage erholt hat, können auch wir wieder zu den Ganzjahresstellen zurückkehren. Vielleicht ist das in ein oder zwei Jahren bereits der Fall.« Sie knetete die Hände, bis die Knöchel weiß hervortraten. »Glaubt mir, ich habe mich lange gegen die Veränderung gesperrt und hätte gerne so weitergemacht wie die Jahre zuvor. Das Schicksal wollte es aber nicht so, und nun bleibt uns allen nichts anderes übrig, als in ungewisses Gewässer zu segeln. Gemeinsam. Seite an Seite, so hoffe ich.«

Sie ließ den Blick durch den Raum gleiten. Einige der Männer kratzten sich am Kopf oder scharrten mit den Füßen über den staubigen Hallenboden. Manche Mienen zeichnete blanker Schock, andere Anwesende wiederum legten die Stirn in Falten und pressten die Lippen mit vor der Brust verschränkten Armen zusammen. Niemand sagte jedoch ein Wort.

»Möchte ... möchte jemand eine Frage dazu stellen? Wir beantworten sie gerne.« Abwartend blickte Eleonora in die Runde.

»Also sind wir demnächst arbeitslos?«, fragte Riccardo, ein Vorarbeiter, und reckte provokativ das Kinn nach vorne.

»Nein. Aber ihr werdet alle gezwungen sein, während der Wintermonate, in denen der Baubetrieb eingestellt wird, anderen Tätigkeiten nachzugehen oder euch um Arbeitslosengeld zu bemühen. So, wie das früher stets der Fall war, und so, wie es eure italienischen und portugiesischen Kollegen noch heute jedes Jahr tun.« Eleonora holte kurz Luft. »Selbstverständlich helfe ich euch auch gerne dabei, eine Anstellung für die Wintermonate im Tourismus oder anderswo zu finden. Mit den Anmeldungen für das Arbeitslosengeld dürft ihr ebenfalls gerne zu mir kommen, wenn ihr damit nicht klarkommt. Im Frühling gibt es bestimmt wieder genug Arbeit für alle«, beantwortete Eleonora die Frage.

»Das klingt aber nicht sehr überzeugt!«, rief ein anderer Bauarbeiter und erntete zustimmendes Gemurmel.

»Wir werden also zu Saisonniers degradiert wie die Ausländer? Als gebürtige Schweizer?«, fauchte ein hochgewachsener, dünner Mittvierziger dazwischen.

»Es war früher auch für die Schweizer üblich, sich im Winter eine andere Beschäftigung zu suchen, weil das Bauen in dieser hochalpinen Lage nun mal ein saisonales Geschäft ist«, erklärte Eleonora ruhig und in beschwichtigendem Tonfall. »Ich möchte ohnehin mit jedem von euch noch ein Einzelgespräch führen, dann können wir individuelle Möglichkeiten gerne im Detail besprechen, und ich unterstützte euch, wo immer ich kann.«

»Es gibt heute aber viele Unternehmen, die trotzdem Ganzjahresstellen anbieten. Wie stellst du dir das denn mit einer Hypothek auf dem Haus und zwei Kindern eigentlich vor? Mit Schneeschaufeln jedenfalls kann ich das nicht finanzieren!«, murrte Tobias, der auf Kundenmaurerarbeiten spezialisiert war.

»Glaubt mir, wenn ich irgendwas tun könnte, um diese Situation für uns alle zu ändern, dann würde ich das noch in dieser Sekunde umsetzen. Aber ...« Eleonora brach ab.

»Ich muss jetzt nach Hause, mir ist das zu blöd hier«, erklärte Daniel Felber, der ältere der beiden Maschinisten, stieß sich von der Werkbank ab und stürmte hinaus. Mit einem ohrenbetäubenden Krachen fiel die Werkstatttür ins Schloss. Bleierne Stille erfüllte den Raum, und die meisten Anwesenden schauten zu Boden.

»Hat sonst noch jemand Fragen?« Eleonoras Stimme zitterte. Nach einer Ewigkeit des Schweigens lösten sich die ersten Mitarbeiter aus ihrer Starre und verließen wortlos die

Werkstatt. Nach und nach taten es ihnen die anderen nach, bis Eleonora mit der Treuhänderin und ihrer Mutter alleine zurückblieb. Eleonora holte tief Luft und seufzte, dann trat auch sie nach draußen.

Über ihr blinkten Sterne am pechschwarzen Nachthimmel, und ein bleicher Halbmond sah stumm auf sie herab. Die ersten frostigen Ausläufer des Winters prickelten auf ihrer Haut. Eleonora hatte sich ihre Zukunft im Betrieb ihrer Familie weiß Gott anders vorgestellt. Stetig wachsend, himmelwärts strebend, mit verfeinerten Strukturen, breiterem Angebot und noch mehr Angestellten. In der Schule war stets die Rede von Wachstum gewesen. Mehr Kompetenzen, mehr Infrastruktur, mehr Mitarbeiter, bessere Anstellungsbedingungen, mehr Umsatz, mehr Gewinn. Dabei war es Eleonora nie ums Geld gegangen, sondern darum, sinnbildlich auf das bestehende Fundament der Firma ein noch schöneres Haus zu bauen. Ein bunteres, moderneres, größeres. Eines, das ihre Mutter und Großmutter stolz machte. Nie wäre es ihr in den Sinn gekommen, dass sie so kurz nach Übernahme der Verantwortung dazu gezwungen sein würde, einen Schritt zurück zu machen. Es fühlte sich an, als rieselte Sand unablässig durch ihre Finger. Egal wie sehr sie sich anstrengte und nach Ideen und Lösungen suchte, er entglitt ihr unaufhaltsam weiter. Bis schließlich nichts mehr da war.

Hatte sie versagt oder bloß verloren?

Nach einer Weile kamen auch Isabelle und Mamma nach draußen und gesellten sich zu ihr.

»Willst du zu uns nach Pany kommen?«, fragte ihre Mutter.

Eleonora schüttelte den Kopf. »Ich möchte jetzt alleine sein. Aber danke.«

Da sie die Stille in ihrer Wohnung nicht ertrug, ging sie zurück ins Büro, um noch einige Arbeiten zu erledigen. Doch es gelang ihr nicht, sich zu konzentrieren. Schließlich beschloss sie, ihren Bruder Andrea anzurufen.

»Schwesterherz«, begrüßte er sie.

Ihre Antwort ging in einem heftigen Schluchzen unter. Obwohl sie geglaubt hatte, ihre Emotionen unter Kontrolle zu haben, führte die vertraute Stimme dazu, dass der Damm ihrer Abwehr brach.

»Es lief also nicht gut«, vermutete Andrea. Ein tiefer Seufzer begleitete seine Worte. Schweigend wartete er, während Eleonora weinte.

»Sie sind böse. Ich habe versagt«, krächzte Eleonora, als sie ihre Stimme wiedergefunden hatte, und trocknete sich mit einem Taschentuch die Tränen ab.

»Sie verstehen es nicht, weil sie nicht hinter die Kulissen sehen. Manche von ihnen wollen es auch nicht verstehen, weil sie nur für sich selbst denken und nicht die Fähigkeit haben, die Perspektive eines anderen Menschen einzunehmen.« Seine Worte trösteten Eleonora ein wenig, doch lösten sie das Problem nicht.

»Ich fürchte mich vor den Einzelgesprächen nächste Woche«, gestand sie. »Wie soll es jetzt bloß weitergehen? So etwas gab es zu Mammas Zeiten nie. Ich habe keine Ahnung, wie ich damit umgehen soll.«

»Eleonora, ich fühle mit dir. Mir geht es auch nicht gut.«

Entsetzt hielt Eleonora die Luft an und lauschte. Ihr Bruder war nicht der mitteilsamste Mensch. Wenn er so etwas sagte, dann musste es ihm wirklich schlecht gehen.

»Was meinst du? Ist etwas passiert?«, fragte sie daher alarmiert.

Andrea seufzte. »Ach ... nicht so wichtig. Brauchst du Hilfe bei der Vorbereitung der Einzelgespräche?«

»Das ist lieb, aber ich schaffe das schon. Aber nochmals zu meiner Frage: Was ist bei dir los?«, hakte Eleonora nach.

Andrea holte tief Luft. »Ich habe es bereits an Silvester angedeutet ... die Zeiten sind für mich als Grafikdesigner auch sehr schwierig. Die Leute sparen. Wenn sie irgendwo den Gürtel enger schnallen, dann natürlich erst mal bei nicht betriebsrelevanten Ausgaben. Also bei Werbung und Corporate Design.« Er machte eine Pause, und Eleonora unterbrach ihn nicht. Geduldig wartete sie, bis er weitererzählte. »Ich kann mich über Wasser halten, weil ich im Gegensatz zu dir kaum Fixkosten habe, keine Angestellten beschäftige und auch keine teuren Maschinen und Geräte brauche für meine Arbeit. Dennoch muss auch ich mir ernsthaft Gedanken über die Zukunft machen. Ich kann nicht warten, bis die Aufträge komplett versiegen. Dazu kommt, dass sich immer mehr Leute als Grafiker selbstständig machen. Allein in unserem Tal sind es mittlerweile sieben. Das ist eine ganze Menge für so einen kleinen Markt. Großfirmen gibt es hier als Kunden kaum, und die Kleinen haben nur ein sehr beschränktes Werbebudget. Das weißt du ja selbst.«

Betroffen schwieg Eleonora. Was war mit der Welt bloß los? Aus Verzweiflung und weil ihre Nerven langsam wirklich blank lagen, lachte sie trocken. »Nonno Lorenzo würde dir jetzt vermutlich raten, Burgen und Schlösser in Japan zu bauen.«

»Vielleicht hat er gar nicht so unrecht, weißt du? Mit Gewöhnlichem jedenfalls kommen wir nicht mehr weiter. Möglicherweise wollte er dir ... uns ... damit sagen, dass der Weg manchmal endet und man dann einen eigenen erschaffen muss, der neue Spuren hinterlässt. Es ist nicht undenkbar, dass dieser Weg mit Burgen und Schlössern zu tun haben könnte.«

Eleonora dachte über seine Worte nach.

»Wollen wir mal bei einem Glas Wein zusammensitzen und brainstormen? Lass uns kindisch kreativ sein. Wir haben nichts zu verlieren«, schlug ihr Bruder vor. »Du machst doch sowieso Betriebsferien bis Mitte Januar. Was hältst du davon, wenn wir Ende des Jahres für ein paar Tage nach Argegno fahren, zurück zu unseren Ursprüngen? Dann können wir einfach mal alles hinter uns lassen.«

Eleonora überlegte. Die Vorstellung, ein paar Tage in der wunderschönen Umgebung der Villa Domenica zu verbringen, gefiel ihr. Der Gedanke daran holte das intensive Gefühl, das sie nach Nonno Lorenzos Beerdigung ergriffen und bis in die Schweiz begleitet hatte, zurück. In diesem Moment war es, als rufe Nonno Lorenzos ruhiger, weiser Geist sie zu sich nach Hause.

»Genau so machen wir das«, sagte sie und spürte plötzlich, wie sich Frieden in ihrem Inneren ausbreitete.

Kapitel 30

Die nächste Woche rückte näher, und mit ihr eine der schwersten Aufgaben, die Eleonora in ihrer Funktion als Geschäftsführerin vielleicht jemals würde bewältigen müssen. Dennoch hatte sie sich dazu entschlossen, mit jedem ihrer Mitarbeiter noch einmal persönlich zu sprechen, um sie durch den Prozess zu begleiten und ihnen ihre Wertschätzung auszudrücken. Viel lieber wäre sie vor all dem davongelaufen oder hätte es ihrer weit erfahreneren Mutter überlassen. Feigheit, so fand Eleonora, war einer Mandelli jedoch nicht würdig. So setzte sie sich schließlich mit weichen Knien und innerlich bebend ins Sitzungszimmer und wartete, bis die Zeit für das erste Gespräch reif war. Der Zeiger ihrer Armbanduhr sprang auf ein Uhr nachmittags. Langsam erhob sie sich von ihrem Stuhl, öffnete die Tür und bat Daniel Felber, den fünfzigjährigen Maschinisten ihrer Firma, zu sich herein.

Daniel schloss die Tür nicht einfach hinter sich, sondern warf sie demonstrativ zu, bevor er sich mit einem wütenden Schnauben auf den Stuhl gegenüber von Eleonora sinken ließ. Mit abgewandtem Blick fuhr er sich mit seinen groben, schwieligen Händen durch die grauen, borstigen Haare, dann verschränkte er die Arme vor seinem gewölbten Bauch. Die Lippen unter dem buschigen Schnurrbart zu schmalen Strichen zusammengepresst, blähte er zornig die Nasenflügel. Als er Eleonora endlich aus seinen kalten blauen Augen ansah, lag Feindseligkeit in der Luft.

»Ich kann deinen Unmut verstehen«, versuchte sie es daher in beruhigendem Tonfall. Es sollte nicht wie eine Floskel klingen, denn sie meinte es wirklich so. Hätte sie die Wahl gehabt, müssten diese Gespräche gar nicht geführt werden, weil alles beim Alten geblieben wäre. Doch so war es nun einmal nicht.

Er antwortete ihr mit einem erneuten abfälligen Schnauben und starrte in eine Ecke des Sitzungszimmers.

»Ich bin mit deiner Arbeit sehr zufrieden, Daniel. Viele Kunden loben dich explizit, und auch die anderen Mitarbeiter arbeiten sehr gerne mit dir zusammen. Für mich bist du ein fester Bestandteil dieser Firma, und das bereits seit fünfundzwanzig Jahren.«

»Ist das deine Art, mir ein Jubiläumsgeschenk zu überreichen, ja? Danke zu sagen?«, fuhr er sie an, bevor sie weiterreden konnte.

Eleonora schluckte. Sie bemühte sich, Daniels Wut nicht persönlich zu nehmen. Er war verunsichert und verängstigt, seine Reaktion also völlig normal. Jedenfalls versuchte sie, sich das einzureden.

»Ich kann dir versprechen, dass es im Frühjahr erneut einen Platz in der Mandelli AG für dich geben wird«, fuhr sie daher unbeirrt fort.

»Ja ... sofern du überhaupt in der Lage bist, uns Arbeit zu beschaffen. Und das bezweifle ich. Du bist nicht deine Mutter. Die hatte noch Pfeffer im Arsch. Du wurdest doch mit 'nem goldenen Löffel im Mund geboren und hast dich bisher weder um eine Anstellung noch um Aufträge bemühen müssen. Bist einfach von Mama hier reingesetzt worden.« Er machte eine wütende, alles einschließende Bewegung mit den Armen. »Und kaum lässt sie dich mit dem ganzen Kram alleine, geht es wöchentlich bergab. Du machst es dir wirklich einfach, weißt du? Kaum läuft es mal nicht so gut, wird beim Personal gespart. Sollen die doch alle selbst schauen, wie sie zurechtkommen. Hauptsache, deine Probleme lösen sich«, donnerte er ungerührt weiter.

Eleonora zuckte unter seinen Worten zusammen, als wären es Peitschenhiebe. Sie hatte Mühe, Luft zu holen. »Du warst auch einmal in Not, Daniel. Erinnerst du dich? Der schreckliche Erbschaftskrieg in deiner Familie, und kurz darauf der tödliche Autounfall deiner psychisch kranken Ex-Frau? Es war meine Mutter, die dir damals einen Anwalt besorgt hat, dir ein zinsloses Darlehen für die Prozesskosten gewährte und dir dabei half, ein Haus für deine vier Halbwaisen zu finanzieren. Nun ... sind wir in Not. Jetzt brauchen wir *deine* Hilfe, dein Verständnis und deine Loyalität, Daniel. Ist das denn so viel verlangt?«

Der Maschinist gab ein abfälliges Prusten von sich. »Ich bin nicht so reich wie ihr Unternehmer. Ihr könnt es euch doch problemlos leisten, großzügig zu sein. Findest du es nicht etwas würdelos, die einfachen Arbeiter um solche Opfer zu bitten, bloß weil du nicht fähig bist, diese Firma zu führen?«

Seine Worte schnitten wie eine scharfe Klinge durch Eleonoras Herz. So also dachten sie über sie und ihr Engagement. Urs hatte recht gehabt. In diesem Moment zerbrach etwas in ihrem Inneren, und eine furchtbare Leere blieb zurück. Sie fühlte ... nichts mehr. Zu viel war zu viel.

Langsam hob sie den Blick und schaute Daniel an. »Ich übergebe dir die Geschicke der Mandelli AG gerne, Daniel, wenn du der Meinung bist, es besser zu können.« Kälte und Härte lag in ihren Worten.

Der Maschinist sah sie überrascht an. Dann schob er mit einem Ruck den Stuhl zurück und erhob sich. »Ich kann es besser, Eleonora! Bei einem anderen Unternehmen, das diesen Titel auch verdient hat! Scheiß auf deine leeren Versprechungen, und scheiß auf deinen beknackten Saisonnier-Vertrag!« Seine Augen glühten, und der Schnurrbart in seinem Gesicht zitterte. Mit wütenden Bewegungen riss er die Tür auf und stapfte in den Flur.

Eleonora griff mit zitternden Händen nach ihrem Wasserglas und nahm einen Schluck. Lieber wäre ihr etwas Stärkeres gewesen.

Als nächster kam Christian Ehrhard, der Chauffeur. Obwohl er etwas älter war als Daniel, waren seine Locken noch nussbraun und sein Vollbart nur von gelegentlichen grauen Strähnen durchzogen. Aufgrund seiner stets sitzenden Tätigkeit hatte er in den vergangenen Jahren einiges an Gewicht zugelegt. Eleonora bot ihm einen Stuhl an und setzte sich dann ebenfalls.

»Es ist mir bewusst, dass die Bekanntgabe der Kündigungen große Ängste und Unsicherheiten ausgelöst hat. Wir lassen euch jedoch nicht alleine damit«, leitete sie das Gespräch ein und studierte die Gesichtszüge ihres Gegenübers.

Christian schaute sie mit leerem Blick an, sodass es Eleonora nicht möglich war, seine Emotionen zu lesen.

Als er schwieg, fuhr sie fort: »Wir gehen diesen Weg gemeinsam. Uns trifft und verunsichert die momentane

Lage ebenso wie euch. Es besteht die berechtigte Hoffnung, dass wir in einigen Jahren, wenn sich die Wirtschaftslage stabilisiert hat, erneut zum gewohnten und komfortableren Status quo der Ganzjahresstellen zurückkehren können. Bis es so weit ist, müssen wir aber leider in einem kleineren Schiff durch den Sturm segeln.« Sie schluckte und suchte Christians Blick. »Du bist nun schon seit fünfzehn Jahren bei uns, Christian. Für mich gehörst du ebenso zur Familie wie alle anderen. Ich wünsche mir, dass unser gemeinsamer Weg nicht einfach hier endet. Wir beide haben viel erlebt, das weißt du ...« Sie ließ den Satz bedeutungsvoll ausklingen. Christian wusste, dass sie den Selbstmord seines Sohns vor fünf Jahren ansprach. Sie erkannte es am kurzzeitigen Aufblitzen in seinen Augen. Damals war die Firma ihm in finanziellen Belangen, aber auch in Form von bezahlten Absenzen großzügig entgegengekommen. Gemeinsam hatten sie ihn und seine Frau begleitet, als sie mithilfe eines Therapeuten schrittweise zurück in einen geregelten Arbeitsalltag finden mussten.

»Es tut mir leid, Eleonora, aber ich muss schauen, dass ich meine Familie nicht ein zweites Mal in eine Krise stürze. Die Kündigung akzeptiere ich, mir bleibt ja auch nichts anderes übrig. Aber ich werde im Frühjahr keinen neuen Vertrag mit euch unterschreiben. Ich brauche Sicherheit, keine schlaflosen Nächte.«

Immerhin erkannte Eleonora in seinen Augen den Hauch von Bedauern. Das war aber auch schon alles. Wortlos erhob er sich und verließ den Raum.

So ging es die folgenden Tage weiter, bis Eleonora mit allen gesprochen hatte. Als schließlich auch der letzte Mitarbeiter die Tür hinter sich schloss, blieb sie noch eine Weile mit starr an die Wand gerichtetem Blick sitzen. Dann stand sie auf, öffnete die Tür des kleinen Möbels, auf dem die Kaffeemaschine platziert war, und nahm eine Flasche selbst gebrannten Zwetschgenschnaps heraus. Ein Bauer, dessen Wiese sie nach einem Hangrutsch wieder hergerichtet hatten, hatte ihr den Hochprozentigen aus Eigenproduktion als Dankeschön überreicht. Dem beruhigenden Plätschern lauschend, goss sie sich eine großzügige Portion davon in eine Kaffeetasse und trank einen Schluck. Heiß und ätzend rann das Getränk ihren Hals hinab und wärmte ihren Bauch von innen her. Das Hämmern ihres Herzens beruhigte sich nach einigen Minuten und wich einer nebulösen Ruhe.

Niemand würde bleiben. Keiner von ihnen. Geschlossen waren sie ihr gegenübergetreten. Manche hatten sie immerhin ausreden lassen und mildes Bedauern ausgedrückt, andere hingegen hatten aus ihrem Groll und dem daraus resultierenden Entschluss fortzugehen keinen Hehl gemacht. Das tat weh. Sehr weh. Eleonora hatte die Mandelli AG immer als große Familie wahrgenommen. Wie in einer echten Familie wurde auch mal gestritten, jedoch hatte die Versöhnung bislang nie lange auf sich warten lassen. Ihre Mutter und auch sie selbst waren für die Anliegen und Anregungen der Mitarbeiter stets empfänglich, die Tür zu ihren Büros jederzeit offen gewesen. Aus zahlreichen Gesprächen mit Branchenkollegen hatte Eleonora herausgehört, dass nicht jede Firma diese Form kollegialer Verbundenheit aufwies. Das hatte sie immer mit Stolz erfüllt. Oft waren ihre Schützlinge, wie sie die Bauarbeiter insgeheim oft nannte, auch mit privaten Problemen zu ihr und ihrer Mutter gekommen. Nie hatten sie einen von ihnen abgelehnt, wenn er in Not war. Nie.

»Wir tun das, damit es überhaupt eine Zukunft gibt, und wir sind beileibe nicht die Einzigen«, flüsterte Eleonora zu sich selbst und nahm einen weiteren Schluck Schnaps. »Wir könnten auch aufgeben, alles verkaufen und uns mit dem Geld ein schönes Leben machen oder eine neue Firma gründen. Aber wir haben uns entschlossen zu kämpfen.« Sie schniefte. »Doch für wen? Im Frühling werden nicht mehr viele da sein.«

Eine SMS riss Eleonora aus ihren düsteren Gedanken. Erstaunt starrte sie auf den Bildschirm. Urs hatte ihr eine Nachricht gesendet. Eigenartig.

Neugierig tippte sie auf das Display, um sie zu lesen.

Hallo Eleonora,
mir reicht es. Ich kann nicht mehr schlafen, ich
kann nicht mehr essen, die ständige Kritik frisst mich
auf. Die vielen Überstunden haben mich all meine
Kraft gekostet. Ich habe heute meine Kündigung per
Post abgeschickt. Im ersten Dienstjahr habe ich
einen Monat Kündigungsfrist. Das heißt, dass ich
die Mandelli AG Ende Dezember verlassen
werde.
Urs

Geschockt las Eleonora die Worte noch viermal. Die Gedanken in ihrem Kopf überschlugen sich, umso mehr, da der Schnaps in ihrem nüchternen Magen nun seine volle Wirkung entfaltete. Was redete Urs denn da? Er konnte sie doch nicht auf Ende des Jahres mit der ganzen Administration alleine lassen? Sie hatte überhaupt keine Ahnung davon, konnte weder Lohnabrechnungen noch

Jahresabschlussarbeiten verrichten. In so kurzer Zeit und insbesondere zum Jahresende würde sie auch keinen Ersatz für ihn finden. Ihre Treuhänderin verstand von Personaladministration auch nichts, und wenn sie Isabelle mit den gesamten Buchhaltungsaufgaben betraute, würde das ein Vermögen kosten. Panik schnürte ihr die Kehle zu.

Wiederholt hatte sie Urs gebeten, keine Überstunden zu leisten. Dieser Anordnung hatte er sich stets mit zahlreichen Begründungen widersetzt. Immer wieder hatte sie ihm auch angeboten, Elvira nochmals herzuholen, damit sie ihm fachlich unter die Arme greifen konnte. Auch das hatte er abgelehnt. Weder Eleonora, noch ihre Mitarbeiter hatten ihn mit übermäßiger Kritik überhäuft, obwohl etliche Klagen zu Eleonora gelangt waren, die nahelegten, dass Urs seine Arbeit nicht sorgfältig genug erledigt und für vieles länger als nötig gebraucht hatte. Manch ein Bauarbeiter hatte sich auch über Urs' cholerische und respektlose Art beschwert. Eleonora hatte ihn jedoch immer in Schutz genommen, vor sich selbst Begründungen für sein Verhalten gesucht und sich vor Augen gehalten, dass Menschlichkeit wichtiger war als Leistung.

Der Boden unter ihren Füßen begann zu wanken. Sie verstand nicht, was passiert war. Warum hatte Urs jeden gut gemeinten Rat konsequent in den Wind geschlagen und tat nun so, als wäre es die Schuld von ihnen allen, dass er mit seinen Kräften am Ende war? Weshalb hatte er nie das Gespräch mit ihr gesucht, um Lösungen zu finden? Die hätte es bestimmt gegeben. Zur Not hätte Eleonora sein Arbeitspensum reduziert und eine weitere Teilzeitkraft eingestellt. Eleonora wäre sogar bereit gewesen, mit anderen Baubetrieben zusammen nach gemeinsamen Lösungen zu suchen oder Synergien zu nutzen. Ihr Kopf schwirrte. Sie nahm ihr Mobiltelefon in die Hand und schrieb:

Lieber Urs,
ich danke dir für deine offenen und ehrlichen Worte, die mich sehr erschüttert haben. Du weißt, dass mir dein Wohl sehr am Herzen liegt und all das sicher nicht in meinem Sinn ist. Ich verstehe, dass du aus der Verzweiflung heraus handeln musstest, aber bitte gib dem Ganzen nochmals eine Chance. Lass uns morgen in Ruhe darüber reden und Lösungen finden, ich habe auch schon einige Ideen.
Herzliche Grüße, Eleonora

Bevor sie das Telefon in die Tasche legen konnte, kam auch schon Urs' Antwort.

Ich kann und will nicht mehr. Es ist beschlossene Sache. Mein Schwager besitzt einen Bauernhof, der braucht noch einen Knecht. Da ich ihm auf Anfang des Jahres bereits zugesagt habe, erachte ich ein Gespräch zwischen uns beiden als überflüssig.
Urs

Fassungslos starrte Eleonora auf die Zeilen. Noch nie in ihrem gesamten Leben hatte sie sich von Menschen so verraten gefühlt wie in den letzten Monaten und in den vergangenen Tagen. Es gab viele Formen von Schmerz, emotionaler oder körperlicher Natur. Keiner davon war vergleichbar mit dem quälenden Brennen des Verrats.

Kapitel 31

Nach einer schlaflosen Nacht, während der sie zwei Stunden lang mit ihrem Bruder telefoniert hatte, stand Eleonora pünktlich um halb sieben wieder im Betrieb. In drei Wochen war Weihnachten, gerade fiel der erste Schnee in diesem Jahr. Verspielt tanzten dicke Flocken im gelblichen Kegel der Außenscheinwerfer des Werkhofs. Da der Wetterbericht auf den Mittag wieder Sonnenschein angekündigt hatte, war der Baustellenbetrieb der Mandelli AG noch nicht eingestellt worden. Wie jeden Morgen begleitete und unterstützte Eleonora die Mitarbeiter dabei, Material aufzuladen und sich für die Arbeit bereit zu machen. Niemand wagte, sie anzusehen. Mehr als ein gemurmeltes »Guten Morgen« kam von den meisten nicht.

Noch nie zuvor hatte sich Eleonora in ihrem eigenen Betrieb so einsam und ausgegrenzt gefühlt. Es war, als gehörte sie nicht hierher und sei auch nicht erwünscht. Schmerz nagte an ihr. Wo waren ihre Vision und ihr Traum von einem Team, das gemeinsam durch Hochs und Tiefs navigierte, geblieben? All das hatte bloß in ihrem Kopf existiert, in ihrer naiven Weltanschauung. Niemals aber in der Realität, wie sie mit Verbitterung feststellte.

An diesem Tag fiel es Eleonora schwer, sich ihrer Arbeit zu widmen. Immer wieder schweiften ihre Gedanken in die

Zukunft, die wie ein grauer Nebel vor ihr lag. Wie sollte sie das nächste Jahr überstehen, wenn ihr so viele Mitarbeiter davonliefen? Darunter auch einige, die in Schlüsselpositionen tätig waren, so wie Urs, die beiden Maschinisten und der Chauffeur?

Gegen Abend, die Dämmerung setzte bereits früh ein, klopfte es an ihrer Bürotür. Mario, einer der älteren Saisonarbeiter aus Kalabrien, der dieses Jahr länger geblieben war und in den kommenden Tagen für die Winterpause nach Hause zurückkehren würde, stand mit einem scheuen Lächeln im Türrahmen. Man hätte ihn aufgrund seiner feingliedrigen und kleinen Statur niemals für einen Bauarbeiter gehalten.

»*Permesso, posso*, darf ich eintreten?« Seine dunklen Augen schauten sie erwartungsvoll an.

Eleonora erhob sich und ging ihm entgegen. »Aber natürlich.« Sie machte eine einladende Geste und kam vor ihm zum Stehen.

Mario schloss die Tür hinter sich, nahm die Mütze vom Kopf und strich sich mit der Hand über die Glatze.

»Ich komme im Namen von uns allen. Den Gastarbeitern aus Italien. Auch jenen, die bereits zu Hause sind.«

Eleonoras Herz zog sich ängstlich zusammen, und ihr Puls raste. Instinktiv trat sie einen Schritt zurück und verschränkte die Arme vor der Brust, während sie sich für das wappnete, was gleich kommen würde.

»Wir haben gehört, was ihr tun musstet. Die Leute sind sehr böse.«

»Für euch wird sich nichts ändern, Mario«, beeilte sich Eleonora zu sagen. »Es betrifft nur die Schweizer mit Festanstellung.«

Mario lächelte. »Das wissen wir. Für uns *Tschinggen*, wie sie uns nennen, ist das normal. Wir verdienen hier gutes Geld, und im Winter arbeiten wir zu Hause weiter. Es gibt immer etwas zu tun. Beim Wein, den Oliven, bei Verwandten, am Haus. Aber die Schweizer ... sie sind es nicht gewohnt. Sie sind verwöhnt und undankbar. Wir kommen jedes Jahr hierher und sind fünfzehn Autostunden von unserer Familie getrennt. Das ist nicht einfach.« Er strich sich die Hände an der schmutzigen Bauarbeiterhose ab. »Wir sind nicht dabei, wenn unsere Kinder das erste Wort sprechen, und wir verpassen ihren ersten Schritt auf zwei Beinen. Wenn sie aus der Schule zurückkehren, sind wir nicht da, um ihre Geschichten zu hören und ihre Freunde kennenzulernen. Die Umarmung unserer Frauen und ihre hervorragenden Kochkünste fehlen uns hier. Dennoch, obwohl uns so viel fehlt und wir großes Heimweh haben, kommen wir jedes Jahr hierher und geben unser Bestes. Wir arbeiten hart und mit Leidenschaft. Nicht immer ohne Murren«, er zwinkerte ihr zu, »aber mit Stolz.« Er holte Luft und schaute Eleonora lange an. »Wir wissen, wie viel ihr für uns tut. Man muss nur genau hinsehen oder mit Freunden reden, die in anderen Firmen arbeiten. Es ist nicht dasselbe. Da herrscht ein anderer Ton. Den Capo bekommt man gar nie zu Gesicht, und einfach in seinem Büro vorsprechen darf man nicht einmal mit einer Anmeldung. Wie auch immer, ich möchte dich nicht länger aufhalten. Ich wollte dir bloß sagen ...« Seine Augen glitzerten. »Wir *italiani*, wir halten zusammen. Wir kämpfen weiter an eurer Seite, auch nächstes Jahr, und vertrauen darauf, dass ihr uns genug Arbeit beschaffen könnt. Wir sind stolz, hier sein zu dürfen. Wir beherrschen nicht alles, was die Schweizer Vorarbeiter und Maschinisten können, aber dafür können wir andere Dinge. Wir können auch ohne sie weitermachen, so wie damals, als Federico und deine Mamma die Firma geführt haben. Da waren wir auch nur wenige Leute, vorwiegend *italiani*. Vielleicht sollten wir uns wieder mehr auf unseren Ursprung besinnen. Nicht jede Veränderung, die aussieht wie ein Rückschritt, ist auch einer.« Er ging zur Tür und öffnete sie. »*Ci vediamo l'anno prossimo*, wir sehen uns nächstes Jahr.« Er zwinkerte, deutete eine altmodische Verbeugung an und ging nach draußen.

Wie erstarrt stand Eleonora einige Atemzüge lang da. Dann spürte sie, wie ein scheues Lächeln ihre Mundwinkel nach oben zog.

Als letzte Amtshandlung, bevor sie an diesem Tag nach Hause ging, griff sie zum Telefon und rief ihren EDV-Spezialisten an. Sie beauftragte ihn, Urs' Computer hinsichtlich dessen Internetkonsums zu kontrollieren und ihr Zugang zu seinem E-Mail-Verkehr zu beschaffen. Dann erhob sie sich seufzend, schaltete den Computer aus und fuhr nach Hause. Sie war dermaßen in Gedanken versunken, dass sie die Person, die vor ihrer Haustür auf sie wartete, erst sah, als sie beinahe mit ihr zusammenprallte.

»Hallo Eleonora ... kann ich mit dir reden?« Sein Tonfall klang flehend, die Gesichtszüge konnte sie in der Dunkelheit nicht deuten.

»Ich wüsste nicht, worüber wir beide noch reden müssten, Flurin«, antwortete sie harsch und verschränkte abwehrend die Hände vor der Brust. »Lass mich in meine Wohnung, sonst rufe ich die Polizei.«

»Bitte ... ich möchte dir bloß etwas erzählen. Wenn es dein Wunsch ist, gehe ich danach, und du siehst mich nie wieder. Aber bitte gewähre mir diese kurze Zeit, es ist wichtig.«

»Wichtig wäre noch was ganz anderes gewesen. Ehrlichkeit beispielsweise«, fauchte Eleonora und spürte, wie sie von ihren Emotionen überwältigt wurde. Diese Wunde würde sich noch lange nicht schließen, wenn überhaupt.

»Deshalb bin ich hier. Ich habe mir zahlreiche Gedanken zu meinem Leben gemacht. Daran warst du maßgeblich beteiligt. Es hat sich viel verändert, und ich möchte es dir erzählen. Nur das.«

»Nein.« Eleonora schob ihn zur Seite und kramte nach dem Schüssel in ihrer Tasche.

»Wie du willst.« Er holte tief Luft. »Eigentlich wollte ich es dir in Ruhe sagen, aber ... ich verstehe deine Wut. Um es kurz zu machen: Ich habe mich von Gloria getrennt. Wir lassen uns nächstes Jahr scheiden. Und ...« Er zögerte.

Eleonora sah ihn mit verschränkten Armen und hochgezogener Augenbraue an.

»Ich habe gekündigt. Und nicht nur das, ich werde aus der Firma austreten.«

Eleonora zögerte. Das hatte sie nicht erwartet. So wie sie Flurin eingeschätzt hatte, hätte sie ein Epos an Ausreden und Rechtfertigungen vermutet. Ihre Abwehr bröckelte. Sie schwankte zwischen dem Drang, ihn anzubrüllen, und Neugierde.

»Okay. Ich höre dir zu, aber nur kurz und ohne Gewähr«, sagte sie schließlich und bemühte sich um einen emotionslosen und barschen Tonfall.

»Danke.« Er leistete ihrer Einladung Folge und betrat die kleine Wohnung.

Eleonora schaltete das Licht an und führte Flurin schweigend in die Küche, wo sie ihm einen Stuhl anbot. Allerdings entschied sie sich dagegen, ihm auch ein Getränk anzubieten.

Ungeduldig sah sie ihn an. »Ich höre.«

Flurin seufzte, senkte den Blick und fuhr mit den Fingerspitzen einige Kratzer auf der Tischplatte nach. »Ich weiß, dass ich mich unmöglich benommen und einen großen Fehler gemacht habe. Dafür gibt es auch absolut keine Entschuldigung, nicht einmal die Tatsache, dass ich es zwischenzeitlich einsehe.« Er holte tief Luft und schaute sie dann an. »Ob du es glaubst oder nicht, und auf die Gefahr hin, dass es abgedroschen und kitschig klingt ... aber du hast mein Leben verändert. Bevor ich dich getroffen habe, kannte ich nur meine Welt und meine Perspektive, und die war sehr angenehm. Weshalb also sollte ich mich um die anderer Menschen kümmern? Mir flogen die gebratenen Tauben sprichwörtlich in den Mund, Frauen umschwärmten mich wie Motten das Licht. Dann traf ich dich, und ich kann es heute noch nicht richtig beschreiben. Du warst so ... anders. Eine eigenwillige Mischung aus dickköpfig, süß und sexy. Als wir uns das erste Mal begegnet sind, warst du sehr zurückhaltend. Zugegeben, das hat anfangs meinen Jagdinstinkt entfacht. Ich habe dir also nur die Seiten von mir gezeigt, die ich für attraktiv gehalten habe, und von denen ich wusste, dass sie Frauen gewöhnlich beeindrucken.«

Flurin strich sich durch die Haare. »Ich weiß, das klingt furchtbar, und das war es auch. Vermutlich hat mich das Leben deshalb mit Liebe gestraft.« Er gab ein trockenes Lachen von sich, und ein verletzlicher Zug huschte über sein Gesicht. »Noch nie in meinem Leben habe ich das zu einer Frau gesagt und tatsächlich gemeint, aber ... ich habe mich in dich verliebt, Eleonora. Und zwar so ernsthaft, dass du mich in den vergangenen Monaten Tag und Nacht verfolgt hast. Weder konnte ich mich auf meine Arbeit konzentrieren, noch war ich in der Lage, mein oberflächliches Leben weiterzuführen. Mein gesamtes Dasein erschien mir plötzlich wie eine einzige Lüge. Meine emotionslose Ehe, meine entfremdeten Kinder, die zur öden und sinnlosen Routine verkommene Arbeit ... einfach alles. Deine Worte haben mich nicht mehr losgelassen. Mir war in meiner Verblendung gar nicht bewusst, wie sehr wir kleine und rechtschaffene Unternehmen wie deines vom Markt verdrängen und zerstören. Vermutlich hätte es mein früheres Ich auch nicht gekümmert, weil ich der Meinung war, dass ich all den Reichtum und die Macht verdient hatte. Dafür schäme ich mich sehr, Eleonora.«

Er seufzte und wagte dieses Mal nicht, sie anzusehen. Eine leichte Röte kroch seinen Hals hinauf und färbte die Wangen unter dem Schatten seines Dreitagebarts. »Du denkst jetzt sicher, dass das bloß wieder eine Masche ist, um dich rumzukriegen.« Er lachte rau. »Der reumütige, bekehrte Flurin, der um Mitleid bettelt. Doch so ist es nicht. Mein Rückzug aus der Firma ist real und wird in den nächsten Tagen landesweit in den Medien bekannt gegeben.« Er zuckte mit den Schultern und starrte auf seine Hände. »Ich möchte, dass du mir glaubst, dass ich erkannt habe, was für ein furchtbarer Mensch ich war. Mir ist klar, dass man schönen Worten allein nicht vertrauen kann, deshalb lasse ich nun Taten sprechen.« Er biss sich auf die Lippen, lehnte sich im Stuhl zurück und sah Eleonora endlich wieder an.

Sie schwieg. Zu groß war das Chaos ihrer Gefühle und Gedanken. Ein Teil von ihr verabscheute Flurin nach wie vor, und gleichzeitig wollte ein anderer Teil ihm zuhören und verzeihen. Schließlich war niemand unfehlbar, auch sie selbst nicht.

»Ich erwarte keine Stellungnahme von dir, Eleonora. Denk einfach über meine Worte nach. Ich habe Zeit, denn ich bin bald ein freier Mann. Es gibt zahlreiche Möglichkeiten, was ich mit meinem Leben nun anfangen kann. Einen handwerklichen Beruf erlernen, mein Geld für gemeinnützige Projekte einsetzen und Gutes tun ... ich könnte mir sogar vorstellen, dir zu helfen. Hast du immer noch diesen kauzigen Administrationsmitarbeiter? Wenn du seiner überdrüssig bist ... und Hilfe brauchst ... kann ich jederzeit für ihn einspringen. Mit Buchhaltung kenne ich mich aus.« Flurin leckte sich die spröden Lippen und seufzte. »Und ... ich weiß, du hörst das nicht gerne, aber ich kann dich auch finanziell unterstützen, wenn du in Not bist.« Leise murmelte er: »Vielleicht gibst du mir eine zweite Chance? Nicht heute, aber irgendwann?« Er suchte ihr Gesicht nach einer Antwort ab, doch sie zeigte keinerlei Emotionen. Mit klopfendem Herzen wich sie seinem suchenden Blick aus und presste den Mund zusammen.

»Ich muss nachdenken. Über alles.«

»Das ist in Ordnung, Eleonora.«

Mit diesen simplen Worten erhob sich Flurin von seinem Stuhl und machte Anstalten zu gehen. Sie hielt ihn nicht davon ab. Nach einigen Sekunden gegenseitigen Schweigens, drehte er sich um und verschwand.

Eleonora zuckte kurz zusammen, als die Tür ins Schloss fiel.

Flurin. War er Segen oder Fluch? Sie wusste es nicht.

Kapitel 32

Schnee glitzerte auf den Dächern der Häuser und dem überall auf dem Werkhof gestapelten Baumaterial. Die Geräte waren im Lager verstaut, größere Maschinen in der Werkstatt untergebracht, wo sie zum Start des neuen Jahres kontrolliert und gewartet werden würden. In eineinhalb Wochen stand Weihnachten vor der Tür, und die meisten Bauarbeiter befanden sich bereits in den Winterferien. Viele von ihnen würden die Firma Ende Februar oder März, nach Ablauf der Kündigungsfrist, verlassen. Der Gedanke daran schnürte Eleonora wie jedes Mal die Kehle zu, und ihre Finger, die locker auf der Tastatur des Computers lagen, begannen zu zittern. Als das Telefon klingelte, zuckte sie erschrocken zusammen. Sie atmete tief durch, dann hob sie ab.

»Hallo, ich bin es, Roman Oertli.«

Der EDV-Fachmann.

»Hallo Roman, hast du etwas für mich?«, fragte Eleonora und spielte nervös mit dem Kugelschreiber in ihrer Hand.

»Kann man wohl sagen. Willst du es wirklich wissen?«

»Ja, natürlich«, antwortete sie, auch wenn sie nicht ganz sicher war, ob sie die Wahrheit wirklich hören wollte. Manchmal tat sie weh, manchmal überforderte sie. Die Frage war, ob das bei allem, was dieses Jahr schiefgelaufen war, überhaupt noch eine Rolle spielte.

Roman seufzte. »Dein werter Mitarbeiter surft stundenlang im Internet, anstatt zu arbeiten. Er shoppt Elektrogeräte, Kleidung und Heimwerkerbedarf. Gelegentlich verbringt er auch Zeit auf Facebook, was nahelegt, dass er während der Arbeitszeit auch über sein Mobiltelefon auf soziale Netze zugreift. Besonders gefallen ihm jedoch Seiten mit pornografischem Inhalt. Die Demütigung von Frauen mit Migrationshintergrund steht dabei im Zentrum. Des Weiteren scheint er sich sehr für Seiten mit aggressiv-patriotischen Themen zu interessieren. Hast du seinen Mailverkehr schon durchgesehen?«

Eleonora schüttelte den Kopf, auch wenn ihr Gesprächspartner das nicht sehen konnte. »Nein. Ich wollte zuerst deine Ergebnisse abwarten, bevor ich diesen Schritt gehe. Die Mails meiner Mitarbeiter zu lesen, ist normalerweise nicht meine Art, aber jetzt werde ich es wohl nicht länger umgehen können. Ich danke dir vielmals für deine Hilfe.«

Sie beendeten das Telefongespräch, und Eleonora stützte ihren schmerzenden, glühenden Kopf in die Hände. Kein Wunder, dass Urs nicht in der Lage gewesen war, seine Aufgaben in der vorgegebenen Zeit zu erledigen.

Mit einem Blick zu ihrer Bürotür, um sich zu vergewissern, dass sie nicht überrascht oder beobachtet wurde, wählte sie sich über den Host-Service in Urs' E-Mail-Konto ein. Sie stöberte zuerst ein wenig in seinem Posteingang, dann in den gesendeten Nachrichten. Bei einem Mailverkehr mit dem Betreff *Aw: Schlampe* blieb sie hängen.

Sie hielt die Luft an und sah sich im Raum um. Sollte sie das wirklich tun? Schließlich gab sie sich einen Ruck und klickte auf die Mail. Ihr Puls beschleunigte sich, als sie die mehrere Seiten lange Konversation zum Anfang scrollte. Sie war auf Ende Mai datiert.

Lieber Paul,

mir fehlt hier langsam, aber sicher die Motivation. Bei der kleinen Möchtegern-Chefin platzt mir bald der Kragen, sage ich dir. Ich habe dir doch erzählt, wie sie mit mir geflirtet und sich so aufreizend vor meinem Schreibtisch hin und her bewegt hat? Nun, als ich sie, verliebter Narr, der ich war, einmal einladen wollte, erfuhr ich, dass sie einen Freund hat. Und nicht nur das, gleichzeitig macht sie auch noch einem anderen schöne Augen. Das hat mir doch glatt die Sprache verschlagen. Da baggert sie mich ständig und höchst offensiv an, und geht dann heute mit diesem langweiligen Buchhändler zum Mittagessen. Nun ist mir auch klar, warum der andauernd mit irgendwelchen Büchern herkommt. Vermutlich bezahlt sie die in Form von Dienstleistungen … Und als wäre das noch nicht genug, bringt ein Kurier während ihrer Abwesenheit einen Blumenstrauß! Ich war neugierig, also habe ich ihr ein paar Fragen gestellt. Errötet ist sie wie eine Jungfrau! Stell dir das mal vor, wenn man bedenkt, wie sie ständig mit dem Hintern wackelt, einen so anzüglich anlächelt und mir die Titten vors Gesicht hält! Wie auch immer. Die Blumen sind von ihrem Freund, hat sie behauptet, und sie hätte sonst keinen an der Angel. Diese Einwanderer sind doch alle gleich. Ihre Mutter soll sich den Schweizer Pass ja ervögelt haben, so munkelt man hier im Tal. Hat sich den gut aussehenden Architekten geangelt und von ihm schwängern lassen, damit er sie heiratet. Und was macht ihre Tochter, die kleine Tschinggen-Schlampe? Nicht viel anderes. Du solltest sie mal morgens oder abends sehen, wenn sie die Bauarbeiter instruiert. Donnerwetter! Ich würde den Kopf verwetten, dass sie sich den ein oder anderen auch mit ihren Dienstleistungen gefügig gemacht hat. Was ihren Liebhaber angeht, den habe ich auch einmal kurz gesehen. Reicher, arroganter Snob. Kein Wunder, dass sie sich den warm hält. Vielleicht kann der sie ja vor der Pleite in der Firma bewahren.

Jedenfalls, Paul, ist es mit den Weibern immer dasselbe. Sie denken, sie könnten uns Männer nachahmen, und krallen sich an den Chefsessel. Mit ihrem gierigen Gesäusel machen sie uns gefügig, bis wir glauben, sie besäßen tatsächlich die fachlichen Qualifikationen für diesen Job. Die Wahrheit ist leider, dass die Kleine hier keine Ahnung hat, was sie tut. Der Betrieb geht vor die Hunde, und sie sieht einfach dabei zu, diese nichtsnutzige Schlampe …

Eleonora starrte auf die Zeilen, die Urs bereits vor einem halben Jahr geschrieben hatte. Die Konversation ging ähnlich vulgär weiter. Er und Paul Rechsteiner scherzten immer detaillierter über Frauen, ihre Geschlechtsteile und anstößige Sexualpraktiken, die sie offenbar auf ihren Lieblingsseiten im Netz gesehen hatten. Und Urs zog über Eleonora her, als hätte sie ihn massiv in seinem Stolz verletzt.

Sie traute ihren Augen kaum, als sie all die Anschuldigungen und Beleidigungen las. Urs behauptete, sie weiche ihm absichtlich aus, um nicht mit ihm über den »Vorfall«, was auch immer er damit meinte, reden zu müssen. Er unterstellte ihr, dass sie ihm trotzdem heimlich nachstellte und mit ihm und seinen Gefühlen spielte. Ferner warf er ihr vor, ihn bewusst länger und bis zur Erschöpfung arbeiten zu lassen, um ihn zu quälen. Die Kündigung, die sie vor einer Woche via SMS erreicht hatte, war in Urs' Mails schon seit den Sommermonaten ein wiederkehrendes Thema. Sein Kumpan bestärkte ihn in der Opferrolle und stellte Eleonora ebenfalls als Femme fatale dar, die ihre Machtposition schamlos ausnutzte, um Schwächere zu unterdrücken.

Gemeinsam mit seinem Freund bei der Steuerbehörde kam er bei einer Mail im Herbst außerdem überein, dass es an der Zeit sei, Eleonora einen ordentlichen Denkzettel zu verpassen. Worum genau es sich dabei handelte, war aus der Konversation nicht ersichtlich. Die Kündigung zum jetzigen, ohne Frage sehr ungünstigen Zeitpunkt war jedoch ein weiterer Bestandteil dieses irrsinnigen Racheplans.

Soll sie doch schauen, wie sie ohne mich zurechtkommt, dieses Luder. Den Festangestellten hat sie schließlich auch einfach gekündigt, um ihre Haut zu retten, war einer der letzten erbosten Sätze, die Urs seinem Freund geschrieben hatte.

Eleonora seufzte resigniert.

Das Jahresende mit all seinen Abschlussbuchungen und Lohndeklarationen stand vor der Tür, und der Januar wartete mit ebenso viel Arbeit. Sollte überhaupt jemand eine Stelle in der Buchhaltung suchen, dann bestimmt nicht jetzt, während der Weihnachtszeit. Dazu kamen die finanziellen Sorgen, die zentnerschwer auf Eleonora lasteten. Zum Ende des Jahres standen aufgrund der Zahlung eines dreizehnten Monatslohns, wie es das Gesetz für die Baubranche vorsah, doppelte Lohnzahlungen bevor. Zusätzlich warteten die normalen Ausstände bestehend aus Lieferantenrechnungen und Verbindlichkeiten gegenüber Institutionen wie der Bank und Versicherungen darauf, beglichen zu werden. Damit jedoch noch nicht genug: Urs' übermäßig angesammelte Überstunden mussten per Gesetz mit einem Zuschlag von fünfundzwanzig Prozent ausbezahlt werden. Und da Eleonora diese bisher auf jeder Lohnabrechnung akzeptiert hatte, galten sie als rechtlich korrekt und konnten nicht mehr angefochten werden, selbst wenn sie zwischenzeitlich wusste, wie die Überstunden zustande gekommen waren.

Eleonora schluckte die Tränen hinunter und versuchte, die aufsteigende Panik in den Griff zu bekommen. Das Zittern ihrer Finger wurde stärker und weitete sich auf den gesamten Körper aus. Sollte sie Flurin um Hilfe bitten? Immerhin hatte er ihr seine Unterstützung angeboten. Verärgert wollte sie den Gedanken beiseiteschieben, doch er blieb hartnäckig. Sie war in Not, allzu viele Optionen hatte sie nicht mehr. So weit war sie also schon gesunken, dass sie ernsthaft daran dachte, ihren ehemaligen Geliebten, der sie angelogen und verraten hatte, um Hilfe anzuflehen? Sofort schämte sie sich für dieses Ansinnen.

So oder so würde das Ende dieses Jahres furchtbar werden. Mamma war mit ihren Kräften aufgrund von Nonna Auroras anhaltenden Depressionen und Papas Krankheit am Ende, und Eleonora und Andrea fürchteten, dass sie demnächst unter der Last ihrer Sorgen und Verpflichtungen zusammenbrechen würde. Deshalb hatte Andrea vorgeschlagen, dass er und Eleonora über die Festtage nach Italien fahren und Nonna Aurora mit sich nehmen könnten. So hätten ihre Eltern wenigstens einige Tage Ruhe und Zeit für sich. Es war das erste Mal in der Familiengeschichte der Albrecht-Mandellis, dass Mamma einer solchen Idee zustimmte. Bisher wäre die Vorstellung, die Weihnachtstage getrennt von ihren Kindern zu verbringen, für sie schlicht und ergreifend undenkbar gewesen.

Dieses Jahr jedoch war alles anders. Es hatte schon seltsam begonnen, und es würde zweifellos schrecklich enden.

Wie recht Eleonora mit ihren zermürbenden Gedanken hatte, erfuhr sie kurze Zeit später.

Als sie am letzten Arbeitstag des Jahres beschloss, einen Blick auf den Saldo ihres Geschäftskontos zu werfen, gefror ihr das Blut in den Adern. »Das reicht ja nicht einmal mehr für die Lohnzahlungen zum Jahresende, geschweige denn die noch haufenweise offenen Lieferantenrechnungen«, flüsterte Eleonora gedankenverloren zu sich selbst. Panisch suchten ihre Augen die Buchungen ab. Sie war der festen Überzeugung gewesen, dass es immerhin für die Löhne reichte, auch wenn sie die Materialrechnungen teilweise verzögert würde bezahlen müssen. In der Hoffnung, dass ein netter Kunde die erhaltene Rechnung vielleicht trotz der angegebenen Zahlungsfrist von dreißig Tagen noch vor Weihnachten begleichen würde, hatte sie extra bis zum letzten Arbeitstag gewartet, bevor sie das Konto noch einmal kontrolliert hatte.

Urs hatte in der vergangenen Woche und auch an diesem Tag noch, entgegen Eleonoras ausdrücklicher Anordnung, offene Rechnungen beglichen, sodass das Geld jetzt nicht mehr reichte, um das Wichtigste, die Lohnzahlungen, abzudecken. Dazu kam noch ... Eleonora arbeitete sich in der Liste der getätigten Ausgaben weiter nach unten und sog erschrocken die Luft ein.

»Auf den Rappen genau zwanzigtausend Franken?«, murmelte sie und klickte die Zahlungsdetails an. Sie hatte ihm doch ausdrücklich untersagt, höhere Summen auszugeben ... und nicht nur das, der runde Betrag sah überhaupt gar nicht nach einer gewöhnlichen Lieferantenrechnung aus. Was zum Henker ...

Der Geldempfänger war der Verein Eidgenössische Reinblüter.

Mit hektischen Klicks druckte Eleonora die Belegdetails und einen Kontoauszug aus und stürmte in Urs' Büro.

»Wer ist der Verein Eidgenössische Reinblüter? Weshalb bezahlst du ihnen zwanzigtausend Franken, und warum zum Teufel hast du überhaupt offene Rechnungen beglichen, wo ich doch ausdrücklich die Anweisung gegeben habe, das Geld für die Lohnzahlungen inklusive des dreizehnten Monatslohns zurückzubehalten?!« Mit glühenden Wangen knallte Eleonora Urs die Papiere vors Gesicht.

Er sah betont langsam und mit leeren Augen vom Computer auf und starrte sie mit vorgerecktem Kinn und zusammengepressten Lippen an. Als sie mit dem Zeigefinger wütend auf das Blatt tippte, rang er sich dazu durch, einen desinteressierten Blick darauf zu werfen. Dann zuckte er bloß gleichgültig die Schultern. »Was die Zahlungen betrifft: Die tätigen wir jeden Freitag, so auch vergangene Woche und heute. Von einer gegenteiligen Anweisung weiß ich nichts. Vermutlich hat sie bloß in deinem Kopf stattgefunden, mir hast du etwas Derartiges jedenfalls nie mitgeteilt.«

Ohne sie anzusehen oder eine Antwort abzuwarten, zog er eine Schublade auf und fischte ein mehrseitiges Dokument daraus hervor. Mit einem triumphierenden Grinsen schob er es ihr zu. »Und was die Spende an den Verein Eidgenössische Reinblüter angeht, helfe ich deinem Gedächtnis ebenfalls gerne auf die Sprünge. Wie viele Unternehmen wolltest du zu Weihnachten anstelle eines Kundengeschenks eine großzügige Zuwendung an eine gemeinnützige oder unterstützungswerte Institution machen. Du hast die Geldanweisung sogar selbst unterschrieben, weshalb ich als Mitarbeiter wohl davon ausgehen darf, dass die Spende absichtlich und bewusst in Auftrag gegeben wurde. Bitte sehr.« Er wies auf die letzte Seite des Dokuments, wo tatsächlich Eleonoras Unterschrift zu sehen war.

Eleonora wurde schwindlig, als sie das Ausmaß der Geschichte zu ahnen begann. Ihre Erinnerung sprang an und zeigte ihr den Abend von Federicos Verabschiedung und das Klingeln ihres Telefons.

Ach, hier, kannst du das bitte noch kurz unterschreiben? Es geht um eine Lohndeklaration, echote es durch ihr Gedächtnis.

Eleonora spürte, wie Übelkeit in ihr aufstieg. Solche Sachen passierten doch sonst immer nur in Filmen. Oder? In ihrem Kopf stürmten die Gedanken wild durcheinander, sodass es eine Weile dauerte, bis sie ihre Sprache wiederfand. »Du weißt ganz genau, dass ich das nie absichtlich unterschrieben habe, sondern ausgetrickst wurde, du sagtest, es handle sich um ...«

»Na, na ...« Urs unterbrach sie mit erhobenem Zeigefinger und schüttelte den Kopf. Während er weiter auf seiner Tastatur rumtippte, erklärte er: »Du bringst da ganz offensichtlich etwas durcheinander. Aber das ist kein Grund, beleidigend zu werden. Seit deine Mutter kaum mehr im Betrieb ist, hetzt du von einem Termin zum nächsten, hörst nicht mehr zu und nimmst dir für nichts mehr genügend Zeit. Du stehst dauernd unter Strom und vergisst alles. Was ich hier den lieben langen Tag für dich tue, interessiert dich überhaupt nicht mehr. Ich kann nichts dafür, wenn du deshalb gewisse Sachen falsch verstehst, gar nicht mitkriegst oder schon zur Tür hinausspringst, während ich noch dabei bin, dir etwas zu erklären. Wie oft habe ich dich nach deiner

Meinung gefragt, und hatte dabei stets den Eindruck, dass ich dich damit nur nerve. Nein, dass die Dinge sind, wie sie sind, ist allein deine Schuld, Eleonora. Da ich jetzt allerdings weiß, dass du keine weiteren Zahlungen mehr getätigt haben möchtest, auch keine Spenden mehr, halte ich mich selbstverständlich daran.«

»Dafür ist es nun zu spät!«, brüllte Eleonora und schlug mit der Faust auf den Tisch. Tränen brannten in ihren Augen. »Raus! Los, verschwinde! Ich will dich hier nie wieder sehen!« Bebend vor Zorn wies sie auf die geöffnete Bürotür.

Urs hob die Hände, als hätte er Angst, Eleonora würde ihn erschießen. Ein süffisantes Grinsen verzerrte seine Gesichtszüge zu einer hässlichen Fratze. Betont langsam griff er nach seiner Jacke und ging an ihr vorbei. Im Flur blieb er noch einmal stehen und drehte sich, eine Hand bereits auf der Türklinke des Haupteingangs, zu ihr um. Ein böses Funkeln glitzerte in seinen Augen. »Und vergiss nicht, mir meine Überstunden mit einem Zuschlag von fünfundzwanzig Prozent auszuzahlen. Der heutige Tag gilt übrigens als bezahlte Abwesenheit, weil du mich nach Hause geschickt hast. Ferien wären es nur dann, wenn ich sie freiwillig genommen hätte. Sollte meine Austrittsabrechnung nicht tadellos und korrekt sein, werde ich einen Anwalt einschalten.« Dann ging er nach draußen.

Eleonora sah ihm nach. Erst als sie sein Auto mit heulendem Motor davonfahren sah, kehrte sie an ihren Schreibtisch zurück und starrte in das Schneetreiben vor ihrem Bürofenster.

Plötzlich kam Eleonora, inmitten der dunklen Gedanken und Gefühle, eine Idee. Hastig ging sie in Urs' Büro und suchte in seinem Personaldossier nach den Bewerbungsunterlagen, die er ihr vor seinem Stellenantritt gesendet hatte. Mit klopfendem Herzen nahm sie die Mappe mit zurück in ihr Büro und blätterte durch die Seiten, bis sie fand, wonach sie suchte. Sie griff nach dem Telefon.

»Annamaria Trepp, Heim-und-Haus-Detailhandels AG Trübbach, guten Tag?«

Eleonora räusperte sich. »Guten Tag, hier ist Eleonora Mandelli von der Mandelli AG in Schiers. Ich habe eine Frage.« Nervös leckte sie sich mit der Zunge über die trockenen Lippen und strich sich eine Haarsträhne aus dem Gesicht. »Urs Huber ... der hat doch einmal bei Ihnen gearbeitet, oder?«

»Das ist korrekt, gottlob *hat*.« Frau Trepps Stimme nahm einen verärgerten Tonfall an.

»Er ... arbeitet seit Anfang des Jahres bei mir und ... es ist sehr schwierig, gelinde ausgedrückt«, tastete sich Eleonora vorsichtig vor.

»Das glaube ich Ihnen. Sie kennen die Geschichte nicht?«

»Welche Geschichte? Nein ...«, antwortete Eleonora verwirrt.

»Nun, die von seinem Psychiatrieaufenthalt in der geschlossenen Abteilung?« Als Eleonora betroffen schwieg, fuhr die Frau in ihrer Erzählung fort. »Urs Huber ist psychisch sehr krank. Die Diagnose ist uns natürlich nicht bekannt. Im Zuge eines von der Invalidenversicherung bezahlten Reintegrationsprozesses in die Arbeitswelt, begleitet durch einen Psychiater und diverse Medikamente, hat ihn mein Chef eingestellt. Wir beschäftigen auch zahlreiche gehandicapte Menschen, und das funktioniert wunderbar. Bei Urs war es jedoch anders, und das Experiment scheiterte. Anfangs lief alles super, doch dann war er der

Ansicht, weder die psychologische Begleitung, noch seine Medikamente länger zu benötigen. Die Invalidenversicherung ist letzten Endes auch nur eine Firma, die dankbar ist, wenn sich ein Problem von selbst löst. Sie übergaben Urs also dem Leben, in der Annahme, dass er durch die langen Therapien Mechanismen gefunden hatte, einen normalen Alltag zu bestreiten. Doch seine Krankheit holte ihn schnell wieder ein, ein strukturierter Arbeitstag, insbesondere in einem Team, war nicht mehr möglich.«

Schockiert schwieg Eleonora. Hätte sie das geahnt, hätte sie die Schlüsselposition in ihrer Administration wohl kaum mit Urs besetzt. Doch er hatte ihr seinen Psychiatrieaufenthalt als Burnout verkauft, und da sein Auftritt Eleonora überzeugt hatte, seine Zeugnisse tadellos waren und er solide Referenzen vorweise konnte, hatte sie keine weiteren Nachforschungen unternommen. Jetzt hätte sie sich für diese Nachlässigkeit am liebsten geohrfeigt.

Frau Trepp seufzte. »Ich vermute, Sie haben auch Bekanntschaft mit seinem Wahn gemacht. Er nimmt die Realität verzerrt wahr, kann aus den Reaktionen anderer Menschen keine adäquaten Rückschlüsse ziehen und reagiert dann oft unangebracht und überaus empfindlich auf das, was er glaubt, erkannt zu haben. Im Positiven wie im Negativen, das muss ich Ihnen sicher nicht erzählen. Er hat Fähigkeiten, das möchte ich ihm nicht absprechen, nur kann er sie nicht konstant einsetzen. Seine verzerrte Wahrnehmung und die mangelnde Selbstreflexion führen dann zu weiteren Problemen wie notorischem Lügen, Depression und Alkoholmissbrauch ... Da Sie nach wie vor schweigen, gehe ich davon aus, dass Sie auch damit bereits Bekanntschaft gemacht haben.«

»Was geschah dann?« Eleonora spürte, dass das Ganze eine sehr unliebsame Wende genommen hatte, die nicht bloß daran lag, dass Urs Huber psychisch zusammengebrochen war. Damit hätte diese Firma vermutlich leben können, hatte sie doch, im Gegensatz zu Eleonora, gewusst, worauf sie sich einließ.

»Er hat der minderjährigen Tochter unseres Chefs nachgestellt und sich eingebildet, dass sie seine Gefühle erwidern würde. Dabei war sie bloß höflich, weil er ihr leidtat und sie wusste, dass er psychisch beeinträchtigt war. Er hat uns allen leidgetan, und das war das Problem. Deshalb ist es ihm in letzter Instanz sogar gelungen, Gelder zu veruntreuen. Wenn er ein Talent besitzt, dann den Menschen Vertrauen einzuflößen und Mitleid zu schüren. Er hat von unserem Chef eine Unterschrift ergaunert. Wir konnten im Nachhinein nichts mehr tun, das Geld war weg, die Transaktion rechtlich korrekt. Was das anbelangte, haben wir alle ihn eindeutig unterschätzt.« Sie seufzte und schwieg.

»Klingt, als hätten Sie gerade meine Geschichte erzählt. Das Muster scheint sich zu wiederholen.« Eleonora vertraute der Frau in knappen Sätzen an, was sich im vergangenen Jahr in ihrem Betrieb zugetragen hatte. Nichts davon schien Frau Trepp zu überraschen. Schließlich bedankte Eleonora sich bei ihrer Gesprächspartnerin und beendete das Telefonat – mit der Gewissheit zwar, dass sie nichts falsch gemacht hatte, jedoch mit der bitteren Erkenntnis, dass sie auch nichts dagegen unternehmen konnte.

Das Geld war fort und würde es bleiben. Ebenso ihr Administrationsmitarbeiter. Und vielleicht damit auch ihre Zukunft.

Bevor sie diesen grauenhaften Tag und dieses furchtbare Arbeitsjahr endgültig beendete, überwies Eleonora noch ihre gesamten privaten Ersparnisse auf das Konto der Firma. Wenn sie nicht Konkurs anmelden wollte, blieb ihr keine andere Wahl.

Als sie den Computer schließlich ausschaltete und nach ihrer Tasche griff, fiel ihr Blick auf die Weihnachtskarten, die in den letzten Tagen mit der Post gekommen waren.

Frohe Weihnachten und ein glückliches neues Jahr, wünschten ihnen zahlreiche Kunden und Lieferanten.

Eleonora schluckte und ging mit stechenden Kopfschmerzen nach Hause.

Kapitel 33

Argegno, Norditalien

Nebel kroch von den Abhängen und Wäldern aus dem Val d'Intelvi in Richtung Comer See. Ein schmutzig grauer Himmel spannte sich über Argegno, während Andrea den schwarzen Audi von der Hauptstraße, die sich am Seeufer entlang schlängelte, in eine Gasse lenkte. Nasse, schwere Schneeflocken tanzten durch die Luft und klatschten auf die Windschutzscheibe des Autos. Eine hauchdünne Schicht Schnee, die allerdings nie lange liegen blieb, hatte sich auf die Dächer der pastellfarbenen Häuser und die knorrigen Äste einiger Bäume an der Uferpromenade gelegt. Die wenigen Menschen, die sich bei diesem Wetter überhaupt nach draußen wagten, hatten die Kapuzen hochgeschlagen und eilten in geduckter Haltung die Straße entlang.

Seit sie Nonna Aurora in Pany bei ihren Eltern abgeholt und den Weg nach Italien angetreten hatten, schwiegen sie alle drei. Hin und wieder drehte sich Eleonora, die vorne neben ihrem Bruder saß, nach hinten, um nach ihrer Nonna zu sehen. Doch die hing unbeteiligt und in sich zusammengesunken in ihrem Sitzgurt und starrte mit leerem Gesichtsausdruck auf die vorbeiziehende Landschaft.

»Wir sind gleich zu Hause, Nonna«, sagte Eleonora, als sie den kleinen Abhang zur Villa Domenica hinauffuhren. Keine Reaktion.

»Ich habe auf dieser Welt kein Zuhause mehr, es ist gestorben«, antwortete Nonna Aurora schließlich nach einigen Sekunden mit heiserer Stimme und ohne den Blick vom Fenster abzuwenden.

Ernesto, der während Nonna Auroras Abwesenheit die Stellung in der Villa gehalten hatte, begrüßte sie freudig und brachte das Gepäck auf ihre Zimmer. Eleonora und Andrea hatte man dieselben Zimmer zugeteilt wie schon bei ihrem letzten Besuch. Während Eleonora in ihrem in sonnigen Gold- und Gelbtönen gehaltenen alten Kinderzimmer schlafen durfte, bekam ihr Zwillingsbruder ein Gemach in Dunkelgrün, das eher seinem Geschmack entsprach.

Eleonora musterte die Heiligenbilder an den senfgelben Wänden. Ob es wohl etwas brächte, wenn sie diese Schutzpatrone um Hilfe bat? Mit einem Seufzer ließ sie sich kurz auf das rotbraune Holzbett mit der goldenen Tagesdecke aus Brokatstoff fallen und starrte an die Stuckaturdecke mit den gold-braun-roten Blumenmustern.

Nach einer Weile erhob sie sich wieder und ging ins Kaminzimmer, das Ernesto für seine Gäste geheizt und mit Getränken und einem kleinen Imbiss bestückt hatte.

Herbstliche und winterliche Farben beherrschten das Zimmer getreu seinem Verwendungszweck. Ein mannshoher Kamin aus dunkelbraunem Marmor mit Holzstruktur nahm die rechte Ecke des Raums ein, dem Teppiche und Vorhänge in verschiedenen Schattierungen von Altrosa zusammen mit dem dunklen Salontisch einen Hauch Farbe verliehen.

Andrea saß bereits in einem der cremeweißen Stoffsessel. Eleonora setzte sich auf das gleichfarbige Sofa. Nonna Aurora fehlte, und Eleonora vermutete, dass das auch so bleiben würde.

»*Caffè*? Oder lieber Tee?«, fragte Andrea. »Ich habe Ernesto gesagt, dass wir uns selbst bedienen können und es uns lieber ist, wenn er ein wachsames Auge auf Nonna hat ...«

Da stimmte ihm Eleonora zu. »Espresso gerne.« Sie schob ihm eine der zierlichen Porzellantassen hin und schenkte ihnen beiden noch ein Glas Wasser aus einer Karaffe ein. Hungrig griff sie nach einem der Sandwiches, die ihnen Ugo gemacht hatte. Eine Weile aßen sie schweigend und schauten den zuckenden Flammen im Kamin zu, die sich knackend und Funken sprühend durch die dürren Holzscheite fraßen.

»Da sind wir nun, gestrandet und ohne Ideen«, brachte es Andrea schließlich auf den Punkt.

»Ich habe immer noch das Gefühl, dass mir Nonno Lorenzo etwas Bestimmtes sagen wollte«, sinnierte Eleonora und starrte an ihrem Bruder vorbei zum Fenster.

In diesem Moment klingelte ihr Mobiltelefon.

»Das ist Elvira ...«, sagte sie überrascht und nahm den Anruf an.

»Eleonora! Wie schön, dass ich dich so kurz vor Weihnachten noch erreiche. Bei mir ist es schon spät. Deine Mutter ging leider nicht ans Telefon. Wie geht es euch? Ich habe von meiner Familie erfahren, dass ihr allen Festangestellten kündigen musstet. Wie furchtbar. Das tut mir so leid. Was ist geschehen?«

Eleonora erklärte ihr in knappen Worten, was passiert war, und dass sie im neuen Jahr mit einem deutlich reduzierten Mitarbeiterbestand würden starten müssen, weil die meisten der langjährigen Angestellten aus Wut oder Angst davongelaufen waren.

»Das ist ja grauenhaft, Eleonora ... das hätte ich nicht erwartet!« Elvira klang ehrlich schockiert.

»Tja, ich auch nicht. Die Einzigen, die mir erhalten bleiben, sind meine saisonalen Bauarbeiter aus Italien und Portugal. Dafür bin ich sehr dankbar.« Eleonora nagte an ihrer Unterlippe.

»Und wie lässt sich dein neuer Administrationsmitarbeiter an? Kommt er mit meinen Notizen klar?«

Eleonora seufzte. Wo sollte sie bloß anfangen? »Tja, also ... auch das verlief nicht so, wie ich es mir gewünscht hätte. Urs Huber ... ist nicht das, wofür ich ihn hielt.« Sie machte eine kurze Pause und beobachtete den Tanz der Flammen in der offenen Feuerstelle, bevor sie tief Luft holte und Elvira erzählte, was geschehen war. »Ehrlich gesagt, habe ich keine Ahnung, wie ich Anfang des neuen Jahres weitermachen soll«, schloss sie.

»Meine Güte, Eleonora! Das ist mit Abstand das Furchtbarste, was ich in diesem Jahr gehört habe!«, rief Elvira und klang dabei ehrlich schockiert. »Ich sitze hier in Australien fest, meine Liebe, sonst wäre ich schon morgen bei dir im Büro, um das Chaos aufzuräumen.« Eleonora hörte, wie sie ihrem Mann in kurzen Sätzen erklärte, was sich bei ihrer ehemaligen Arbeitgeberin zugetragen hatte. »Hör zu, Eleonora, lass mich nachdenken. Wir finden bestimmt eine Lösung. Ich ... warte mal kurz.« Sie hörte, wie im Hintergrund jemand etwas sagte. Elvira deckte den Telefonhörer ab, sodass Eleonora nicht hören konnte, was sie antwortete, doch kurz darauf meldete sie sich zurück. »Erwin hat mich gerade auf eine Idee gebracht ... Pierina, seine Nichte, ist im Sommer Mutter geworden. Sie hat denselben Beruf erlernt wie ich, wenn auch nicht in einem Baubetrieb. Erwins Schwester, ihre Mutter, hat letztens erzählt, dass Pierina nun wieder eine Teilzeitstelle sucht, um in ihren Beruf zurückzukehren. Der Junge wird nicht mehr gestillt, der Moment wäre also passend. Wenn du möchtest, fragen wir sie, ob sie Interesse hätte, bei dir zu arbeiten, und sei es nur, bis du eine andere Lösung gefunden hast. Vielleicht gefällt es ihr aber auch, ihr findet euch, und aus dem Aushilfsjob wird mehr. Ich bin natürlich gerne bereit, ihr telefonisch bei Fragen jederzeit Auskunft zu geben, sollte das nötig sein. Pierina ist mit ihren fünfunddreißig Jahren sehr gewissenhaft und lernfähig. Für das Mädchen würde ich meine Hand ins Feuer legen, Eleonora.«

Eleonora lauschte Elviras Worten mit wachsender Aufregung. »Elvira, dich schickt der Himmel. Du kannst dir gar nicht vorstellen, welch großer Stein mir gerade vom Herzen fällt. Bitte frag Erwins Nichte so schnell wie möglich, sie ist jederzeit willkommen. Wenn das klappen würde, dann ... bin ich eine unglaublich glückliche Frau!«

»Gut. Du hörst wieder von mir. Ich bin mir allerdings fast sicher, dass es klappt. Erwin hat erst gestern mit seiner Schwester telefoniert, und da hatte Pierina jedenfalls noch keine Bewerbungen versendet und auch noch keine Anstellung in Aussicht. Sie wollte sich der Sache im neuen Jahr in Ruhe annehmen ...«

Nachdem sie aufgelegt hatte, sprang Eleonora vom Sofa auf und tigerte im Raum auf und ab. Mit glühenden Wangen und sich immer wieder verhaspelnd erzählte sie ihrem Zwillingsbruder von ihrem möglichen Glück.

Andrea erhob sich von seinem Sessel und umarmte Eleonora. »Siehst du, das Leben nimmt nie, ohne zu geben! Wenn das kein gutes Zeichen ist!«

Eleonora drückte ihn fest an sich. »Jetzt müssen wir nur noch eine Lösung für unser gesamtgeschäftliches Problem finden. Gerade bin ich jedoch sehr euphorisch, dass wir auch da einen Hinweis erhalten werden.«

»Das denke ich auch, Eleonora. Lass uns jetzt erst einmal ein wenig zur Ruhe kommen, ein feines Abendessen genießen, und morgen gehen wir zusammen mit Nonna Aurora zu Großvaters Grab. Manchmal sprechen die Verstorbenen zu unseren Herzen.«

Erst jetzt fühlte Eleonora, wie sehr die letzten Tage und die Reise nach Italien sie ausgelaugt hatten. Nur mit Mühe konnte sie ein Gähnen unterdrücken.

»Wir sehen uns später beim Abendessen, ich mache ein kurzes Nickerchen«, verabschiedete sie sich von Andrea und ging auf ihr Zimmer.

Zum ersten Mal seit Monaten hatte sie das Gefühl, mit einem wohligen Kribbeln einzuschlafen.

Am nächsten Morgen nippte Eleonora an ihrem Cappuccino und biss hungrig in eine Brioche. Selten in ihrem Leben hatte das Gebäck so gut geschmeckt wie an diesem Tag. Sie fühlte sich ausgeruht und voller Tatendrang. Elvira hatte sie kurz vor dem Frühstück erneut angerufen und ihr mitgeteilt, dass sich Erwins Nichte Pierina sofort nach den Festtagen mit ihr in Verbindung setzen würde und großes Interesse an einer Anstellung hätte.

Plötzlich klingelte Eleonoras Mobiltelefon erneut. »Das ist bestimmt Mamma«, meinte sie entschuldigend, griff nach dem Handy und hob erstaunt die Augenbrauen. Sie spürte, wie sie errötete.

»Ist es wieder der junge Mann aus der Schweiz, der zufälligerweise in Argegno auf einer Studienreise ist?«, fragte Nonna und setzte einen arglosen Gesichtsausdruck auf.

Andrea musterte seine Schwester neugierig.

»Ähm, nein ... es ist ... mein Buchhändler.« Eleonora erhob sich, entfernte sich vom Tisch und nahm den Anruf an.

»Hallo Eleonora. Hier ist Matthias. Störe ich?« Als Eleonora verneinte, fuhr er fort: »Ich ... wollte eigentlich bloß fragen, wie es dir geht. Ich habe von den Entlassungen in deinem Betrieb gehört. Das hat mich sehr betroffen gemacht. Ich habe so etwas vor zwei Jahren selbst miterlebt, bei meinem besten Freund, der seine Fabrik teilweise schließen musste.« Seiner Stimme war anzuhören, dass ihn die Sache sehr beschäftigte.

Eleonora erzählte ihm in wenigen Sätzen, was sie einen Tag zuvor bereits Elvira geschildert hatte, und beendete ihre Erzählung mit einem tiefen Seufzer. »Tja, und so ist das jetzt nun mal.«

»Das tut mir sehr leid, Eleonora. Das hast du wirklich nicht verdient. Vielleicht hast du in den kommenden Tagen einmal Zeit und Lust, bei mir auf einen Chai vorbeizuschauen. Ich habe ein Buch, das ich dir gerne zu Weihnachten schenken möchte.«

»Das ist ... wirklich furchtbar lieb, Matthias«, stotterte Eleonora gerührt. »Ich bin allerdings noch bis nach Silvester in Italien, danach komme ich aber sehr gerne bei dir vorbei. Dein Chai ist eine wahre Erleuchtung.«

»Vielleicht ... ich kann auch ayurvedisch kochen ... falls du mal Lust hast, mir dabei zu helfen?«

Einige Sekunden lang schwiegen sie beide.

»Also ... ist das so etwas wie ein Date?«, fragte Eleonora vorsichtig, und stellte fest, dass sich ihr Puls ein wenig beschleunigte.

»Auf gar keinen Fall, nein, so meinte ich es nicht. Ich gehe nicht auf Dates ...«, beeilte sich Matthias, die Sache klarzustellen.

»Gut, dann haben wir eine weitere Gemeinsamkeit. Ich gehe nämlich auch nicht auf Dates. Aber ich esse gelegentlich etwas«, antwortete Eleonora erleichtert.

»Wunderbar. Essen ist wichtig«, erklärte Matthias ernst.

Als Eleonora nach dem Telefonat an den Frühstückstisch zurückkehrte, starrten Andrea und Nonna Aurora sie neugierig an.

»Wer und was zum Henker war das denn?«, fragte Andrea.

»Das war ... ein Mensch. Ein wirklich guter, lieber Mensch«, murmelte Eleonora gedankenverloren.

Nach dem Frühstück zogen Eleonora, Andrea und Nonna Aurora ihre warmen Winterjacken an. Um diese Jahreszeit fraß sich der nasskalte Wind, der vom Comer See herkam, bis zu den Knochen vor. Auch heute zeigte sich das Wetter von seiner trüben Seite. Der Himmel war wolkenverhangen, und es herrschte trotz der Morgenstunden graues Zwielicht. Feine Schneeflocken wirbelten durch die Luft und verhedderten sich in den Augenwimpern. Eleonora und Andrea nahmen Nonna Aurora in die Mitte und hakten sich bei ihr ein. Gemeinsam nahmen sie die Steintreppe, die in den weitläufigen Garten hinunterführte. Obwohl der Schnee bereits wieder verschwunden war, taten sie gut daran, ihre robusten Winterstiefel angezogen zu haben.

Der Weg führte sie über eine kleine Wiese und durch ein Wäldchen bis zum Amphitheater. Überall versperrten abgebrochene Äste den Weg. Beim Rundtheater angekommen, führten Andrea und Eleonora Nonna Aurora in die Mitte des Bauwerks zu Nonno Lorenzos Grabtafel, die man dort im Zentrum am Boden angebracht hatte. Einige Minuten standen sie in vollkommenes Schweigen versunken. Eleonora sah vor ihrem inneren Auge, wie sie als kleines Mädchen an Nonno Lorenzos Hand über die blühende Sommerwiese und durch das Wäldchen voller Vogelstimmen spaziert war. Zu jedem der Bauwerke hatte er ihr ein Märchen erzählt. Von Fabelwesen, Helden, Elfen und Feen, die da wohnten. Seine dunkle, beruhigende Stimme klang noch heute in ihren Ohren, als stünde er in diesem Moment hier neben ihr. Sie erinnerte sich daran, wie er auf dem Vorplatz der Villa mit ihnen Boccia gespielt hatte oder an heißen Sommertagen mit ihnen über eine Steintreppe hinunter zum See gestiegen war. Meistens hatte er sich ebenso übermütig in die Fluten gestürzt wie sie Kinder. Und er hatte die Sonne auf seiner Haut geliebt. Weil sie so gut rieche, wie er stets erklärt hatte.

Nonna Auroras Schniefen holte Eleonora wieder in die Gegenwart zurück. Ihre Großmutter griff in die Manteltasche und zog ein Stofftaschentuch hervor, mit dem sie sich verstohlen die Tränen abtupfte und schnäuzte.

»Ich bin nicht stolz, heute hier zu stehen und zugeben zu müssen, dass ich fast alles verloren habe, Nonno Lorenzo«, flüsterte Eleonora. »Ich habe mich deines Geschenks nicht als würdig erwiesen.«

Nonna Aurora wandte sich ihr zu und ließ den Blick ihrer dunklen Augen lange über Eleonoras Gesichtszüge gleiten.

»Deine Mamma verheimlicht mir vieles. Sie denkt, dass mich die Wahrheit aufregt und krank macht, aber ich sehe es in ihrem kummervollen Blick. Also: Was ist mit der Firma geschehen?«

Eleonora senkte den Kopf und scharrte mit den Stiefeln über den mit Kieseln bedeckten, nassen Boden. »Die Mandelli AG steht kurz vor dem Bankrott. Vielleicht können uns die personellen Umstrukturierungen retten, vielleicht aber auch nicht. Ich habe soeben meine gesamten privaten Ersparnisse in die Firma gesteckt, um überhaupt die Löhne zum Jahresende auszahlen zu können.«

Nonna Aurora sah sie nachdenklich an, ihre Mimik ließ keinen Rückschluss auf ihre Gedanken zu. »Ich habe es dir schon einmal im Juli gesagt, als du befürchtet hast, dass du die Ganzjahresstellen reduzieren musst: Besinne dich auf deine Herkunft und dein Blut, Eleonora. Die Tradition des Bauens in unserer Familie hat ihre Wurzeln genau hier und nicht in der Schweiz.«

Eleonora seufzte. »Das hast du immer gesagt, und vielleicht hast du recht. Die Italiener haben mir tatsächlich ihre Treue geschworen. Doch wie soll ich mich auf meine Wurzeln besinnen?«

»Hör endlich auf, den Schweizern nachzueifern. Du hast zwar einen roten Passport, aber im Herzen warst du nie eine von ihnen, ebenso wenig wie deine Mamma. Was sind das bloß für komische Sachen, die du mittlerweile baust? Betonklötze ...« Sie schnaubte verächtlich. »Wir *italiani* sind simple Handwerker, wir sind *muratori*, keine Gießer! Wir Mandellis sind mit den Steinen aus dem Telo groß geworden und haben uns damit einen Namen gemacht. Was ist denn an diesen Arbeiten so falsch?« Verständnislos schüttelte sie den Kopf und steckte sich eine ihrer widerspenstigen weißen Locken hinters Ohr.

Eleonora sah ihre Großmutter schweigend an. Und plötzlich überkam sie das Gefühl, als fahre die Breva durch ihren Körper. Mild und warm wie der Sommerwind wurden die Nebelschwaden und dunklen Wolken aus ihrem Herzen gefegt. Endlich sah sie klar. Glasklar. »Es ist alles gut und richtig, so, wie es sich entwickelt hat.«

Erstaunt wandten Andrea und Nonna Aurora die Köpfe und sahen sie an. Eleonora hielt sich die Hand an die Stirn und lauschte ihren wild durcheinanderpurzelnden Gedanken. Lachend fuhr sie fort: »Ich meine natürlich nicht den drohenden Bankrott, aber die Kündigungen. Du hast vollkommen recht, Nonna. Als die Nachfrage nach Mammas speziellen Maurerarbeiten schwand und sich die Konkurrenz auch Fachleute für Natursteinmauerwerk holte, gerieten wir in Panik. Anstatt uns in unserer bescheidenen Nische weiterzuentwickeln und uns erneut abzugrenzen, haben wir die anderen kopiert, weil auch sie uns zu kopieren versuchten. Das hielten wir für Fortschritt.« Sie holte Luft und begann, aufgeregt hin und her zu laufen, während sie sprach. Die Kiesel knirschten dabei unter ihren Schuhen. »Aber jetzt hat mich das Schicksal auf den Weg gelenkt, den wir eigentlich alle sehr gut kennen: zurück zu unserem Ursprung. Wir waren einmal eine bescheidene Firma, die mehrheitlich italienische Gastarbeiter beschäftigte und sich auf kleine, aber feine Arbeiten mit Schwerpunkt Natursteinmauerwerk spezialisiert hatte. Zu deiner Zeit, Nonna, waren die Einflüsse antiker Bauten nicht von der Hand zu weisen, und manches davon fand sich auch in Mammas Werken wieder. Und genau an diesem Punkt werden wir nächstes Jahr wieder ansetzen. Mit dem einstigen Kernteam. Kleiner, flexibler, mit weniger Druck und Verantwortung, dafür mit mehr Zeit und Raum für Kreativität und Nonkonformismus. Wie damals.«

Nonna Aurora schenkte ihr ein wissendes Lächeln, und Tränen der Rührung glitzerten in ihren Augen. »Ich glaube, dein Großvater hat dich auch schon danach gefragt, und ich tue es aus einem ganz bestimmten Grund nun auch nochmals: Was genau würdest du gerne bauen, Eleonora Mandelli?«

Da musste Eleonora nicht lange nachdenken: »Burgen, Schlösser, Antikes ... Ich habe unzählige Bücher dazu gelesen ... als Letztes jenes, das mir Nonno Lorenzo vermacht hat.« Als die Worte über ihre Lippen kamen, erkannte sie, was sie gerade gesagt hatte. »Moment mal ... wenn ich das jetzt mit der neuen, schlanken und ursprünglichen Form meiner Firma kombiniere ... dann denke ich an spezielle Kundenarbeiten. Nicht nur Gärten, sondern auch Teile von Häusern, einzelne Räume, einen Minigolfplatz, Erlebnisgastronomie und Erlebnishotellerie ...« Sie schlug sich die Hand vor die Stirn. »Könnten die nicht alle, in bescheidenem Rahmen, ein Stück Angkor Wat, ein kleines japanisches Schloss, einen Hauch der Pyramiden von Gizeh besitzen? Es ... es gibt so viele Möglichkeiten. Damit könnten wir uns abgrenzen und unser Einzugsgebiet schrittweise vergrößern. Meine *muratori* wären prädestiniert für diese Arbeiten, weil sie das Wissen, das Feingefühl und einen Sinn für die Schönheit der Antike haben. Schließlich fließt in ihnen das Blut Roms.«

Eleonora hatte fast alle Kiesel rund um Nonno Lorenzos Grab in den Boden gestampft, so aufgeregt war sie. Ein

Gefühl wie dieses hatte sie in ihrem gesamten Leben noch nicht empfunden. Sie spürte so viel schöpferische Energie in sich, dass sie glaubte, soeben von den Toten auferstanden zu sein. Als habe sie ihr ganzes bisheriges Dasein bloß geschlafen.

»Ich muss mir das sofort notieren. Hilfst du mir, Andrea?« Voller Aufregung, den Kopf mit Bildern, Ideen und Worten geflutet, wandte sie sich an ihren Zwillingsbruder.

Dieser grinste, und seine blauen Augen funkelten verschwörerisch. »Selbstverständlich. Ich nehme an, du brauchst jemanden, der mit dir zusammen ein Marketingkonzept entwickelt, es grafisch aufbereitet und an den Kunden bringt? Bestimmt benötigst du, leider schon wieder, einen neuen Firmenauftritt, ein komplett frisches Gewand – und natürlich einen Geschäftspartner. Lass uns noch mal von vorne anfangen.«

»Du hattest recht, Lorenzo, Liebster«, sagte Nonna Aurora plötzlich leise.

Eleonora und Andrea verstummten und drehten sich zu ihrer Großmutter um. Doch die kümmerte sich nicht um die beiden, sondern sprach leise weiter. »In deinem Testament hast du geschrieben: ›Es kommt der Tag, da wird unsere Eleonora erwachen. Wenn sie ihren Weg gefunden hat, wird sie Geld brauchen, um neu anzufangen. Gib es ihr, es ist genug für alle da. Gib Andrea gleich viel, denn sie wird Terra incognita nicht betreten, ohne dass er mit ihr geht. Du, meine Liebste, wirst in deinem Herzen erkennen, wann der richtige Zeitpunkt gekommen ist. Die Entscheidung obliegt dir. So verfüge ich es.‹« Mit diesen Worten wandte Nonna Aurora sich ab, machte sich daran, die Stufen des Rundtheaters ohne die Hilfe ihrer Enkel zu erklimmen und murmelte: »Scheint so, als hätte der liebe Gott doch noch eine Aufgabe für mich in diesem Leben.«

Oben angekommen, blieb sie stehen und wartete, bis Eleonora und Andrea sich zu ihr gesellt hatten. Sie nahm Eleonoras Hände in ihre, schaute ihr tief in die Augen und sagte mit einem melancholischen Lächeln: »Ich war einmal eine Raupe, die sich in einen Schmetterling verwandelt hat. Deine Mamma, unsere Rosalba, sie war der Zugvogel, der dem Lockruf der Ferne gefolgt ist. Du, mein Kind, du bist ein Phönix. Erwache.«

Kapitel 34

Die Breva, der warme Südwind, fuhr Eleonora durch die feuchten Haare und trug das Geschrei der Möwen vom See bis zu ihnen herüber. Es war kurz nach Mittag, die Sonne brannte von einem azurblauen Himmel auf sie nieder und spiegelte sich in den glitzernden Wellenkronen des Sees unter ihnen. Sie waren nicht die Einzigen, die den Tag mit *dolce far niente* verbrachten. Auf dem See und in den angrenzenden Buchten tummelten sich Motorboote und Windsurfer, Katamarane und Wasserskifahrer. Während sich Eleonora auf der mit Moos überwucherten Steinbrüstung am Rande des Gartens der Villa Domenica abstützte und gedankenverloren auf den Comer See hinausstarrte, hörte sie ein Räuspern hinter sich. Mit einem Lächeln wandte sie sich um und sah Matthias, der in einigem Abstand vor ihr stehen geblieben war. Der Wind hatte seine blonden Haare zerzaust. Zusammen mit dem korallenfarbenen T-Shirt, der dunkelblauen kurzen Hose und den Flipflops sah er aus wie einer der Surfer-Jungs, die es hier überall gab. Bei ihrer Ankunft vor zwei Tagen, als Eleonora mit ihm eine

Rundfahrt durch die Gegend gemacht hatte, um ihm alles zu zeigen, hatte er großspurig behauptet, sich bei nächster Gelegenheit mit Brett und Segel auf den See zu wagen.

»Hier ist dein Eis. Pistazie und Schokolade.« Er reichte ihr einen Eisbecher aus Pappe und sah dabei begeistert auf den funkelnden See hinaus.

»Mmm, danke!« Freudig griff Eleonora nach dem mitgebrachten Löffel, setzte sich zusammen mit Matthias ins weiche Gras und aß ihr Eis.

»In der Villa herrscht totales Chaos«, erzählte Matthias lachend, wobei sein Blick kurz über ihre Gestalt zuckte. Dann wandte er sich sofort wieder seinem Eis zu. »Ernesto und Ugo streiten sich schon seit einer halben Stunde über den perfekten Standort des Grills. Während Ugo nur an *costine* und *salsicce* denkt, möchte Ernesto natürlich keinesfalls, dass der Rauch zu den Gästen hinüberweht.«

Eleonora grinste und sah sich im Garten um. »Wo sind eigentlich die anderen? Eben waren sie doch noch schwimmen?«

Matthias wies mit dem Daumen hinter sich zum Haus. »Die mischen auch noch mit. Nonna Aurora kann sich angeblich nicht entscheiden, welches Kleid sie heute Abend tragen wird, deine Mamma und Laura müssen sie beraten. Dein Bruder, Anita und dein Papa sitzen mit einem Bier auf der Terrasse und lesen, deine Schweizer Großeltern machen einen Spaziergang an der Uferpromenade von Argegno, und Padrino Federico ...« Er zuckte mit den Schultern. »Ich glaube, Annette wollte noch ins Dorf runter, um einige Souvenirs zu kaufen. Genau weiß ich es auch nicht.«

In diesem Moment kam Bernadette, Eleonoras Freundin, die Treppe vom See herauf. Mit einem zufriedenen Grinsen griff sie nach ihrem Strandtuch, drapierte es am Boden und legte sich mit einem wohligen Seufzer darauf.

»Ich gehe davon aus, dass du deine Meinung das Eis betreffend noch nicht geändert hast?«, fragte Matthias.

Sie schüttelte den Kopf. »Nein, zu gefährlich für meine Linie«, scherzte sie. »Wer weiß, wem ich hier in Italien noch begegnen könnte.«

Als die Sonne dem Horizont entgegensank und sich der Nachmittag dem Ende zuneigte, gingen auch Eleonora, Bernadette und Matthias auf ihre Zimmer, um zu duschen und sich umzuziehen.

Um neunzehn Uhr wollten sie mit dem Aperitif starten.

Kurz vor der vereinbarten Zeit machten sich Matthias und Eleonora auf den Weg zum kleinen blauen Tempel. Bernadette wollte gleich nachkommen. Eleonora trug ein schlichtes, weißes Volantkleid mit Lochstickereien, und Matthias eine rosafarbene kurze Hose und ein dunkelblaues Poloshirt.

»Es ist so traumhaft schön hier«, seufzte er, als sie die Treppe hinab in den Garten stiegen. Eleonora folgte seinem faszinierten Blick. Die sandfarbene Fassade der Villa Domenica leuchtete golden im Nachmittagslicht. Die zwei Haupthäuser, die leicht versetzt am Hang lagen, und die beiden orientalisch anmutenden Türme thronten wie ein Monument über der unterhalb des Hauses liegenden weitläufigen Gartenanlage. Rechts von ihnen schmiegte sich der blaugrüne Teppich des Comer Sees zwischen die dicht bewaldeten Abhänge der Berge ringsherum.

Schweigend nahmen sie den Trampelpfad, der zum blauen Tempel führte. Dabei wanderte Matthias' Blick verträumt über die moosüberwucherten Steine, die knorrigen Bäume

und die verschiedenen Denkmäler, an denen sie vorbei-
liefen.

»Dieser Ort hier könnte aus *Herr der Ringe* stammen«,
sinnierte er. »Eine Welt voller Magie und Märchen.«

»Dieses Gefühl kenne ich. So geht es mir jedes Mal, wenn
ich hier bin. Selbst heute noch, nach so vielen Jahren,«
gestand Eleonora.

Den Rest des Weges liefen sie schweigend nebeneinan-
derher. Als Matthias einem Ast auswich, streifte sein Arm
Eleonoras. Sofort beschleunigte sich ihr Herzschlag, und die
Stelle, die Matthias berührt hatte, kribbelte warm.

Als sie sich ihrem Ziel näherten, hörten sie bereits ange-
regte Gespräche, Gelächter und das Klirren von Gläsern.
Rauch stieg von dem großen Grill auf, und eine lange Tafel
mit weißem Tischtuch und bunten Blumengestecken stand
inmitten der Anwesenden. Daneben gab es weitere Tische,
die als Büfett dienten. Ein großer Kranz aus grünen Blättern
und Blumen in der Form einer Fünfunddreißig war an einer
Seite des kleinen Tempels aufgehängt. Die Freude darüber,
dass Andrea und Eleonora ihre Geburtstagsfeier vom März
in den Juli verschoben hatten, um sie an diesem traditionellen Ort feiern zu können, hatte Nonna Aurora sehr gerührt.
Deshalb hatte sie dieses grüne Kunstwerk von einem lokalen Blumenhändler als Geschenk anfertigen lassen.

Matthias holte ihnen beiden ein Glas Prosecco und zwei
Häppchen. Dann traten sie zu den anderen. Nach ihnen
kamen noch Dora und Benjamin, Bernadette sowie Andrea mit seiner Freundin Anita. Sie waren eine bescheidene
Gesellschaft, bestehend aus dem engsten Kreis, doch gerade
das sorgte für den ungezwungenen Charme dieses sommer-
lichen Festes.

»Nonna Aurora, du siehst einfach zauberhaft aus!«, lobte Eleonora, umarmte ihre Großmutter und drückte ihr einen leichten Kuss auf die Wange.

»Findest du? Danke, *tesoro*.« Sie sah an sich herab und musterte das cremeweiße, wadenlange Ärmelkleid mit Blumenaufdruck kritisch. Rote Mohnblumen, orangefarbene Rosen und grüne Kelchblätter zierten den leichten Stoff. Am Halsausschnitt sowie an den Ärmeln und in der Taille war das Kleid mit einer orangefarbenen Bordüre verziert.

Nach dem Aperitif setzten sich alle an die lange Tafel. Ein erfrischender Wind wehte vom See her, was bei den anhaltend heißen Temperaturen der vergangenen Tage sehr angenehm war. Obwohl die Sonne bereits dem Horizont entgegensank, war es noch immer nahezu dreißig Grad warm. Zwischen Gesprächen und Gelächter bediente sich jeder am Büfett mit Salaten und Beilagen und ließ sich dann am Grill von Ugo ein Stück Fleisch geben. Während sich Ernesto um den Wein und die Getränke kümmerte, bedienten Andrea und Eleonora Nonna Aurora und die Großeltern aus der Schweiz.

»So alt und unbeholfen bin ich nun doch nicht, dass man mich beinahe füttern müsste!«, empörte sich Großmutter über den Service.

»Das entscheiden wir, Nonna. Genieß es doch einfach, du hast es verdient!«, antwortete Eleonora und stellte ihr einen Teller mit Köstlichkeiten hin, während sie gleichzeitig einen besorgten Blick in Richtung ihrer Schweizer Großeltern warf. Dora unterhielt sich angeregt mit Padrino Federicos Frau Annette, und Benjamin lachte gar laut über etwas, das ihm der Kalabrese gerade erzählt hatte. Eleonora atmete erleichtert auf. Die beiden waren offensichtlich versorgt.

Nach dem reichhaltigen Hauptgang trugen Ugo und Ernesto, wie es die von Nonna Aurora angeordnete Tradition erforderte, mehrere bunt verzierte Torten auf. Mamma und Eleonora schnitten sie in Stücke, und Andrea und Ugo verteilten die Teller an die Gäste. Derweil zündete Ernesto die überall auf der Lichtung rund um den Tempel verteilten Fackeln an. An den Bäumen hatte er sogar mit viel Aufwand batteriebetriebene Lampions angebracht.

»Und nun zum Geschenk!« Mamma klatschte in die Hände und erhob sich mit einem verschwörerischen Grinsen von ihrem Platz.

Andrea und Eleonora wechselten einen erstaunten Blick. Gab es denn nebst dem spendierten Festessen und dem kunstvollen Gesteck von Nonna Aurora noch weitere Geschenke? War es nicht Freude genug, dass sie hier alle zusammensaßen wie in alten Zeiten?

Mamma stellte ihnen eine bunt verzierte Papiertasche hin, die mit üppigen Bändern geschmückt war. Andrea gab Eleonora ein Zeichen und grinste. »Na los, mach schon, du bist von uns beiden die Neugierigere.«

Fröhliches Gelächter schallte ihnen von ihren Freunden und Verwandten entgegen.

Vorsichtig öffnete Eleonora die Schleifen, warf einen Blick in die Tasche und sah ihren Bruder ratlos an.

»Was ist denn?« Er nahm die Tasche an sich und holte ein Spielzeugsegelboot heraus. Darauf stand in geschwungenen Lettern *Alfa Lorenzo*. Nun wusste auch Andrea nicht mehr, was er dazu sagen sollte, und blickte Hilfe suchend in die Runde.

»Das ist ein Segelboot, was ist denn daran so schwer zu verstehen, meine Lieben? Ihr bekommt ein Segelboot. Wie ihr wisst, gehört zur Villa Domenica auch ein Ankerplatz, er wurde nur einfach seit Jahrzehnten nicht mehr benutzt. Das wird sich jetzt ändern. Man kann doch nicht Mitbesitzer einer Villa am Comer See sein und dann den Bootsplatz einfach leer lassen. Wie sieht das denn aus?« Nonna Aurora sah sie beide an und schmunzelte. Dann fuhr sie fort: »Es ist von uns allen. Wir alle haben einen kleinen Beitrag dazu geleistet. Und wenn ich *alle* sage, meine ich ...« Sie brach ab, und ihre Augen glänzten. »Wirklich alle. Den größten Beitrag hat wohl euer Nonno Lorenzo geleistet, und das wäre bestimmt ganz in seinem Sinn gewesen.« Verstohlen wischte sich Nonna Aurora eine Träne aus den Augenwinkeln.

»Du hast doch nicht etwa seine Giulietta verkauft, Nonna?«, fragte Andrea ungläubig.

Nun erinnerte sich auch Eleonora an Großmutters seltsame Reaktion vor einigen Tagen, als sie gefragt hatten, ob sie Matthias das Auto ihres Großvaters zeigen und ein Stück damit fahren dürften. Zu Nonno Lorenzos Lebzeiten wäre das überhaupt kein Problem gewesen, er hätte es sogar von sich aus angeboten. Großmutter schien an diesem Tag aber seltsam verschlossen und murmelte etwas von »schmutzig« und »ruckelndem Motor«. Dabei war Eleonora aufgefallen, dass Ernesto errötet war und sich mit einer Entschuldigung entfernt hatte.

Nonna Aurora lächelte geheimnisvoll. »Kann schon sein. Ich bin zu alt für ein Auto.« Mehr sagte sie nicht.

Unter Tränen der Rührung bedankten sich Eleonora und Andrea bei allen Anwesenden, insbesondere aber bei Nonna Aurora. »Wir dachten, wer so viel arbeitet wie ihr beide, der braucht einen Ausgleich, ein Hobby«, erklärte Papa, als er ihre Umarmung und einen Kuss auf die Wange entgegennahm.

In der Tat hatten Eleonora und Andrea seit der erfolgreichen Umstrukturierung der Firma vor knapp zwei Jahren alle Hände voll zu tun. Der Neustart war ihnen erfolgreich gelungen, auch wenn die neue Positionierung am Markt noch etwas Zeit zur Entfaltung brauchte. Schritt für Schritt setzten sie ihre Vision von Natursteinmaurerarbeiten der besonderen Art um.

Der Abend verging fröhlich und ausgelassen. Gegen Mitternacht, als sich die ersten Gäste ihrer Geburtstagsfeier bereits schlafen gelegt hatten, streckte auch Eleonora sich gähnend auf ihrem Stuhl und sah sich um. Ein paar Übriggebliebene standen etwas abseits und rauchten oder genehmigten sich am Tisch einen Amaro, Grappa oder Kaffee. Eleonora erhob sich und entfernte sich in Richtung des blauen Tempels. Sie brauchte etwas Zeit, um all die Eindrücke der vergangenen Tage zu verarbeiten.

Ganz vorne am Felsvorsprung, auf dem der Tempel stand, setzte sie sich auf die Mauer und starrte auf den dunklen, mit Lichtern gesprenkelten See hinaus. Am Baum über ihr hing ein Lampion, und einige Meter neben ihr zuckte der Schein einer Fackel durch die Nacht.

Plötzlich raschelte es, und der Umriss einer Gestalt zeichnete sich neben ihr ab. Sie erkannte ihn an seinen verstrubbelten Haaren.

»Darf ich mich zu dir setzen oder störe ich?«, fragte Matthias.

Eleonora wies lächelnd auf die Mauer neben sich.

Eine Weile saßen sie schweigend nebeneinander und starrten auf den See hinaus. Schließlich räusperte sich

Matthias und sah Eleonora an. »Ich habe auch noch ein Geschenk für dich.« Er kramte in seiner Hosentasche, holte ein Kuvert daraus hervor und reichte es Eleonora. Neugierig nahm sie es entgegen und öffnete es. Das schummrige Licht des Lampions und des Mondes reichte gerade aus, um das Bild auf der Karte, die sie herauszog, zu erkennen.

»Eine Collage von ... Helmen?«, fragte sie und wandte sich Matthias mit einem Lächeln zu, da sie ahnte, was das zu bedeuten hatte.

»Genau.« Matthias strich die Hände an seiner Hose ab und holte tief Luft. »Ich ... möchte dir einen Mofahelm schenken, wenn wir zurück in der Schweiz sind. Du musst ihn allerdings selbst aussuchen und anprobieren. Und ...« Er brach ab und starrte auf seine herabbaumelnden Füße. »Nun, ich dachte, dass du mich vielleicht einmal auf eine Tour begleiten möchtest. Wir fahren an einem Freitag los, irgendwohin, suchen uns spontan eine Unterkunft, essen etwas Leckeres und ... sind einfach ein wenig zusammen. Natürlich nur, wenn du das möchtest«, fügte er noch an.

Eleonoras Herzschlag beschleunigte sich ein wenig. Ein Ausflug, mit Übernachtung. Maloja und Flurin zuckten durch ihre Erinnerung, und sofort zog sich ihr Herz ein wenig zusammen. Sie und Matthias waren sehr gute Freunde geworden, konnten über alles reden und unterstützten sich gegenseitig, wo immer es ging, aber ...

Matthias schien ihr zögerliches Schweigen richtig zu verstehen. »Wir ... treffen uns seit eineinhalb Jahren sehr oft zum Abendessen, Filme schauen oder auf einen Chai ... wir sind sehr gute Freunde geworden, denke ich ... und ... du hast mich zu deinem Geburtstag eingeladen, zu deiner Familie nach Italien.« Er machte eine Pause und holte dann hörbar Luft. »Eleonora, ich mag dich. Sehr sogar. Du bist meine beste Freundin. Ich weiß, wir beide hassen Dates und den ganzen Kram, aber ... denkst du, es wäre möglich, dass wir über diesen Schatten springen, gemeinsam? Ganz gemächlich?«

Eleonora drehte die Karte in ihren Händen und entdeckte erst jetzt, dass Matthias noch etwas auf die Rückseite geschrieben hatte.

Du erkennst einen Charakter an der Beständigkeit
seiner Hingabe. (Yogi Bhajan)
Ich vertraue dir, vertraust du mir?
Dein Matthias

Tränen brannten plötzlich in Eleonoras Augenwinkeln, doch sie drängte sie zurück und sah Matthias an. Dann, ohne ein Wort zu sagen, beugte sie sich nach vorne und küsste ihn.

»Danke für das wundervolle Geschenk. Ja, ich vertraue dir, Matthias. «

Epilog

Das Azurblau des Himmels verband die grünen, dicht bewaldeten Abhänge auf beiden Seiten des Intelvi-Tals.

Es war kurz vor Mittag, und Eleonora hatte das kleine Metalltischchen mit ihrem Laptop bereits in den Schatten eines Obstbaums im Garten des alten Landhauses in Cerano gezogen. Aufgeregt hüpften zwei Vögel zwitschernd zwischen den Ästen auf und ab, während sie den ungebetenen Gast misstrauisch beobachteten. Eine neue Natursteinmauer grenzte das Grundstück gegen die Weiden der benachbarten Bauern ab, auf denen friedlich Kühe und Pferde grasten. Kurz schloss Eleonora die Augen und sog den Duft nach warmen Steinen, Erde und frisch geschnittenem Gras ein. Die Blüten des Oleanderstrauchs würden ihren betörenden Duft erst gegen Abend verströmen.

Geschäftig beantwortete sie einige E-Mails. Der Zürich-Zoo beabsichtigte, eine neue Erlebnislandschaft zu erstellen. Man hatte die zuständigen Leute an die Mandelli AG verwiesen, die in Fachkreisen mittlerweile als Spezialist für solche Projekte bekannt war. Der Zoo hatte sich das Thema

»Afrika – Die Wiege der Menschheit« ausgesucht. Da durften Nachbildungen der ältesten Bauten des Kontinents natürlich nicht fehlen. Eleonoras Recherche hatte ergeben, dass es in Afrika sogar gebogene und grob gestufte Pyramiden gab, von den gigantischen Sphinx-Wächtern ganz zu schweigen. Das bedeutete viel Arbeit, aber sie würden es schaffen, wenn sie genug Zeit zur Verfügung hatten. Die Arbeiten in der Villa in St. Moritz, wo eine Kundin einen Eventraum im Design der Tempelanlage von Angkor in Auftrag gegeben hatte, verliefen nach Plan, wie ihr Raisa, ihre junge Bauführerin und Stellvertreterin vor Ort, berichtete. Mit ihrem russischen Namen, der genetischen Mischung aus Vietnam und Schweiz sowie ihrem Arbeitswillen und ihrer fachlichen Begabung hatte Raisa sich bereits bei ihrem Vorstellungsgespräch in Eleonoras Herz geschlichen. Dieses Mal hatte ihre Intuition, aus der die Naivität der Vergangenheit gänzlich verschwunden war, sie belohnt. Raisa war eine von ihnen, eine Mandelli im Geiste.

Eleonoras Zwillingsbruder Andrea war zusammen mit Romana, ihrer hauseigenen Architektin, gerade dabei, diverse Kundentermine wahrzunehmen, um das Konzept ihrer antiken Minigolfanlagen mit Flyern und Präsentationen zu vermarkten. Zwei Aufträge hatten sie bereits in der Tasche: Eine Minigolflandschaft in Anlehnung an das alte Rom und eine, die durch den Orient inspiriert war.

Mit der schwarzhaarigen Romana hatte sich Eleonora eine junge Visionärin mit ins Boot geholt, die sie bei der planerischen Umsetzung ihrer Ideen unterstützte. Mit ihrem Sidecut, den Piercings und der stets blütenweißen Kleidung musste sich mancher Kunde erst an ihren Anblick gewöhnen, doch ihr Talent war unübertreffbar. Papa hatte sie ausgewählt, weil ihn ihre von Dualität und Nonkonformismus geprägten Visionen an seinen eigenen Stil erinnerten. Zwischenzeitlich war er, im Rahmen seiner krankheitsbedingt beschränkten Möglichkeiten, zu Romanas persönlichem Mentor geworden.

Eleonora öffnete eine gerade eingehende Mail und schmunzelte, als sie die Anfrage las: »Machen Sie auch Ziegenställe, die aussehen wie schottische Burgen? Vielleicht begehbar, sodass die Kinder auch noch etwas davon haben?«, stand da geschrieben.

»Das Mittagessen ist fertig. Polenta und *ossobuco*. Ich kann allerdings nicht garantieren, dass man das essen kann.« Matthias erschien mit zerknirschtem Gesichtsausdruck neben Eleonora und raufte sich die blonden Haare. »Ich habe mir zwar extra ein Buch mit traditionellen lombardischen Gerichten besorgt – eine gebrauchte Ausgabe, damit der Vorgänger mir mit seinen Notizen noch auf die Sprünge helfen kann –, aber es schmeckt trotzdem komisch. Irgendwie liegen mir die fernöstlichen Gerichte einfach mehr.«

Mit einem zufriedenen Seufzer erhob sich Eleonora, streckte sich und ging zu ihrem Mann. Breit grinsend schlang sie die Arme um seine Mitte und küsste ihn. »Hättest du das nicht früher sagen können? Dann hätte ich dich bestimmt nicht geheiratet.«

»Ich hätte dich auch nicht geheiratet, wenn ich gewusst hätte, dass du praktisch gar nicht kochen kannst«, feixte er, umarmte sie und drückte sein Gesicht an ihre Wange. Die Bartstoppeln seines Mehrtagebarts piksten, und Eleonora lachte.

»Ich *kann* kochen, aber nur nach Rezept, und meistens fehlt mir einfach die Zeit.« Sie schubste ihn scherzhaft. »Ich mache für heute Schluss, schließlich sind wir in den Ferien, und der Kleine hat bestimmt Hunger.«

Gemeinsam liefen sie zum Sandkasten, der gleich neben Eleonoras Arbeitsplatz im Schatten des Baumes lag.

»Dario, *amore*, hast du Hunger?« Eleonora ließ sich in die Hocke sinken und betrachtete ihren kleinen Sohn, der ein Abbild seines Vaters war. Mit dem unbedeutenden Unterschied, dass seine hellblonden Haare jetzt voller Dreck und Sand waren. Bei seinem Anblick legte sich ein Hauch Wehmut über Eleonoras Herz. Darios Geburt war so schwer gewesen, dass ihm ein Geschwisterchen für immer verwehrt bleiben würde.

»Dario auch essen!«, antwortete er eifrig, erhob sich und kletterte umständlich aus dem Sandkasten, der in seiner Architektur dem Kolosseum nachgebildet war. Eleonora hatte ihn selbst an diesem lauschigen Plätzchen gebaut. Die Treppenstufen der Arena berücksichtigten die unterschiedliche Größe spielender Kinder.

Dario legte seine weichen, dreckverkrusteten Finger in die Hände seiner Eltern und ließ sich nach oben zum Vorplatz des Hauses führen, wo Matthias unter den knorrigen Laubbäumen den Tisch gedeckt hatte.

Der Marsch dauerte eine Weile, da der Kleine in ihrer Mitte auf seinen kurzen Beinen nicht sehr schnell vorankam. Derweil ließ Eleonora den Blick über das Landhaus ihrer Vorfahren gleiten. Viel hatte sich verändert, seitdem Nonna Aurora ihre Kindheit hier verbracht hatte.

Trauer wallte in Eleonora auf, wenn sie daran dachte, dass der Schmetterling, wie Nonna Aurora sich gerne genannt hatte, vor einem Jahr seinen letzten Flug getan hatte. Endlich war sie wieder bei ihrem Lorenzo. Sie hatte diese Welt friedlich im Schlaf verlassen, ohne Groll und in dem Wissen, dass Eleonora und Andrea sie noch gebraucht hatten. Nachdem ihr Dienst vollbracht und ihren Enkeln der Neustart gelungen war, hatten ihre Flügel aufgehört zu schlagen, und sie war mit einem stolzen Lächeln gegangen.

Auch sonst hatte sich auf dem Gelände viel verändert, seit Eleonora sich der Renovierung des Landhauses verschrieben hatte. Noch immer erweckte das Landhaus der Mandellis den Anblick einer eigenwilligen Mischung aus Kaserne und Herrenhaus, aber die grünen Fensterläden waren jetzt ziegelrot, weil das Matthias besser gefallen hatte. Die Fassade und die Mauern hatten in mühseliger Arbeit erneuert werden müssen. Auch der morsche Dachstuhl war komplett neu gebaut und das Dach mit frischen Schiefersteinen gedeckt worden. Keine einzige Moosflechte hatte sich bisher an das Mandelli-Heim gewagt. Aus den Räumlichkeiten des ursprünglichen Baubetriebs ihrer Vorfahren, einer Mischung aus Garage und Keller, hatte Eleonora einen kleinen Wellnessbereich im Stil antiker römischer Bäder gemacht. Die zahlreichen Zimmer im Inneren waren ausgehöhlt, frisch verputzt und mit einer stilvollen Kombination aus alten Holzmöbeln und modernen Einrichtungsgegenständen ausgestattet worden. Einzig das Markenzeichen des Landhauses, die ständig wechselnden Fliesen, hatte sie erhalten. Eleonora hatte es nicht über sich gebracht, dieses Zeugnis ihrer Vorfahren zu entfernen. Außerdem verliehen die chaotisch angeordneten Platten dem Gebäude einen eigenwilligen Charme. Und wenn die Mandellis etwas waren, dann eigenwillig.

Eine Weile aßen sie schweigend ihr Mittagessen. Dario war bereits nach kurzer Zeit voller Essensreste.

»Heute Nachmittag muss ich noch kurz zum Steinhändler, um eine Bestellung zu machen.« Die Steine aus dem Fluss Telo und den Steinbrüchen der Gegend waren für die Mandelli AG ebenso zu einem Markenzeichen geworden wie ihre handwerklichen Fähigkeiten. »Danach könnten wir kurz in der Villa Domenica vorbeischauen. Andrea möchte nächste Woche in die Ferien herkommen, und ich habe ihm versprochen, den Angestellten Bescheid zu sagen, dass Anita mit ihrer Schwester etwas früher anreist. In ihrem Zustand wird sie Hilfe brauchen.« Damit sprach Eleonora den Umstand an, dass Andreas Frau hochschwanger war. Das Kind sollte noch diesen Herbst zur Welt kommen.

Matthias nickte bloß, sein Gesichtsausdruck wirkte allerdings, als höre er ihr überhaupt nicht zu. »Mhm«, murmelte er schließlich zustimmend.

Misstrauisch sah Eleonora von ihrem Teller auf und studierte seine Mimik. Er starrte in die Ferne, ein wehmütiges Lächeln auf den Lippen.

»Was ist los?«, fragte sie endlich zwischen zwei Gabeln Polenta.

Der Blick seiner hellbraunen Augen traf sie. »Weißt du, es mag einem manchmal schwerfallen, das zu glauben, insbesondere in dunklen Zeiten. Aber irgendwie regelt das Leben viele Dinge von selbst.«

Eleonora konnte Matthias nicht folgen und schaute ihn abwartend an. Er griff nach ihrer Hand und drückte sie. »Ich weiß, es war damals, vor vier Jahren sehr schwer für dich. Du hast fast alles verloren. Nebst dem Geld auch noch deine Würde und deinen Stolz. Dir hat das Leben allerdings geholfen, diese Bürde zu tragen und daraus etwas Neues zu machen. Das war nicht bei allen so. Denk nur an Daniel, euren alten Maschinisten, oder an Christian, euren Chauffeur.«

Er hatte recht. Eleonora hatte gehört, dass Daniel nun bei der Zukunftsbau AG arbeitete und unter den unmenschlichen Arbeitsbedingungen der anonym geführten Großfirma litt. Christian seinerseits hatte in den vergangenen vier Jahren dreimal die Firma gewechselt, war zu Beginn dieses Jahres erneut bei Eleonora im Büro erschienen und hatte um eine Stelle gebettelt. Leider war es dazu zu spät, sie hatte den Lastwagen zwischenzeitlich verkauft.

»Und andere wiederum ... hatten nicht einmal das Glück, eine schlechte Lösung zu finden«, sagte Matthias schließlich leise.

Die Worte hingen bedeutungsvoll in der Luft, und Eleonora musterte ihren Mann verwundert, der gerade dabei war, Dario eine weitere Portion zuzubereiten.

»Von wem sprichst du?«, fragte sie heiser.

»Von Urs Huber. Er hat Selbstmord begangen. Das stand heute in der Lokalzeitung. Ich habe sie online gelesen, während du gearbeitet hast. Offenbar hat er noch weitere Firmen auf dieselbe kranke und boshafte Art geschädigt wie dich. Aber beim letzten Vorfall hat man seine Machenschaften früh aufgedeckt, ihn vor den Richter gezerrt und zu einer saftigen Geldstrafe verurteilt, die er nicht bezahlen konnte. Er hat seinem Leben letzte Woche ein Ende gesetzt, indem er von einer Brücke gesprungen ist.«

Eleonora schluckte. Sie empfand kein Mitleid mit Urs, aber Mitgefühl für seine vergiftete, zerfressene Seele. »Er hat mich beinahe zerstört. Er war der Tropfen, der das Fass zum Überlaufen gebracht hat«, erinnerte sie sich an dieses schlimmste aller Jahre.

»Doch das Leben sandte dir vorher eine Arche, damit du nicht untergehst. Du durftest alle mitnehmen, die dir etwas bedeuteten und dir treu waren«, fuhr Matthias fort.

Eleonora seufzte und sah ihn an. »Bevor ich jedoch mit dem Schiff in unbekanntes Gewässer segeln konnte, musste ich alle Taue durchtrennen. Ohne zu wissen, ob je wieder Land in Sicht sein würde und ich mir die richtigen Matrosen ausgesucht hatte. Das tat weh und hat mir furchtbare Angst gemacht.« Sie schluckte.

Matthias lächelte fein. Mit einem warmen Glitzern in den Augen sah er sie an.

»Dein Heimathafen war ohnehin eine Ruine, Eleonora. Und wie dein italienischer Landsmann Christoph Kolumbus zu sagen pflegte: *Die Welt gehört den Tapferen.*«